午夜的

另一面

The Other Side of Midnight

Sidney Sheldon

〔美〕西德尼·谢尔顿

——著

赵培玲——译

CTS 湖南文艺出版社
HUNAN LITERATURE AND ART PUBLISHING HOUSE
博集天卷
CS-BOOKY

著作权合同登记号：图字18-2023-004

图书在版编目（CIP）数据

　　午夜的另一面 /（美）西德尼·谢尔顿著；赵培玲译 . -- 长沙：湖南文艺出版社，2023.8
　　书名原文：THE OTHER SIDE OF MIDNIGHT
　　ISBN 978-7-5726-1158-2

　　Ⅰ.①午… Ⅱ.①西… ②赵… Ⅲ.①长篇小说－美国－现代 Ⅳ.①I712.45

　　中国国家版本馆 CIP 数据核字（2023）第 114285 号

上架建议：畅销·外国文学

WUYE DE LING YIMIAN
午夜的另一面

著　　　者：〔美〕西德尼·谢尔顿
译　　　者：赵培玲
出 版 人：陈新文
责任编辑：刘雪琳
监　　制：于向勇
策划编辑：布　狄
特约编辑：郑　荃
版权支持：王媛媛
营销编辑：时宇飞　黄璐璐　邱　天
封面设计：梁秋晨
版式设计：利　锐
出　　版：湖南文艺出版社
　　　　　（长沙市雨花区东二环一段 508 号　邮编：410014）
网　　址：www.hnwy.net
印　　刷：三河市中晟雅豪印务有限公司
经　　销：新华书店
开　　本：680 mm × 955 mm　1/16
字　　数：390 千字
印　　张：24.25
版　　次：2023 年 8 月第 1 版
印　　次：2023 年 8 月第 1 次印刷
书　　号：ISBN 978-7-5726-1158-2
定　　价：59.80 元

若有质量问题，请致电质量监督电话：010-59096394
团购电话：010-59320018

The Other Side of Midnight

Sidney Shelton

献给

用诸多方式带给我快乐的乔雅

出版说明

他是全世界顶级的故事高手

西德尼·谢尔顿是当今世界顶级的故事高手，也曾是世界上作品被翻译成最多语言的作家，其作品累计被全球180多个国家引进，共计被翻译成50多种语言，全球总销量超过3亿册。这项纪录于1997年被列入《吉尼斯世界纪录大全》。

西德尼·谢尔顿是奇迹！

与很多人所想的不同，谢尔顿并非一直坐在电脑前埋头苦干，他每天的写作目标只有50页。只要写够50页，他就立刻停笔，并且会在第二天修改前一天所写的内容。每当他写完一整段情节后，他便会开启"修改模式"，对相关内容进行反复修改甚至重写。

谢尔顿曾在某次采访中说道："我的每本书大概都会这样重写12～15次，整个创作时间需要一整年……"

对西德尼·谢尔顿而言，小说创作是其最乐于尝试的领域，在好莱坞与百老汇获得颇高成就的他曾公开表示，他的脑海中一度诞生了许多情节非常复杂的东西，促使他想要进一步去探究人类的情感与行为的动机，而这已经超越了剧本所能涉及的范畴。对他而言，或许写小说便是唯一的终极解答。

好莱坞与百老汇永不落幕的传奇

西德尼·谢尔顿堪称通俗小说王国的国王，但对很多人而言，首次知道他并非因为其小说作品，而是通过大银幕上的电影。作为好莱坞最具传奇色彩的编剧与制片人，谢尔顿一生中创作了30多部电影剧本、200多部电视剧本以及8部舞台剧本。

10岁时，谢尔顿便出版了自己的第一部作品——一部诗集，17岁时便成功将自己的首部剧本卖到了好莱坞。在创作小说之前，他就已经凭借自己的作品取得了全欧美无人能及的文学成就——他的舞台剧本获得了有"戏剧界奥斯卡奖"之称的托尼奖，他的电视剧本获得了艾美奖，而他所创作的电影剧本更是斩获了奥斯卡最佳剧本奖。

之后，开始潜心写作小说的谢尔顿在这一领域继续创造他的传奇：处女作就获得了爱伦·坡奖提名以及《纽约时报》最佳年度悬疑小说奖。之后，他创作的每部小说都持续引发了全球阅读狂潮。

好莱坞自然没有"放过"谢尔顿，他的所有作品几乎都被改编成剧本搬上银幕，而与其合作的主演通常都是如奥黛丽·赫本这样能在影史上留名的超级巨星。更有甚者，当谢尔顿还在创作其代表作《假如明天来临》时，哥伦比亚公司仅凭一个书名与故事梗概，便不惜花费百万美金抢夺其改编版权。而哥伦比亚公司的这一举动，也彻底让这本书成为好莱坞电影创作的灵感宝库。斯蒂芬·金的代表作《肖申克的救赎》在被拍摄成电影时，就借鉴了这本书的相关故事框架以及情节；在香港导演吴宇森的代表作《纵横四海》中，周润发等人饰演的主角盗取博物馆藏品的情节设定与这本书中的主角特雷西的作案手法如出一辙。

西德尼·谢尔顿的名字被刻在了好莱坞的星光大道上。如今，百老汇依旧在演出他所编剧的经典舞台剧，而这一切都在无声地告诉世人：西德尼·谢尔顿是好莱坞与百老汇永不落幕的传奇！

中国当代"通俗小说之父"

西德尼·谢尔顿在中国也有着广泛且深远的影响，尤其是对中国通俗小说的创作与发展做出了不可磨灭的贡献。早在20世纪80年代，谢尔顿的作品就曾被陆续引进中国，凭借跌宕起伏、一波三折的故事情节，复杂又烧脑的人物关系，悬念丛生、紧张刺激的阅读氛围，成功吸引了一大批读者。

文学家止庵先生更是这样评价道：谢尔顿和马里奥·普佐（《教父》作者）以及以写职业小说著称的阿瑟·黑利（《钱商》作者）可以被视为中国当代"通俗小说之父"。

甚至可以说，在以谢尔顿的作品为代表的欧美通俗小说被引进国内后，国内的通俗小说作家才逐渐将创作视角投射到都市生活这一领域，国内现实主义题材小说的流行风潮才逐渐兴起。

作为通俗小说的"教科书"，谢尔顿的作品善于塑造积极向上的，与社会不公抗争的坚强女性形象，而其多部代表作也始终围绕着女性的梦想与宿命展开描写。在其笔下，几乎所有女性都甘愿为了爱情或梦想而牺牲自我，甚至铤而走险。这样的人物设定，也令故事紧张刺激却不失趣味，让读者在体验主角的成长与蜕变中对人生产生思考，而这也是谢尔顿小说的核心魅力所在。

全新译本，再现伟大名作之经典魅力

2007年1月，西德尼·谢尔顿病逝，享年90岁。

一代传奇落幕。

作为通俗小说界的不朽巨匠，谢尔顿创作的小说经过漫长的岁月洗礼，依然有着强大的生命力。精妙绝伦的布局，波澜壮阔、气势恢宏的时代背景，犹如电影分镜般的场景刻画，真实细腻的人物塑造，这些特点都令他的小说至今依然被人们津津乐道。

此次我们重新翻译出版的这套"西德尼·谢尔顿杰作精选集"，选取了最能代表作者创作生涯各个时期的经典代表作，

并根据作者遗愿由其家人做了详细的整理与修订。

希望本次重新梳理出版的西德尼·谢尔顿作品，能再现这位伟大作家的经典魅力。

编者

目 录

序曲
001

第一部
011

第二部

235

第三部

333

尾声

373

序曲

雅典：一九四七

街上车流涌动。警长乔治斯·斯库里透过灰蒙蒙的风挡玻璃向外望去。雅典市中心的高楼大厦和旅馆鳞次栉比，此刻感觉它们就像是矗立在一条宽阔无比的保龄球轨道上的那一排排木瓶，被球击中后，一个接着一个慢慢地倒下去了。

"二十分钟就能到，"身着警服的警员一边开车，一边向他保证道，"路上不堵。"

斯库里心不在焉地点点头，仍然对着街上的高楼大厦发呆。一种奇妙的幻觉一直吸引着他。八月，骄阳散发出炫目的金光和阵阵热浪，把一幢幢楼房包裹起来，这些楼房看上去恰似一幅由钢铁与玻璃做成的美丽大瀑布，从空中向街道倾泻而下。

此时是中午十二点十分，街道上几乎空无一人。偶有三五人懒懒散散地走着，三辆警车驶过，他们也只是好奇地瞥了一眼。警车向东驶往距离市中心二十英里①的海莱尼孔机场。警长斯库里坐在第一辆警车里。按照惯例，烈日炎炎的午后，他的下属外出工作，他会待在舒适凉爽的办公室里。但今天的情况绝非寻常，斯库里必须亲自前往机场。他有两个考虑。第一，今天来自全球各地的名流将抵达机场，必须以合适的礼仪欢迎他们的到来，并保证他们以最快的速度顺利通过海关检查。第二个考虑，也是更为重要的考虑：整个机场将

---

① 英美制长度单位，1英里约为1.6093公里。——编者注

挤满外国报纸记者和新闻摄影记者。斯库里警长可不傻，早上刮胡子的时候他就在想，新闻里如能播放他负责接待这些名流的报道，这对他的职业生涯来说该不会有什么坏处吧。这起举世瞩目的轰动事件能发生在他的辖区内，简直是命中可遇不可求的机会，傻子才会白白放过这个千载难逢的好机会。为此，他分别与他在这个世上最亲的两个人——他的情人和妻子——进行了极其详细的讨论。安娜已近中年，农民出身，其貌不扬，性情乖戾，她告诫斯库里别去机场，做好幕后指挥，这样一旦出了什么问题，他也不会受到任何牵连。而梅利娜，这位可爱、美丽又年轻的天使，则建议他亲自接待这些名流。梅利娜和他想的一样：这样的大事件可以使他一举成名。如果斯库里处理得好的话，至少能加薪；如果老天保佑，现任警察局长退休后，他甚至可能会接替这一职位。基于此，斯库里第一百次感叹于如此讽刺的事实——梅利娜是他的妻子，而安娜是他的情妇。他又一次开始琢磨自己的毛病究竟出在哪里。

斯库里现在把思绪转回到眼前的事上。他必须确保机场的事情进展顺利，万无一失。他这次带来的十几名警员都是精兵强将。他心里明白，问题的关键在于如何操控媒体。一群群的大报和名刊记者从世界各地拥入雅典，这让他着实吃了一惊。斯库里本人已经接受了六次采访，每次采访记者说的语言都不同，他的回答被译成德语、英语、日语、法语、意大利语和俄语。如此出风头，斯库里便开始沾沾自喜，局长打来电话提醒他说，他身为警长公开评论尚未举行的谋杀案审判是不明智的。斯库里心想，局长说这话的真正动机肯定是嫉妒。不过，谨慎起见，斯库里决定不与局长计较这些，拒绝了之后所有的采访。当然，新闻记者总会把镜头对准那些抵达雅典机场的名流拍摄，如果斯库里碰巧出现在机场接待名流，被镜头拍到了，局长也不便诘难他。

汽车在西格鲁大道疾驰着，抵达海边时便左转驶向法利龙湾。这时，斯库里感到了压力，觉得腹部一阵紧缩。距离机场只有五分钟的路程了。斯库里把今晚抵达雅典的名人名单在脑子里又过了一遍。

阿尔芒·戈蒂埃开始晕机了。他格外疼惜自己，也更爱惜自己的生命，对坐飞机便有一种根深蒂固的恐惧，再加上希腊海岸夏季常见的湍急气流导致的颠簸，他感到阵阵恶心。他个子高，面容清瘦，有着富有书卷气的五官、高高的前额和一张时刻准备嘲弄人的嘴巴。二十二岁时，戈蒂埃就在不景气的法国电影业建立了新浪潮电影公司；随后几年，他的电影票房大涨。作为世界上公认的伟大的导演之一，他的导演生涯已经登峰造极了。如果不是二十分钟前的晕机，这次旅行还是很愉快的。空姐认出了他这位大导演，很体贴地解决了他的晕机问题，并告诉他愿意随时为他效劳。飞行途中，也有几位乘客走过来对他说，他们非常欣赏他导演的电影和戏剧。不过，他最感兴趣的却是一位正在牛津大学圣安妮学院就读的英国女大学生。她正在写一篇关于戏剧的硕士论文，而阿尔芒·戈蒂埃就是她的研究对象。他们谈得很投机，但是这女孩后来提到了诺艾尔·佩奇。

"你以前是她的导演，对吧？"她问道，"我希望能去听听对她的审判。这将是一场好戏。"

戈蒂埃发觉自己猛然抓紧座位扶手，他对这个名字的反应如此强烈，连他自己都吓了一跳。虽然事隔多年，但一想起诺艾尔，戈蒂埃就感到心中又有了往日的那种刺痛。从来没有哪个人能像诺艾尔一样使他动真心，以后也不会再有。三个月前，戈蒂埃读到了诺艾尔被捕的消息，打那天起，他便毫无心思做别的事。他给诺艾尔又发电报又写信，表示愿意竭尽全力帮助她，但始终没有得到她的回复。他一直不愿参加对诺艾尔的审判，但他知道自己也不能置身事外。他自己明白，他这样关心她，就是想看看自从他们分手后，她是否发生了什么变化。但他承认还有另一个原因，骨子里对戏剧的那种追求驱使着他去观看这场不可错过的戏剧，在法官宣读对诺艾尔的生死判决时，去观察她的表情。

这时，飞机广播里突然传来飞行员刺耳的通知：三分钟后，飞机将在雅典降落。想到将再次见到诺艾尔，戈蒂埃开始兴奋起来，晕机的不适顿然消失。

此时，伊斯雷尔·卡茨医生正乘坐着飞机从开普敦赶往雅典。在开普敦大学刚刚建立的大型附属医院——格鲁特·西乌医院里，他是一名神经外科主任医生，担任医院院长职务，也被公认为是世界上杰出的神经外科医生之一。医学杂志经常刊登他的最新医学成果，他医治过的病人中有首相、总统和国王。

卡茨医生乘坐的是英国海外航空公司的飞机。他想放松一下，便靠在了椅背上。他中等身材，一张坚毅睿智的脸，一双棕色的眸子深深凹陷着，修长的双手不安地动来动去。卡茨医生十分疲惫，他开始感到右腿像往常一样疼了起来。他的右腿其实已经不在了，早在六年前就被一个大个子用斧头砍掉了。

今天的事情可真多。天刚亮，卡茨医生就完成了一台手术，又马不停蹄地去查看了五六个病人的情况。为了能来雅典参加对诺艾尔的审判，他甚至不得不从董事会会议上中途退场。他的妻子埃丝特也曾试图劝他不要去雅典。

"伊斯雷尔，你现在什么也帮不了她。"也许埃丝特说的是对的，但诺艾尔·佩奇曾冒着生命危险救过他一命，对他有大恩。卡茨医生现在想起诺艾尔，依然能感觉到和她在一起时的那种不可言喻的感觉。以前只要和她待在一起，都会有这种感觉。仿佛光是对她的回忆就足以弥合岁月留下的隔阂。当然，这是浪漫的幻想。那些美好的岁月已经消逝了。卡茨医生感到飞机开始抖动，放下轮子开始下降了。俯瞰窗外，他知道开罗到了。他将在这里转乘土耳其航空公司的飞机去雅典，去见诺艾尔。诺艾尔真的犯了谋杀罪吗？当飞机驶向跑道时，他想起了她在巴黎犯下的另一桩可怕的谋杀案。

菲利普·索雷尔站在自己的私人游艇上，凭栏远眺，看到了渐行渐近的比雷埃夫斯港。他十分享受此次的海上航行，因为他可以远离粉丝的烦扰，这可是十分难得的。索雷尔是世界上为数不多的颇具票房号召力的演员，然而他成为巨星的阻碍还挺多的。他长得真算不上英俊，相反，他的脸很肿，像个连输了十几场比赛的拳击手，鼻梁也摔断过好几次，头发稀稀拉拉，走路也有些跛。但这些都无关紧要，因为菲利普·索雷尔极具性感魅力。他受过教育，言语温和，有着与生俱来的温文尔雅的气质，再加上那卡车司机般黝黑的脸庞和强壮的体魄，使得女人为之疯狂，男人则视之为英雄。眼看着游艇就要到达港口，索雷尔再次问自己，他到这里来是为了什么？为了参加对诺艾尔的审判，他把一部电影的拍摄档期推迟了。他很清楚，只要他出现在法庭上，每天必然会被媒体记者围堵，而他的新闻经纪人和助理都不在身边，无法为他遮挡，那他将成为媒体记者的猎物。记者们肯定会把他出席这场审判的意图曲解为他想借助前情妇的谋杀案审判来扩大自己的知名度。无论他怎么考量，这都将是一次痛苦的经历，但他一定要再见诺艾尔一面，一定要想方设法帮她一下。当游艇开始向海港的白石防波堤靠拢时，他脑海中浮现出了那个他所熟知的，和他同枕共眠过，并且他爱过的诺艾尔的形象，于是他的结论便是：诺艾尔完全具备实施谋杀的条件。

正当菲利普·索雷尔的游艇驶近希腊海岸时，美国总统特别助理乘坐的泛美航空公司的远程班机正处于海莱尼孔机场西北一百英里的高空。威廉·弗雷泽，五十出头，头发灰白，长相英俊，皱纹已爬上了他的脸庞，让他透着一种威严的气质。他盯着手里的案件诉讼摘要，一个多小时未翻一页，身体也未挪动分毫。为了此次雅典之行，弗雷泽也顾不上国会正处于危机中，硬着头皮请了假。他知道接下来的几周对他来说将多么痛苦，但他觉得自己别无选择。这是一次复仇之旅，这个想法让弗雷泽后背发凉，同时也给他带来了一阵满足感。为了将自己的思绪从明天就要举行的审判这件事上移开，弗雷泽把视线转向窗外。他看到了一艘游船一颠一晃地朝着远处隐约可见的希腊海岸驶去。

连续三天了，奥古斯特·拉肖一直被晕船和内心的恐惧折磨着。他之所以晕船，是因为他在马赛登上的这艘游轮正好遇上了密史脱拉暴风，不停地剧烈颠簸；他之所以恐惧，是因为他害怕妻子发现他这次偷偷摸摸出来要干的事。奥古斯特·拉肖，六十出头，身材矮胖，两条腿又粗又短，秃了顶，满脸麻子，一双小眼睛像猪一样贪婪，薄薄的嘴唇经常叼着一根廉价的雪茄。拉肖在马赛开了一家服装店，他可没钱像富人那样到处去度假，至少他经常对妻子这样说。当然，他也可以为自己开脱说，这次旅行并不是去度假。他一定要再见到他亲爱的诺艾尔。她离开他有很多年了，他一直在报纸和杂志的八卦专栏贪婪地搜寻着有关她职业生涯的点点滴滴。诺艾尔出演她的第一部戏时，他乘火车一路赶到巴黎来看她，但诺艾尔愚蠢的秘书死活不让他们见面。后来他看了诺艾尔主演的电影，一遍又一遍地看，反复回味着他们那难忘的一夜。是的，这次旅行会花不少钱，但奥古斯特·拉肖知道每一分钱花得都是值得的。他的宝贝诺艾尔会记得他们曾经在一起的美好时光，她会向他寻求保护，而他则会贿赂法官或其他官员——如果不花太多钱的话——诺艾尔就会被释放，他会把她安置在马赛的一间小公寓里，这样她可以随时等候他的召唤。

但愿妻子别发现他背着她干的这些事。

在雅典市的莫纳斯蒂拉基贫民区里，弗雷德里克·斯塔夫罗斯正在他狭小的律师所工作，办公室设在一栋破旧大楼的二楼。作为年轻人，斯塔夫罗斯有想法，有追求，有野心。既然选了律师这个行业，他就拼命地想把它经营好。

因为请不起助理，他不得不亲力亲为，包揽了所有那些调查法律背景材料的烦琐工作。通常他十分讨厌做这些琐碎的事情，但这次他却不在意，因为他明白，如果他赢了这场官司，将会有源源不断的顾客找上门来，如此他将再也不用为后半生的生计发愁。他可以和埃琳娜结婚成家，生儿育女了。他会搬进一套豪华的办公室，聘请助理，加入像阿西尼·莱斯基这样的上流社会俱乐部，在那里结识富有的潜在客户。这种华丽转型其实早已启动了。最近，弗雷德里克·斯塔夫罗斯走在雅典的大街上，就会有在报纸上见过他照片的人认出他，和他攀谈。短短几周内，他就从无名小卒摇身一变成为拉里·道格拉斯的辩护律师。斯塔夫罗斯打心底里觉得道格拉斯不是理想客户。与其替道格拉斯这样的无足轻重的人辩护，还不如为艳丽迷人的诺艾尔·佩奇效劳。可惜他自己就是个无名之辈，是没有资格为诺艾尔辩护的。不过，他，弗雷德里克·斯塔夫罗斯，能够在本世纪最轰动的谋杀案中为被告做辩护律师，这风头足够了。如果被告被宣判无罪，大家都会获得一份荣耀。然而，有一件事一直困扰着斯塔夫罗斯，他反复在心里盘算着审判的结果：两名被告都被指控犯有同一罪行，另一名律师正为诺艾尔·佩奇辩护，那么如果诺艾尔被判无罪，拉里被判有罪……斯塔夫罗斯不寒而栗，不敢继续想下去。有不少记者不断问斯塔夫罗斯是否认为两个被告都有罪。这些记者也太天真了，他暗自感到好笑。两个被告是否有罪重要吗？他们手中的金钱足够让他们买到最好的法律辩护。就他的被告而言，他觉得这种说法有点过。但对诺艾尔·佩奇的律师而言……啊，那就是另一回事了。拿破仑·乔塔斯已经被聘请为诺艾尔的辩护律师，世界上再没有比他更出色的刑事辩护律师了。乔塔斯从未在任何大案中败诉。弗雷德里克·斯塔夫罗斯在心里这样盘算着，不禁喜上眉梢。虽然他不会告诉别人，但他确实准备暗中凭借拿破仑·乔塔斯的才能来为自己的被告打赢这场官司。

正当弗雷德里克·斯塔夫罗斯在他那昏暗破旧的办公室埋头苦干时，拿破仑·乔塔斯正在雅典上流社会人士居住的科隆纳其区的豪华别墅里参加一场隆重的晚宴。乔塔斯身材瘦削，一脸皱纹，一双猎犬式的大眼睛透着机敏，夹杂着些许戚伤。他那温和的让人琢磨不透的言谈举止背后隐藏着他过人的智慧和犀利的洞察力。乔塔斯坐在那里，用刀叉拨弄着盘中的甜点，思考着明天就要开始的这场审判。那天晚上，大家的闲谈大都围绕着这场即将举行的审判，讨论都是点到为止。客人们十分谨慎，没有直截了当地向乔塔斯提出审判的相关问题。晚宴快要结束了，大家都在畅饮茴香酒和白兰地酒，这时女主人问他道："和我们讲讲，你觉得他们有罪吗？"

乔塔斯一脸无辜的样子，回答道："他们怎么会有罪？其中一位可是我的委托人啊。"他说完话，大家都笑了，认可了他的回答。

"诺艾尔·佩奇的性格品行到底怎么样？"

乔塔斯一时拿不准该怎么说。"她是一个极不寻常的女人。"他十分注意自己的措辞，"她很漂亮，很有才华……"说着说着，他突然意识到自己并不愿意对诺艾尔评头论足，她的一切是无法用语言来描绘的。几个月前，他还只是粗略地知道她是个十分迷人的演员，她妖娆的身影常出现在杂志的八卦专栏里，她美艳的照片常被刊登在电影杂志的封面上。他从来没有正眼看过她的照片，他对所有女演员都怀有那种冷漠和蔑视，所以印象中她不过是个花瓶而已。但是，天哪，他大错特错了！自从与诺艾尔见面以来，他就情不自禁、无可救药地爱上了她。为了诺艾尔·佩奇，他打破了自己定下的基本原则：绝不和客户产生任何情感纠葛。那天下午他同意担任她的辩护律师的情景依然历历在目。当时他正收拾着行李，准备和他的情人一起去巴黎和伦敦度假三周。他从来没想过能有什么东西让他的旅行计划泡汤。但仅仅听到一个名字，就让他的计划泡汤了。他回想着当时的情景：他的管家走进他的卧室，将电话递给他，说了一个名字——康斯坦丁·德米里斯。

康斯坦丁·德米里斯有一座很私密的岛屿。除了直升机和游艇外，你找不到别的方法进入这座岛屿。岛上的机场和私人港口，一天二十四小时有带枪的警卫带着训练有素的德国牧羊犬在巡逻。这座岛屿是康斯坦丁·德米里斯的私人王国，没有人可以擅自闯入。多年来，来岛的访客包括国王和王后、总统和前总统、电影明星、歌剧演员、著名作家和画家。他们离开时，都对这座岛称赞不已。康斯坦丁·德米里斯是全球排名第三的巨富，也是世界上极有权势的人之一。他有自己独特的品位和处事风格，深谙金钱可以给他带来美好的一切。

在装修精美的书房里，德米里斯悠然自得地坐在一张大扶手椅上，吸着为他配制的板状埃及香烟，琢磨着明天早上的公开审判。几个月来，媒体一直想采访他，但他基本都躲掉了。情妇因谋杀罪被捕这件事本身对他的打击已经够大了，更何况他的名字也被卷入这场官司，哪怕这种牵连不那么直接。接受任何采访无异于火上浇油，他必须拒绝采访。他在想，诺艾尔此刻在圣尼科德莫斯街监狱里的感受如何？她是睡着了还是醒着呢？对她将要面临的考验，她是否恐慌？他想起了他与拿破仑·乔塔斯的上一次谈话。他表达了对乔塔斯律师的信任，相信乔塔斯不会辜负他。但同时，德米里斯也让乔塔斯感觉到，对德米里斯来说，诺艾尔是否有罪并不重要。康斯坦丁·德米里斯向乔塔斯支付了巨额的辩护费，要乔塔斯保证他所付的每一分钱都用来为诺艾尔辩护。就这一点来讲，他完全可以高枕无忧了。审判肯定会顺利进行的。康斯坦丁·德米里斯的记性很好，从不忘记任何事情，他记得凯瑟琳·道格拉斯最喜欢的花是希腊玫瑰。他伸手从桌上拿起一个记事本，写道："希腊玫瑰：凯瑟琳·道格拉斯。"

为凯瑟琳做这点小事，相比他的计划来说，真是微不足道。

第一部

一　凯瑟琳

芝加哥：一九一九——一九三九

　　每个大城市都有一个独一无二的形象，一种让它自己出名的气质。二十世纪二十年代的芝加哥像个巨人，骚动不安，活力满满，粗蛮无礼，一只大脚上套着靴子，似乎陷在了大亨们残酷竞争的那个年代。这座城市是威廉·B.奥格登[1]、约翰·温特沃思[2]、赛勒斯·麦考密克[3]和乔治·M.普尔曼[4]这些巨人创造的，这里曾是菲利普·阿穆尔、古斯塔夫斯·斯威夫特和马歇尔·菲尔德这些实业大亨的王国，这里也曾是海米·韦斯和疤脸黑老大阿尔·卡彭这些黑帮势力的领地。

　　凯瑟琳·亚历山大对童年最早的记忆是父亲扛着她走进了一家酒吧，踩着满是锯末的地板，胳膊一挥顺势把她摆到了高得让她眩晕的凳子上。他给自己点了超大杯啤酒，给她点了绿河牌柠檬汽水。那时她五岁，不时有陌生男人围过来夸她，她记得父亲当时别提有多骄傲。那些人都点了酒，她父亲开心地给他们买了单。她记得自己把全身都重重地压在父亲的臂膀上，实实在在地体

---

① 　美国企业家，芝加哥首任市长。——编者注
② 　伊利诺伊州政治家，曾任芝加哥市长。——编者注
③ 　美国企业家、发明家，收割机的发明者。——编者注
④ 　美国发明家、企业家，普尔曼铁路卧车发明者。——编者注

验他在身边的感觉。父亲虽然是前一天夜里才刚回到城里，可凯瑟琳心里明白他很快又要出门。他的职业是推销员，需要到处跑动。他老是对她说，为了工作，他不得不到遥远的城市出差，不得不一连几个月都见不到她和妈妈，但只有这样他才有钱给她买些礼物回来逗她开心。凯瑟琳也老是和父亲讨价还价说，如果他能留下陪她，那些礼物不要也罢了。父亲开怀大笑说，她这孩子这么小就这么懂事。说完，他还是走了，六个月后她才见到了他。小时候，虽然天天都能看到母亲，可对母亲的记忆却似乎模糊得很，模糊到没有一个具体的印象。与父亲见面的机会甚少，然而对父亲的记忆却格外生动、鲜明。留在凯瑟琳记忆中的父亲，英俊潇洒，笑声爽朗，举止间透着幽默、热情和慷慨。他待在家的日子，就是她的节日，有各种好吃的，各种让人开心的礼物，各种惊喜。

凯瑟琳七岁那年，父亲丢了工作，他们一家的生活模式也随之发生了变化。他们举家离开芝加哥，搬到了印第安纳州的加里市。父亲在当地的一家珠宝店做推销员。凯瑟琳踏入了她人生中的第一所学校。在其他孩子面前，她处处提防，一副拒人千里的样子。对老师，她也是敬畏有加。不过，老师们倒认为她的这种不合群其实是清高。父亲每天都回家吃晚饭，这让凯瑟琳第一次感觉到她家和别人的家一样，是一个真正意义上的家了。每逢周日，他们三人会去密歇根湖最南边的米勒沙滩，租几匹马，沿着那些沙丘溜达上一两个小时。凯瑟琳觉得在加里生活得很开心，但他们搬到那儿六个月之后，父亲再度失业，于是全家只得搬到芝加哥郊区的哈维。学校早都开学了，告别了老朋友的凯瑟琳一下子就成了新学校的那个落单的女生，大家眼中的独行怪物。有自己圈子的那些孩子便有些仗势欺人，时不时地会凑到这个瘦弱的新生面前，狠狠地将她嘲弄一番。

随后几年，凯瑟琳便把冷漠当盔甲一样穿在身上，以免被其他孩子欺负。碰到盔甲被人戳时，她会用些犀利尖刻的语言机智地撑回去。这样做无非是想让那些欺负她的人躲远些，不要再惹她了，但结果却不是她想的那样。她刚开始为校报工作时，写的第一篇评论就是关于自己的同班同学演出的音乐剧。她写了这么一句话："汤米·贝尔登在第二场戏中有一个小号独奏，但他把这场戏给吹了。"（Tommy Belden had a trumpet solo in the second act, but he blew it.）这句双关语在学生堆里传开了。最让人意想不到的是，第二天凯瑟琳在走廊里碰到了汤米·贝尔登，他竟然主动走过来告诉她说，他觉得这句话太好玩了。

英语课老师布置给学生的作业是阅读《士海蛟龙》。凯瑟琳讨厌这本书。她交上来的读书报告就写了一句话："船长的船虽破，但他的水手结却不错。"（His barque was worse than his bight.）她的老师恰巧是个业余水手，一看就知道这句话不仅模仿了"叫得虽凶，心底却善"这个谚语，还是一个绝妙的双关语，于是给她的评分几乎是满分。同学们把她的双关幽默传开了，很快她就被称为学校的才女。

凯瑟琳十四岁那年，她的身体开始显示出一个成熟女人的特征。她会连续几个小时对着镜子审视自己，思考如何改变那些不足之处。她幻想自己是玛娜·洛伊①，美得让男人抓狂。镜子仿佛是她的仇敌，镜子里的她，一头蓬乱打结、很难理顺的黑发，一双十分严肃的灰色眼睛，一张越来越大的嘴巴，还有一个微微翘起的鼻子。凯瑟琳慢条斯理地自言自语：也许她并没有那么丑，但说实话，她也没有漂亮到有人找上门来要她签约做电影明星。她吸了嘴把脸颊收进去一点，然后又性感地眯起眼睛，试图把自己想象成一个模特。镜子里的她很让她失望。于是她又摆出一个新姿势：眼睛睁得大大的，表情热烈，挤出一个大大的友好的微笑。这也没有用。她也不是典型的美国人长相。她什么都不是。凯瑟琳一脸不满地对自己说，身材应该还凑合，但也没什么特别吸引人的。很特别很吸引人，恰恰是她梦寐以求的：成为一个特别的人，成为一个有名的人，被人记住，并且永远，永远，永远不被遗忘。

十五岁那年夏天，凯瑟琳读到了玛丽·贝克·埃迪②的科学书《科学与健康》，在接下来的两周里，她每天花一个小时照镜子，期盼自己的身影变得美丽。两周结束后，她发现自己的变化仅仅是下巴上长出一个粉刺，前额上长出一个丘疹。从此之后，她不再吃糖果，不再看玛丽·贝克·埃迪的书，也不再照镜子。

---

① 美国女演员。——编者注
② 美国宗教领袖、作家。——编者注

后来，凯瑟琳和她的家人搬回芝加哥，在罗杰斯公园北侧房租较为便宜的地段找了一间又小又沉闷的公寓安顿下来。时下，整个国家都在经济萧条的泥沼里越陷越深。凯瑟琳的父亲不怎么工作，却越发地酗酒。父母不断地相互大喊大叫，相互指责，凯瑟琳无法忍受时，就会从家里跑出去。她会走到几个街区外的沙滩，沿着湖岸走，让凛冽的风为她瘦弱的身体插上翅膀。数个小时，她就一动不动地盯着微波荡漾的灰色湖面，内心被一种极度的渴望所占据，但她说不出自己究竟渴望什么。她非常渴望得到一些东西，这种渴望有时会突然像浪潮一样把她卷入一个极度痛苦的旋涡里。

　　凯瑟琳发现了托马斯·沃尔夫[①]，他的书就像一面镜子，映射出她心中苦乐参半的怀旧情结，但那个怀旧情结是对未来生活的憧憬，仿佛她曾在某个地方、某个时刻过着美好的生活，现在她迫不及待地想要重新开始这种生活。她开始来月经了，她的身体从女孩变成了女人，她开始知道她的需求和渴望会让她痛苦，但不是生理层面的，与性无关。那是一种强烈而迫切的渴望，渴望被认可，渴望超越地球上的亿万人，这样每个人都知道她是谁，所以当她走过时，人们会说："凯瑟琳·亚历山大走过来了，伟大的……"伟大的什么？这就是问题所在。她不知道自己想要什么，只知道自己极其渴望得到它。周六下午，只要手头有钱，她就会去州-大湖剧院、麦克维克斯剧院或芝加哥剧院看电影。她会完全沉浸在加里·格兰特和琼·阿瑟的精彩而又精致的世界里，与华莱士·比里和玛丽·德雷勒斯一起欢笑，为贝蒂·戴维斯的不幸婚姻而痛苦。与自己的母亲相比，她觉得自己更能与艾琳·邓恩产生共鸣。

　　转眼，凯瑟琳已经是赛恩高中高三的学生了，她的死敌——那面镜子，也终于成了她的好朋友。镜子里的女孩有一张活泼可爱的脸蛋：头发乌溜溜的，皮肤细柔白嫩，五官整齐精致，大嘴巴性感迷人，灰色的双眸明亮动人。身材也棒极了：胸部丰满坚挺，臀部曲线柔美，双腿匀称好看。她的形象有一种超然的神气：一种她自己都没有感觉到的傲慢，仿佛这种傲慢她本身没有，只有镜中的她才有。她猜，这种傲慢气质大约来自那副冷漠盔甲，她从上学起就一直靠它来保护自己免遭欺负。

---

① 美国小说家。——编者注

经济大萧条把整个国家卡得越来越紧，凯瑟琳的父亲总是参与一些大买卖，这些买卖似乎从未做成。他不断地编造着梦想：他的这个设计那个发明会带来数百万美元的收益。他曾经发明了一套千斤顶，可以安装在汽车轮子上方，只要按一下仪表板上的按钮就可以降下来。可是没有一家汽车制造商对此感兴趣。他还设计了一个不断旋转的电子标牌，可以用来在商店里做广告。满怀希望去和一批投资商洽谈后，他就不再提起这些发明设计了。

他从住在奥马哈的弟弟拉尔夫那里借了钱，组装了一辆修鞋卡车，以便在附近发展业务。他花了几个小时与凯瑟琳和她母亲讨论这个计划。"这次绝不会失败。"他说道，"想象一下，鞋匠亲自上门服务！从来没有人这么做过。我现在有一个移动修鞋铺，对吧？如果一天只赚二十美元，那一周就是一百二十美元。两辆卡车每周能赚二百四十美元。一年之内我会有二十辆卡车，一周两千四百美元，一年十二万五千美元。这还仅仅只是开始……"两个月后，鞋匠和卡车都不见踪影了，又一个梦想夭折了。

凯瑟琳一直希望能上西北大学。她是班上最优秀的学生，但即使拿到奖学金，她家里也很难负担她上大学的费用。凯瑟琳心里很清楚，如果有一天她被迫退学去全职工作，她会找一份秘书工作。但她下定决心，永远不会放弃她的梦想，这个梦想定会让她的生活变得多彩美好。但她并不清楚这个梦想到底是什么，更不知道这个梦想的意义何在。想到这里，她不禁难过起来，开始怀疑梦想有何用呢。这时，她又开始安慰自己：产生这些糟糕的情绪可能是因为自己正经历着青春期。不管青春期是什么样子，都比地狱好不到哪儿去。孩子们都还太小，不应该去经历什么青春期，真是太痛苦了。

有两个男生都以为自己爱上了凯瑟琳。其中一个叫托尼·科曼，他将来会到他父亲的律师事务所工作，个头比凯瑟琳还矮一英尺[①]。他的皮肤略显苍白，眼睛近视却爱痴迷地看着她。另一个叫迪恩·麦克德莫特，略胖，有些害羞，想当牙医。当然了，还有一个男孩也喜欢着凯瑟琳，叫罗恩·彼得森，但他和其他人不一样。罗恩是赛恩高中的足球明星，大家都说他有本事，能凭借体育奖学金轻而易举地上大学。他身材高大，肩膀宽阔结实，有着一张剧场偶

---

① 英美制长度单位，1英尺约为0.3048米。——编者注

像脸，当然也是学校里被追捧的男生。

　　然而，凯瑟琳并没有立刻对罗恩这样的校园明星产生爱慕之情，主要的障碍在于她发现罗恩无视她的存在。学校走廊里，从他身边经过的那一刻，她往往会心跳得厉害。她想说一些机智的话挑逗他，这样他就会约她。然而，走近他时，她的舌头却一下子僵硬了，他们最终悄无声息地擦肩而过。这就像本来去为玛丽王后号服务的那艘垃圾船，一靠近玛丽王后号就下沉，凯瑟琳越想越绝望。

　　经济的问题越来越严重了。房租已经逾期三个月未交了，凯瑟琳一家并没有被赶出去，唯一的原因是女房东被凯瑟琳的父亲和他宏伟的计划与发明迷住了。听着父亲滔滔不绝地在说话，凯瑟琳心里充满了辛酸。父亲仍然保持着乐观开朗的本性，但她仍能看到他背后的沧桑。他身上那种奇妙的、漫不经心的魅力总能给他的所作所为罩上快乐的光环，但这种魅力已经慢慢被侵蚀掉了。凯瑟琳觉得，现在的父亲其实就是装在他成年人的躯体里的一个小男孩的形象，天天编造着美好未来的故事，以掩盖过去不堪的失败。她不止一次看到他在亨里奇餐馆请十几个人吃晚饭，饭后笑盈盈地把他的一个客人拉到一边，借了足够的钱来付账单，当然还包括一笔不菲的小费。他花钱大手大脚，因为他要借此维护自己的名声。尽管她看透了这些事，尽管她知道父亲并不是那么关心她，但她仍然爱父亲。这个世界上不乏整日愁眉苦脸、郁郁寡欢之人，凯瑟琳因而特别欣赏父亲能用激情和笑容传递快乐的能量。这是他的天赋，他总是毫无保留地运用这一天赋。

　　凯瑟琳的结论是，父亲的那些美好梦想永远都不会实现，但是他至少拥有梦想；与她那不敢做梦的母亲相比，她的父亲终究还是好得多。

　　四月的一天，凯瑟琳的母亲因心脏病发作而去世。这是凯瑟琳第一次面对死亡。朋友和邻居们挤满了这间小小的公寓，他们压低声音，表达对她母亲去世的哀悼和一些敷衍的祈祷。

　　凯瑟琳发现，死亡把母亲缩成了一个干瘪枯瘦的小人，没有了生机与活力，抑或是生活把她变成了这样。她试图去回忆她和母亲在一起的美好时光，那些欢笑的时刻，那些心灵相通的时刻，但是在这些回忆中，父亲总是跳进她的脑海，他总是那副开心地微笑着、热烈地期盼着、快乐地生活着的模样。她母亲的生活，就好像是一缕虚弱无力的阴影，在记忆的阳光的照耀下，瞬间就隐退了。凯瑟琳凝视着棺材里的母亲：蜡黄的脸，一件带着白领的普通得不能再普通的黑色连衣裙，她这一生算是枉来人间一遭了。她这一生又都是为的什么？多年前曾有的那种感觉再次笼罩着凯瑟琳：是的，她决心成为一个名人，在这个世界上留下痕迹，这样她就不至于落得一个悲惨的下场——在无名的坟墓里结束一生，而这个世界上的其他人不知道也不在意曾经有个凯瑟琳·亚历山大生过、死过，又归于尘土了。

凯瑟琳的叔叔拉尔夫和妻子保利娜从奥马哈飞来参加葬礼。拉尔夫比凯瑟琳的父亲小十岁，和他的哥哥完全不像。他从事维生素邮购业务，事业非常成功。他身材魁梧，方方的肩膀，方方的嘴巴，方方的下巴，凯瑟琳猜他一定是个极其乏味的人。他的妻子像小鸟一样，跑前跑后，叽叽喳喳地说个不停。他们夫妇俩都算是很体面的人，凯瑟琳也知道叔叔借给她父亲很多钱，但凯瑟琳觉得她和他们没有任何共同之处。他们都和凯瑟琳的母亲一样，是没有梦想的人。

葬礼结束后，拉尔夫叔叔说他想和凯瑟琳与她的父亲聊聊。他们坐在公寓的小客厅里，保利娜忙前忙后，端着托盘为他们送上咖啡和点心。

"我知道你的经济状况不太好。"拉尔夫叔叔对他哥哥说，"你是一个梦想家，一直都是。可你是我哥，我不能让你这么混下去。保利娜和我俩人商量过了，我打算让你到我这儿工作。"

"去奥马哈工作吗？"

"是的，你会有稳定的收入，日子也会好过些，你和凯瑟琳都搬过去和我们住一起。我们有一幢很大的房子。"

凯瑟琳的心咯噔一下。奥马哈！这个地方将让她的梦想就此终结。

"让我仔细考虑考虑。"父亲说。

"我们要赶六点的火车。"拉尔夫叔叔回答说，"我们走之前，你要给个准信。"

现在没有其他人，凯瑟琳和父亲单独待在一起了。他痛苦地喊道："奥马哈！我打赌那地方连家像样的理发店都没有。"

但凯瑟琳心里清楚，父亲做出夸张的表演其实都是在替她考虑。不管那里有没有像样的理发店，他都别无选择。现实生活终于把他捆住了。凯瑟琳心里开始琢磨：如果父亲被迫安定下来去干一份上下班时间固定的工作，虽然稳定却枯燥乏味，这样的生活会对他的精神造成什么影响？他一定会像一只被俘虏的野鸟，不停地用翅膀拍打着笼子，挣扎着直至死去。如果换作凯瑟琳自己呢？她很可能会放弃去西北大学读书的念头。她之前已经递交了奖学金的申请，但至今没有得到任何回复。当天下午，父亲打电话给他弟弟说，他愿意接受这份工作。

次日早上，凯瑟琳去找校长，准备告诉他要转到奥马哈上学的事。校长从办公桌后面站起来，还没等她开口就迫不及待地说道："恭喜你，凯瑟琳，你刚刚获得了西北大学的全额奖学金。"

当天晚上，凯瑟琳和父亲一起反反复复讨论他们今后的打算，最后的决定是：父亲搬到奥马哈，凯瑟琳则去西北大学，住在学校宿舍里。十天后，凯瑟琳把父亲送到了拉萨尔街车站，与他告别。父亲要走了，凯瑟琳心里五味杂陈：有一种深深的孤独感袭来，还有一种和她最爱的人告别时的伤感，但又有一种难以抑制的兴奋。她巴不得火车快点开动，这样她就将获得自由，第一次过上属于自己的生活，她越想越觉得美妙。她站在月台上，看着父亲的脸贴在车窗上，只为最后看她一眼：父亲虽然一生潦倒，但依然那么英俊，依然那么坚信有一天他会拥有整个世界。

从车站回来的路上，凯瑟琳突然想起了什么，便大声笑了起来。为了死心塌地去奥马哈做那份糊口的工作，父亲为自己买的火车票竟然是那种有餐厅、客厅、卧室和卫生间的豪华套间座位票。

西北大学开学的那一天，空气中到处弥漫着兴奋的气息。对凯瑟琳来说，这一天具有极其特别、不可言喻的意义：这是打开所有梦想和不可名状的雄心壮志之门的钥匙。这些梦想和志向长期以来都在她心中熊熊燃烧着。她环顾了一眼宽敞的大厅，数百名学生在那里排队报名。此刻她想：总有一天你们都会知道我是谁，你们会说"我曾经和凯瑟琳·亚历山大是同学"。所有能选的课程她都选了，还分了宿舍。当天上午，她就找了一份在下午工作的兼职：学校对面那家颇受欢迎的鲁斯特餐馆，卖三明治和啤酒，她到那里做收银员。她的工资是每周十五美元，这些钱不够买奢侈品，但足够她买教材和生活必需品。

到了大二，凯瑟琳意识到，整个校园里她可能是唯一的处女。在她成长的岁月里，她无意中听到长辈们关于性的一些只言片语。听起来很美妙，当时她特担心等她长大了能够享受它的时候，它就会消失了。现在看来，她的担心不无道理。至少在她看来是这样。性似乎是学校里唯一的话题，不管是在宿舍、教室、洗手间还是鲁斯特餐馆，这个话题都有人说。他们的谈话内容往往很露骨，凯瑟琳吓了一大跳。

这些话听上去粗俗恶心，但凯瑟琳还是竖起耳朵，一字都不想漏掉。这简直就是受虐狂。这些女孩讲着她们各自的性体验，凯瑟琳则在一旁想象她自己和某个男孩在一起是什么样子……她不敢往下想了：天哪，她到死都是一个处女，西北大学唯一的十九岁的处女，不仅是西北大学，可能是整个美国唯一的处女！圣女凯瑟琳。教堂会在她死后追封她为圣徒，每年都会为她点蜡烛。

"我这是怎么了？"她心里想。然后她在心里自问自答："我来告诉你，没人约你出去，这件事要两个人才能做成；我是说，如果你想按常人那样做，就必须要两个人来完成。"

在姑娘们有关男女关系的聊天中，最常出现的名字是罗恩·彼得森。他凭借着体育奖学金进了西北大学，在这里受欢迎的程度不亚于在赛恩高中的时候。他被选为新生班长。新学期开始那天，凯瑟琳在拉丁语课上见过他。他比中学时更好看了，身材更魁梧，五官粗犷，随性洒脱，显得十分成熟。下课了，罗恩开始朝凯瑟琳走过来，她的心开始怦怦直跳，一阵狂想：

"凯瑟琳·亚历山大！"

"罗恩，你好。"

"你在修这门课？"

"对啊。"

"我运气真好。"

"何出此言？"

"何出此言？我对拉丁文一窍不通，你可是个学霸。我们在一起可以互补，多好啊。你今晚有什么安排吗？"

"没什么特别的安排。那我们一起看书学习吧？"

"我们去湖边沙滩吧，在那儿我们可以独处。学习随时都可以。"

这时罗恩真的走过来了，开始注意到凯瑟琳。

"你好！嗯——"他努力在想她的名字。

她咽了一口唾沫，拼命地想自己的名字。"凯瑟琳，"她飞快地说道，"凯瑟琳·亚历山大。"

"记起来了。这地方还有什么可说的！太棒了，你说呢？"

她试着用热切的语气来取悦他。"噢，是的，"她激动地说，"这是最……"

罗恩的目光已经移向了门口，一位惊艳的金发美女在等他。"再见。"罗恩说完，便奔着那女孩去了。

凯瑟琳心想，灰姑娘和白马王子的故事就这样遗憾地结束了。从此他们开始了幸福生活：罗恩的后宫妻妾成群，她却在荒凉的山洞里喝西北风。

凯瑟琳时不时会注意到，罗恩在校园里出现时，每次和他走在一起的女生都不同，有时是两个或三个。天哪，他难道不会累吗？她想知道。她仍然幻想着有一天他会向她请教拉丁语，但是他再也没有和她说过话。

晚上，凯瑟琳一个人孤独地躺在床上，想起其他女孩和她们的男友之间的那些事，这时浮现在她脑海里的男孩总是罗恩·彼得森。她幻想着他会如何为她宽衣，她会如何慢慢地为他解带，就像浪漫爱情小说里描述的那样：先解开他的衬衣，用手指抚摸他的胸膛，然后解开裤子，脱下短裤。他会把她抱起来，准备放在床上。此时此刻，凯瑟琳突然幽默感大发，大笑不止，他会扭了背，倒在地板上，疼得嗷嗷叫。"笨蛋！"她埋怨自己道，"就连幻想中你都无法完成这件事。"看来她应该出家当修女。她想，修女会不会有性幻想……牧师会不会有性生活，她又开始胡思乱想了。

罗马城外有一座美丽的隐修院，院里绿树成荫，凉风习习，她坐在树下，旁边有个古老的鱼池，她伸手去抚摸被太阳晒得温热的池水。院门开了，一位高个牧师走进院子。他戴着宽边帽，身着一袭黑色长袍，长得和罗恩·彼得森一模一样。

"哎呀，失礼了，小姐，"他轻声说道，"我不知道有访客到了。"

凯瑟琳立马站起来。"是我冒犯了，不该来这里的，"她道歉说，"只是这里太美了，我忍不住进来坐坐喝个茶。"

"欢迎，欢迎。"他向她走过来，幽深的眼睛里冒着光。"亲爱的……我对你撒了谎。"

"对我撒了谎？"

"是的，"他双眼一动不动地盯着她说，"我知道你来了，因为我一直跟着你。"

她感到后背发冷。"可……可是，你是个牧师啊。"

"美丽的小姐，我首先是个男人，然后才是牧师。"他冲过来，想用双臂抱她，不幸踩着自己的长袍绊倒了，掉进了鱼池。

真见鬼！

最近，罗恩·彼得森每天放学后都会去鲁斯特餐馆，坐在离凯瑟琳很远的一个隔间的座位上。他的朋友很快就会坐满隔间，天南海北地胡吹海聊，好不热闹。凯瑟琳站在收银台旁边的柜台后面。每次罗恩进门，都会友好地朝她随意点点头，然后朝他的座位走去。他从不直呼她的名字。他已经忘了她的名字了，凯瑟琳猜道。

每天罗恩走进餐馆时，凯瑟琳总是笑脸相迎，期待着他向她打招呼，邀请她去约会，要她倒杯水，问她是不是处女，或者随便什么都行。凯瑟琳觉得自己和店里的家具差不多，没什么存在感。凯瑟琳冷眼打量着来店里的那些女孩，她觉得除了一个女孩外，她比其他任何女孩都漂亮。那个漂亮的女孩就是琼·安妮，那个经常和罗恩在一起，来自南方的金发女郎，所有女孩加在一起都不如她光彩夺目。天哪，凯瑟琳心想，自己到底哪儿出了问题？为什么没有一个男孩邀她约会？第二天，她找到了答案。

正当凯瑟琳穿过校园向南匆匆赶往鲁斯特餐馆时，她看见琼·安妮和一个她不认识的褐发女孩正穿过草坪向她走来。

"看，原来是巨脑小姐驾到。"琼·安妮说道。

凯瑟琳也很妒忌她们，内心里想的是："那我应该称你们为巨胸小姐了。"但她嘴巴上说的却是："这次文学测验难得要死，对吧？"

"别卖弄你的优越感了。"琼·安妮冷冷地说，"你懂得那么多，都可以教文学课了，而且你能教我们的还远不止这些，对吧，亲爱的？"

她阴阳怪气的语气让凯瑟琳的脸腾地红了。

"我……我搞不懂你含沙射影在说什么。"

"别理她。"那位褐发女孩说道。

"我干吗要放过她?"琼·安妮说道,"她以为自己是什么鬼东西?"

她把目光转向凯瑟琳,说道:"你想知道大家是怎么说你的吗?"

天哪,我不想知道,凯瑟琳心里想。"想知道。"凯瑟琳答道。

"你是女同性恋。"

凯瑟琳盯着她,不敢相信她说的。"你说我是什么?"

"你是同性恋,宝贝。你那假圣人行为可骗不了人。"

"这……这真是太荒谬了。"凯瑟琳气得结巴起来。

"你真以为大家都看不出来?"琼·安妮问道,"你的种种言行都说明你是个同性恋,你只差挂个同性恋的牌子了。"

"但是我……我从来不……"

"那些男孩主动和你发生关系,但你从来都不让他们得手。"

"真的是……"凯瑟琳本能地想要辩解。

"滚开!"琼·安妮说道,"你和我们不是一类人。"

她们走了,凯瑟琳站在原地,呆呆地望着她们离去的背影。

那晚,凯瑟琳躺在床上,辗转反侧,夜不能寐,便开始胡思乱想:

"你都多大了,亚历山大小姐?

"十九岁了。

"你和男性发生过关系吗?

"从没有。

"你喜欢男的吗?

"哪个女孩不喜欢?

"那你有过和女性发生关系的念头吗?"

关于这个问题,凯瑟琳使劲地想啊,想啊。她曾经喜欢过女孩,喜欢过女教师,但那也只是青春期的萌动而已。至于是否有过和女性发生关系的念头,她想了一下那种画面。她开始发抖了。不!她大声喊了出来:"我是个正常人。"可是,如果她是正常人,为什么还傻傻地躺在这里,为什么不像其他女孩一样去谈一段美好的恋爱呢？或许她性冷淡，或许她需要做个什么手术，比如脑叶切除手术。

　　宿舍窗外，东方的天空开始变亮了，凯瑟琳的眼睛仍然睁着，但她已经下定了决心：她要献出自己的童贞，而那个幸运的男人就是每个女孩都梦寐以求的伴侣——罗恩·彼得森。

二　诺艾尔

巴黎—马赛：一九一九——一九三九

她生来就是皇家公主。

降临人间后，她对这世界最初的印象是一只白色的摇篮，摇篮上盖着蕾丝篷盖，上面装饰着粉红色的丝带。摇篮里放满了柔软的动物毛绒玩具、漂亮的娃娃和金色的拨浪鼓。她很快就懂得，只要她张开嘴大哭一声，就会有人赶紧过来抱她哄她。当她六个月大的时候，她父亲会让她坐在婴儿车里，带她去公园里玩，让她抚摸花朵，这时父亲便会对她说："这些花真好看，公主，但是你比它们更好看。"

在家里，父亲常用强壮的臂膀把她抱起来，走到窗前，让她能够看到那些高楼的屋顶。这时，她真的开心。父亲对她说："公主，外面就是你的王国。"他会指着那些停泊在海湾里的船只的高高的桅杆说："看到那些大船了吗？将来有一天，它们统统由你指挥。"

时而有宾客来城堡看她。只有少数特别的人才被准许抱一抱她。其他人只准看一看，于是他们就看着躺在婴儿床里的她，赞美她模样可爱，惊叹她那极其精致的五官、漂亮的金发和柔软的蜜色皮肤。她父亲常常骄傲地说："连陌生人都能一眼看出她是个公主！"父亲还会靠在她的婴儿床边，喃喃地说："有一天，一位英俊的王子会来到你身边，你们会一见钟情。"父亲总是轻轻地把她盖着的温暖的粉红色毯子塞紧，她便会心满意足，进入梦乡。她的整个世界是一幅梦幻般的美景：船只、高高的桅杆和城堡。直到五岁的时候，她才明白自己原来是马赛一个鱼贩的女儿，从小阁楼的窗户里看到的城堡不过是她父亲工作的臭烘烘的鱼市周围的仓库，而她的海军舰队不过是一些破旧的渔船。这些渔船每天天不亮就从马赛出发，下午返回后，把各种散发腥臭味的海鲜倾倒在海滨码头上。

这就是所谓的诺艾尔·佩奇的王国。

诺艾尔父亲的一些朋友曾警告过他："雅克，你可不能给她灌输一些不切实际的空想。否则，她会觉得自己高人一等。"他们的预言果真应验了。

从表面上看，马赛是一座充满暴力激情的城市：这里到处都是两眼充满欲望的水手，他们兜里有钱，碰巧有狡黠的商人抓住商机，来帮助他们摆脱有钱没处花的烦恼。然而，骨子里，马赛与法国的其他城市不同，马赛人有一种团结的意识，这种意识来自为生存而进行的共同斗争，因为马赛的生命线来自海洋，马赛的渔民和世界各地的渔民是一家。只要出了海，无论狂风暴雨还是风平浪静，无论突发灾难还是赶上大丰收，他们都能同舟共济，休戚与共。

雅克·佩奇生了这么一个天使般的女儿，邻居们看了都欢喜得很。在这样一个脏兮兮的散发着腥臭味的城市里，能出一位真正的公主，他们也觉得这真是个奇迹。

生出这样一个美貌绝伦的女儿，诺艾尔的父母自己都觉得很惊讶。诺艾尔的母亲是个身材魁梧、长相粗俗的农妇，乳房下垂，腰圆腿粗。而诺艾尔的父亲，身材矮胖，肩膀宽阔，一双布列塔尼人特有的眼睛又小又多疑，头发的颜色像诺曼底海滩上的湿沙。最初，他以为老天肯定是不小心犯了一个错误，这样一个精致的金发仙女不可能真的属于他和他的妻子。他相信，随着诺艾尔慢慢长大，她终会变成一个十分普通、相貌平平的女孩，就像他朋友的女儿一样。但是，这个奇迹渐渐变成了现实，诺艾尔一天一天长大，出落得越来越漂亮。

家里出了这样一位金发美女，诺艾尔的母亲并没有她丈夫那么大惊小怪。在诺艾尔出生前九个月，诺艾尔的母亲遇到了一位刚从货船上下来的身材魁梧的挪威水手。他是个十分高大的维京美男，金色的头发，笑容温暖诱人。当时，雅克正在鱼市干活，水手便在他们的小公寓里她的床上待了一刻钟。

看到自己生出这么一个美丽的金发碧眼宝宝时，诺艾尔的母亲一度惊恐万分。走到哪里，她都惴惴不安，等着她的丈夫指责她，要她说出孩子真正的父亲是谁。但是，难以置信的是，他或许出于某种私欲，竟认为这孩子是他自己亲生的。

他常常对他的朋友吹嘘道："她的长相一定是隔代遗传了我们家族中的斯堪的纳维亚血统。不过，你们也看得出她长得还是很像我呢！"

他妻子在一旁听他吹牛，一边点头表示同意，一边心里想着，男人都是蠢蛋。

诺艾尔喜欢待在父亲身边。她喜欢父亲那一副笨手笨脚的滑稽相，还有他身上散发出来的有趣的怪味。但有时她也会被父亲的凶狠吓到。看着父亲对母亲大喊大叫，打母亲耳光，她大吃了一惊。这时，父亲脖子上的青筋总是一根根暴出，而母亲总是疼得尖叫，叫声听上去像动物原始的呼喊声，这让诺艾尔心里很痛苦，她多希望自己可以替母亲受苦。

但父亲对诺艾尔却总是很温柔。他喜欢把她带到码头，向与他一起工作的粗鲁的男人们炫耀她的美貌。码头上的人都称她为公主，她感到十分骄傲，为父亲也为自己骄傲。

她想着法子讨父亲欢心。父亲是个十足的吃货，诺艾尔就开始学着给他做饭，做他最喜欢的菜肴，她逐渐取代了母亲在厨房的位置。

诺艾尔十七岁了，打小就看得到的美貌愈发耀眼动人。她已经长大，是个窈窕淑女了：五官清秀美丽，一双紫罗兰色的眼睛格外媚人，金色的头发中带着几分灰色，柔滑飘逸。她的皮肤嫩得出水，呈现亮亮的金色，好似在蜜糖里浸过一样；胸部丰满挺拔，细腰摇曳生姿，双腿匀称，脚踝柔美。她说话时，音质独特、柔和、悦耳。诺艾尔身上散发着性感，强烈但不张扬。但性感还不是她的魔力。她的魔力在于性感外表之下的那纯真的内心，纯真得就像一座没有被人触碰过的岛屿。这两种魅力组合起来的美让人无法抗拒。只要她走在街上，总会有人投来爱慕的眼光。这种爱慕的眼光和马赛城那些妓女日常得到的那种挑逗的眼神是不一样的。她身上那种特别的气质，即使是最迟钝的男人也能察觉出来，这种气质他们以前可没见过，也许以后也不会再见到。每个人都愿意倾尽所有，试图拥有诺艾尔，哪怕只是短暂的拥有。

诺艾尔的父亲当然知道她的魅力。不过，雅克·佩奇在脑子里打着另外一副算盘。他很明白诺艾尔对男人的吸引力。尽管他和妻子从来没有与诺艾尔讨论过男女关系的事，但他确信她仍保持着处女的童贞——这是一个女人的资本啊。他那精明的农民头脑盘算很久了，盘算着如何最好地利用这笔大自然恩赐他的财富。他的计划就是从女儿的美貌那里换取最丰厚的回报——配得上女儿的美貌、对得起他的付出的回报。不管怎么说，他毕竟给了她生命，还供她吃，供她穿，供她上学——她的一切都该属于他。现在是他得到回报的时候了。如果他能让诺艾尔成为某个有钱人的情妇，那么这对她来说是个好归宿，而他也能过上他该过的好日子。当今，世道每况愈下，老实人想要谋生难上加难。战争的阴影开始蔓延至整个欧洲。纳粹在一场令欧洲震惊的闪电政变中进军奥地利。几个月后，纳粹军队占领了苏台德地区；不久，便攻占了斯洛伐克。尽管希特勒一再保证他对其他地区并无野心，但大家都感觉到一场大战即将爆发。

对这些军事行动所造成的影响，法国人的体会特别深刻。政府开始为大规模的国防工作做准备，商店和市场也都出现货物短缺的现象。雅克担心，要不了多久，他们可能会被迫停止捕鱼，到那时他去哪里谋生呢？不能等下去了！解决这个问题的办法就是为他女儿找一个合适的对象。问题来了：他不认识什么有钱人，所有的朋友也都和他一样穷得叮当响，但他不打算让任何一个付不起要价的男人接近他女儿。

雅克·佩奇面临的这个难题无意中被诺艾尔解决了。近几个月，诺艾尔变得越来越焦躁不安。虽然她在课堂上表现很好，但是学校已经开始使她感到厌烦了。她告诉父亲她想找份工作。他默默地打量着她，开始打起了各种小算盘。

"什么样的工作？"他问道。

"我也不知道。"诺艾尔回答说，"或许我可以当一个时装模特吧，爸爸。"

解决问题的办法就是这么简单。

接下来的一周里，每天下午，雅克·佩奇下班回家后，都会仔细地洗个澡，把手上和头发上的鱼腥味洗掉，穿上得体的西装，来到卡纳皮埃大街，这是一条从马赛港旧港口通往富人区的主要街道。他在街上转来转去，逛遍了所有的时装店。他看上去完全是一副乡巴佬误入了绫罗锦缎的上流社会的样子，但他既没察觉也毫不在乎自己是否格格不入。他只有一个目标。当他走到蓬马歇时装店门口时，他找到了他的目标。这是马赛最好的服装店，但这不是他选择它的原因。他选择这家店是因为它属于奥古斯特·拉肖先生。拉肖五十出头，长得丑，秃头，腿又短又粗，一张贪婪的嘴，嘴角不时地抽搐着。他的妻子个头小，从侧面看上去瘦削得像一把精致的短柄斧子。她掌管着试衣间，大声呵斥那些裁缝师傅。雅克·佩奇看了一眼拉肖先生和他的妻子，知道自己已经找到了解决问题的办法。

看到这个穿着低档西装的陌生人进了店，拉肖一脸嫌弃，粗声说："什么事？我能为你做些什么？"

雅克·佩奇狡黠地眨了眨眼，用一根粗手指点了拉肖的胸口一下，颇有意味地笑道："先生，应该是我能为您做些什么。我准备让我的女儿到您这儿来工作。"

奥古斯特·拉肖盯着站在他面前的这个粗俗的男人，一脸茫然。

"你是想让……"

"她明天上午九点准时过来。"

"我还没有……"

雅克·佩奇就这么走了。不到几分钟的工夫，奥古斯特·拉肖就把这件事忘得一干二净了。第二天早上九点，拉肖抬头看到雅克·佩奇走进店里，正准备叫人把这个男人赶出去，这时他看到了男人背后的诺艾尔。这个男人带着他美若天仙的女儿朝他走过来，边走边咧嘴笑着说："她来了，随时可以开始工作。"

奥古斯特·拉肖直勾勾地盯着向他走来的这位可人，不禁舔了舔嘴唇。

"先生，早上好。"诺艾尔笑盈盈地问候道，"我父亲说您给了我一份工作。"

拉肖使劲点了点头，几乎不能相信自己说出的话。"没错，我……我想我们可以安排一下。"他结结巴巴地说道。

拉肖贪婪地打量着诺艾尔的脸蛋和身段，简直不敢相信自己的眼睛。他已经能够想象出拥有这个美人的美妙感觉了。

雅克·佩奇说："好了，你们互相认识一下。"他在拉肖肩上亲切地拍了一下，又使了个眼色，这个眼色可能有很多层含义，但是这位父亲要传递的含义，拉肖立刻就心领神会了。

起初几周里，诺艾尔感觉自己被投进了一个崭新的世界。到店里来的女人穿戴时髦，举止得体。陪她们一起来店里的男人也温文尔雅，对在渔夫堆里长大的诺艾尔来说，他们与那些粗鲁吵闹的渔夫真是有着天壤之别。她人生中第一次在男人身上闻不到鱼腥味。她以前从来没有真正觉察到鱼腥味，因为这股味道早已融进她的生活，但现在一切都突然改变了，这都是她父亲的功劳。看到父亲和拉肖先生那么合得来，她感到十分骄傲。她父亲每周会来店里两三次，拉着拉肖先生溜出去喝一杯白兰地或啤酒。等他们回来时，他们之间似乎很默契。起初诺艾尔不喜欢拉肖先生，但拉肖先生也从未对她做出过什么出格的事情。诺艾尔听店里的一个女孩说，拉肖的妻子有一次在仓库里抓到他和一个模特在一起，她拿起一把大剪刀，差点要了他的命。诺艾尔知道无论自己走到哪里，拉肖的眼睛总是盯着她，但他又总是保持着礼貌，十分客气。"也许，"她放心地想，"他是怕我父亲。"

家里的气氛也突然来了个一百八十度大转弯，变得欢快起来。诺艾尔的父亲不再打她的母亲，无休止的争吵也停止了。晚饭还有牛排和烤肉吃。吃过饭后，诺艾尔的父亲会拿出一个新烟斗，从装得鼓鼓囊囊的皮袋子里取出香气浓郁的烟草。他还给自己买了一套新的西装。国际形势不断恶化，诺艾尔常听父亲和他的朋友讨论局势。他的朋友似乎都觉得渔业生意会受到严重威胁，个个愁眉不展，但父亲雅克·佩奇却处之泰然，显得异常冷静。

一九三九年九月一日，希特勒军队入侵波兰。两天后，英国和法国向德国宣战。

开始征兵了。一夜之间，街上到处都是穿军装的人。对眼前发生的事情，大家都无可奈何，这些事好像似曾相识，感觉像是把以前看过的老电影又看了一遍。但是，大家并不恐惧什么。别的国家在德国军队面前或许有值得恐惧的缘由，但法国是不可战胜的。法国有马其诺防线，那是坚不可摧的堡垒，可以保护法国一千年免遭侵略。不久，宵禁开始了，限额配给也开始了，但这些似乎并没有让雅克·佩奇觉得烦恼。他似乎变了，变得心平气和了。只有一次，诺艾尔见他发了火。那是一天晚上，她正和一个她偶尔约会的男孩在漆黑的厨房里亲吻，灯突然亮了起来，雅克·佩奇站在门口，气得浑身发抖。

他对着吓破胆的小伙子呵斥道："滚出去！把你的脏手从我女儿身上拿开，你这头肮脏的猪！"

小伙子惊慌失措地逃走了。诺艾尔想向父亲解释他们没做任何不规矩的事，但父亲在气头上，根本不想听。

他吼道："你可不要做些自暴自弃的事情。他一个臭小子，根本配不上我的公主！"

那晚，诺艾尔辗转反侧，默念着父亲对自己的各种宠爱，发誓以后不再做任何让他不开心的事。

一天傍晚，快到下班时间了，店里来了一位顾客，拉肖让诺艾尔试穿几件衣服。顾客走后，除了拉肖和他妻子，所有人都下班了，妻子正在办公室里整理账簿。诺艾尔走进空荡荡的更衣室换衣服。突然拉肖闯了进来，诺艾尔当时只穿着内衣和内裤。拉肖盯着她，嘴唇开始抽搐。诺艾尔想伸手去拿衣服，可是她还没来得及把衣服穿上，拉肖就一把将她搂住。诺艾尔心里充满了厌恶，浑身难受，她试图把他推开，却推不开。"你真漂亮。"拉肖低声说，"美人，和我在一起吧，你会很开心的。"就在这时，传来了拉肖妻子的喊声，他不情愿地放开诺艾尔，匆匆跑出了更衣室。

在回家的路上，诺艾尔犹豫是否要将这件事告诉父亲。他很可能会杀了拉肖。她憎恨拉肖，不想靠近他，但她需要这份工作。而且，如果她辞职，父亲可能会很失望。她决定暂时什么也不说，自己想办法解决。那周过后的周五，拉肖妻子接到一个电话，说她在维希的母亲生病了。拉肖开车把妻子送到火车站，就飞快地赶回了店里。他把诺艾尔叫到办公室，说要带她出去过周末。诺艾尔盯着他，觉得莫名其妙，一开始还以为他是在开玩笑。

"我们去维埃纳吧，那儿有世界上最豪华的餐厅——金字塔餐厅。价格十分昂贵，不过没关系，对那些对我好的人，我可是十分慷慨的。你多长时间能收拾好东西跟我走？"

她盯着拉肖。"绝不去"是她唯一能想到的话。诺艾尔说了声"绝不去"，就转身跑回店堂了。拉肖先生盯着她的背影看了一会儿，怒不可遏，随即抓起桌上的电话。一小时后，诺艾尔的父亲来到了店里。他径直向诺艾尔走去，诺艾尔的脸上露出如释重负的神色。父亲肯定是预感到有什么不对劲，赶来救她的。拉肖站在办公室门口观望着。父亲一把抓住她的胳膊，拉着她进了拉肖的办公室，然后转过身来看着她。

"爸爸，你可来了，我真高兴。"诺艾尔说，"我……"

"拉肖先生跟我说他给了你一个好机会，你拒绝了。"

她盯着父亲，满脸疑惑。"好机会？他要求我和他一起出去过周末！"

"所以你拒绝了？"

诺艾尔还没来得及回答，她父亲就甩掉她的胳膊，狠狠地在她脸上扇了一巴掌。她呆呆地站在那里，难以置信，耳朵嗡嗡作响，恍惚中听到父亲说："笨蛋！笨蛋！是时候为别人着想了，你这个自私的小杂种！"说完，他又打了她。

半小时后，诺艾尔的父亲站在路旁，目送她和拉肖先生同车前往维埃纳。

旅馆房间里有一张很大的双人床，还有一些简单的家具，墙角有一个盥洗台和一个脸盆。拉肖先生可不是一个会乱花钱的人。他给了侍者一点小费，侍者一离开，他便急不可耐地向诺艾尔求欢……"天哪，你真是太美了！"他喘着粗气说。他脱了她的衣服，把她放在床上。诺艾尔僵硬地躺在那儿，一动不动，好像休克了一样。从坐上车到现在，她没有开口说过一句话。拉肖希望她不是病了，不然他是没办法向警察或者他妻子解释清楚的。他急忙脱掉衣服，扔到地上，扑向诺艾尔……

诺艾尔麻木地躺在那儿，脑海中反复回荡着父亲的吼叫声："有一个像拉肖先生这么善良的绅士愿意照顾你，你还不感激？你能做的就是好好对拉肖先生。这么做是为我好，也是为你自己好。"此时发生的一切就像是噩梦。最初，她以为父亲是没有明白拉肖的真正意图。但她越想解释，父亲打她打得越厉害，还呵斥道："要你怎么做，你就乖乖地照做。这么好的机会，其他女孩提着灯笼也找不到！"诺艾尔抬头看着拉肖，看着他矮胖丑陋的身体，牲畜般抽搐的脸，以及猪一样贪婪的眼睛。她父亲就把她卖给了这样一个"王子"，那个她深爱着的、珍惜她的、不忍心让她把自己浪费在任何不值得的人身上的好父亲！她联想起了突然出现在饭桌上的牛排、父亲的新烟斗和新西装，不禁感到一阵恶心。

接下来的几个小时，诺艾尔经历了死亡和涅槃。原来的"公主"诺艾尔已经死去，重生的诺艾尔要做一个交际花。她开始慢慢看清她的真实处境，以及发生在她身上的一切。前所未有的仇恨顿然升起。她永远不会原谅父亲的背叛。让她觉得奇怪的是，她现在不再恨拉肖了，因为她慢慢开始懂这个男人了，他身上有所有男人都有的弱点。诺艾尔决定，从现在开始要利用男人的这个弱点，将它变成自己的优势。父亲说得没错，她确实是公主，世界在她的掌握之中。现在，她知道该怎么做了。很简单，男人统治世界靠的是力量、金钱和权力，因此要统治整个世界，她必须统治男人们，或者至少统治一个男人。为此，她必须有所准备。她有很多东西要学，现在就开始学，而拉肖就是她的试验品。她开始尝试着了解男人的身体。狂热中的拉肖根本不在乎诺艾尔只是机械地躺在那儿。只要看到诺艾尔美丽青春的胴体，他就可以亢奋起来。妻子那中年妇女的身体皱得像手风琴似的，而马赛妓女们廉价商品一样的身体，他已经看腻了。面前的这位青春少女简直就是他生活里的奇迹，而这种奇迹才刚刚开始发生。他第二次求欢后，诺艾尔开口说话了："躺着别动。"她开始在他的身上找出所有敏感部位，让他一次一次亢奋。诺艾尔感觉这事就像按几个按钮那么简单。她每次一按这些按钮，他准会亢奋。太简单了。这里就是培养新的诺艾尔的学校，这就是她要受的教育。这就是她获得权利的开始。他们在旅馆待了三天，压根没想着去金字塔餐厅；在这些日日夜夜里，拉肖把他所知道的丁点性知识教给了诺艾尔，而诺艾尔自己则发现了一个新大陆。

在他们驱车返回马赛途中，拉肖飘飘欲仙，觉得自己是全法国最幸福的人。过去，他在一家私人餐厅里，和女店员在沙发上有过短暂的风流韵事；他和妓女讨价还价，吝啬地为情妇们准备礼物，对妻子和孩子也是出了名地吝啬。现在他却发现自己变得十分慷慨。"诺艾尔，我给你安排一间公寓。你会烧菜做饭吗？"

"我会。"诺艾尔回答说。

"太好了。每天中午我会过来吃饭。一周我会过来陪你吃两三次晚饭。"

他轻轻拍了下她的腿，"你觉得怎么样？"

"听上去好极了。"诺艾尔说。

"我还会给你零花钱。当然不会很多。"他赶紧补充道，"但足够让你时不时地出去逛逛，买些心爱的东西。我只要求你不得另有相好。你现在是属于我的。"

"都听你的，奥古斯特。"诺艾尔说。

拉肖心满意足地长舒了一口气，等他再张口说话时，声音变得十分柔和："我从未对任何人有过这种感觉。你知道为什么吗？"

"我不知道，奥古斯特。"

"因为你让我觉得自己还年轻。我们会在一起生活得十分幸福。"

后来的那段路程，他们一言不发，心里打着各自的算盘。拉肖在做幸福美梦，诺艾尔也在为自己的梦想盘算着。等他们回到马赛时，已经是晚上了。

"明天上午九点，你到店里来。"拉肖说完，顿了一下又说，"如果你早上觉得困，就多睡一会儿，九点半来也可以。"

"谢谢你，奥古斯特。"

他掏出一把法郎，向诺艾尔递过去。

"拿着，明天下午去找一间公寓。这是押金，剩下的我之后再给你。"

诺艾尔看着拉肖手里的法郎，没有要接的意思。

"怎么了？"拉肖问道。

"我希望我们有一个真正像样的地方住，这样我们才能享受在一起的时光。"诺艾尔说道。

"我可不是有钱人。"拉肖着急了，说道。

诺艾尔会意地对他莞尔一笑，便把手放在了他的大腿上。拉肖盯着她看了很长时间，然后点点头。

"你说得没错。"他把手伸进钱包，一边一张一张抽着钞票，一边看着她的神色。

等到她似乎满意了，他才停下来，为自己的慷慨大方而感到扬扬得意。花些钱又有什么关系呢？拉肖可是十分精明的商人，他知道只有这样才能将诺艾尔牢牢锁在自己身边。

诺艾尔看着拉肖十分高兴地驾车走后，就上了楼，收拾行李，取出了偷偷藏的积蓄。夜晚十点，她已经在前往巴黎的火车上了。

第二天清晨，火车驶入巴黎车站时，月台上挤满了行色匆匆的人，有人刚抵达巴黎，当然，还有人想要逃离巴黎。车站里的喧闹声震耳欲聋，人们互相问候，热泪盈眶地道别，粗鲁地推推搡搡，但诺艾尔都不介意。她一下火车，甚至还没来得及仔细看看这个城市，就知道自己到家了。此时此刻，马赛似乎变成了一个陌生的城市，而巴黎才是让她产生归属感的城市。这是一种十分新奇、令人陶醉的感觉，诺艾尔陶醉其中，沉浸在喧闹、人群和兴奋之中。这一切都属于她。她要做的就是宣布她的所有权。她提起手提箱，朝出口走去。

出了车站，外面阳光灿烂，车水马龙，车辆飞速驶过。诺艾尔突然踌躇不前，意识到自己无处可去。六辆出租车在车站前排成一列，她进了第一辆车。

"去哪儿？"

她迟疑了一下。"嗯，麻烦您推荐一家又好又便宜的旅馆，好吗？"

司机转过身来，仔细打量着她。"你是第一次到巴黎来？"

"是的。"

司机若有所思地点了点头，说："我猜你是来找工作吧？"

"是的。"

"你的运气来了。"他说，"你做过时装模特吗？"

诺艾尔激动得心都要跳出来了，她说："其实，我之前就是干这个的。"

"我姐姐在一家大型时装店工作，"司机告诉她，"碰巧她今天早上说有一个女孩离职了。你想去看看他们还缺人吗？"

"那实在是太好了。"诺艾尔回答道。

"把你送到那里去，要十个法郎。"

她皱了皱眉头，没说话。

"绝对值这个价。"司机保证道。

"好吧。"诺艾尔仰身靠在座位上。司机挂上挡，驾车汇入疯狂的车流，向市中心驶去。司机一边开车一边喋喋不休，但诺艾尔一个字也没听进去。巴黎是她的王国，她正陶醉于这里的美景。虽然停电了，巴黎显得没有那么繁华，但是对诺艾尔来说，巴黎仍是一座充满魔力的城市。巴黎有它独特的优雅和风格，甚至是一种别具一格的风韵。他们驶过巴黎圣母院，越过新桥，来到右岸，朝福煦元帅大街方向驶去。远处，埃菲尔铁塔清晰可见，高高耸立在巴黎上空。通过后视镜，司机时刻可以看到诺艾尔脸上的表情。

"巴黎很美吧？"

"确实很美。"诺艾尔平静地说道，她仍然不敢相信自己已经到了巴黎。这里才是一个公主的王国……一个她应该待的地方。

在普罗旺斯大街上一座深灰色的石头砌成的大楼前，出租车停了下来。

"到了。"司机大声说，"车费两法郎，工作介绍费十法郎。"

"我怎么能确定他们还招人呢？"诺艾尔问道。

司机耸了耸肩。"我说过，那女孩今早刚走。如果你不想进去，我可以把你带回车站。"

"不。"诺艾尔连忙说道。她打开钱包，拿出十二法郎给了司机。司机看了看钱，又看了看她。诺艾尔似乎想起了些什么，尴尬地将手伸进钱包，又掏出一个法郎给了司机。

司机点头致谢，可脸上挤不出一丝笑容，不耐烦地看着她把手提箱拎下了车。

正当司机准备开车离开的时候，诺艾尔问道："你姐姐叫什么名字？"

"珍妮特。"

诺艾尔站在路边，看着出租车开走后，才开始打量这座大楼。门口没有招牌，不过她想一家时装店也未必需要招牌，大家都知道它在哪儿。她拿起手提箱，走到门口，按了门铃。过了一会儿，一个穿着黑色围裙的侍女开了门，表情漠然地看着诺艾尔。

"找谁？"

"打扰了，"诺艾尔说，"听说这里需要一个时装模特？"

侍女打量了她一番，眨了眨眼。

"谁让你来的？"

"珍妮特的弟弟。"

"进来吧。"侍女说着，把门打开些，诺艾尔走进了一个十九世纪装修风格的大厅。天花板上挂着一盏巨大的百家乐吊灯，大厅四周还吊着好几盏灯。

透过一扇开着的门，诺艾尔看到一间客厅，里面摆满了古老的家具，还有一座通往楼上的楼梯。一张精美的细工镶嵌桌上摆放着《费加罗报》和《巴黎回声报》。"在这儿等着，我去看看苔莱夫人这会儿有没有空见你。"

"谢谢你。"诺艾尔说。她放下手提箱，走到墙上的一面大镜子前。因为坐火车，衣服已经变得皱皱巴巴，她突然后悔自己还没有梳洗打扮，便冲动地来到这里。给人留下好印象可是很重要的。尽管如此，她看向镜子，发现自己看起来还是很美。她完全清楚这一点，她将自己的美貌当作一种财富，可以像其他财富一样加以利用。诺艾尔从镜子里看到一个女孩正从楼梯上走下来，她便转过身来。这女孩身材很好，长得也很漂亮，身穿一条棕色的长裙和一件高领衬衫。显然，这里的模特质量很高。她冲诺艾尔微微一笑，走进了客厅。过了一会儿，苔莱夫人来了。她四十多岁，个子不高，微微发胖，冰冷的眼神里透着精明，身着一件精美礼服，诺艾尔估计至少值两千法郎。

"雷吉娜跟我说你想找份工作。"苔莱夫人说道。

"是的，夫人。"诺艾尔答道。

"你是哪里人？"

"马赛。"

苔莱夫人轻蔑地哼了一声，说："那里可是醉醺醺的水手们的乐园。"

诺艾尔羞愧地低下了头。

苔莱夫人拍拍她的肩膀。"没关系，亲爱的。你多大了？"

"十八。"

苔莱夫人满意地点了点头。"很好，我想客人会很喜欢你的。你在巴黎有家吗？"

"没有。"

"好极了。你准备好马上开始工作了吗？"

"噢，是的。"诺艾尔爽快地答应了。

楼上传来阵阵嬉笑声。过了一会儿，一个红发女孩挽着一个胖胖的中年男子走下楼梯。那女孩只穿了一件薄薄的睡衣。

"你们结束了？"苔莱夫人问道。

"我把安吉拉累坏了。"男人咧嘴一笑，瞥见了诺艾尔，"这个小美人是谁？"

"她是伊薇特，新来的姑娘。"苔莱夫人说完，又毫不迟疑地补充道，"她是昂蒂布人，一个亲王的女儿。"

"我还从没有和公主上过床呢！"男人大声喊道，"要价多少？"

"五十法郎。"

"你可真会开玩笑。三十。"

"四十。相信我，不会让你失望的。"

"好吧，成交。"

他们转身找诺艾尔时，她已经不见了。

诺艾尔漫无目的地在巴黎的大街上走着，走了一小时又一小时。在香榭丽舍大街上，她从一头走到另一头，又去了丽都商场闲逛，每一个橱窗前她都会驻足，呆呆地看着橱窗里的珠宝、裙子、皮包和香水，完全沉醉在这个令人眼花缭乱的繁荣都市里。她想，如果没有货物短缺，巴黎更不知道会是怎样一片繁荣的景象呢。身体里的一个她对自己说，你可真是个乡巴佬，但另一个她又告诉自己，总有一天这些东西她都会拥有。她不停地在街上走着，直到感觉到疲倦和饥饿，才发现因为急于从苔莱夫人那里逃出来，钱包和行李都忘了拿。但她也没打算回去，她想之后找个人去取。

刚到巴黎就碰上这种事，诺艾尔既不震惊，也不沮丧。诺艾尔很清楚交际花有别于妓女：妓女可不会改变历史的滚滚车轮，而交际花却不同。当下最要命的问题是她身无分文。在明天找到工作前，她必须想办法生存下去。天空逐渐被夜色晕染，商店和旅馆的门卫都忙着拉起遮光帘，以防空袭。为了解决眼前的当务之急，诺艾尔得找人请她吃一顿热腾腾的晚餐。她向一个宪兵问了路，就直奔克利翁酒店而去。酒店外面，令人望而生畏的铁百叶窗把窗户遮得严严实实，但里面，整个大厅都显得异常柔和优雅。诺艾尔自信满满地走了进去，仿佛是酒店的常客。她在电梯对面的椅子上坐了下来。她以前从来没有做过这样的事，不禁有些紧张。但她想到对付奥古斯特·拉肖是多么容易，便又拾起了自信。男人真的很好对付，只要记住一个秘诀：总是让男人感到需要你，你就可以得到想要的一切。诺艾尔环顾大厅四周，决定找寻一位没有女伴的男子。想要吸引他并非难事：一个人孤独地享用晚餐自然比不上有美女做伴好。

“抱歉打扰，小姐。”

诺艾尔回头看见一个穿着深色西装的高个子男人。她听说过侦探，却从没见过。眼前的这个人无疑就是干这个的。

“小姐是在等人吗？”

“没错，”诺艾尔答道，试图保持声音镇静，“我在等一个朋友。”

突然，她机灵地意识到，自己身上的衣服皱皱巴巴，手里也没拿钱包。

“你朋友是酒店的住客吗？”

“他……嗯……我不清楚。”内心开始恐慌了。

侦探打量了诺艾尔一会儿，突然语气强硬地说道：“请出示一下你的证件。”

“我……我没带在身上。”诺艾尔结结巴巴地说，“我弄丢了。”

“也许小姐愿意跟我走一趟。”侦探一边说着，一边牢牢地抓住了诺艾尔的胳膊，她不得不站了起来。

就在这时，有人抓住她的另一只胳膊说：“对不起，我迟到了，亲爱的，你也知道那些讨厌的鸡尾酒会有多拥挤，要闯开一条路才出得来。等很久了吗？”

诺艾尔转过身看着讲话的人，满脸惊讶。他个子很高，身材瘦削，面容冷峻，身上的军装她似乎从没见过；一头蓝黑色的头发，中间高耸；眼睛幽深，像暴风雨中黑暗的大海；睫毛又长又密，五官看起来像一枚旧的佛罗伦萨硬币。这是一张不同寻常的脸，两边的轮廓显得有些不对称，像是铸币工的手滑了一下，脸部表情异常活泼，动感十足，仿佛随时都准备好微笑、大笑，抑或是皱眉。单看这张脸，人们肯定会误认为是一位漂亮的女性，不过他下巴坚毅，极富男子气概，上有一条深深的裂缝，免去了被误认为是女性的尴尬。

他指着侦探说道：“这位先生在骚扰你吗？”他的声音低沉，说法语时带着轻微的口音。

“不……不，没有。”诺艾尔一脸茫然地回答说。

“对不起，先生，”酒店侦探赶紧说，“我误会了。我们这里最近遇到了一些问题……”接着，他又对诺艾尔说：“请接受我的道歉，小姐。”

陌生人看着诺艾尔说："嗯，现在我也不知道该怎么办。你接受他的道歉吗？"

诺艾尔镇定地咽了口唾沫，赶忙点了点头。

那人对侦探说："小姐对你宽宏大量，接受你的道歉。以后可小心点。"说罢，他挽起诺艾尔的胳膊，朝门口走去。

等他们走到街上，诺艾尔对他说："先生，我……我真不知道该如何谢你。"

"我从来都不喜欢警察。"陌生男子笑着说，"给你叫辆出租车吧？"

"不用了。"诺艾尔看着他，想到自己目前的处境，心中又不觉惊慌起来。

"好吧，再见。"他走到一辆出租车旁，正准备钻进去，回头看见诺艾尔还站在那儿，一动不动，呆呆地望着他。酒店门口，那个侦探仍在盯着他们。陌生人犹豫了一下，随即又走回诺艾尔身边。"你最好离开这里，看来我们的'朋友'似乎还没放过你。"他劝她道。

"我没地方可去。"她答道。

他点了点头，把手伸进了衣袋。

"我不要你的钱。"她赶紧说道。

他满脸惊讶地看着她，问道："那你想要什么？"

"陪你一起吃晚饭。"

他笑了，说道："抱歉，我今晚有约了，已经迟到了。"

"那你走吧，"她说，"不用管我。"

他把钞票塞回衣袋里。"请便吧，亲爱的，再见。"说完，他便转过身，又朝着出租车走去。诺艾尔望着他的背影，不知道自己是怎么了。她知道自己这样做很愚蠢，但她也清楚她做不了别的。从第一眼看到他的那一刻起，她就感觉身体有一种前所未有的反应，有一种强烈到她几乎可以伸手触摸到的情绪波动。可现在，她竟然连他的名字都不知道，也许再也见不到他了。诺艾尔朝酒店的方向看了一眼，发现侦探正冲着她走过来。都怪自己太莽撞。这一次，没人会来解救她了。突然，她感觉到一只手搭在她的肩膀上，正当她转身瞧是谁的时候，她已经被抓住了胳膊，推向了出租车。那个陌生男子迅速将车门打开，两人一起钻了进去。他给了司机一个地址，出租车开走了，只留下侦探站在路边，傻傻地看着他们远去的背影。

"你的约会怎么办？"诺艾尔问道。

"是一个舞会，"他耸耸肩，说道，"多带一个人也没关系。我叫拉里·道格拉斯。你叫什么名字？"

"诺艾尔·佩奇。"

"你是哪里人，诺艾尔？"

她转过身来，看着他那双明亮的黑眼睛，说道："昂蒂布人，我是亲王的女儿。"

他不禁笑了起来，露出了齐整洁白的牙齿。

"好的，公主殿下。"他说。

"你是英国人吗？"

"我是美国人。"

她端详了一会儿他的军装。"美国可没有参战。"

"我在英国皇家空军服役。"他解释说，"他们刚刚组建了一支美国飞行员中队，叫雄鹰中队。"

"那你为什么要替英国打仗？"

"因为英国正在为我们作战，"他说，"不过我们还不太清楚其中的玄机。"

诺艾尔摇摇头。"我才不信，希特勒是德国佬中实足的小丑。"

"也许吧。不过他这个小丑却知道德国要的是什么：统治全世界。"

诺艾尔着迷地听着拉里讨论希特勒的军事战略：为什么突然退出国际联盟，以及与日本和意大利签订共同防御条约。诺艾尔完全被他迷住了，不是因为他所讲的内容，而是因为她喜欢看他说话时的表情。拉里说话的时候，黑色的眼睛里闪烁着热情的光芒，闪烁着令人无法抗拒的生命力。

诺艾尔从没见过像他这样的奇人——毫不保留地散发着自己的独特魅力。他性格开朗，热情活泼，享受生活，感染着周围的每一个人，并确保他们都很享受。他就像一块磁铁，吸引着每一个靠近他的人。

他们来到了舞会现场，舞会在切芒弗街上的一座楼房的小套间里举行。公寓里挤满了一群欢声笑语的人，大多数都是年轻人。拉里把诺艾尔介绍给了女主人——一个令无数男人为之倾倒的性感红发女郎，随后他就被人群吞没了。诺艾尔瞥见拉里被一群年轻女孩团团围住，每个女孩都在试图吸引他的注意。而他仿佛并没有意识到自己的魅力，诺艾尔心想。他好像完全不知道自己有多迷人。有人请诺艾尔喝酒，还有人主动给她端来一盘食物。她一下子觉得不饿了。她只想和那个美国人在一起，想让他远离那些围在他身边的女孩。有几个男人走过来，试图和诺艾尔交谈，但她的心思完全随另一个人飞走了。自从他们来到舞会，那个美国人就完全无视她，好像她不存在一样。是啊，他为什么一定要在乎她呢？诺艾尔想。他都可以在舞会上拥有任何一个女孩，又何必搭理她呢？这时，又走来两个男人试图与诺艾尔聊天，可她完全无法集中注意力。房间突然变得闷热起来，难以忍受。她四处张望，想找个空子溜出去。

突然，一个声音在她耳边说："我们走吧。"过了一会儿，她便和那个美国人走到了街上。晚风拂面，十分凉爽。在德国人布设在空中的隐形监视下，整座巴黎城显得黑暗而安静，汽车在街道上滑行，就像在幽暗海底默默穿游的鱼群。

叫不到出租车，他们便一路步行至胜利广场上的一个小酒馆吃晚饭，这时诺艾尔发现自己早已饿得前胸贴后背。她端详着坐在她对面的那个美国人，不知道自己究竟怎么了。仿佛他触碰到了她内心深处的泉源，而她从来不知道这泉源的存在。幸福的泉水不断从泉源里溢出，快要将她淹没。他们无话不谈。她讲述了自己的身世；他告诉她，他是南波士顿人，更具体点说，是住在波士顿的爱尔兰人。他的母亲出生在凯里郡。

"你在哪儿学的法语，能把法语讲得这么好？"诺艾尔问道。

"我小时候常去昂蒂布海角过暑假。我父亲曾是股市大亨，后来被熊市毁了。"

"熊？"

拉里知道她不懂，于是就把美国证券市场种种神秘的赚钱方式向她解释了个遍。诺艾尔对他讲话的内容并不在意，只想听他不停地讲话。

"你住在哪里？"

"无处可去。"她告诉了他出租车司机和苔莱夫人的事，还说了一个胖子以为她是公主，愿意为她付四十法郎的事。他听了哈哈大笑。

"你还记得那栋房子在哪儿吗？"

"记得。"

"那我们去那儿吧，公主。"

他们找到了那座普罗旺斯大街上的房子，来开门的还是那个穿着黑色围裙的侍女。侍女一看是个英俊的美国男子，不禁两眼放光，但当她看到和他在一起的人是谁时，眼神立马变得阴沉起来。

"我们想见苔莱夫人。"拉里说。侍女把他们带到接待大厅就走了。远处的客厅里有几个年轻女孩。几分钟后，苔莱夫人姗姗走了进来。"晚上好，先生。"她对拉里问候道，又转头对诺艾尔说，"啊，我希望你改变主意了。"

"她没有改变主意。"拉里和善地说，"您这里应该还有些属于公主的东西吧。"

苔莱夫人疑惑地看着他。

"她的箱子和钱包。"

苔莱夫人犹豫了一会儿，便离开了房间。几分钟后，侍女拿着诺艾尔的钱包和手提箱来了。

"谢谢。"拉里说道。他转头对诺艾尔说："公主，我们走吧。"

那天夜里，诺艾尔和拉里在拉斐特街上找了一家干净的小旅馆住下。这也没什么大惊小怪的，因为对他们俩来说，这一切都是水到渠成的事。那天晚上，诺艾尔兴奋得发狂，她整晚都躺在拉里的怀里，紧紧地抱着他，比她想象的还要开心。

第二天早上，他们醒来，互相亲吻了对方，便出门在巴黎城里逛了个够。拉里是个出色的向导，为了讨诺艾尔开心，他把巴黎变成了诺艾尔的玩具。中午，他们在杜伊勒里宫进午餐，接着在马尔迈松逛了一整个下午，后来又去了圣母院尽头的孚日广场漫步，这里是巴黎最古老的区域，由路易十三建造。他还带她去了一些游客不怎么去的地方，比如摆满了五颜六色货摊的莫贝尔广场、鸟儿和动物经常光临的梅吉瑟里码头……他们穿过布西市场，听着小贩们的喧闹叫卖声，竭力推销新鲜西红柿、海藻养殖的牡蛎、贴着整齐标签的奶酪。他们还去蒙帕尔纳斯逛了逛。在塞纳河游船上吃过晚餐后，他们一直在巴黎中央市场逛到半夜；凌晨四点，又和一群肉贩、卡车司机喝着法式洋葱汤闲聊。一圈逛下来，拉里结识了一大群朋友。诺艾尔知道，这都是因为拉里的笑容极具感染力，这是天赋。拉里教她如何开怀大笑，她才知道自己也可以笑得如此开心。拉里就像上帝赐予她的礼物。她感谢拉里的出现，也深深地爱着他。回到旅馆时，已是黎明。诺艾尔已疲惫不堪，但拉里似乎永远不觉疲惫，总是活力满满。诺艾尔躺在床上，看着拉里站在窗边注视着太阳从巴黎上空升起。

"我爱巴黎。"他说，"这里就像一座庙宇，见证了人类做过的最好的事情。这是一座充满了美丽、美食和爱情的城市。"他转身对她说："当然，排名不分先后。"

诺艾尔看着拉里向她走来，慢慢地躺到了她身边。她抱着拉里，享受抱着他的感觉，以及他身上的男人气味。诺艾尔会想起她的父亲，以及他是如何出卖自己的女儿的。她曾经拿父亲和拉肖来判断过一切男人，而现在她知道这是不对的，因为这世上还有像拉里·道格拉斯这样好的男人。诺艾尔清楚地知道，除了拉里，她不会再爱上任何人。

"公主，你知道世界上最伟大的两个人是谁吗？"拉里问道。

"你呀。"诺艾尔答道。

"威尔伯·莱特和奥维尔·莱特兄弟俩。他们带给了人类真正的自由。你坐过飞机吗？"她摇了摇头。"我们家在蒙托克有一处避暑胜地——在长岛的尽头，当我还是个孩子的时候，我经常看着海鸥在海滩上空盘旋，乘风破浪，那时我就想让我的灵魂永远与它们同在。还不会走路时，我就想成为一名飞行员。九岁时，家里的一个朋友开着一架旧双翼飞机，让我在空中飞了一会儿。十四岁时，我上了人生第一节飞行课。在天空中时，我才真正感觉到自己是活着的。"

愣了愣，他又继续说道："一场世界大战即将爆发，德国想占有一切。"

"德国战胜不了法国，拉里。没有人能跨越马其诺防线。"诺艾尔说道。

拉里不屑地说："可我却跨过马其诺防线一百多次了。"诺艾尔疑惑地看着他。"在空中跨的，公主。马上就要有一场空中之战了，而我会参与其中。"

沉默片刻后，拉里突然认真地说道："我们干吗不去结婚呢？"

诺艾尔一生中最幸福的时刻到了。

周日，诺艾尔和拉里都懒洋洋的，哪儿也不想去。在蒙马特尔的一家露天咖啡馆吃过早餐后，他们便回到旅馆。诺艾尔从未见过像拉里这样精力旺盛的人，她只要静静地躺在床上，听着拉里谈天论地，看着他在房间里走来走去，能和他待在一起，就已经心满意足了。诺艾尔心想，世事可真是难以预料啊。她从小被父亲唤着"公主"长大，而现在，尽管是玩笑，但拉里仍称呼她"公主"。和拉里在一起，诺艾尔才找到了自我。她恢复了对男人的信心，拉里就是她的全世界，有了拉里，世上其他任何东西都无足轻重。诺艾尔难以相信自己竟会有如此好的运气，能遇上拉里。她想，拉里也一定和她有同样的感觉。

"我本来计划战争结束前绝不结婚。"拉里对诺艾尔说道，"让计划见鬼去吧！计划就是用来改变的，对吧，公主？"

诺艾尔点了点头，感觉突如其来的幸福要把她炸晕了。

"我们去乡下公证结婚吧，"拉里说，"还是说你想有个很隆重的婚礼？"

诺艾尔摇摇头。"去乡下结婚听起来很棒。"

拉里点了点头。"那就这么说定了。今晚我要回中队报到，下周五我们在这儿见，行吗？"

"我……我不知道我是否能忍受离开你那么久。"诺艾尔的声音颤抖着。

拉里抱着她问道："你爱我吗？"

"我爱你超过我的生命。"诺艾尔真诚地答道。

两个小时后，拉里已经在返回英国的路上了。他没有让诺艾尔送他去机场。"我不喜欢道别。"拉里说。他给了诺艾尔一大把法郎。"去买件婚纱吧，公主。我们下周见。"就这样，拉里走了。

接下来的一周，诺艾尔欣喜若狂，她又去了一遍她和拉里去过的地方，花了很长时间幻想他们在一起的美好生活。时间仿佛被冻结了，时钟上的分针固执地不肯移动，诺艾尔感觉自己快要疯掉了，只盼望周五能够早点到来。

诺艾尔跑了十几家服装店挑选婚纱，终于她找到了最满意的一件。这件婚纱由白色透明硬纱制作而成，搭配高领贴身上衣。婚纱的袖子很长，上面镶嵌着六粒珍珠扣，婚纱下还有三层衬裙。这件婚纱的价格比诺艾尔预想的要贵得多，但她毫不犹豫。她用掉了拉里留给她的所有钱和她自己几乎所有的积蓄。拉里就是她世界的中心，她绞尽脑汁回忆着让他开心的所有场景，想用尽一切手段来让他开心。诺艾尔觉得自己就是一个芳心初开的小女生。

就这样，诺艾尔在焦急的痛苦中等待着周五的来临。终于，到了周五这一天。黎明时分，诺艾尔便起了床，花了两个小时洗澡、穿衣服、换衣服、再换衣服，猜测哪一件衣服拉里最喜欢。她穿上了结婚礼服，但又怕提前穿上会招来不幸，于是很快又脱了下来。整个早晨，她兴奋得发狂。

上午十点，诺艾尔站在卧室的穿衣镜前，这是她见过的自己最美的样子。她这样评价自己，不是出于自负，而是为拉里感到高兴，她很高兴能把最美的自己献给拉里。到了中午，拉里还没有出现，诺艾尔后悔没有向他问清楚回来的具体时间。每隔十分钟，她就给服务台打一次电话，询问有没有留言，还不停地拿起话筒，确认电话是否正常。晚上六点钟，还是没有任何消息。到了午夜，他还没有打电话来。诺艾尔蜷缩在椅子上，盯着电话，希望它能响起来。诺艾尔睡着了，当她醒来的时候，已经是周六的黎明了。她依然蜷缩在椅子上，四肢麻木，全身冰冷。精心挑选想穿给拉里看的衣服也已皱皱巴巴，长筒袜也抽丝了。

诺艾尔换了衣服，整天都待在房间里没有出门。她站在打开的窗户前，告诉自己，如果她待在这里，拉里就会出现；如果她离开，拉里就会发生不幸的事情。诺艾尔又从上午等到了下午，还是没有拉里的消息，她开始确信，是发生了意外。拉里的飞机坠毁了，他躺在田野里或者医院里，受了伤，抑或是死了。诺艾尔的脑海里充满了可怕的幻想。周六晚上，诺艾尔坐了整整一晚，担心得要发疯了，不敢离开房间，也不知道如何联系拉里。

周日中午，拉里还是没有一点消息，诺艾尔再也无法忍受了。她必须要给他打电话。怎么打？战争爆发后，国际电话很难打通，她甚至不确定拉里到底在哪里。她只知道他在英国皇家空军的美国中队里。她拨通了总机接线员的电话，表明自己想要找到拉里。

"这不可能。"接线员回答得十分干脆。

诺艾尔解释了她和拉里的情况，不知是她的解释起了作用，还是她声音中几近疯狂的绝望打动了接线员，反正两小时后，她成功与位于伦敦的英国陆军部接上了线。但他们爱莫能助，便帮她把电话转到了白厅的空军部，空军部又帮她转接到作战指挥部。电话到这里，就断了，什么消息也没有。又过了四个多小时，诺艾尔才重新联系上作战指挥部，那时她已处于歇斯底里的边缘。空中作战部无法向她提供任何信息，建议她去找陆军部求助。

"我已经和他们说过了！"诺艾尔对着话筒尖叫。她开始抽泣起来，电话那头的那个英国男声尴尬地说："别哭，小姐，也许事情没那么糟。等一下，先别挂。"

诺艾尔手里拿着话筒，知道已经没有希望了，她确信拉里已经死了，而她永远不会知道他是在何时何地死的。正当她准备挂电话时，那个男声再次在她耳边响起，兴高采烈地说："小姐，你要找的是雄鹰中队是吗，队里全是美国人，驻扎在约克郡。虽然不合规矩，但我会帮你把电话接到彻奇芬顿，他们军队的基地，那边会有人帮你的。"说完，电话就挂了。

诺艾尔再次接到电话，已经是夜晚十一点了。电话那头传来虚无缥缈的声音："彻奇芬顿空军基地。"声音断断续续，若隐若现，好像是从海底传来的。电话那头显然也听不清诺艾尔的声音。"请大声说。"此时，诺艾尔的神经已经紧绷到几乎无法控制住自己声音的程度。

"我要找……"她甚至不知道他的军衔。中尉？上尉？少校？"我找拉里·道格拉斯。我是他的未婚妻。"

"小姐，听不清你说话，请你声音再大些，好吗？"

在极度恐慌的状态下，诺艾尔再次几乎尖叫着喊出刚刚的话，她确信，电话那头的男人正试图向她隐瞒拉里已经牺牲的事实。突然，奇迹般地，电话里的声音变得清晰起来，好像就在隔壁房间讲话一样："你是找拉里·道格拉斯中尉吗？"

"是的。"诺艾尔说。她紧紧握住话筒，竭力控制着自己的情绪。

"请稍等。"

诺艾尔等了很久，仿佛久到时间已经进入永恒状态。电话那头终于传来声音说："道格拉斯中尉正在休周末假。如果有紧急情况，可以打电话到伦敦萨沃伊酒店的舞厅找他，那是戴维斯将军办的舞会。"说完，电话便挂了。

第二天早上，旅馆的女服务员进来打扫房间，发现诺艾尔躺在地板上，神志不清。女服务员盯着她看了好一会儿，心想不要多管闲事，还是装作没看见为好。但为什么这种事总发生在她管的房间里？她还是走过去摸了摸诺艾尔的额头，烫得吓人。女服务员嘟囔着，摇摇晃晃地走下大厅，请搬行李的服务员把经理叫上来。一小时后，一辆救护车停在旅馆外，两名年轻实习医生抬着担架去了诺艾尔的房间。此时，诺艾尔已经陷入昏迷。负责的年轻实习医生翻看了她的眼皮，将听诊器放在她胸前，听到了她呼吸时的水泡音。"这是肺炎。"他对同来的实习医生说道，"我们把她抬出去吧。"

　　他们把诺艾尔抬上担架，五分钟后，救护车向医院飞驰而去。她被送入急救室输氧，四天后才完全恢复意识。她费力地把自己从不省人事的深渊里拉了出来，潜意识里知道发生了一些可怕的事情，但她努力不让自己去想。突然，整件事清晰完整地出现在她的脑海里。拉里·道格拉斯。诺艾尔开始哭泣，抽泣不止，直到终于哭累了，便进入半梦半醒的状态。她感到有一只手轻轻地握住了她的手，她以为拉里已经回到了她身边，一切都是那么美妙。诺艾尔睁开眼睛，看见一个穿着白大褂的陌生人正给她搭脉。"太好了！你醒过来了。"他高兴地宣布。

　　"我在哪儿？"诺艾尔问。

　　"上帝大厦，市医院。"

　　"我在这儿干什么？"

　　"治病。你患了双侧肺炎。我是伊斯雷尔·卡茨。"他很年轻，看起来面容坚毅，十分聪明，棕色的眼睛，眼窝很深。

　　"你是给我治病的医生吗？"

　　"我是实习医生。"他说。"是我把你送进医院的。"他笑着对她说，"你能醒过来，我太高兴了。我们一直担心你挺不过去。"

　　"我在这儿躺了几天了？"

　　"四天了。"

　　"能帮我个忙吗？"她小声地问道。

　　"只要我能办到。"

　　"给拉斐特旅馆打个电话，问他们……"她犹豫了一下，"问他们是否有给我的留言。"

"我可抽不开身。"

诺艾尔使劲捏着他的手。"请帮帮我。这对我来说很重要。我的未婚夫正试图联系我。"

他心软地笑了。"好了,他没陪你来,我也不会责怪他。好吧,我会帮这个忙的。"他保证道,"你现在得睡一会儿。"

"得到你的回信我才能睡。"她说。

他走了,诺艾尔躺在床上痴痴地等着。拉里肯定一直在想方设法和她取得联系。他们之间肯定产生了什么天大的误会。没关系,拉里会把一切都向她解释清楚,所有事情都会回归正常。

两小时后,伊斯雷尔·卡茨才回来。他走到她的床边,放下了手提箱。"我把你的衣服带来了,我亲自去了趟旅馆。"

她抬头看着他。从她的表情中,他可以感觉出她十分紧张。

"很抱歉,"他有些尴尬,说道,"没有留言。"诺艾尔盯着他看了很长时间,然后便把脸转向墙壁,一滴泪也没有流。

两天后,诺艾尔出院了。伊斯雷尔·卡茨来送她出院。"你有地方可去吗?"他问道,"找得到工作吗?"

她摇了摇头。

"你是做什么的?"

"我是模特。"

"也许我能帮上你。"

诺艾尔想起了那位出租车司机和苔莱夫人。"我不需要帮助。"她说。

伊斯雷尔·卡茨在一张纸上写了个名字。"如果哪天你改变主意,可以去这儿。这是一家小时装店,是我婶婶开的,我会把你的情况告诉她。你身上有钱吗?"

她不作声。

"拿去。"他从口袋里掏出几个法郎递给了她,"很抱歉,我只有这点钱。实习医生薪水并不高。"

"谢谢你。"诺艾尔说。

诺艾尔坐在一家小小的街头咖啡馆里，一边喝着咖啡，一边思考如何重拾她支离破碎的生活。她知道她必须得活下去，因为她完全有活下去的理由。她心中充满了强烈的仇恨，这种仇恨已经强烈到让她容不下任何别的情绪。拉里·道格拉斯已经把她的情感都杀死了，她就像一只复仇的凤凰，必须从情感死亡的灰烬中重生。不毁掉他，她绝不罢休。她不知道会以什么方式或在什么时候复仇，但她知道总有一天她会报仇的。

现在她需要找一份工作和一个睡觉的地方。诺艾尔打开钱包，拿出那位年轻实习医生给她的那张纸。她想了一会儿，便知道该怎么做了。那天下午，她去见了伊斯雷尔·卡茨的婶婶，找到了一份在布尔索街上一家二流时装店当模特的工作。

伊斯雷尔·卡茨的婶婶是一位头发花白的中年妇女，虽然面相凶，心却善良。她像母亲一样照顾着店里所有的模特，大家都很喜欢她。她的名字叫罗斯夫人。她给诺艾尔预支了薪水，还在店铺附近给她找了一间小公寓。打开行李后，诺艾尔做的第一件事就是把婚纱挂起来。她把它挂在衣柜前面，这样她早上一睁眼看到的第一件东西就是它，晚上睡觉前看到的最后一件东西还是它。

诺艾尔知道自己怀孕了，尽管她的身体没有表现出明显的特征，尽管没有做任何化验，尽管还没到月经不来的时候，但她就是能感觉到子宫里正孕育着的这个新生命。晚上，她躺在床上，盯着天花板，想着这件事。突然，她露出野兽般狂喜的神色。

诺艾尔休假的第一天就打电话给伊斯雷尔·卡茨，约他一起吃午饭。

"我怀孕了。"她直接说给他听。

"你怎么知道的？你化验了吗？"

"不需要化验，我就能知道。"

他摇了摇头。"诺艾尔，很多女人都曾有自己怀孕的错觉，你有几次没来月经了？"

她避而不答，不耐烦地说："我需要你的帮助。"

他盯着她。"你想堕胎？你和孩子的父亲商量过了吗？"

"他不在这里。"

"你要知道，堕胎是违法的。我要是帮你，我可能也会牵涉其中。"

诺艾尔把他的话揣摩了一会儿。"你开个价吧。"

他气得绷紧了脸。"诺艾尔，你认为每件事都标了价码吗？"

"当然，"她坦率地说，"任何东西都可以买卖。"

"也包括你自己吗？"

"没错，但我要价很高。你会帮我吗？"

他犹豫了很久。"好吧，但我们得先做一下化验。"

"没问题。"

第二周，伊斯雷尔·卡茨安排诺艾尔去医院的化验室检查。两天后，化验结果出来了，他打电话到她工作的地方。"你是对的，"他说，"你怀孕了。"

"我就知道。"

"我已经安排好你来医院做刮宫手术。我对他们说你丈夫死于一场事故，你一个人无法抚养孩子。下周六你过来做手术。"

"不行。"她说。

"周六有什么不方便的吗？"

"伊斯雷尔，我还没准备好堕胎。我只是想确认等我需要你的时候，你能帮我一把。"

罗斯夫人注意到了诺艾尔的变化，不仅是身体上的变化，还有更深层次的由内而外的变化。有一束光由内至外笼罩着她。无论走到哪里，诺艾尔都笑脸迎人，仿佛怀抱着某种美妙的秘密。

"你找到情人了。"罗斯夫人说，"你的眼神告诉我的。"

诺艾尔点点头。"没错，夫人。"

"这很好，你可得牢牢把握住他。"

"我会的。"诺艾尔答应道，"我会尽我所能。"

三周后，伊斯雷尔·卡茨给诺艾尔打来了电话。"一直没收到你的回信，"他说，"我在想你是不是把那件事忘了？"

"没忘，"诺艾尔说，"我一直想着这件事呢。"

"你还好吗？"

"很好。"

“我一直在数着日子，我想我们最好把那件事给办了。”

“我还没准备好。”诺艾尔说。

又过了三周，伊斯雷尔·卡茨再次给诺艾尔打了电话。

“一起吃晚饭吧？”

“没问题。”

他们约在了钓鱼猫街上的一家便宜的咖啡馆见面。

诺艾尔正想提议去一家好一点的餐馆时，她想起伊斯雷尔曾说过实习医生没什么钱。

她到达时，伊斯雷尔已经在那儿等着她了。他们一边吃饭，一边漫无目的地闲聊。直到咖啡端上来了，伊斯雷尔才说出他真正想说的话。

“你还想堕胎？”他问。

诺艾尔吃惊地看着他。“当然了。”

“那你就得马上去做手术，你已经怀孕两个多月了。”

她摇摇头。“不，还没到时候，伊斯雷尔。”

“这是你第一次怀孕吗？”

“是的。”

“那你听我的，诺艾尔，怀孕三个月以内，堕胎还算容易，胚胎还没有完全成形，只需要做个简单的刮宫手术，但三个月之后……”他犹豫了一下，“那就是另一种手术了，风险很大。时间拖得越久，风险越大。我希望你现在就去做手术。”

诺艾尔身子前倾，好奇地问他：“孩子是什么样子？”

“你说现在吗？”他耸耸肩，“还只是一些细胞，但它们终会形成一个完整的人。”

“那三个月之后会是什么样子？”

“胚胎开始显现出人形了。”

“它会有感觉吗？”

“对撞击和很大的噪声会有反应。”

诺艾尔坐在那儿，死死地盯着他的眼睛。“它能感觉到疼痛吗？”

“我想应该能。但是它被羊膜保护着。”他突然感到一种不安，“任何东西都很难伤害到它。"

诺艾尔耷拉着脑袋，呆呆地坐在那儿盯着桌子，一言不发，若有所思。

伊斯雷尔·卡茨打量了她好一会儿，突然脸红了。他说道："诺艾尔，如果你想生下这个孩子，但又害怕孩子没有父亲的话……我愿意和你结婚，给孩子一个家。"

诺艾尔十分吃惊，抬起头说："我早就告诉过你了，我不想要这个孩子，我要堕胎。"

"如果是这样，那我求你了，赶紧去做手术吧！"伊斯雷尔忍不住喊了出来。他意识到周围的顾客都在盯着他看，又压低了声音。"如果你再拖下去，全法国都没有医生愿意给你做堕胎手术，明白吗？拖得太久的话，你会没命的！"

"我知道。"诺艾尔平静地说，"如果我要生下这个孩子，你推荐我吃什么来保胎？"

他不知所措，用手顺了一下头发。"多喝牛奶，多吃水果和瘦肉。"

那天晚上在回家的路上，诺艾尔去了她公寓附近的街角市场，买了两夸脱①牛奶和一大盒新鲜水果。

十天后，诺艾尔走进罗斯夫人的办公室，告诉她自己怀孕了，要请假。

"要请多久？"罗斯夫人一边打量着她的肚子，一边问道。

"六七周吧。"

罗斯夫人叹了口气。"你确定这是最好的选择吗？"

"非常确定。"诺艾尔答道。

"有什么我能帮你的吗？"

"什么都不用。"

"好吧，早日回来工作。我会让收银员给你预支点工资。"

"谢谢你，夫人。"

接下来的四周里，除了买日用品外，诺艾尔一步未踏出过房门。她不觉得饿，也不想吃什么东西，但为了孩子，她不停地喝牛奶，拼命往嘴里塞水果。

---

① 英美制容积单位，1英制夸脱约为1.1365升。——编者注

虽然一个人在房间，但诺艾尔一点不觉得孤独，因为肚子里的孩子在和她做伴，她不停地和他说话。她确信她肚子里怀的是个男孩，就像她确信自己怀孕了一样，她给他起名叫拉里。

"我要让你长得又大又壮，"她一边喝牛奶一边说，"我要让你很健康……很健康、很强壮地死去。"每天躺在床上的时候，诺艾尔都在策划着对拉里和他儿子的复仇。她体内的孩子并不属于她自己，而属于拉里。她要杀了他，这是拉里留给她的唯一的东西。就像拉里曾经毁掉她一样，她也要把他的孩子毁掉。

伊斯雷尔·卡茨怎么会理解她呢！一个尚未成形、没什么感觉的胚胎才勾不起她的兴趣呢。她要让拉里的儿子能自己感受到即将发生在他身上的事情，要让他像她那样受尽痛苦。婚纱就挂在她的床边，她每时每刻都可以看到，它是邪恶的化身，时刻提醒着她是怎样被背叛、被遗弃的。现在，她要开始复仇了，先是拉里的儿子，然后就是拉里。

虽然电话经常会响，但是诺艾尔躺在床上，沉浸于自己的复仇大计中，一点也不想起身去接。她知道是伊斯雷尔·卡茨在给她打电话。

一天晚上，有人敲门。诺艾尔躺在床上，不想理会。但那人还是敲个不停。没办法，她爬起来，开了门。

伊斯雷尔·卡茨站在门外，脸上流露出极其担忧的神情。"天哪，诺艾尔，这些天我一直在给你打电话。"

看着她隆起的肚子，他说："我还以为你去别的医院堕了胎呢。"

诺艾尔摇了摇头。"还没有，我等着你来给我堕胎呢。"

伊斯雷尔瞪着她说："我说的你还不明白吗？拖得太久了！没人敢给你堕胎的。"

他看到了桌子上的空牛奶瓶和新鲜水果，于是回头看着诺艾尔。"你还是想把这孩子生下来，"他说，"你为什么不承认呢？"

"伊斯雷尔，告诉我，他现在长成什么样子了？"

"你说谁？"

"孩子。他长出眼睛和耳朵了吗？长出手指和脚趾了吗？他能感觉到疼痛吗？"

"求你了，诺艾尔，别往下说了。说得你好像……好像要……"

"要什么？"

"没什么。"他绝望地摇了摇头，"我理解不了你。"

诺艾尔微微一笑。"当然，你无法理解。"

他在原地站了好一会儿，最后下决心帮她。

"好吧，为了你，我顾不上这些，豁出去了。如果你真的决定好要堕胎，我们就抓紧时间马上去做手术吧。我有个医生朋友欠我人情，他会……"

"现在还不行。"

他不解地盯着她。

"拉里还没准备好。"她解释说。

三周后，凌晨四点，伊斯雷尔·卡茨被门卫一阵猛烈的敲门声吵醒。"找你的电话，夜猫子先生！"他大声吼道，"告诉给你打电话的人，大半夜的，正经人都在睡觉！"

伊斯雷尔跌跌撞撞地从床上爬起来，睡眼蒙眬地向大厅的电话走去，不知道发生了什么紧急情况。他拿起了话筒。

"是伊斯雷尔吗？"

他没有听出对方的声音。

"是我，有什么事吗？"

"快来……"声音很低，不太像人的声音，听不清是谁的声音。

"你是谁？"

"快……快来，伊斯雷尔……"

那声音听着十分阴森、诡异，让他脊背一凉。"是诺艾尔吗？"

"快来……"

"天哪，我不会去的！已经太迟了！你会没命的，我可承担不起这个责任，你自己去医院吧。"伊斯雷尔大声吼道。

话筒里传来咔嗒一声挂电话的声音，伊斯雷尔握着话筒愣在了原地，然后他便啪的一声放下话筒，走回了房间。他脑子里一片混乱，他知道他现在帮不了她，谁也帮不了她。她已经怀孕五个半月了。他一次又一次地警告她，但她都当作耳旁风。如今，这只能怪她自己，他可不想有任何牵连。

他赶紧穿上了衣服，肠胃里一阵紧缩，开始恐慌起来。

当伊斯雷尔·卡茨走进诺艾尔的房间时，他发现诺艾尔躺在地上，血流不止。她脸色惨白，看起来一定是遭受了很大的痛苦，但她脸上却没有任何痛苦的迹象。她身上穿着的好像是一件婚纱。伊斯雷尔跪在她身旁。"发生什么事了？"他问道，"这怎么……"他愣住了，目光落在她脚边一个血淋淋的、扭弯的金属衣架上。

"天哪！别吓我！"他很愤怒，又极其沮丧无助。血越流越快，一分钟都不能耽搁了。

"我就去叫救护车。"他立马站起身来。

诺艾尔挣扎着起来阻止他，以惊人的力量抓住他的胳膊，把他拉回身边。

"拉里的孩子死了。"她说这话的时候，笑得很灿烂。

为了抢救诺艾尔的生命，由六名医生组成的抢救团队忙了整整五个小时。他们给诺艾尔的诊断是：细菌感染、子宫穿孔、败血症及休克。所有医生都认为她活下去的希望渺茫。直到晚上六点，诺艾尔才脱离危险。两天之后，她已经能够从床上坐起来说话了。伊斯雷尔过来看望她，感叹道："诺艾尔，所有医生都说你能活下来就是个奇迹。"

她摇了摇头。这可还没到她死的时候。这是她对拉里采取的第一个报复行动，但这仅是开始。还有更多的报复计划，更多更凶狠的报复。但她首先得找到拉里。过程可能会很漫长，但不达目的，她是绝不会收手的。

三　凯瑟琳

芝加哥：一九三九——一九四〇

席卷整个欧洲的战争狂风在欧洲越吹越大，到了大西洋彼岸的美国，就变成一阵微风了。

西北大学校园里，又有几个男生加入了后备军官训练营，一些学生举行集会敦促罗斯福总统向德国宣战，有几个高年级学生已经应征入伍。大体来讲，整个美国仍陶醉在自以为是的海洋中，将要席卷全国的战争暗流几乎从表面上还觉察不出来。

十月的一个下午，凯瑟琳去鲁斯特餐馆接班，她的工作是做收银员。她边走边想，如果战争来了，不知她的生活是否会发生变化。但她知道有一点现在就得变，她下定决心要尽快把计划付诸实践。她急切地想知道被男人搂在臂弯里并与男人发生关系是什么样的感觉。她知道她有这样的想法部分是出于生理需求，但更是因为她觉得自己缺失了一种重要又美妙的人生体验。天哪，如果她不小心被车撞死了，验尸时被人发现还是个处女，这该有多么可怕啊！不行，她必须做点什么来改变这一切。立刻，马上。

凯瑟琳仔细地环顾了一下店里，却没有看到她正在寻找的那张脸。一小时后，罗恩·彼得森和琼·安妮走进店里，凯瑟琳感到她的身体一阵兴奋，心也开始怦怦直跳。他们走过她身边时，她赶忙背过身去，用余光瞥见他们走到罗恩常坐的隔间坐下了。餐馆里到处都挂着推销新品的广告横幅："特制双层汉堡请您品尝""情侣套餐供您享用""特调三料啤酒等您品尝"……

凯瑟琳深吸了一口气，走到隔间前。罗恩·彼得森正在看菜单，考虑点什么菜。"我不知道该吃什么。"他说。

"你饿吗？"琼·安妮问道。

"快要饿死了。"

"那试试这个。"他俩都惊奇地抬起头来，是凯瑟琳。她递给罗恩·彼得森一张叠好的字条，转身走回收银台。

罗恩打开字条，仔细瞧了一眼，便哈哈大笑起来。琼·安妮平静地看着他。

"这笑话是保密的呢，还是能讲给我听听？"

"完全保密的。"罗恩咧嘴笑着，把字条塞进了口袋。

没过多久，罗恩和琼·安妮就离开了。结账的时候，罗恩什么也没说，但他意味深长地看了凯瑟琳一眼，然后便笑着挽着琼·安妮走了出去。凯瑟琳望着他们离去的背影，感觉自己像个白痴。她甚至连怎样和男生搭讪都不知道。

轮班结束后，凯瑟琳穿上外套，对来接她班的女孩打了声招呼，便离开了。这是一个温暖的秋夜，湖面吹来阵阵凉爽的微风。天空看起来就像一团紫色的天鹅绒，天边遥不可及的星星闪烁着柔和的光芒。在如此美妙的夜晚，该做些什么呢？凯瑟琳的脑海里浮现出了一张清单：

"我可以回家洗头。

"我可以去图书馆准备明天的拉丁文考试。

"我可以看一场电影。

"我可以藏在灌木丛里，非礼第一个路过的水手。

"我可以找一个人谈恋爱。"

就谈恋爱吧，她决定了。

正当她穿过校园朝图书馆走去时，一个身影从灯杆后面闪了出来。

"嘿，凯瑟琳。你去哪儿？"

是罗恩·彼得森，他正冲着她笑。凯瑟琳的心开始怦怦直跳，好像已经跳出了胸腔。她仿佛看到自己的心飞了起来，在空中越飞越远。她意识到罗恩在盯着她看。但这也没什么好大惊小怪的，毕竟他认识的女孩中有几个能像她这样表演心脏飞走的魔术呢？这时她多想有个机会梳梳头、补补妆，看看长袜是否破了洞，但她尽量不让自己的紧张表现出来。切记，第一条就是要保持冷静。

"嗯。"她小声咕哝了一声。

"你准备上哪儿去？"罗恩又问道。

她该把她列的清单讲给他听吗？当然不了！他肯定会觉得她发疯了。现在可是她的大好机会，她绝不能让任何事情将它搞砸。凯瑟琳抬头看着罗恩，眼神像《毫不神圣》里的女主角卡萝尔·隆巴德那样热烈妩媚。

"就是随便走走，没事可干。"她说道，语气有些诱人。

罗恩还在揣摩她，不太有把握确定她到底在想什么，一种原始的本能促使他小心地问了一句："你想做件很特别的事吗？"

就是这句话。他提出邀请了，没有回头路了。"你说吧，"她说道，"我都听你的。"话一说出口，她心里就开始觉得难为情了。听上去太老调了。除了范妮·赫斯特[1]写的那些不正经的小说之外，没有人会说"你说吧，我都听你的"。他会吓得倒退几步，厌恶地走开。

可他并没有走开。不可思议的是，他竟然笑了，拉起她的胳膊说："我们走吧。"

凯瑟琳跟他一起走了，一脸惊讶。原来这事就这么简单。

她将要和这个男人发生关系了。她的内心开始恐惧起来。如果他发现她还是个处女，她会完蛋的。和他待在床上，她要说些什么才好？大家在做爱的过程中会说话吗？她不想显得不懂事，但她确实不知道这些游戏规则是什么。

"吃过晚饭了吗？"罗恩问道。

"晚饭？"她抬起头看着他，试图思考出最佳的回答。她应该说吃过晚饭了吗？如果她说吃过了，他们是不是就可以直奔主题了？"还没吃。"凯瑟琳脱口而出。"为什么我会说还没吃啊，这会把事情都搞砸的。"凯瑟琳心想。但罗恩看起来对这个回答并不失望。

---

① 美国女作家。——编者注

"好的。你喜欢吃中国菜吗？"

"那是我的最爱。"其实她不怎么喜欢中国菜，但老天肯定会原谅她在人生中最重要的一晚撒的这个微不足道的小谎。

"埃斯蒂斯街上有家不错的中餐馆，叫林风，你听说过吗？"

没听说过。但这家餐馆她这辈子是不会忘记的，她想。

他们走到罗恩的汽车旁，这是一部栗色的雷欧牌敞篷车。罗恩为凯瑟琳开了车门，她坐到所有她羡慕过的女孩曾坐过的座位上。罗恩有魅力，帅气，还是运动明星，更是情场高手。如果他俩是在拍电影的话，那这部电影就叫作《情场高手和处女》。

也许她应该坚持去芝加哥环线内一家更高级的餐馆，比如亨里奇餐馆，这样就会让罗恩觉得，她就是他想带回家给妈妈看的那个女孩。

"你在想什么呢？"他问。

啊，太好了！不要紧，原来他也不太会和女孩聊天。但是她来这儿也并不是为了和他聊天，不是吗？凯瑟琳抬起头看着他。"我正在想你呢。"她顺势向他依偎过去。

"凯瑟琳，你可把我骗了。"他不禁咧开嘴笑了。

"我有吗？"

"我一直觉得你很高冷——我是指对男人没什么兴趣。"

你其实是想说你以为我是同性恋吧，凯瑟琳心里这么想，嘴上却说的是："我只是想选择最好的时机和地点。"

"很高兴你选择了我。"

"我也很高兴。"这确实是真话。凯瑟琳确信罗恩一定是完美恋人。方圆一百五十英里的大学生可都认证罗恩是情场高手。如果第一次性体验碰上一个和她一样没有经验的男人，那该多丢人啊。对她来说，罗恩就是大师。过了今晚，她便不会再称自己是圣女凯瑟琳了。相反，她可能被人封为伟大的凯瑟琳。今晚她一定要体验一下伟大是什么滋味。她在床上会表现得很优秀。关键是不能乱了方寸。她背着父母藏起来的那个绿色小本本上写的那些浪漫事情，今晚终于要在她身上发生了。她的身体将是一个会弹奏美妙音乐的乐器。她知道第一次会感到很疼，应该是这样的。但她不会让罗恩知道的。她会动动自己的身体，因为大多数男人不喜欢女人躺着一动不动的。她会咬着嘴唇，用满意的叫声掩盖自己的疼痛。

"你说什么？"

她转向罗恩，惊恐地意识到自己刚才叫出声了。"我……我没说什么。"

"你发出了怪怪的喊声。"

"是吗？"她挤出了一丝笑容。

"你的心思都跑到十万八千里之外了。"

她仔细体会了他这句话，感到势头不妙，她得向琼·安妮学着点。凯瑟琳把身子贴过来，把手搭在罗恩的胳膊上。"我的心思就在这儿呢。"她说道。她努力想要像侠女珍妮那样发出令人迷醉的低沉嗓音。

罗恩低头看着她，虽然一头雾水，但一下就能读懂她脸上洋溢的那种热切，那种殷勤。

林风是一家普通的中餐馆，没什么特色，位于高架桥下。整个晚餐过程中，他们都能听到火车从头顶上呼啸而过时所发出的隆隆声。这家餐馆就和美国其他所有不知名的中餐馆一样，没什么特别的，但凯瑟琳要把他们坐的那个隔间的所有细节都牢牢记住。

一个中国服务员走到桌前，问他们是否要喝一杯。凯瑟琳几乎不喝酒，而且还十分讨厌喝酒。但今晚可不是普通日子，是纪念日，是她少女时代结束的纪念日，就如同新年前夜、国庆节一样重要，可不得好好庆祝一番。

"我要一杯古典鸡尾酒加樱桃。"我怎么会说要加樱桃呢？噢，我的天哪！这不是完全暴露出我的意图了嘛。

"苏格兰威士忌加苏打水。"罗恩说。

服务员鞠了个躬，离开了。

"我们真是相见恨晚啊。"罗恩说，"大家都说你是整所大学里最有才华的女孩。"

"大家总喜欢言过其实。"

"你又长得这么好看。"

"谢谢夸奖。"凯瑟琳试图让自己的嗓音听起来像凯瑟琳·赫本在《爱丽丝·亚当斯》里那样温柔可人，并意味深长地看着他的眼睛。此刻她感觉她不再是凯瑟琳·亚历山大了。她就是个性爱机器。她觉得她就要与梅·韦斯特、玛琳·黛德丽和埃及艳后为伍了。她和她们一样，都要去寻欢作乐。

服务员端来了酒，她紧张地一饮而尽。罗恩吃惊地望着她。

"慢慢喝，"他提醒她说，"这酒有些烈。"

"没事。"凯瑟琳镇定地说。

"再来一杯。"罗恩向服务员说道。罗恩把手伸过桌子，抚摸着凯瑟琳的手。"真有趣。在学校，大家都看错你了。"

"确实，学校里没有谁能看得准我。"

罗恩盯着凯瑟琳。她心想，小心点，可别聪明过头了。男人可更喜欢和身材火辣但没什么心思的女孩交往。

"我早就喜欢你了。"凯瑟琳急忙说道。

"你还真是守口如瓶啊。"罗恩拿出她写的那张字条，将它捋平。"请品尝我们的收银员。"他大声朗读着，忍俊不禁，"目前来看，我喜欢收银员胜过香蕉圣代。"罗恩不断抚摸着她的手臂，她感觉自己的背上像触电了一样，泛起了小小的涟漪。过了今晚，她或许会为那些不懂得性生活的傻瓜处女同胞写一本性指南。第二杯酒下肚后，凯瑟琳开始觉得这些女孩好可怜啊。

"真遗憾。"

"什么遗憾？"

她不小心又一次把内心的话说出口了。话已出口，她决定壮起胆子。"我为世上所有的处女感到遗憾。"

罗恩笑眯眯地说："为这句话干杯。"他举起酒杯。她看着坐在对面的他似乎很享受和她在一起。没什么好担心的，一切都很顺利。他问她是否要再来一杯，她拒绝了。她可不想在她失去童贞的时候醉醺醺的。失去童贞？现在大家都还用这个词吗？不管如何，她要记住今天的每一刻，每一个感受。哎呀，天哪！她竟然没有准备任何避孕的东西。他会准备吗？当然，像罗恩·彼得森这样的老手，肯定会做好避孕，不然她会怀孕的。万一他和她想的一样，怎么办？万一他想像凯瑟琳这样老到的女孩肯定会采取保护措施的，怎么办？她能不能直接开口问他呢？如果真的去问，她觉得还不如让她去死，当场死在餐桌上。然后他们会把她抬走，给她举行一场葬礼。

罗恩点了一份晚餐，有六道菜。凯瑟琳装模作样地吃起来，实则她感到味同嚼蜡。她越来越紧张了，什么味道都尝不出来。舌头也突然变得十分干燥，上腭也有一种奇怪的麻木感。她不会要中风了吧？如果在中风之后和罗恩发生关系，她会死的。或许她该先提醒一下罗恩，免得在他的床上发现一具女尸会很影响他的声誉，但也说不好他会因此而名声大噪。

"不舒服吗？"罗恩问，"你的脸都发白了。"

"我很好。"凯瑟琳一刻也不迟疑地说道，"我只是和你在一起兴奋得过了头。"

罗恩用欣赏的眼神看着她，一双棕色的眼睛捕捉着她脸上的每一个细节，又将目光游移到她的胸部，然后就停在那儿。"我也有同感。"他回答说。

服务员把盘子收走了，罗恩付了账。他看着凯瑟琳，发现她似乎没有要走的样子。

"你还想要点什么吗？"罗恩问。

我想要什么？我想坐上一艘船慢慢悠悠地到中国去。我想躺在大水壶里被煮成晚餐。我想要我的妈妈！

罗恩看着她，等她回答。凯瑟琳深吸了一口气。"我……我不想要什么了。"

"很好。"罗恩故意拖着很长的音说道，长得听起来好像他们不是在餐馆，而是在床上。"那我们走吧。"他站了起来，凯瑟琳也跟着站起来。两杯酒给她带来的兴奋与愉悦感已完全消失了，她的双腿开始颤抖。

他们出来了，夜晚的空气暖暖的。突然凯瑟琳想到了什么，不再那么紧张了。他今晚不会带她去开宾馆的。男人从不在第一次约会时这么做。他会再约她吃晚饭，下次他们会去亨里奇餐馆，他们会更加了解彼此。真正地了解对方。或许他们会爱上对方，狂热地爱上，他会带她去见他的父母，然后一切都会没问题……于是她也就不会感觉这么恐慌。

"你对汽车旅馆有什么特殊要求吗？"罗恩问道。

凯瑟琳看着他，一句话也说不出来。和他父母体体面面共进晚餐的美梦泡汤了。这个浑蛋打算带她去开房！噢，难道这不正是她想要的吗？难道这不正是她写那张抽了风的字条的原因吗？

罗恩把手放在凯瑟琳的肩膀上，然后慢慢向下滑。她感到腹部暖暖的。她咽了下口水，说："你看到哪个旅馆，就是哪个旅馆。"

他们进了车，开始向西开去。凯瑟琳的身体变得像冰块一样，可她的心却像火一样发烫。上次她住汽车旅馆，还是八岁那年和父母开车去旅游。现在，她将要和一个近乎陌生的男子一起住在汽车旅馆里。她对他到底知道多少？只知道他帅气，很受欢迎，只要女孩愿意，他不会拒绝的。

罗恩伸过手来握住她的手。"你的手这么凉啊。"他说道。

"冰冷的手，滚烫的腿。"啊，天哪，她想，她又乱想了。出于某种原因，《啊，美满生活的奥秘》这首歌的歌词开始进入她的大脑。嗯，她就要解开美满生活的奥秘了。她将要发现它所有的奥秘。那些书，那些诱惑人的广告，那些比较露骨的爱情歌曲——"在爱情的摇篮里摇我吧""再来一次""鸟儿这么做"。好了，她想，现在，凯瑟琳就要做这件事了。

罗恩开车向南进了克拉克街。

街道两旁都是夜间才会亮起的霓虹灯牌子，对躁动的年轻情侣热情地提供廉价的临时港湾。"轻松旅馆""过夜旅馆""悦来旅馆""旅客之家"，这些旅馆的名字真是缺乏想象力，不过从另一方面也说明旅馆老板可能忙于照顾来这里寻欢作乐的年轻伴侣，没时间去考虑旅馆的名字是否文艺。

"这家恐怕是最好的汽车旅馆了。"罗恩指着前面的一个标牌说。

"天堂客栈——有空位。"

这是一个象征符号，象征着天堂里有个空位，她，凯瑟琳·亚历山大即将填上这个空位。

罗恩把车开进了院子里，停在一个用石灰粉刷过的小办公间的门口，门上的牌子写着"按铃，请进"。院子里有二十几间带有房号的木制平房。

"这儿怎么样？"罗恩问道。

像但丁的地狱，像基督徒要被扔去喂狮子的古罗马斗兽场，像维斯塔贞女接受惩罚的德尔斐神庙。

凯瑟琳又有了腹部暖暖的感觉。"棒！"她说，"棒极了。"

罗恩会意地笑了笑。"我去去就回。"他把手放在凯瑟琳的膝盖上，滑向她的大腿，快速地、淡淡地亲了她一下，然后从车里摇摇摆摆地走出来进了办公间。她坐在车里，目送着他进出，尽量不让自己多想。

她听到了远处的警笛声。啊，我的天，她乱想一通，警察要来突击检查！他们经常会突击检查这种地方！

客栈经理办公间的门开了，罗恩出来了。他手里拿着一把钥匙，显然他并没有听到越来越近的警笛声。他走到凯瑟琳的座位旁，为她打开车门。

"都搞定了。"罗恩说道。警笛声尖叫着向他们逼近了。难道警察会因为他们进了客栈院子而逮捕他们吗？

"快点。"罗恩说道。

"你没有听到警笛声吗？"

"听到什么？"

警笛声从他们身旁呼啸而过，越来越远了。该死！"这群浑蛋。"她轻声地说。罗恩已经不耐烦了。

"如果有哪里勉强的话……"他说道。

"没有，没有。"她赶快打断了他，"我来了。"她从车里走出来，进了其中一间平房。"我希望你选的房号是我的幸运数字。"她高兴地说道。

"你说什么？"

凯瑟琳抬头看了看他，突然意识到自己什么词都挤不出来了。她的嘴巴很干。"没什么。"她沙哑地说道。

他们走到了房门口，上面的数字是十三。可能她活该碰上这个倒霉的数字。这是上天给出的信号：她将会怀孕，上帝要惩罚圣女凯瑟琳。

罗恩打开门，轻按电灯的开关，凯瑟琳走了进去。她简直不敢相信，整个房间似乎被一张超级大床占满了。另外的家具就是角落里摆着的一张看上去不舒适的安乐椅、一个带镜子的小梳妆台。床边摆着一台破旧的收音机，上面有个小口可以投两毛五的硬币。任何人走进这个房间，都不会把这个房间的用途理解成别的：这是一个男孩带着女孩过夜的地方。你不可能说"啊，我们到了滑雪度假屋"，或者说"我们到了战争风格的宾馆"，或者说"我们到了新婚套房"，不可能。这里就是一个廉价的过夜的地方。凯瑟琳转过身看罗恩在做什么，他在上房门的闩。很好。扫黄警察缉捕队要抓他们，只能破门而入了。她可以想象：她会赤身裸体地被两个警察抬出房间，某个摄影记者会咔嚓咔嚓地给她拍照，准备在《芝加哥日报》上发头条。

罗恩朝凯瑟琳走过来，用胳膊抱着她。"你紧张吗？"他问道。

她抬头看看他，挤出了一个微笑，连玛格丽特·苏利文①都会为她的演技而骄傲的。

"紧张？罗恩，你开玩笑吧？"

他仍然在揣摩她，还是没有把握。"凯茜，你做过，是吧？"

"我没有记过有多少次。"

"我整个晚上都觉得你怪怪的。"

可怕的时刻终于到了。他会把她光着身子扔出去，然后让她去洗个冷水澡清醒清醒。啊，她不会让这种事发生的。不能是今晚。"你有什么样的感觉？"

"我说不上。"罗恩的声音里充满着困惑，"你一会儿很性感兴奋，一会儿心又好像在千里之外，冷若冰霜。好像你是两个人。哪个是真正的凯瑟琳·亚历山大呢？"

冷若冰霜，她不自觉地在心里对自己说，出口的话却是："那我就让你看看。"她搂着他，在他的嘴唇上亲了一下，似乎闻到了芙蓉蛋的味道。

他开始亲她，抱着她……她也抱着他，充满了一种无法承受的激动。

"我们把衣服脱了吧。"罗恩急切地说。他后退几步，开始脱去身上的夹克。

"不，"她说，"让我来。"她的声音里充满了新的自信。如果这是所有夜晚里最珍贵的夜晚，她一定要去做好。她要记起所有读过的、听过的那些细节，这样罗恩就不会回到学校对那些女孩嘲笑她说，他和一个什么都不懂的处女发生了关系。凯瑟琳虽然没有琼·安妮那样大的美胸，但她有比琼强十倍的大脑，她一定会用这个智慧的大脑让罗恩很快活。她脱下了他的夹克，平铺在床上，然后去解他的领带。

"别动！"罗恩说，"我想看你把衣服脱下来。"

她迟疑了片刻，然后弯下腰，褪下了裙子。狮子得两分，基督徒得零分，

---

① 美国女演员。——编者注

066

她在联想了。

"嘿，很好！继续。"

凯瑟琳慢慢地坐到床上，小心地脱掉了鞋子和长裤，尽量让这些动作显得很性感。突然，她发现罗恩已经来到她的背后，正解着她的文胸。她让文胸掉到床上。他把她抱起来，开始褪下她的内裤。她深吸一口气，闭上眼睛，希望自己此时此刻是和另一个男人在另一个地方，一个真正爱她的男人，一个能够和她一起生孩子传宗接代的男人，一个能不顾一切保护她的男人，一个被她当作挚爱伴侣的男人。这个男人能够让她做她自己，下得了厨房，上得了厅堂……这个男人会杀掉像罗恩·彼得森这样的浑蛋，竟敢带她到这样低俗的地方来。她的内裤掉到了地上。凯瑟琳睁开了眼睛。

罗恩看着她，脸上显出很欣赏的样子。"我的天哪，凯茜，你好美啊。"他说，"你真的太美了。"他弯下身子亲了她的胸部。她通过梳妆台上的镜子瞥见了。看上去这一切像是一场法国闹剧，肮脏透顶。除了身体内的火热的欲望，她觉得这一切都是无聊的、丑陋的、错误的，但是现在回天无力了。他开始脱掉自己所有的衣服、鞋子和袜子。"凯瑟琳，我是当真的，"他说道，声音里带着情感，"你是我见过的最美的女孩。"

他的话只能让凯瑟琳更加恐慌。罗恩站起来，脸上挂着笑，裤子掉到了地上。他骄傲地站着，展示着他坚挺的身体。

"你觉得怎么样？"他骄傲地说。

凯瑟琳不假思索地说："黑麦面包切片，不要芥末和生菜。"

她的话音刚落，只见罗恩坚挺的身体一下泄气了。

到了大二，凯瑟琳发现校园的气氛突然变了。

人们对欧洲的战事开始担忧起来，美国将不可幸免地被卷入战争的感觉也愈来愈强烈了。希特勒对第三帝国千年统治的梦想正逐步成为现实。纳粹占领了丹麦，入侵了挪威。

在过去的六个月里，全国各地的校园话题已经从性、服装和毕业舞会转移到了后备军官训练营、征兵与武器租借法案上。越来越多的男生穿上了陆军和海军制服。

一天，赛恩中学的老同学苏茜·罗伯茨在走廊上拦住了凯瑟琳。"我要向你告别了，凯瑟琳，我要走了。"

　　"你要去哪儿？"

　　"克朗代克。"

　　"克朗代克在哪儿？"

　　"在华盛顿特区。所有的女孩都到那儿淘金去了。他们说在那儿每个女孩至少有一百个男人供她挑选。我可不能放过这些机会。"她看着凯瑟琳，"你还待在这儿干什么？上学有什么用处？外面的世界大着呢，就等着你呢。"

　　"我现在还不能走。"凯瑟琳说。她也搞不懂自己为何这样说，因为实际上，芝加哥并没有羁绊她的人。她定期与在奥马哈的父亲通信，每月与他通一两次电话，每次父亲都说感觉自己像被关在监狱里一样。

　　凯瑟琳现在只能靠自己了。她越想到华盛顿，就越觉得兴奋异常。那天晚上，她打电话给父亲说，她想辍学去华盛顿工作。父亲问她是否愿意回到奥马哈，从他的语气中，凯瑟琳能察觉出他的不情愿。他不愿看到她像他一样，被自己的梦想所困了。

　　第二天一早，凯瑟琳去找女生部主任，说她准备辍学了。凯瑟琳给苏茜·罗伯茨发了一封电报。次日，她就坐上了去华盛顿特区的火车。

四　诺艾尔

巴黎：一九四〇

一九四〇年六月十四日，周六，德国第五集团军长驱直入，开进巴黎，举国震惊。法国人最引以为傲的马其诺防线，一夜之间成为战争史上的奇耻大辱。有史以来第一次，法国在世界上最强大的军事帝国面前变得束手无策，毫无反击之力。

那天早上，巴黎人一睁眼就觉得很奇怪，整个城市上空笼罩着一层灰色阴霾。这团来历不明的乌云让整座巴黎城人心惶惶。过去的四十八小时里，巴黎城那种极不自然的宁静，那种被吓怕了的宁静，被断断续续的枪声打破了。大炮的轰鸣声在城外响起，回荡在巴黎市中心。各种谣言像潮水一样在广播、报纸和口口相传中汹涌传开。德国人正在法国海岸登陆……伦敦已经被摧毁……希特勒与英国政府达成了协议……德国人将用一种致命的新型炸弹摧毁巴黎……凡此种种，不一而足。起初，人们对每一个谣言都信以为真，会感到恐慌，但持续的危机感和精神紧绷最终产生了催眠作用，似乎大家的心灵和身体已无法再承受任何恐怖新闻，开始启动自我保护机制，变得麻木起来。谣言工厂已经倒闭；报纸停止印刷，电台停止广播。人类的危机意识本能早已取代了谣言制造机器，巴黎人意识到这是决定性的一天，而笼罩在他们上空的灰色阴霾便是预兆。

果不其然，紧接着，德国兵像蝗虫一样拥进来。

突然之间，巴黎满街都是穿着外国军服的官兵和外国人。他们操着一种奇怪的语言，喉音很重很刺耳；他们开着悬挂纳粹旗帜的大型梅赛德斯豪华轿车，疾驶在宽阔的林荫大道上；他们就像主人一样在人行道上横冲直撞。他们不愧是真正的"高等人种"，征服和统治世界就是他们的使命。

两周的工夫，巴黎就完全变了样。德语标志在大街上随处张贴着，法国英雄的雕像被推倒，纳粹万字旗飘满了市政府大楼。德国人试图消灭一切法国标记的努力达到了荒谬的程度，甚至水龙头上的冷热标记也改成了德语。斯特拉斯堡的德布罗意广场变成了阿道夫·希特勒广场。拉法耶特①、内伊②和克莱贝尔③的雕像被纳粹空军中队炸毁。法国烈士纪念碑上的铭文也被德语所取代。

德国占领军肆意地享受着巴黎的一切。虽然法国食物太过油腻，裹满酱汁，但对吃惯了军用口粮的德国兵来说，换成这样的口味，还是很开心的。德国士兵可不关心巴黎是波德莱尔、大仲马和莫里哀这些文学大亨曾生活过的城市。他们眼中的巴黎就是个妓女：花里胡哨，风情万种，爱涂脂抹粉，常把裙子撩起到屁股上卖弄风骚。他们每个人正以不同的方式蹂躏她。德国冲锋队的士兵强迫年轻的法国女郎和他们寻欢作乐，有时用刺刀使她们屈服。至于他们的首领，如戈林和希姆莱，则霸占了卢浮宫，从德意志帝国的敌人手中贪婪地掠夺有钱人的私人财产。

在国家危难之时，法国的腐败和投机主义暴露无遗，但同时，英雄主义也未曾缺席。法国地下反抗组织的秘密武器之一就是消防队；在法国，消防队由军队管辖。德国人强占了几十栋大楼，供军队、盖世太保和各部门使用，因此德军各部门的位置根本不是什么秘密了。在圣雷米教堂的一个地下反抗组织总部，组织领导人对着大地图，仔细研究着上面标注的每栋大楼的准确位置。爆破专家每人都被分配了行动目标。第二天，有人驾驶着风驰电掣的汽车，有人

---

① 法国政治、军事人物，法国大革命时期君主立宪派代表人物。——编者注
② 法国陆军将领、帝国元帅。——编者注
③ 法国大革命时期将领。——编者注

悠哉游哉地骑着自行车，从目标大楼前经过，向窗户里投掷一枚自制炸弹。虽然当时看起来，炸弹好像确实没什么破坏力，但接下来发生的事情才凸显了他们计划的巧妙之处。

之后，大楼便着火了，德国人就叫来消防队灭火。在任何国家，一发生火灾，大家本能的反应就是找消防队收拾烂摊子，在巴黎也不例外。消防队员冲进大楼，而德国人则温顺地站在一旁，看着他们用高压水管、斧头——机会合适时，甚至用燃烧弹——摧毁了眼前的一切。被德国国防军和盖世太保锁在层层设防的保险柜里的重要机密文件，就这样被地下反抗组织销毁了。德军最高指挥部花了将近六个月才弄清是怎么回事，但至此，无法弥补的损失已经造成。盖世太保无法拿出证据来证明是消防队捣的鬼，但德国人还是将所有消防队员都抓了起来，送到苏联前线去充当炮灰。

从食物到肥皂，所有东西都短缺。没有汽油，没有肉，没有奶制品。德国人没收了所有日用必需品。那些陈列着奢侈品的商店仍然在营业，但顾客只有德国士兵，他们支付的纸币是德军自己印制的马克，基本上与法国政府印制的真币相同，只是边上少一条白色条纹，也没有银行保兑的印记。

"谁会兑换这些纸币？"法国店主摇头抱怨道。

德国人咧嘴笑着说："英格兰银行。"

当然，并不是所有法国人都在受苦。黑市永远为有钱人和有关系的人开放。

诺艾尔·佩奇的生活几乎没有因德军占领法国这一事件而受到什么影响。她在坎本街的香奈儿时装店当模特。这家时装店开在一栋有着一百五十年历史的灰石大楼里，虽然大楼的外观看起来十分普通，但楼内装饰得格外精致。与其他战争一样，这场战争也创造了不少一夜暴富的有钱人，因此时装店从不缺少顾客。诺艾尔收到的邀请比以往任何时候都多，唯一的区别是，现在顾客中的大多数人都是说德语的。工作之余，她会在香榭丽舍大街或新桥左岸附近的露天小咖啡馆坐上几个小时。那一片有数百名身穿德国军装的男子，其中许多人身旁还有年轻法国女孩陪伴。法国平民要么太老，要么跛脚，诺艾尔估计全法国的年轻男子都被送往集中营或应征入伍了。即使德国人不穿军装，她也能一眼认出他们来。因为他们脸上印着傲慢的神情，自亚历山大和哈德良时代以来，征服者便统一带着这样的神情。诺艾尔既不讨厌他们，也不喜欢他们。她对他们毫无感觉。

但她的脑子可一刻都没闲着，精心计划着她的复仇大计。她清楚地知道自己的目的，也知道没有什么可以阻挡她复仇的脚步。一攒够钱，诺艾尔就立马找了个私家侦探。这个侦探曾为她的一个同事办过离婚案件，他的名字叫克里斯蒂安·巴贝。他在圣拉扎尔街一间破旧狭小的办公室里工作，门前招牌上写着他的服务项目：

私人及商业调查；

收集机密情报；

跟踪；

搜集证据。

招牌大得几乎要盖过了办公室。巴贝是个秃顶的小个子，泛黄的牙齿残缺不齐，小眼睛眯成了一条缝，手指被烟熏得发黄。

"有什么可以帮您？"他向诺艾尔问道。

"我想要得到某个人的情报，他在英国。"

巴贝十分怀疑地眨了眨眼。"什么样的情报？"

"什么都要，他是否结婚了，见过谁，什么信息都要。我要给他做一本剪贴簿。"

巴贝偷偷摸摸地挠了挠裤裆，半信半疑地盯着她。

"他是英国人吗？"

"美国人。他是英国皇家空军雄鹰中队的飞行员。"

巴贝不自在地挠了挠他的秃顶。"你没搞错吧，"他咕哝道，"现在可是战时，如果被德国人发现我想要从英国窃取一个飞行员的情报……"

他的声音变得越来越小，表情夸张地耸了耸肩膀。"德国人可是先把人枪毙了，再提问题。"

"不用探听任何军事情报。"诺艾尔向他保证道。她打开钱包，拿出一沓法郎钞票。一看到这些钱，巴贝眼睛都直了。

"我在英国有关系，但收费会高些。"他谨慎地说道。

于是，调查就这样开始了。三个月后，小个子侦探拨通了诺艾尔的电话。诺艾尔亲自去了他的办公室。一进门，她第一句话就是："他还活着吗？"巴贝点了点头，诺艾尔心中的大石头终于放下了，她长舒了一口气。巴贝想，被人如此深爱着一定很幸福吧。

"你男朋友已经被调职了。"巴贝告诉她。

"调去哪儿了？"

他低头看了看桌上的笔记本。"他曾隶属于英国皇家空军第六〇九中队，现转到第一二一中队，驻扎在东英格兰的马特尔舍姆东部地区。他驾驶的飞机叫'飓风'……"

"这个我不关心。"

"可是你付了钱，"他说，"你不听白不听。"说完，他又低下头去看笔记。"他现在驾驶的是名为'飓风'的飞机，之前驾驶的飞机叫'美国水牛'。"

他翻了一页，又说道："这一页是关于他的私生活的。"

"接着说。"诺艾尔说。

巴贝耸了耸肩。"有一张名单，全是正在和他密切接触的女孩，不知道你是否想要……"

"我说过，所有事情我都要知道。"

她话语中那种奇怪的语气让他十分困惑。这件事肯定不正常，不大对劲。克里斯蒂安·巴贝是三流侦探，平常接待的也都是三流客户，但正因如此，他养成了野兽般善辨真伪的本能，以及探寻蛛丝马迹的敏锐嗅觉。然而站在他办公室里的这位漂亮女孩却扰乱了他的判断力。起初，巴贝以为她可能想让他收集谍报，接着他又断定她是个被遗弃的妻子，正在搜集丈夫的罪证。最后他发现自己全错了，现在他真的猜不出他的客户想要什么或怀着什么样的动机。他把拉里·道格拉斯的女友名单递给了诺艾尔，并留意了一下她读那张名单时的表情，简直就像在念一张洗衣单。

念完之后，诺艾尔抬起头来。接下来她说的话，克里斯蒂安·巴贝完全没有意料到。"我很满意。"诺艾尔说道。

他看着她，不停地眨着眼睛，使劲揣摩她此话何意。

"一有新情况，就请给我打电话。"

诺艾尔走后，巴贝呆坐在办公室里盯着窗外，想了很久，试图解开这个客户怪异行为的动机之谜。

巴黎的剧院又重新开始繁荣起来。德国人也常去剧院，这是为了庆祝他们接连不断的胜利，并像炫耀战利品一样炫耀他们挽着的那些美丽的法国女孩。而法国人去剧院，则是想要短暂地忘记他们是一个痛苦、失败的民族。

之前在马赛时，诺艾尔曾去过几次剧院，但那些无非是一些四流演员表演的低级庸俗的业余戏剧，观众对表演的内容也毫不在意；与之相比，巴黎的戏剧则有云泥之别。这里的戏剧表演活灵活现，神采飞扬，洋溢着莫里哀、拉辛和科莱特的智慧与优雅。颇具盛名的萨沙·吉特里①开了自己的剧院，诺艾尔去捧了场。毕希纳②的《丹东之死》重新上演时，她也去捧了场。她还去看了《阿斯摩泰》——一位前途无量的年轻剧作家的作品，他的名字叫弗朗索瓦·莫里亚克。她还去了法国喜剧院，观看了皮兰娄的《各行其是》和罗斯丹的《西哈诺·德·贝热拉克》。诺艾尔总是一个人去看戏，总能沉浸于舞台上的表演，而从未注意到周围的人向她投来的仰慕的目光。舞台灯光背后似乎有一种魔力，这引起了她的深度共鸣。她感觉自己也像舞台上的演员一样在表演着，在饰演着一个完全与自己不同的角色，而藏在面具背后的，则完全是另一副面孔。

有一部戏剧深深地打动了诺艾尔，那就是让-保罗·萨特的《禁闭》。主演是欧洲著名演员菲利普·索雷尔。索雷尔长得很丑，又矮又壮，鼻梁凹进去一块，脸孔像个拳击手。但当他说话的那一刻，奇迹发生了，他变成了一个敏感而英俊的男人。诺艾尔一边看着他表演，一边心想：这像是王子和青蛙的故事。不过不同的是，索雷尔既是王子，也是青蛙。她一次又一次地去看他的演出，坐在前排研究他的表演，试图揭开他如此吸引人的奥秘。

一天晚上，中场休息时，一位引座员递给诺艾尔一张字条，上面写着：

---

① 俄裔法国剧作家、导演。——编者注
② 德国剧作家。——编者注

"我每晚都在观众席上见到你。今晚请到后台来，我们见一面。菲利普·索雷尔。"

诺艾尔把字条读了一遍又一遍，细细品味着它所带来的喜悦。并非因为她对菲利普·索雷尔有多在乎，而是因为她知道这是她通往梦想的开端。

演出结束后，她去了后台。一个老头在舞台入口等着她，把她领进了索雷尔的更衣室。索雷尔坐在化妆镜前，只穿着短裤，正卸着妆。他对着镜子，细细打量了诺艾尔很久。终于他开口说话了："真是难以置信，近距离看你更漂亮了。"

"谢谢夸奖，索雷尔先生。"

"你是哪里人？"

"马赛。"

索雷尔转过身来，更加仔细地打量着她。他的目光移到她的脚上，又慢慢地移向她的头顶，全身上下都细致地看了一遍。诺艾尔站在那儿，接受他的审视，一动不动。"想找份工作？"他问道。

"不想。"

"我可不会给你钱的，"索雷尔说，"我最多只会让你免费看我的演出。如果你想要钱，去跟银行家鬼混吧。"

诺艾尔一声不吭地站着，看着他。最后，索雷尔说："你到底想要什么？"

"我想我要的就是你。"

他们吃了晚饭，便回到了索雷尔的公寓。公寓在美丽的莫里斯-巴雷斯街上，从那里可以俯瞰布洛涅森林。菲利普·索雷尔是一个技术娴熟的情人，出人意料地体贴，一点都不以自我为中心。除了她的美貌之外，索雷尔对诺艾尔没有任何期望，但他还是被她极其精湛的床上功夫震惊到了。

"天哪！"他惊叹道，"你太棒了。你是从哪儿学的这些呢？"

诺艾尔思考了一会儿。这根本不用学，就是凭感觉的事。在她看来，男人的身体就是女人用来弹奏的乐器，她们要去探索他们身体的奥秘，找到他们有反应的那几根弦，并用她们自己的身体来弹奏出最美妙的谐音。

"我天生就会。"她淡淡地说。

诺艾尔与生俱来的天赋让索雷尔十分受用。就这样，他们缠绵了一整晚。第二天早晨，索雷尔邀请诺艾尔搬过来和他一起住。

诺艾尔和菲利普·索雷尔一起住了六个月。她感受到的既不是幸福，也算不上不幸福。诺艾尔知道自己住在这里，索雷尔的幸福指数爆炸式增长，而她内心却波澜不惊。她觉得自己就是学生，每天一定要学点新东西来增长她的技能。索雷尔就是她的学校，就是她宏伟复仇计划中的一小部分。她对索雷尔从未动过芳心。她在这个问题上已经摔了两次跟头，她决不允许自己重蹈覆辙。诺艾尔的心只容得下一个人，那就是拉里·道格拉斯。诺艾尔常常会经过拉里曾带她去过的胜利广场、公园和餐厅，每当这时，她都感到一股仇恨涌上心头，这仇恨令她窒息，喘不上气。但这种仇恨里又夹杂了一种别样的情绪，连诺艾尔也不清楚这种情绪叫什么。

搬到索雷尔家两个月后，诺艾尔接到了克里斯蒂安·巴贝的电话。

"又有新情况向你汇报。"小个子侦探说。

"他还好吗？"诺艾尔迫切地问道。

巴贝又一次感到那种不安。"好。"

诺艾尔的声音听上去如释重负。"我马上过来。"

巴贝的汇报有两部分。第一部分是关于拉里·道格拉斯的军旅生涯的。他击落了五架德国飞机，是这场战争中第一个成为王牌飞行员的美国人。他晋升了上尉军衔。而第二部分诺艾尔更感兴趣。他在伦敦战时的社交生活中非常受欢迎，并与一位英国海军上将的女儿订了婚。接下来还有一张名单，列着所有与拉里发生过关系的女人的名字，从歌舞女郎到国防部副部长的妻子，范围甚广。

"你还要我继续调查吗？"巴贝问道。

"当然要。"诺艾尔答道。她从钱包里拿出一个信封，递给了巴贝。"一有新情况，就给我打电话。"

说完，她就走了。

巴贝叹了口气，抬头呆望着天花板。"疯了，"他若有所思地说，"真是疯了。"

要是菲利普·索雷尔知道诺艾尔正在策划些什么的话，他肯定会惊掉下巴。表面上，诺艾尔似乎对他百依百顺。为了他，她什么都干：做美味的饭菜，上街买东西，监督公寓的清洁打扫，随时满足他的性欲。然而她却从未索求过任何回报。索雷尔庆幸自己找到了完美的情人。他去哪儿都带着她，带她见所有的朋友。他们都被诺艾尔深深地迷住了，都认为索雷尔真是个幸运的男人。

一天晚上，演出结束后，他们正在吃晚饭，诺艾尔对他说："菲利普，我想当演员。"

他摇了摇头。"诺艾尔，你确实美极了，但我这辈子都在不停地接触女演员，我已经倦了。你和她们不同，我想让你一直就这样，不要变。我不想和任何人分享你。"他拍了拍她的手，"你想要的一切我不是都给你了吗？"

"是的，菲利普。"诺艾尔回答道。

那晚他们回到公寓，索雷尔想和她缠绵一下。当他们结束后，他的身体几乎要被掏空了。看上去诺艾尔从没有如此兴奋过，而索雷尔则庆幸自己几句劝说引导的话就能让诺艾尔死心塌地地跟在他身边。

紧接着的那个周日，是诺艾尔的生日，菲利普·索雷尔在马克西姆饭店为她举办了晚宴。他包下了楼上那间宽敞的私人餐厅，餐厅被桃红色天鹅绒和深黑色木镶板装饰得富丽堂皇。诺艾尔帮着写了宾客名单，她自作主张加了一个名字，但她没有告诉菲利普。四十位客人出席了宴会，来为诺艾尔庆祝生日，还送了她很多贵重的礼品。晚餐结束时，索雷尔摇摇晃晃地站了起来。他喝了很多白兰地和香槟，有些站不稳，说话也有点含混不清。

"我的朋友们，"他说，"刚才我们为世界上最漂亮的女孩共同举杯，还送了她漂亮的生日礼物，但我还有一份礼物要送给她，这是一个大惊喜。"索雷尔低头看着诺艾尔，满脸堆着笑，然后转身对着宾客宣布道："诺艾尔和我就要结婚了。"

现场欢呼雀跃，宾客们争先恐后地跑上前来拍拍索雷尔的背表示祝贺，并祝福这位准新娘。诺艾尔坐在那里，微笑着应付客人，喃喃地说着谢谢。有一位客人没有起身，他坐在餐厅尽头的一张桌子旁，叼着一根长烟嘴，冷眼看着这一幕。诺艾尔知道晚宴时他一直在盯着她。他高高瘦瘦的，不苟言笑，似乎有什么心思。他饶有兴趣地关注着餐厅发生的一切。与其说他是这场宴会的客人，倒不如说他是旁观者。

诺艾尔注意到了他的目光，朝他莞尔一笑。

阿尔芒·戈蒂埃是法国最杰出的导演。他是法国保留剧目剧院的负责人，他的作品受到了全世界的好评。戈蒂埃执导，就是一部戏剧或电影成功的保证。他以特别擅长调教女演员演戏而闻名，已经打造出了六个巨星。

索雷尔向身边的诺艾尔问道："亲爱的，你感到惊喜吗？"

"菲利普，我很惊喜。"她说。

"我希望我们马上结婚，就在我的别墅里举行婚礼。"

越过他的肩膀，诺艾尔看到阿尔芒·戈蒂埃正盯着她看，脸上挂着让人捉摸不透的笑容。几个朋友过来将菲利普叫走了，诺艾尔一转身，发现戈蒂埃就站在她面前。

"祝贺你，"他说，声音里有一种嘲弄的意味，"你可钓到了一条大鱼。"

"是吗？"

"你钓到了索雷尔这条大鱼。"

"对别人来说或许是吧。"诺艾尔面无表情地说道。戈蒂埃惊讶地看着她。"你是想告诉我你对这条鱼不感兴趣吗？"

"我可什么都没有跟你说。"

"祝你好运。"他转身要走。

"戈蒂埃先生……"

他停下了脚步。

"我今晚能见你吗？"诺艾尔悄声问道，"我想单独跟你谈谈。"

阿尔芒·戈蒂埃盯着她看了好一会儿，然后耸了耸肩。"如果你愿意的话。"

"我去你那儿，可以吗？"

"可以，当然可以。我的地址是……"

"我知道你的地址。十二点见？"

"十二点见。"

阿尔芒·戈蒂埃住在马尔伯夫街一幢雅致的老公寓楼里。一名门卫护送诺艾尔进入大厅，开电梯的人又将她带到四楼，并给她指了指戈蒂埃的公寓。诺艾尔按了门铃。过了一会儿，戈蒂埃打开了门，身着印花睡袍站在门口。

"请进。"他说。

诺艾尔进了公寓。虽然她不是什么鉴赏专家，但她一眼就能感觉到他的房间装饰得十分雅致，品味不俗，陈列的艺术品也价值不菲。

"对不起，我没穿正式衣服，"戈蒂埃抱歉地说，"我一直在打电话。"

诺艾尔紧盯着他的眼睛。"你不必穿正式衣服。"她走过来在沙发上坐下了。

戈蒂埃笑了。"佩奇小姐，我也正是这样想的。不过，我很好奇，你为什么来找我？你已经和一个有钱有名的男人订了婚。就算你想找些婚外的乐子，我想你也能找到比我更有吸引力的男人，当然也比我更富有、更年轻。你到底想从我这里得到什么？"

"我要你教我演戏。"诺艾尔说。

阿尔芒·戈蒂埃看了她一会儿，然后叹了口气。"你让我失望了。我原以为你会给我一个更有创意的理由。"

"你的工作就是调教演员呀。"

"我只和专业演员打交道，不是业余演员。你演过戏吗？"

"没有，但你会教我的。"她脱下帽子和手套。"你的卧室在哪里？"她问道。

戈蒂埃犹豫了一下。他的生活里可不缺漂亮女人，她们有的想入行，有的想争取更重要的角色，有的想在新剧目里担任主角，还有的希望得到一间更大的更衣室。她们都让戈蒂埃感到头疼。他心里明白，再与一个有所图的女人拉扯不清，他肯定就是个蠢蛋。但也没必要进一步发展关系。既然一个大美人送上门来，向他投怀送抱，他坦然接受不就好了嘛。"在那儿。"他指着一扇门说。

他看着诺艾尔朝卧室走去。如果索雷尔知道他的准新娘在这里过夜，他会做何感想？戈蒂埃给自己倒了一杯白兰地，又打了几个电话，才走进卧室。此时，诺艾尔已经躺在他的床上，赤身裸体地等着他了。戈蒂埃不得不承认，她确实是大自然最美妙的杰作。她的脸庞美得令人窒息，身体完美无瑕，蜂蜜色的皮肤光滑透亮。根据以往的经验，戈蒂埃认为所有漂亮女孩几乎都很自恋，太过关注自己的那点小利益，都是差劲的性伴侣。她们觉得只要她们把漂亮的躯体放在男人的床上，就是对性爱的贡献了。啊，也好，这样他或许可以教给这位一点技巧。

诺艾尔望着他，他褪下衣服，把衣服随意丢在了地板上，朝着床走过来。"我不想说你有多美，"他说，"你应该已经听过千遍万遍了。"

"美丽是一种浪费，"诺艾尔耸耸肩说，"除非美丽被用来制造快乐。"

戈蒂埃惊奇地瞥了她一眼，然后笑了。"我同意。那我们就用用你的美丽吧。"他在她身边坐下。

和大多数法国人一样，阿尔芒·戈蒂埃为自己是一个技巧娴熟的情人而自豪。他经常听说德国人和美国人有些好笑的性爱想法，他们会匆匆忙忙地办事，得到满足后便会戴上帽子撤了。美国人还专门用一句短语来描述这种想法："砰，砰，好了！谢谢女士。"如果阿尔芒·戈蒂埃对某位女士动了感情，他会极尽手段来烘托气氛。吃一顿完美的晚餐，精选一杯恰到好处的葡萄酒，把房间布置得很有艺术情调，让人的五脏六腑都很愉悦，然后再在房间里喷些香水，放上一段轻柔的音乐。戈蒂埃非常擅长用这些前戏手段来激发女性的柔情。

而对诺艾尔，他觉得用不着这么麻烦，他们只是一夜情而已，用不上那些香水、音乐或亲热表达。诺艾尔的目的就是寻求一夜情。如果一夜的欢愉就能交换他脑中伟大的才华，那她的想法未免也太过愚蠢了。

他对诺艾尔并没有什么期待。但那一晚，诺艾尔几乎吻遍了他全身的部位，换了各种姿势，让他体验到了人生中从未有过的欢愉。这是他经历过的最难以置信的感官体验。

第二天早上，阿尔芒·戈蒂埃说："如果我还有足够的力气的话，我会穿好衣服，带你去吃早餐。"

"躺着。"诺艾尔说。她走到衣橱前，挑了一件他的睡衣穿上。"你休息吧，我马上回来。"

三十五分钟后，诺艾尔回来了，端着早餐。有鲜橙汁、美味的香肠、韭菜煎蛋卷，热乎乎的牛角面包上抹着黄油和果酱，还有一壶黑咖啡。味道非常好。

"你不吃点吗？"戈蒂埃问。

诺艾尔摇了摇头。"不用了。"她坐在安乐椅上，看着他吃早餐。她穿着他的睡衣，领口敞着，露出美丽的胸部，头发散乱地垂在肩上，看起来更美了。

阿尔芒·戈蒂埃彻底改变了对诺艾尔的看法。她不是任何男人想要短暂发泄的对象，她是珍宝。然而，在他的戏剧生涯中，他可遇到了不少珍宝，他不打算把自己的时间和导演天赋花在一个痴心妄想要闯进剧院的业余演员身上，无论她多漂亮，床上功夫有多娴熟。戈蒂埃是个敬业的人，他认真对待自己的艺术。过去，他拒绝妥协；现在，他也不打算改变。

戈蒂埃一边吃着早餐，一边端详着诺艾尔。他原本打算和诺艾尔随便睡上一夜就把她打发走，可现在他满心盘算着如何将诺艾尔留在身边成为他的情人，直到厌倦为止，但同时又断了她当演员的念头。他知道，他必须抛出一些诱饵。他小心地试探道："你打算和菲利普·索雷尔结婚吗？"

"当然不了。"诺艾尔说，"那不是我想要的。"

现在是时候了。"那你想要什么呢？"戈蒂埃直截了当地问道。

"我和你说过了，"诺艾尔平静地说，"我要当演员。"

戈蒂埃咬了一口牛角面包，试图拖延时间。"当然可以。诺艾尔，我可以为你找一些优秀的戏剧老师，他们会……"

"不行。"诺艾尔望着他，满脸愉悦和温柔，一副小鸟依人的温顺模样。然而，戈蒂埃却感觉到，她的内心如钢铁般坚硬。她本可以带着愤怒、责备、失望、生气或其他各种情绪说"不行"，但她却说得十分温柔，温柔中带着一种坚定。似乎搞定她比他预想的要困难得多。有那么一瞬间，阿尔芒·戈蒂埃很想说他没有时间可在她身上浪费，就像他每周都对几十个女孩说的那样。但是想到昨夜的欢愉，那令人难以置信的欢愉，他又打消了说这句话的念头。如果就这样让她走掉，那也太蠢了，为她稍微做一点小妥协是值得的。

"那好，"戈蒂埃说，"我给你一个剧本学习学习，你把台词记住之后，念给我听听，看看你有没有天赋，我们再决定接下来怎么做。"

"谢谢你，阿尔芒。"诺艾尔说，语气里没有丝毫胜利感，甚至连一丝快乐都没有，只不过是对她确信要发生的事做出一点回应罢了。戈蒂埃第一次感到一丝疑惑，但很快他就觉得他的疑惑太荒谬了，因为他可是和女人打交道的高手。

诺艾尔穿衣服的时候，阿尔芒·戈蒂埃走进书房，扫了一眼书架上那些他十分熟悉的旧书。突然，他灵光一闪，坏笑着从书架上选了一本欧里庇得斯的《安德洛玛刻》，这是最难表演的经典戏剧。他回到卧室，把剧本递给诺艾尔。

"亲爱的，给你。"他说，"你先背这一部分，然后我们再对一遍。"

"谢谢你，阿尔芒。你不会失望的。"

戈埃蒂越想越为自己的计谋而感到得意。诺艾尔需要一两周才能把那个部分背完，或者其实她根本就背不下来。她会来找他，承认她记不住台词。他也会顺势对她表示同情，向她解释，表演这门艺术本来就很难。这样一来，她就能专心当他的情人了。接着，戈蒂埃约诺艾尔一起吃晚餐，然后她就告辞了。

诺艾尔回到索雷尔的公寓时，发现他在等她。他已酩酊大醉了。

"你这个婊子！"索雷尔喊道，"你整个晚上跑哪儿去了？"

她说什么索雷尔都不在乎，他知道她马上就会向他道歉，然后他会打她一顿，把她抱到床上，原谅她。

然而，诺艾尔非但没有道歉，反而说："菲利普，我和另一个男人在一起了，我回来收拾我的东西。"

索雷尔惊愕地看着她，不敢相信他听到的话。这时，诺艾尔已经走进了卧室，开始收拾行李。

"诺艾尔，求你了。"索雷尔恳求道，"别这样，我们彼此相爱，我们就要结婚了。"接下来的半个小时，争吵、威胁、哄骗，他样样都试了一遍，诺艾尔还是没有搭理他。等诺艾尔收拾好东西离开时，他还不知道为什么就失去了她，因为他根本不知道其实他从来也没有真正拥有过她。

阿尔芒·戈蒂埃正在导演一部两周后即将上演的新剧，一整天都在剧院里排练。按照惯例，戈埃蒂排剧期间总会十分专心，心无旁骛。能在工作上高度集中注意力也是他的一个过人之处。除了剧院以及与他一起排练的演员外，他能将一切都抛到九霄云外。然而今天，情况却出奇地反常。戈埃蒂的脑海里总是不断浮现出他与诺艾尔欢愉的情景。演员们排练完一场戏等他发表评价时，他才发现自己全然无心观看他们的排练。他对自己感到恼怒，试图将注意力集中在排练上，但诺艾尔赤身裸体的样子不断跳进他的脑海。在指导某场戏时，他走上舞台，突然发现自己有了生理反应，不得不很难堪地退下舞台。

戈蒂埃一向擅长分析问题，所以他试图找出诺艾尔使他无心工作的原因。诺艾尔很漂亮，但他接触过的漂亮女人也不少；她的床上功夫了得，但一些和他睡过的女孩也不比她差；她看起来很聪明，但也没那么聪明；她的性格很讨喜，但也不是那么复杂。还有一点更重要的，戈蒂埃分析不出来。这时，他想起了她那句十分温顺的"不行"，他觉得这应该是回答所有问题的线索。她身上似乎有一种不可抗拒的力量，一种可以得到任何她想要的东西的决心。在她内心深处，一定还有些东西他还未能触及。和其他男人一样，阿尔芒·戈蒂埃也同样感到虽然他对诺艾尔产生了深深的依恋，但诺艾尔对他却没有丝毫动心。这分明是对他男子气概的挑战，他无法视而不见。

戈蒂埃一整天都神情恍惚，他满心期待夜晚的降临。这并不是因为他有多想和诺艾尔寻欢作乐，而是因为他想向自己证明，诺艾尔并非完全没有对他动情。他希望诺艾尔让他失望，这样他就可以将她从自己的生活中赶走。

那天晚上，当他们缠绵时，阿尔芒·戈蒂埃有意识地想让自己察觉到诺艾尔所使用的那些技巧和手段，这样他就能说服自己，他们之间的欢愉都是机械的，是没有情感的。但他错了。诺艾尔全身心地投入过程之中，只想给他带来前所未有的快乐，并陶醉于他的快乐之中。清晨醒来，戈蒂埃比以往任何时候都更确信，自己已经被她迷住了。诺艾尔又为他准备了早餐，这次是精致的可丽饼，里面夹着培根和果酱，还有热咖啡，味道依然很棒。戈蒂埃发现，自己已经完全失去对诺艾尔的抵抗力了。

"好吧，"戈蒂埃心里想，"你已经找到了一位年轻女子，她有美貌，懂风情，会做美食。好样的！但这对一个高智商的男人来说是否可以知足了？欢愉过后，茶余饭后，你必须和她聊天。那么，她会聊什么天呢？"他自己最后的答案是，会不会聊天真的一点都不重要。

诺艾尔没有再提起那个剧本。戈蒂埃希望诺艾尔把这件事彻底忘掉，或是完全无法应付背台词的问题。诺艾尔早上走的时候，答应要和他一起吃晚餐。

"你能从菲利普那儿脱身吗？"戈蒂埃问。

"我已经离开他了。"诺艾尔淡淡地说，然后把自己的新住址给了戈蒂埃。

他盯着她看了一会儿。"我明白了。"

他其实并不明白，一点也不明白。

他们又在一起度过了一个夜晚。诺艾尔似乎对戈蒂埃很感兴趣，他向她说起了一些自己多年未曾提过的事情，一些他从未向任何人透露过的私事。谁也没有提起那个剧本，戈蒂埃为自己如此干净利落地解决了这个问题而沾沾自喜。

第二天晚上，他们吃过晚饭准备休息，戈蒂埃开始朝卧室走去。

"先别急。"诺艾尔说。

他吃了一惊，转过身来。

"你说过要听我读那个剧本的。"

"嗯，当……当然，"戈蒂埃结结巴巴地说，"只要你准备好了就行。"

"我准备好了。"

他摇了摇头。"亲爱的，我不是要你念剧本，"他说，"你得把它记熟了之后背给我听，我才能真正判断你能不能成为一个演员。"

"我已经背熟了。"诺艾尔说。

戈蒂埃难以置信地看着她。三天就把所有台词都背熟，这是不可能的。

"你准备好听我背台词了吗？"她问。

阿尔芒·戈蒂埃没有退路了。"当然。"他说。他朝房间中央指了指。"那就是你的舞台，我是你的观众。"说罢，他在一张宽大舒适的长沙发上坐了下来。

诺艾尔开始演这出戏。戈蒂埃感到全身上下都起了鸡皮疙瘩，每当他遇到顶好的苗子，他就会有这种特殊反应。不是因为诺艾尔的表演技巧有多高超，实际上她还差得远呢，一举一动都是那么稚嫩，而是因为她具有比技巧更重要的素质：她的表演带着罕见的真情实感，这种天赋让她说出的每句台词都有了新的意义和韵味。

诺艾尔结束独白表演后，戈蒂埃热情地说："诺艾尔，我想有一天你会成为一名著名的女演员。我要把你送到乔治·法贝尔那里学习表演，他是全法国最好的戏剧老师。和他学习，你会……"

"不行。"

他惊讶地看着她，又是那声温和的"不行"，肯定而不容争辩。

"什么不行？"戈蒂埃有些困惑地问道，"法贝尔除了最大牌的演员，谁也不肯教。只有我跟他说，他才会同意教你。"

"我只想跟你学。"诺艾尔说。

戈蒂埃感到自己怒火中烧。"我从不教任何人演戏。"他厉声说，"我不是表演老师，我是专业演员的导演。等你成为专业演员，我也会给你导戏。"他尽力压抑着自己的愤怒。"你明白吗？"

诺艾尔点了点头。"是的，阿尔芒，我明白。"

"那很好。"

怒气平息了，他又将诺艾尔抱在怀里，接受了她一个温暖的吻。他现在才知道他的担忧是不必要的。和其他女人一样，她需要被人主宰。她不会再给他制造麻烦了。

那晚的欢愉比以往任何一次都更加猛烈。戈蒂埃心想，这可能是他们小小的争吵又给彼此增添了一份兴奋。

夜里，戈蒂埃对诺艾尔说："诺艾尔，你真的能成为一名出色的演员，我会为你感到骄傲。"

"谢谢你，阿尔芒。"她温柔地低语道。

早上，诺艾尔做了早餐，戈蒂埃吃完便去剧院了。白天戈蒂埃给诺艾尔打了电话，没人接。等他晚上回到家，她也不在。戈蒂埃等了她一晚，彻夜未眠，担心她出事了。他给诺艾尔的公寓打了电话，也没人接。发了电报，也无法送达。排练结束后，他去了诺艾尔的公寓，没有人开门。

接下来的一周里，戈蒂埃几近疯狂。排练变得一团糟。他开始对着所有演员大喊大叫，闹得很不愉快。他的舞台经理建议他们停下来休息一天，他同意了。演员们离开后，戈蒂埃独自一人坐在舞台上，想他自己到底怎么了。他告诉自己，诺艾尔只不过是另一个普通的女人，一个随随便便和人上床却还野心勃勃的金发女人，只是个当女销售员的料子，却还痴心妄想成为女明星。他想尽一切办法诋毁她，却发现都是徒劳无功的。那天晚上，他在巴黎的大街上游荡，在不知名的小酒吧里喝得烂醉。他想找到诺艾尔，却束手无策。除了菲利普·索雷尔，他无法与任何人谈起她，但和索雷尔谈，又显然是不可能的。

诺艾尔失踪一周后，一天凌晨四点，阿尔芒·戈蒂埃醉醺醺地回到家，打开门走进客厅，发现所有灯都亮着。诺艾尔穿着他的睡衣，蜷缩在安乐椅上，正在看书。他走进来时，诺艾尔抬起了头，对他莞尔一笑。

"你好，阿尔芒。"

戈蒂埃目不转睛地看着她，欣喜若狂，一种无限宽慰和幸福的感觉涌上心头。他说："明天，我就开始教你演戏。"

五　凯瑟琳

华盛顿：一九四○

在凯瑟琳·亚历山大去过的城市中，华盛顿特区是最令她兴奋的。她过去一直认为芝加哥是美国的中心，但华盛顿令她大开眼界。这里是美国真正的核心，是权力的脉动中心。初来乍到，看到华盛顿街上到处都是身着各式制服的军人，有陆军，有海军空战队，还有海军陆战队，凯瑟琳有些恐慌。她第一次感受到战争可能要发生了。

在华盛顿，到处都有战争存在的迹象。战争一旦爆发，必将从这座城市开始。美国会在这里宣战，在这里动员人们参战，在这里策划战争。这座城市掌握着世界的命运。而她，凯瑟琳·亚历山大，也将成为这座城市中的一员。

她搬进了苏茜·罗伯茨的住所，那是一套明亮舒适的公寓。公寓在四楼，没有电梯，有一间还算宽敞的起居室，两间相邻的小卧室，一间狭小的浴室，以及一间狭窄的厨房。苏茜似乎很高兴见到她，一见面开口就说："赶快把行李打开，把最漂亮的裙子拿出来熨一熨。今天晚上有晚餐约会。"

凯瑟琳眨了眨眼睛。"你怎么出去了这么久啊？"

"凯茜，在华盛顿，掌握择偶权的是女孩。这里到处是孤独的男人，真是可怜。"

那天晚上，他们在威拉德酒店共进晚餐。和苏茜约会的是一位来自印第安纳州的国会议员，而凯瑟琳的约会对象是从俄勒冈州来的说客。他们俩到这个城市出差，妻子都不在身边。晚餐后，他们去华盛顿乡村俱乐部跳舞。凯瑟琳原希望那位说客帮她找一份工作，然而他却提出要送她一辆轿车，还有一套公寓。凯瑟琳谢绝了。

苏茜和那位议员一同回到了公寓，凯瑟琳则径自去睡觉了。过了一会儿，她听见他们进了苏茜的卧室，弹簧床开始吱吱作响。凯瑟琳拉过枕头盖在头上来隔绝声音，却无济于事，于是她就开始浮想联翩。第二天清晨，凯瑟琳起来吃早餐时，苏茜已经起床了，她看起来容光焕发，心情愉悦，正准备去上班。凯瑟琳想在苏茜脸上找到熬夜的皱纹和纵欲的黑眼圈，却没找到。恰恰相反，苏茜看起来满面春风，皮肤毫无瑕疵。"我的天哪，"凯瑟琳心想，"她是女版道林·格雷①，总有一天，她会年轻依旧，而我会像有一百一十岁那么老。"

几天过后，她们在一起吃早饭时，苏茜说："我听说有份工作，你可能会感兴趣。昨晚派对上有个女孩说她要辞职回得州。天知道为什么毅然决然离开得州的人竟然想要回到那里。记得几年前我在阿马里洛……"

"她在哪儿工作？"凯瑟琳打断了苏茜。

"谁？"

"那姑娘。"凯瑟琳耐心地说。

"噢，她为威廉·弗雷泽工作。弗雷泽在国务院负责处理公共关系。《新闻周刊》上个月报道了有关他的内容，封面上还有他的照片。这份工作应该很轻松。我也是昨天晚上才听说的。如果现在过去，你会占了先机，打败其他姑娘的。"

"谢谢。"凯瑟琳感激道，"威廉·弗雷泽，我来了。"

二十分钟后，凯瑟琳已经在前往国务院的路上了。到达后，她从门卫那里知道了弗雷泽办公室的位置，随后乘电梯上了楼。公共关系，这听起来正是她要找的工作。

---

① 英国作家王尔德创作的长篇小说《道林·格雷的画像》中的人物，拥有极其俊美的容貌，且永远年轻美貌。——编者注

凯瑟琳在办公室外的走廊上停了下来，取出小镜子查看脸上的妆容。她志在必得。现在还不到九点半，估计只有她一个人前来应聘。她打开门，走了进去。

　　办公室的外间挤满了前来应聘的姑娘，站着的，坐着的，倚着墙的，似乎所有人都同时在讲话。接待员的办公桌被围得水泄不通，她手忙脚乱，想维持室内秩序，却是徒劳的。"弗雷泽先生现在正在忙，"她不断重复道，"我不知道他什么时候可以接见你们。"

　　"他到底要不要面试新秘书？"其中一位姑娘质问道。"是要面试的，但是……"接待员绝望地对围在面前的这群愤怒的姑娘望了又望。

　　"天哪！这简直太荒唐了！"通往走廊的那扇门打开了，又有三个姑娘挤了进来，把凯瑟琳推到了一边。

　　"已经有人填补空缺了吗？"其中一位姑娘问道。

　　"或许他该开个后宫，"另一位姑娘建议道，"这样我们就都可以留在这儿了。"

　　通往办公室里间的门打开了，一个男人走了出来。他身高不足六英尺，身材可以用苗条来形容，虽不是运动员，但看上去像是一周有三个早晨要去健身房锻炼保持身材的家伙。他有一头卷曲的金发，两鬓已生出银丝，蓝色的眼睛十分明亮，清晰的下颌线冷峻而又令人望而生畏。"这里到底是怎么回事，萨莉？"他声音低沉，充满了威严。

　　"这些姑娘听说有个空缺的职位，弗雷泽先生。"

　　"天哪！我本人一个小时之前才听说这件事。"他环视了一圈房间里的人群，"这简直像是丛林中的鼓声，传得真快。"当他把目光移向凯瑟琳时，她挺直了身板，站得笔直，对他热情地一笑，仿佛在说"我将成为一名优秀的秘书"。但他的目光移开了，然后又落在接待员身上。"我要一本《生活》杂志，"他对她说，"三四周前发行的那一期，封面上有斯大林的图像。"

　　"我这就去订购，弗雷泽先生。"接待员说。

　　"我现在就要。"他准备折回办公室去了。

　　"我给《时代》与《生活》杂志联合办事处打个电话，"接待员说，"看看他们能否找到一本。"弗雷泽在办公室门口顿住了脚步。"萨莉，我正在和博拉参议员通电话，我要从这期杂志中念一段内容给他听，你得在两分钟之内给我找到一本。"他走进办公室，关上了门。

房间里的姑娘们面面相觑，耸了耸肩膀。凯瑟琳站在那儿，拼命地思索着。她转过身，挤出了办公室。

"很好，退出了一位。"一个姑娘说。

接待员拿起电话听筒，拨通了问讯处的号码。"请问《时代》与《生活》杂志联合办事处的电话号码是多少？"她说。姑娘们注视着她，房间里安静了下来。"谢谢。"她放下电话听筒，又再次拿起来，拨通了号码。"你好，这里是国务院威廉·弗雷泽办公室，弗雷泽先生需要一本过期的《生活》杂志，马上就要，是封面上有斯大林图像的那一期……你们那里不存过期杂志？那我应该和谁联系？……知道了，谢谢你。"她挂断了电话。

"看来运气不佳，亲爱的。"一个姑娘说。

另一个姑娘补充道："他们肯定能提供有美女的那一期，对吗？如果他今晚想到我的住处去，我会念给他听的。"一阵哄笑。

对讲机嗡嗡响起来，接待员按下了按键。"两分钟到了，"弗雷泽的声音传出，"杂志呢？"

接待员深深地吸了口气。"我刚才跟《时代》与《生活》杂志联合办事处联系过了，弗雷泽先生，他们说不可能找到……"

这时，门开了，凯瑟琳急匆匆地走了进来。她手里拿着一本《生活》杂志，封面上正是斯大林的图像。她挤到办公桌前，将杂志递到接待员手中。接待员难以置信地盯着杂志。"我……我这里有一本，弗雷泽先生。我马上送进来。"她站起身，感激地对凯瑟琳笑了笑，急匆匆地走进了办公室里间。所有的姑娘都扭头盯着凯瑟琳，目光中突然充满了敌意。

五分钟过后，通往弗雷泽办公室的门打开了，弗雷泽和接待员出现在门口。接待员指了指凯瑟琳，说："就是这位姑娘。"

威廉·弗雷泽转过身，若有所思地打量着凯瑟琳。"请进来坐坐。"

"好的，先生。"凯瑟琳跟着弗雷泽走进了他的办公室，其他姑娘盯着她，她感到如芒在背。弗雷泽关上了门。

他的办公室是那种典型的首都政府要员的办公室，官僚气十足，但是装修得很符合现代潮流，家具和艺术品的摆设都彰显出他的个人品位。

"请坐，我该称你为什么小姐？"

"亚历山大，凯瑟琳·亚历山大。"

"萨莉说，找到《生活》杂志的是你。"

"是的，先生。"

"我猜不会是你的包里正好装有一本三周前的《生活》杂志吧。"

"不是的，先生。"

"那你怎么这么快就找到了一本？"

"我到理发店去了一趟。理发店和牙科诊所总是放着一些旧杂志。"

"了解了。"弗雷泽笑了，他严峻的面容似乎显得不那么可怕了。"我是想不到这一点的。"他说，"你是不是一直都这么聪明？"

凯瑟琳想起了罗恩·彼得森。"不是的，先生。"她回答道。

"你想找份秘书工作吗？"

"并不完全是那样。"凯瑟琳注意到了他诧异的目光。"我愿意接受这份工作，"她连忙补充说，"我真正想做的是您的助理。"

"何不现在先从秘书开始干起呢？"弗雷泽半开玩笑半认真地说道，"将来你兴许能成为我的助理。"

她满怀希望地看着他。"您的意思是我已经获得了这份工作吗？"

"先试用。"他按下了对讲机的按键，把脸贴近话筒。

"萨莉，请帮我感谢那些年轻女士。告诉她们这个职位已经有人了。"

"好的，弗雷泽先生。"

他又把按键扳了上来。"每周付你三十美元，可以接受吗？"

"可以，先生。谢谢您，弗雷泽先生。"

"你可以明天早上九点来上班。让萨莉给你一张人事表填一下。"

凯瑟琳离开威廉·弗雷泽的办公室之后，又去了《华盛顿邮报》编辑部。大厅里有位警察坐在办公桌后，拦住了她。

"我是威廉·弗雷泽的私人秘书，"她高傲地说，"在国务院那边工作。我需要从你们的资料室了解一些情况。"

"什么情况？"

"有关威廉·弗雷泽的情况。"

他仔细地打量了她一会儿，说："这是我本周听到的最奇怪的要求。是你的上司要你这么干的，还是为了别的什么？"

"不是，"她想要让这位警察打消疑虑，"我打算给他写篇个人专题报道。"

五分钟后，一位职员领她走进了资料室。他抽出了有关威廉·弗雷泽的文件，凯瑟琳开始阅读起来。

一小时过后，凯瑟琳成了这世上最了解威廉·弗雷泽的权威专家。他今年四十五岁，以优异的成绩毕业于普林斯顿大学，曾创办广告公司——弗雷泽联合公司。该公司曾是这一行业中最成功的企业。一年前，应总统之请，弗雷泽向公司请了长假，来为政府工作。他曾与莉迪娅·坎皮恩结婚，她是一位富有的社会名流。他们目前已经离婚四年了，没有孩子。弗雷泽是个百万富翁，在乔治敦有所住宅，在缅因州的巴尔港还有一栋避暑别墅。他的爱好是打网球、划船和打马球。新闻报道多次称他为"美国最合格的单身汉"。

凯瑟琳回到家后，把这个好消息告诉了苏茜。苏茜坚持认为她们应该出去庆祝一番。有两个来自安纳波利斯市的军校学生现在正在华盛顿，他们两人都十分有钱。

和凯瑟琳约会的是一位很讨人喜欢的小伙子，但整个晚上，她不停地在心里把他和威廉·弗雷泽进行对比。和弗雷泽一比，这年轻人就显得既幼稚又乏味了。凯瑟琳心里不知道自己是否会爱上这位新上司。和弗雷泽在一起时，她没有那种少女般春心荡漾的感觉，却有另外一种情感：对他有一种好感，一份尊敬。于是凯瑟琳的结论是：那种春心泛滥的感觉大概只存在于法国情色小说中。

两位军校学生带她们去了华盛顿郊区的一家意大利小餐馆，他们在那里美餐了一顿，然后又去看了《毒药与老妇》，凯瑟琳非常喜欢这部电影。时值午夜，这两位年轻人把她们送回了家，苏茜邀请他们再喝一杯。当凯瑟琳意识到他们要在这里过夜时，就找了个借口，说她得去睡觉了。

凯瑟琳的约会对象抗议道："我们还没有开始呢，看看他们俩。"

苏茜和她的约会对象坐在沙发上，像扭麻花一样抱在一起。

凯瑟琳的约会对象紧紧抓住她的胳膊。"战争马上就要开始了。"他恳求她。凯瑟琳还没来得及躲开，他已将她的手放在了他的腿间。

"你不会忍心让一个男人以这样的状态去上战场，是吧？"凯瑟琳抽回了手，尽力克制自己的怒气。"我也仔细思考了这个问题。"她平静地说，"我决定只与那些受了伤还能活着回来的士兵发生关系。"她转身走进自己的卧室，随手把身后的门锁上了。她发现自己难以入睡。她躺在床上想着威廉·弗雷泽，想着她的新工作，还有那位来自安纳波利斯的男孩。在上床一个小时后，她听到苏茜的弹簧床疯狂地吱吱作响。从那一刻起，她知道自己不可能睡着了。

第二天早上八点半，凯瑟琳来到了她的新办公室。门已经开了，接待室的灯亮着。从里间办公室传来一个男人的声音，凯瑟琳走了进去。

威廉·弗雷泽坐在办公桌前，正在向一部机器口授信件。凯瑟琳走进来时，他抬起头，把机器关了。"你来得很早。"他说。

"我想在开始工作前四处看看，熟悉一下环境。"

"坐。"他的语气令她有点困惑，他似乎很生气。凯瑟琳坐下了。"我不喜欢别人窥探我的事，亚历山大小姐。"

凯瑟琳的脸唰的一下红了。"我……我不明白。"

"华盛顿是个小城市，甚至可以说还算不上是个城市，是个十足的村庄。这里不管发生了什么事，五分钟之内就家喻户晓了。"

"我还是不——"

"你到达《华盛顿邮报》编辑部两分钟之后，出版商就给我打了电话，问为什么我的秘书在对我进行调查。"

凯瑟琳坐在那里，震惊得说不出话来。

"你想知道的那些无聊的闲话，你都了解到了吗？"

凯瑟琳感到她的窘迫难堪正迅速地转化为愤怒。"我不是在窥探。"凯瑟琳说道。她站起身。"我想了解你的情况只不过是想知道我将为什么样的人工作。"由于愤怒，她的声音有些颤抖。"我认为一名优秀的秘书应该要去适应她的雇主，我想知道我要去适应什么。"

弗雷泽坐在那里，满脸咄咄逼人的敌意。

凯瑟琳盯着眼前这个人，开始痛恨他，近乎要落泪了。"你不必为此而烦恼了，弗雷泽先生，我辞职。"她转过身，向门口走去。

"坐下。"弗雷泽说道。他的声音很严厉，犹如鞭子抽在凯瑟琳身上。凯瑟琳感到十分惊诧，转过身来。"我可忍受不了那种该死的喜怒无常的人。"弗雷泽又说。

凯瑟琳怒目而视。"我不是……"

"行了，我很抱歉。那你请坐下，可以吗？"他从办公桌上拿起烟斗，点着了。

凯瑟琳站在那里，有些不知所措，觉得自己蒙受了羞辱。"我认为这样不行，"她开口道，"我……"

弗雷泽吸了口烟，然后把火柴吹灭。"这当然可以，凯瑟琳。"他讲道理说，"你现在不能辞职。你看，要和一个新女秘书磨合，我有多费力啊！"

凯瑟琳看着他，发现他明亮的蓝眼睛里隐约闪现出愉快的神色。他笑了，凯瑟琳也弯了弯嘴角，露出一丝勉强的微笑。她坐到了椅子上。

"很好。有没有人曾经告诉过你，说你很敏感？"

"是有人说过。我很抱歉。"

弗雷泽坐在椅子上，向后靠去。"也许过分敏感的人是我。被人称为'美国最合格的单身汉'可真他妈的难受啊！"

凯瑟琳希望他不要用这些粗话。她心里想，是哪个词让她感到最不舒服呢？是"他妈的"，还是"单身汉"？

也许弗雷泽说得对。她对他的兴趣可能并不像她想的那样不带有感情色彩。或许，她下意识地……

"我是世界上所有愚蠢的未婚女性的追逐目标。"弗雷泽继续说道，"如果我告诉你，女人有时会有很强的进攻性，你恐怕不会相信。"

她自己会不会主动出击呢？请品尝我们的收银员。凯瑟琳想到这里，脸羞得绯红。

"把一个人吹捧成神可真是够受的。"弗雷泽叹了口气，"既然这周好像是全国调查周，那么跟我谈谈你的情况。有男朋友吗？"

"没有。"她说。"没有特别中意的。"她又快速补充道。

他看着她，半开玩笑半好奇地问："你住在哪里？"

"我和大学时的一个女同学一起住在一套公寓里。"

"西北大学。"

凯瑟琳惊讶地看了他一眼，然后意识到他一定是看了自己填的那份人事表。

"是的，先生。"

"我将告诉你一些有关我的情况，都是你在报社的资料室里没有看到的。为我工作可没有那么容易。你会发现我很通情达理，但事实上我是个完美主义者。我们要相处得好会很难。你认为你能应付得了吗？"

"我会尽力。"凯瑟琳说。

"好的。萨莉会给你安排办公室的日常工作。最重要的是得记住，我可是要不停地喝咖啡，我喜欢刚泡好的黑咖啡。"

"我会记住的。"她站起身，朝门口走去。

"还有，凯瑟琳……"

"什么事，弗雷泽先生？"

"你今晚回家以后，对着镜子练一练说脏话。如果我一讲脏话你就皱眉头，那会把我逼得走投无路的。"

他又用这种语气说话了，让她觉得自己像个孩子。"是，弗雷泽先生。"她冷冰冰地说，随即冲出办公室，差一点砰的一声把门关上。

这次会面完全不是凯瑟琳预料的那样。她再也不喜欢威廉·弗雷泽了，她觉得他自以为是，独裁专横，自大傲慢，且粗鲁无礼。怪不得他的妻子会和他离婚。但既然来了，就先工作吧。她决心马上另找一份工作，一份能为正常人而不是独裁者服务的工作。

凯瑟琳出去之后，弗雷泽靠在椅子上，嘴角挂着微笑。难道现在的姑娘还会如此单纯，如此认真，如此敬业吗？她生气的时候，眼睛里喷射出愤怒的光芒，嘴唇也在颤抖，似乎毫无保护自己的能力。他真想把她抱在怀里，保护她。他心里明白，悲哀的是他要保护她不受他自己的伤害。她身上有一种传统的光辉品质，他几乎已经忘了姑娘身上还会有这种品质。她那么可爱，那么聪明，而且有自己的思想。她将成为他最优秀的女秘书。弗雷泽内心深处感到她不仅仅会成为自己的秘书，还会成为别的什么，但到底会成为什么，他现在还不清楚。多次受伤之后，每当他为一个女人动情时，他就会自然而然地变得警觉起来。这种心动的时刻已经很少见了。弗雷泽的烟斗已经熄灭了，他又把它点上，脸上仍然带着笑容。又过了一会儿，他叫她进来，开始口授信件。凯瑟琳虽然彬彬有礼，但刻意保持着距离。她等着弗雷泽说一些缓和气氛的话，这样她就有机会表现出她是多么神圣不可侵犯。但是他始终和她保持一定的距离，一副公事公办的样子。凯瑟琳心里想，他显然把早上的事忘得一干二净了。一个男人怎么会这样不敏感啊？

不管凯瑟琳多么恨他，她觉得新工作还是挺有意思的。电话铃不时地响起，听到这些来电者的名字，她感到十分兴奋。第一周，美国副总统打来两次电话。此外，来电的还有五六个参议员和国务卿，以及一位著名女演员，她正在市内为她的新影片做宣传。这一周的高潮是罗斯福总统打来了电话。凯瑟琳激动得松开了手里的话筒，以致中断了和总统秘书的对话。

除了这些来电令人感到兴奋以外，弗雷泽还经常在他的办公室、乡村俱乐部或某家比较有名的餐馆约见客人。过了几周，弗雷泽让凯瑟琳来安排这些会见，并且预订好会面的房间。她开始了解到弗雷泽想会见哪些人和想回避哪些人。她的工作是那么有趣，到了月底，她早已把另找工作的事忘到九霄云外了。

凯瑟琳和弗雷泽之间仍然保持着普通的工作关系，但凯瑟琳对她的上司已经有了一定的了解，知道他的冷漠并不代表不友好，而是一种自尊的表现，他以沉默寡言为盾牌来保护自己，使自己免遭外界的侵扰。凯瑟琳觉得弗雷泽实际上很孤单。他的工作要求他和不同的人交往，但她意识到他天生就是一个孤独的人。她还感觉到威廉·弗雷泽和她不是同一类人。就此而论，美国大多数男人都和她不是同一类人。这就是她得出的结论。

她不时和苏茜一起出去和男人约会，她发现约会对象大多都是已婚的花花公子，所以她更喜欢一个人单独去看电影或戏剧。她去看了格特鲁德·劳伦斯和一个名叫丹尼·凯耶的新喜剧演员出演的《黑暗中的女郎》，还有《天伦乐》，以及《艾丽斯的戎马生涯》，参演的还有一个名叫柯克·道格拉斯的青年男演员。她喜欢金格·罗杰斯出演的《女人万岁》，因为这部戏让她联想到她自己。一天晚上，在看《哈姆雷特》时，凯瑟琳看到弗雷泽和一位优雅的女子坐在包厢里，那位姑娘穿着一身昂贵的晚礼服，凯瑟琳曾在《时装》杂志里见过这件裙子。她不知道那位姑娘是谁。弗雷泽有时也不声不响地自己安排约会，她从来不知道他到哪里去，或者和谁一起出去。他环视了一圈剧院，看见了凯瑟琳。第二天早上，他口授完所有信件之后才提起这件事。

"你觉得《哈姆雷特》怎么样？"他问。

"这个剧本本身是成功的，但我不太喜欢这场表演。"

"我倒很喜欢这些演员。"他说，"我觉得演奥菲利娅的那位姑娘演得很好。"

凯瑟琳点了点头，准备离去。

"你难道不喜欢奥菲利娅吗？"弗雷泽追问道。

"如果要我说老实话，"凯瑟琳谨慎地说道，"我认为她演得并不算成功。"她转过身，走了出去。

那天夜里，凯瑟琳回到家时，苏茜正在等她。"有人找过你。"苏茜说。

"是谁？"

"联邦调查局的。他们在对你进行调查。"天哪，凯瑟琳吃了一惊，心里想，他们发现她是个处女，可能华盛顿有歧视处女的法律。她大声问道："联邦调查局为什么调查我？"

"因为你现在在为政府工作。"

"噢。"

"你的弗雷泽先生怎么样？"

"我的弗雷泽先生还行。"凯瑟琳说。

"你认为他会喜欢我吗？"

凯瑟琳端详着她的老同学，她修长苗条，肤色浅黑。"最多和你吃顿早饭。"

几周后，凯瑟琳和在附近办公室工作的女秘书们混熟了。有几个姑娘和她们的上司有暧昧关系，她们好像不在乎这些男人是否已经有了家室。她们羡慕凯瑟琳在为威廉·弗雷泽工作。

"这个钻石王老五到底是个怎样的人？"一天吃午饭时，一个姑娘问，

"他勾引过你吗？"

"他不屑于做那样的事。"凯瑟琳认真地开着玩笑说，"我每天早上九点钟一来，我们便抱在沙发上，一直到一点钟才分开去吃午饭。"

"说正经话，你觉得他怎么样？"

"对我的诱惑没那么大。"凯瑟琳撒了谎。自从他们第一次争吵过后，她便对威廉·弗雷泽产生了好感。他说自己很挑剔，这是事实。凯瑟琳每次做错事，都会受到训斥，但她发现他是个通情达理的人。她曾看到弗雷泽从百忙之中抽出时间来帮助别人，尽管他所帮助的人都不能为他做任何事，而且他总是做好事不求回报。是的，她确实非常喜欢威廉·弗雷泽，但这是她自己的事，与别人无关。

有一次，他们有许多工作要赶着完成，弗雷泽邀请凯瑟琳去他家共进晚餐，这样他们就能工作得更晚一些。弗雷泽的司机塔尔梅奇开着豪华的轿车在办公大楼外等着他们。弗雷泽把凯瑟琳让进车后，也钻了进去，坐在她旁边。这时，正好有几个女秘书从大楼里走出来，用会意的眼光注视着他们。接近傍晚时刻，街道上车水马龙，他们的轿车平稳地驶入了车流之中。

"我会把你的好名声毁掉的。"凯瑟琳说。

弗雷泽哈哈笑了。"我给你一句忠告：如果你要和一个公众人物有暧昧关系，那就要在外面进行。"

"感冒了怎么办？"

他咧嘴一笑。"我的意思是带着你的情人——如果大家仍然用这个词的话——到公共场所去，光明正大地到著名的餐馆、剧院去。"

"看莎士比亚的戏剧？"凯瑟琳故作天真地问道。

弗雷泽没理睬她的打岔。"人们总是想找到不正当的动机。他们会这样告诉自己：'噢，他公开带某某人出来了。不知道他私下又在和谁会面。'人们总是不相信显而易见的事。"

"这种说法倒挺有意思。"

"阿瑟·柯南道尔就写过类似的故事，用显而易见的事来欺骗别人。"弗雷泽说，"我想不起来这个故事的名字了。"

"是埃德加·爱伦·坡写的《失窃的信》。"凯瑟琳刚一说出口，就后悔了。男人不喜欢聪明的姑娘。不过那又有什么关系？她又不是他的女友，只是他的秘书而已。

此后，他们一路无话。

弗雷泽在乔治敦的住宅十分漂亮，仿佛是从图画书里剪下来的一般。这是一座四层高的乔治亚风格的房子，估计已有两百多年的历史。一位穿着白色外衣的男管家打开了门。弗雷泽说："弗兰克，这是亚历山大小姐。"

"你好，弗兰克。我们在电话里说过话。"凯瑟琳说。

"是的，小姐。见到你真高兴，亚历山大小姐。"

凯瑟琳仔细观察会客厅：通向二楼的楼梯典雅美观，古色古香的，楼梯是橡木的，擦得锃亮；大理石地板，天花板上挂着的枝形吊灯华丽炫目。

弗雷泽细心捕捉她的表情。"喜欢这里吗？"他问。

"问我喜不喜欢这里？噢，喜欢！"

他脸上露出了微笑。凯瑟琳担心自己是不是显得太过热情了，像一个拜金女，和那些一直在追求弗雷泽的女人一样主动。"这客厅……看上去舒适。"她结结巴巴地补了一句。

弗雷泽带着嘲讽的眼光看了凯瑟琳一眼，于是凯瑟琳感到了一丝恐惧，害怕他能看出她心里在想什么。"到书房里来。"弗雷泽说。

凯瑟琳跟着他走进了一个大房间，墙面装有深色嵌板，四周摆满了书。这里的气氛完全属于另一个时代，散发着属于更悠闲、更融洽生活方式的优雅。弗雷泽又在观察她的表情。"怎么样？"他一脸严肃地问。

凯瑟琳这次不会再在毫无防备的情况下回答他的问话。"比国会图书馆小一点。"她以守为攻，很有策略地说。

他畅怀大笑。"你说得对。"

弗兰克拎着一只银制的冰桶走进房间。角落里有一个吧台，他把冰桶放在吧台上。"弗雷泽先生，你打算什么时候吃晚饭？"

"七点半。"

"我去告诉厨师。"弗兰克走出了房间。

"要我给你配点什么酒？"弗雷泽问凯瑟琳。

"不用了，谢谢。"

他朝她看过来。"凯瑟琳，你不喝酒？"

"我工作时不喝酒，"她说，"否则我会把p和o这两个字母搞混。"

"你是指p和q吧？"

"p和o这两个字母键在打字机上是挨在一起的。"

"这个我不知道。"

"你用不着知道。这就是你每周付我一大笔钱的原因。"

"我付你多少钱？"弗雷泽问。

"三十美元。你还请我到华盛顿最漂亮的住宅里来吃晚饭。"

"你确定不喝酒吗？"

"不喝，谢谢。"凯瑟琳说。

弗雷泽开始为自己调配一杯马丁尼酒，于是凯瑟琳便在书房里到处走走，看看他的藏书。这些书都是古典名著，另外还有一个区域放着意大利语书籍，一个区域放着阿拉伯语书籍。弗雷泽走到她身边。"你并不真的会讲意大利语和阿拉伯语，是吗？"凯瑟琳问。

"会讲。我在中东住了几年，学了阿拉伯语。"

"那意大利语呢？"

"我和一位意大利女演员交往了一段时间。"

她的脸红了。"对不起，我不是有意探听你的私事。"

弗雷泽看着她，眼神里满是逗乐的快意。凯瑟琳则觉得自己像个小女生。她不清楚自己是恨威廉·弗雷泽，还是爱上了他。但有一点她很清楚，弗雷泽是她碰到过的最好的男人。

晚餐十分丰盛。所有菜都是法式风味的，调料也很精美。餐后甜品是樱桃饼。难怪弗雷泽每周有三个上午要去俱乐部健身。

"晚餐怎么样？"弗雷泽问她。

"这可不像我们食堂里的饭菜。"她答道，调皮地笑了。

弗雷泽大声笑起来。"我早晚要去我们食堂吃一顿。"

"如果我是你，我才不会去呢。"

他看着她。"食堂的饭菜有那么糟糕？"

"不是饭菜的问题，是那些女孩子，她们会围攻你的。"

"你怎么会这么想？"

"她们一直在议论你。"

"你是说她们向你打听我的情况？"

"可不是嘛。"她顽皮地笑着说。

"我猜，她们问完之后，一定会为得不到消息而懊恼。"

她摇了摇头。"错了，我编造了许多关于你的故事。"

弗雷泽靠在椅子上，呷着酒，显出很放松的样子。"什么样的故事？"

"你确信想听吗？"

"确信。"

"好吧。我告诉她们，你是个恶魔，整天对我大喊大叫的。"

他尴尬地笑了。"我可没有整天那样。"

"我告诉她们你是个打猎迷，一边对我口授信件，一边拿着上了膛的枪在办公室里转悠。我总是担心枪会走火，把我打死。"

"这个故事一定能让她们着迷。"

"她们对真实的你究竟是个什么样的人特别津津乐道。"

"你搞清楚真实的我是个什么样的人了吗？"弗雷泽的语气突然严肃起来。

她盯着他那双明亮的蓝眼睛看了半晌，然后将目光移开。"我想我已经知道了。"她说。

"我是怎样的人？"

凯瑟琳突然感到心里一紧。玩笑已经结束，一种新的调子已经渗透到他们的谈话里了。这种调子让她兴奋，也让她不知所措。她避而不答。

弗雷泽仔细观察了她一会儿，然后尴尬地笑了。"我是个枯燥的话题。再来点甜品？"

"不用了，谢谢。我一周之内都不用吃饭了。"

"我们开始工作吧。"

他们一直工作到午夜。弗雷泽把凯瑟琳送到门口，塔尔梅奇在门外等着，准备开车送她回家。

回家路上，凯瑟琳一直在思考弗雷泽到底是什么样的人。他坚强，他幽默，他有同情心。有人说，男人首先要坚强，然后才能温和。威廉·弗雷泽非常坚强。这天晚上是她一生中最愉快的夜晚，可是她为此感到不安。她怕自己会变成那种醋劲十足的女秘书，整天坐在办公室，对每一位给她上司打电话的姑娘都恨之入骨。是的，她决不能让这种事发生。华盛顿所有配得上他的女人都在拼命赢得他的青睐，她可不愿去凑这个热闹。

凯瑟琳到家后，发现苏茜一直在等她。一进门，苏茜就追着她问这问那。

"老实交代！"苏茜用审问的语气说道，"今晚都做了什么？"

"没做什么，"凯瑟琳回答说，"我们一起吃晚饭了。"

苏茜盯着她，满脸狐疑。"他难道连和你调情都没做吗？"

"没有，当然没有。"

苏茜叹了口气。"我早该想到。他根本不敢。"

"你这话是什么意思？"

"亲爱的，我是说，你的言行举止表现得就像圣母玛利亚。他可能害怕一碰到你，你就会大喊'强暴'，然后晕死过去。"

凯瑟琳的脸一下红了起来。"我可没有在那方面对他感兴趣，我也不像圣母玛利亚。"她嘴巴上生硬地反驳道，心里却在想，她倒像是处女凯瑟琳，亲爱的老圣女凯瑟琳。她所做的一切无非是把圣堂搬到了华盛顿，其他没有实质性的变化。她仍然在原来那个古老的教堂里侍奉上帝。

此后的六个月里，弗雷泽经常出差。他去了芝加哥和旧金山，然后又去了欧洲。凯瑟琳总有很多事要忙。弗雷泽不在，办公室显得有些冷清，空荡荡的。

办公室来访的客人络绎不绝，也都很有趣，其中大多数是男人。凯瑟琳被他们的各种邀请轮番轰炸。有请她吃午饭的，有请她共进晚餐的，有请她去欧洲旅行的，有请她共度良宵的。她没有接受任何邀请，部分原因是她对他们都不感兴趣，但更多的是因为她觉得弗雷泽不会赞同把公事和私事混为一谈。如果弗雷泽知道她不停地放弃这样的机会，那么他就不会责难她。那天在弗雷泽家与他共进晚餐后，他给她每周的薪水增加了十美元。

凯瑟琳感到这座城市的节奏似乎发生了变化。大家行色更加匆忙，心情也更紧张了。报纸头条不停地报道着欧洲发生的一系列入侵事件和危机。比起欧洲迅速发展的事态，法国的沦陷更能触动美国人：法国是自由的摇篮，自由在法国已经不复存在，法国的沦陷就是对美国人自由的侵犯。

挪威也沦陷了，英国正在本土做殊死搏斗，德国、意大利和日本三国已经签订了协议。人们越来越感到美国将不可避免地卷入这场战争。一天，凯瑟琳问起弗雷泽对这事有什么看法。

"我想我们卷入战争是迟早的事。"他沉思着说，"如果英国制止不了希特勒，我们就得去制止他。"

"但是博拉参议员说……"

"那些人认为美国利益第一，他们就是鸵鸟。"弗雷泽愤怒地发表了自己的意见。

"如果战争来了，你打算怎么办？"

"去当个英雄。"他说。

凯瑟琳的脑海中立刻浮现出他穿着军装去参战的英武形象。其实她憎恨这种想法。在文明时代，人们还妄想通过相互残杀来解决分歧，她觉得这太愚蠢了。

"不用担心，凯瑟琳，"弗雷泽说，"短期内还不会有战争。战争真的爆发时，我们会做好准备的。"

"英国怎么办？"她问，"如果希特勒决定入侵，英国能不能抵挡得住？希特勒有那么多坦克和飞机，而英国人一无所有。"

"他们会有的，"弗雷泽向她保证道，"很快就会有的。"

他转换了话题，然后他们又开始工作了。

一周后，报纸头条纷纷报道罗斯福关于武器租借法案的新构想。看来弗雷泽早就知道这个消息，他设法在不透露机密的情况下让她放宽心。

光阴似箭，好几周过去了。凯瑟琳偶尔也和别人约会，但她每次都禁不住将约会对象与威廉·弗雷泽进行比较，然后又弄不明白自己为什么还要和这些人约会。她感觉自己被逼到了一个狭小的情感死角里，也不知道如何能逃出来。她告诉自己，她只不过是被弗雷泽冲昏了头，很快就会清醒过来。然而，与此同时，这种感觉让她无法享受与其他男人待在一起的时光，因为他们比他差太远了。

一天晚上，时间已经不早了，凯瑟琳仍在工作。弗雷泽看完一场戏后，出人意料地又回到了办公室。当他走进来时，凯瑟琳抬起头，吃了一惊。

"我们这里到底是干什么营生的？"弗雷泽吼道，"难道这是艘运载奴隶的船吗？"

"我只是想把这份报告写完，"凯瑟琳说，"这样你明天就可以带到旧金山去。"

"你可以寄给我。"他回答道。他在她对面的一张椅子上坐下，然后身子前倾盯着她。"除了写这些无聊的报告，你晚上就没有更值得做的事了吗？"他问道。

"我正好今晚有空。"

弗雷泽把身子往后靠了一下，双手十指合拢，撑着下巴，眼睛盯着她。"你还记得你第一次走进这间办公室时说的话吗？"

"我当时说了很多傻话。"

"你说你不想当秘书，要当我的助理。"

她的脸上露出了微笑。"我当时不懂事。"

"你现在懂事多了。"

她抬起头看着他。"我不明白你的意思。"

"我的意思很简单，凯瑟琳，"他平静地说，"实际上在过去三个月里，你已经是我的助理了。现在我要正式任命你。"

她瞪着双眼望着他，简直不敢相信自己的耳朵。"你肯定你……？"

"我没有更早授予你这个职称，也没有给你提薪，是因为我不想吓到你。但是现在你知道你能胜任这份工作。"

"我不知道说什么好，"凯瑟琳高兴得语无伦次了，"我……你不会后悔的，弗雷泽先生。"

"我已经后悔了，我的助理都叫我比尔。"

"比尔。"

那天晚上，凯瑟琳躺在床上，想起了弗雷泽看她时的神情，以及她当时的感受，激动得久久不能入睡。

凯瑟琳给父亲写过几次信，问他什么时候能来华盛顿看她。她很想带他在城里四处逛逛，把他介绍给自己的朋友，还有比尔·弗雷泽。最近她寄出两封信给父亲，一直没有收到回信，她开始着急了，给叔叔在奥马哈的家里打了电话。她叔叔接到了电话。

"凯茜！我……我正要给你打电话。"

凯瑟琳心里咯噔了一下。

"父亲怎么样了？"

对方迟疑了一会儿才说话。

"他中风了。我早就想和你通电话，但是你父亲要我等他好点了再说。"

凯瑟琳紧紧握住话筒。

"他好些了吗？"

"恐怕没有，凯茜。"她叔叔在电话里说，"他瘫在床上了。"

"我这就去看他。"凯瑟琳说。

她走进办公室，找到弗雷泽，把这个消息告诉了他。

"我很难过。"弗雷泽说，"我能帮什么忙吗？"

"我也不知道。我想立即赶回去看他，比尔。"

"没问题。"他立刻拿起话筒开始打电话。他的司机把凯瑟琳送回住处。她匆匆忙忙地往箱子里塞了些衣物，然后司机又送她去机场。弗雷泽已经为她订了飞机票。

飞机在奥马哈机场降落时，凯瑟琳的叔叔和婶婶已经在那里等她了。凯瑟琳一看他们的脸色，就知道自己来晚了。他们驾车去了殡仪馆，一路上大家沉默不语。走进殡仪馆，凯瑟琳内心充满了不可名状的落寞和孤独。她感觉自己身体的一部分已经死去，再也不能复活了。她被引进了一个小礼堂。父亲穿着他最好的衣服躺在一口简陋的棺材里。岁月已经使他的身体萎缩了，仿佛生活将他的身体一点一点磨损，最后变成了一副瘦小的骨架。叔叔把父亲生前的个人财产、收藏品和珍爱之物交给凯瑟琳：五十美元现金，一些旧照片，几张付清了的账单，一块手表，一把失去光泽的银制小折刀，还有一沓她写给父亲的信件。这些信用一根带子绑着，反复翻看后纸角都卷了起来。任何人留下这样一份遗产都会显得很寒酸，凯瑟琳为父亲感到心痛。他的梦想总是那么宏大，成功却是零星半点。她记得她还是个小女孩时，父亲总是那么欢快，那么充满活力；父亲从大路上走回家，塞满钱的口袋鼓鼓囊囊的，手提怀抱着好多礼物，她是多么激动。她还记得他那些夭折的奇妙发明。这些可能没有那么值得留恋，但这些就是他留下的一切。刹那间，凯瑟琳感到她有好多话想对父亲说，有好多事要为他做，但她知道一切都太晚了，永远都不可能了。

他们把父亲安葬在教堂旁一块略小的墓地里。凯瑟琳原打算在叔叔婶婶家住一晚陪陪他们，第二天再乘火车回去。现在她突然觉得自己在这里一分钟都待不下去了。她给机场打了电话，订了下一班去华盛顿特区的飞机票。比尔·弗雷泽赶到机场来接她。弗雷泽觉得她这时最需要他，他自然要陪在她身边，守候她，照顾她。

他把凯瑟琳带到弗吉尼亚州一家古色古香的乡间旅馆去吃晚饭。她讲述着父亲生前的故事，他认真地听着。她讲到了父亲的某件趣事，讲着讲着就哭起来了。奇怪的是，在比尔·弗雷泽面前这样，她并不感到难为情。

弗雷泽建议凯瑟琳请假休息一段时间，但她却想让自己忙起来，让自己的脑子装满其他事情，不去想父亲的离世。不知不觉中，每周和弗雷泽共进一两次晚餐已成了惯例。凯瑟琳感到，她和弗雷泽比以往任何时候都更亲近了。

事情就这么发生了，没有计划，没有预谋。最近他们在办公室一直工作到很晚。有一次，凯瑟琳正在核查文件，突然感到比尔·弗雷泽站在她身后，手指慢慢地抚摸着她的脖子。

"凯瑟琳……"

她转过身，抬起头望着他；下一秒，她就被他拥吻入怀。她感觉他们仿佛曾经接吻过上千次，仿佛这一刻是过去和未来的重叠，仿佛这一刻一直都应该属于她。爱情就是这么简单，凯瑟琳想。爱情一直就是这么简单的，只是她以前不知道。

"穿上外套，亲爱的，"比尔·弗雷泽说，"我们回家去。"

汽车向乔治敦驶去，他们在车里依偎着，弗雷泽的手臂搂着凯瑟琳，温和里透着保护欲。她从未感受过这种幸福。她十分清楚自己爱上了弗雷泽，至于他是否爱她，这并不重要。弗雷泽喜欢她，她已经心满意足了。想到自己以身相许的那个人——罗恩·彼得森，她感到不寒而栗。

"有什么不对劲的吗？"弗雷泽问道。

凯瑟琳想起了那个汽车旅馆里脏兮兮的破镜子。她看了看弗雷泽坚毅聪慧的面庞和温柔地搂着她的手。"现在没有。"她感激地说道。然后，她咽了咽口水，紧张地说："我得告诉你一件事，我是个处女。"

弗雷泽微笑着摇了摇头，露出惊讶的样子。"这可是让人难以置信的。"他说，"我是怎么最终和华盛顿城区里唯一的处女在一起的？"

"我也曾努力去改变这一事实，"凯瑟琳一本正经地说道，"但就是没有进展。"

"我很高兴你没有进展。"弗雷泽说。

"你是说你不介意？"

他又冲她笑了，逗她说："你知道你的问题在哪儿吗？"

"我知道！"

"你顾虑得太多了。"

"我知道！"

"解决问题的诀窍是要放松。"

她温柔地摇了摇头。

"不对，亲爱的。诀窍是要真正爱上一个人。"

半个小时后，汽车停在了弗雷泽的住宅门口。他把凯瑟琳领进了书房。

"想要喝一杯吗？"

她看着他说："我们到楼上去吧。"

他将她抱进怀里，猛烈地吻她。她用力抱住他，想把他融进自己的身体。凯瑟琳想，如果今晚再出现任何差错，她会杀了自己，她真的会杀了自己的。

"来吧。"弗雷泽说道。他攥住了凯瑟琳的手。

比尔·弗雷泽的卧室很大，一看就是个男人的房间，靠墙立着一个西班牙高脚柜。房间的尽头有一个带壁炉的壁龛，壁炉前面有一张早餐桌。一张很大的双人床靠墙放置着。左边是一间更衣室，旁边是一间浴室。

"你确定你不想喝一杯吗？"弗雷泽问道。

"我不需要。"

他再次把她抱在怀里，吻了她。她感觉到他的身体在变化，一股暖流在她的身体里涌动。

"我马上回来。"弗雷泽说道。

凯瑟琳看着他进了更衣室。这是她认识的最优秀、最出色的男人。她站在那里想着他，突然意识到他为什么离开房间。他想给她一个单独脱衣服的机会，这样她就不会感到尴尬了。

凯瑟琳很快脱掉了衣服。她低头看着自己，心想，再见了，圣女凯瑟琳。她走到床边，拉开被单，钻了进去。

弗雷泽走了进来，穿着一件红莓色的摩尔纹丝绸睡袍。他走到床边，仔细欣赏着凯瑟琳。她那头乌黑的秀发散落在白色的枕头上，勾勒出她美丽的脸庞。他知道这一切是完全没有事先计划的，这令人更加激动。

他脱下长袍，躺在凯瑟琳身边。她突然问道："我什么都没穿，你觉得我会怀孕吗？"

"但愿如此。"

她望着他，满脸不解，张开口问他是什么意思。他把唇压在她的唇上，开始抚摸她的身体。此刻，她把一切都抛到脑外，只关注正要发生在她身上的事，整个意识全部聚焦在身体的某个部位……等所有都结束后，他问："你感觉好吗？"她立刻说："是的，很好。"他接着宽慰她说："你的感觉会越来越好的。"能让他如此幸福，她满心欢喜，尽量忘掉她自己是多么失望。或许这就像橄榄一样，你必须慢慢学会品味。她躺在他的怀里，让他的声音覆盖着她的身体，抚慰着她的心。她心里想，重要的是两个人就这样在一起，彼此爱慕，相互分享。那些俗艳的小说她看得太多了，那些让人心旌荡漾的爱情歌曲她听得太多了。她对情爱的期望太多了。或许——如果是真的，她必须面对——她自己性冷淡。弗雷泽仿佛读懂了她的心思，把她抱得更紧了，说："亲爱的，如果有些失望，别担心。第一次总是痛苦的。"

凯瑟琳没有作声。弗雷泽用手肘撑着起来，很担心地看着她说："感觉怎么样？"

"好。"她立刻答道，然后笑了一下又说，"你是我碰到过的最优秀的恋人。"她吻了他一下，紧抱着他，温暖感和安全感涌上来慢慢把心中的失望死结融化掉了，于是她开始感到放松，心满意足了。

"你要来一杯白兰地吗？"他问。

"不要，谢谢。"

"那我想要给自己倒一杯白兰地。一个男人不是每晚都有处女等着他。"

"你介意吗？"她问。

他望着她，眼神有些怪，也有几分懂她的意味。他准备说些什么，然后又打消了念头。"不介意。"他说，声音里带着的那种调子，她琢磨不透。

"我……"她紧张地咽了一下口水，"你懂的……还行吧？"

"你很可爱。"

"真话？"

"真话。"

"我差点不愿和你上床，你知道吗？"她问。

"为什么啊？"

"我担心从此以后你再也不愿见我了。"

他哈哈大笑。"那都是担惊受怕的母亲为了保住女儿的童贞所编出来的迷信。凯瑟琳，性爱不会让相爱的两个人分开的，相反会让两个人走得更近。"这句话有道理。她从来没有像现在这样和任何人这么亲近。从外表上看，她或许还是原来的她，但她知道自己已经变了。

这天晚上走进这幢房子的年轻女孩已不复存在了，她已变成了一个女人，威廉·弗雷泽的女人。凯瑟琳终于找到了她一直在寻找的神秘圣杯。寻找已经结束了。

现在，连联邦调查局也会对她感到满意了。

六　诺艾尔

巴黎：一九四一

一九四一年的巴黎是一些人的聚宝盆，这里遍地财富，充满机遇，却是另一些人的人间地狱。盖世太保成了恐惧的代名词，有关他们行动的流言蜚语成了巴黎人议论——如果巴黎人还敢悄悄议论的话——的主要话题。在法国，犹太人不断被侵犯，起初只是有人恶作剧地打碎他们商店的橱窗，后来盖世太保成功地策划有组织、成体系的没收、隔离和种族灭绝的行动。

五月二十九日，一项新法令发布了："……做一颗六角星：镶黑边，手掌大小。六角星统一用黄布制成，上面写上'犹太'两个黑字。六岁以上的犹太人必须佩戴六角星，并将六角星牢固地缝在外衣左胸显眼处。"

并不是所有的法国人都甘受德国人的践踏。作为法国的地下抵抗力量，马基游击队进行了机智而艰苦的抗争。他们的队员被捕后，往往被德国人以各种变态的方式处死。

一位年轻的伯爵夫人在沙特尔郊外有幢大别墅，被当地的德国司令部军官征用，在别墅的一楼一住就是六个月。同时，她在别墅楼上还藏了五个被全城搜捕的马基游击队队员。

这两伙人竟然没碰上面，但伯爵夫人的头发三个月后全变白了。

德国人完全以征服者的身份过着奢侈的生活，但是对普通法国人来说，除

110

了寒冷和苦难以外，一切都十分匮乏。烧饭的煤气是配给的，根本没有燃料来取暖。为了挨过严冬，巴黎人成吨地购买锯末，家里一半的房间存放木屑，用特制的木屑炉给另一半房间供暖。

从香烟、咖啡到皮革，一切都是替代品。法国人开玩笑说无论吃什么都无所谓，反正味道都一样。法国女人——传统意义上世界上穿着最漂亮的女人——身上穿的大衣不再是高档毛料的，而是劣质羊皮的；她们脚穿厚底皮鞋，鞋跟却是用木头代替的，走在巴黎大街上，脚步声宛如嘚嘚的马蹄声。

甚至基督教的受洗仪式也受到了影响。作为洗礼仪式上必需的甜食，糖杏仁严重缺货。糖果店于是挂出告示牌，通知顾客前来预订糖杏仁。虽然偶尔会在街上见到雷诺牌出租车，但最常用的交通工具是双座协力自行车。

危机时期拖得长，戏剧往往能够繁荣起来。人们被现实无情地压制，便试图到剧院和舞台前寻求解脱。

一夜之间，诺艾尔·佩奇成了明星。戏剧界同行妒忌她，都说她的走红完全是依仗阿尔芒·戈蒂埃的权势和才能。没错，戈蒂埃确实为她打开了演员生涯的大门。但是戏剧界都知道，除了观众以外，谁也不能造就明星，观众是决定演员是否成功的仲裁者，然而他们并不是一个具有固定身份的人群，他们口味多变，爱跟风崇拜，又反复无常。显然，观众崇拜诺艾尔。

阿尔芒·戈蒂埃本人则对自己帮助诺艾尔开启演员生涯的大门感到十分后悔。现在的她再也不需要他了。她何时过来和他住一下全凭她哪天心血来潮，总有一天她会离开他，为此他常常惴惴不安。在戏剧界混了大半辈子，戈蒂埃从未碰见过像诺艾尔这样的人。她像海绵吸水那样不倦地向他学习演戏，得了他的真传，还不满足。她的蜕变真是让人觉得不可置信：起初她只能磕磕绊绊地、很肤浅地演个角色，而现在她能自我把控角色的内心世界。从一开始戈蒂埃就知道诺艾尔将会成为明星，但是深度了解后，戈蒂埃惊讶地发现当明星并不是她追求的目标。甚至可以说，诺艾尔对演戏并不感兴趣。

最初，戈蒂埃确实不敢相信这一点。毕竟当明星就意味着达到了这个职业的顶端，取得了最高成就。但对诺艾尔来说，演戏只是一种手段。至于她追求的到底是什么，戈蒂埃也摸不着头脑。她神秘，是个谜。戈蒂埃探得越深，谜团越大，就像那种层层嵌套的中国盒子，打开一个盒子，发现里面还有好几个盒子。

戈蒂埃善于揣摩他人，特别是女人，他常为此而自豪。这个女人和他住在一起，他那么爱她，但他现在对她居然一无所知，这可把他气疯了。他向诺艾尔求婚，她说："好的，阿尔芒。"戈蒂埃知道她的话不是当真的，就像她对待菲利普·索雷尔的求婚那样，而且天知道她以前曾和多少男人订过婚。戈蒂埃意识到结婚的事根本不可能。诺艾尔一旦某天下了决心，就会离开他。

戈蒂埃彻底明白了一点：男人只要见到她，都想引诱她，和她相好。他也从朋友们那里得知，他们个个垂涎三尺，但无一人能够得手。

"你这家伙真他妈的走运，"一位朋友曾对他说，"你肯定很雄猛。我准备送她一艘游艇，一幢位于昂蒂布海角的别墅，还配有足够的仆人，但她却取笑我。"

另一位朋友是银行家，他告诉戈蒂埃说："我终于发现了用钱买不到的东西。"

"是诺艾尔吗？"

银行家点了点头。"是诺艾尔。我叫她开个价，但她不感兴趣。你是怎么把她弄到手的，朋友？"

阿尔芒·戈蒂埃多么希望自己能知道这一点。

戈蒂埃想起了那天他为她选的第一个剧本。这个剧本，他读了还不到十几页，就知道这正是他要找的。这部杰作讲述了一个女人在她的军人丈夫赴前线后所发生的故事。一天，一个士兵来到她家，称自己是她丈夫的战友，曾一起在苏联前线打仗。随着剧情的发展，女人爱上了这个士兵，但她却不知道他是一个患有精神疾病的杀人狂。女人的生命至此危在旦夕。因为妻子这个角色是重头戏，戈蒂埃当即同意导演这部剧，条件是让诺艾尔·佩奇当主角。剧院老板本不愿让一个无名小辈来做主演，后来同意先让她试演这个角色看看。于是戈蒂埃兴冲冲地赶回家把这个消息告诉诺艾尔。他明白，她找他就是为了当明星，现在他将帮助她实现愿望。戈蒂埃想，如此一来，他们的关系会更密切，诺艾尔会真正地爱上他。他们将结为夫妻，这样他就能占有诺艾尔，永远地占有她。

然而，当戈蒂埃把这个消息告诉诺艾尔时，她仅仅抬了一下眼皮，看了他一眼，然后说："太好了，阿尔芒，谢谢你。"她的语气跟告诉她几点钟了或替她点燃香烟后，她表示感谢的语气一模一样。

戈蒂埃盯着她许久，突然觉得她有些病态：她内心的某种感情，要么被扼杀了，要么压根就没有，因此没有人会赢得她的芳心。戈蒂埃虽然意识到这一点，却不愿相信，因为在他面前的这个女人多么美丽，多么富有柔情，多么乐于迎合他所有的怪念头，从不贪求回报。戈蒂埃很爱她，这些疑虑也就被置于脑后了。于是，他们投入精力去排演那部剧。

正如戈蒂埃所料，诺艾尔在试演时表现得十分出色，毫无悬念地拿下了这个主角。两个月后，这部剧在巴黎上演。诺艾尔一夜之间就成了法国的超级巨星。评论家们原准备对这部剧和诺艾尔大加抨击，因为他们知道戈蒂埃让他的情人——一个没有经验的女演员来演主角。这样刺激的事情他们岂肯放过？结果是，诺艾尔完全征服了他们，他们搜肠刮肚，用尽华丽的辞藻来描绘她的演技和美貌。这部剧彻底卖座了。

每天晚上演出结束后，诺艾尔的化妆间里都挤满了访客。她从不怠慢任何一位访客：鞋店职员、士兵、百万富翁、售货女郎。对所有人，无论贵贱，她都一样有耐心，很客气。戈蒂埃常在一旁冷眼观看，对此他惊叹不已，觉得她就像一位公主接见臣民。

一年之内，诺艾尔曾收到三封来自马赛的信。她没有启封就把信撕了，后来就再也没有来信了。

那年春天，诺艾尔在戈蒂埃导演的一部电影里演主角。电影上映之后，她的名声传得更远了。无论是接受记者采访，还是面对摄影师的镜头，诺艾尔都表现得特有耐心，戈蒂埃对此赞叹不已。大多数明星虽不情愿，但都强装笑颜接受采访和拍照，要么为了增加票房，要么为了提升自我存在感。诺艾尔对这两种动机都丝毫不感兴趣。每当戈蒂埃问她为什么放弃去法国南部休假的机会，而愿意在这寒冷的雨季留在巴黎，不厌其烦地让《晨报》《巴黎女人》或《名流》杂志的记者为她拍照时，她总是避而不答。其实这样反而更好，如果他知道了她真正的动机，一定会惊掉下巴的。诺艾尔的动机其实很简单。

诺艾尔做这一切都是为了拉里·道格拉斯。

每当诺艾尔为某本杂志摆好姿势拍照时，她便想象着昔日的恋人有一天会拿起杂志认出她。每当她在电影中演一场戏时，她便想象自己看见在某个遥远的国家里，拉里·道格拉斯正坐在剧院里欣赏她的表演。她的作品都是她发给他的一个提醒，是她发给他的一条来自过去的消息，是她发给他的一个能指引他回到她身边的信号。让他回到自己身边，然后毁掉他，这就是诺艾尔唯一想要的。

由于克里斯蒂安·巴贝的努力，诺艾尔的剪贴簿里收集的关于拉里·道格拉斯的资料越来越多。这位矮个子侦探也从简陋的办公室搬到了里歇街上一套宽敞豪华的套房里，就在女神游乐厅附近。第一次去他的新办公室时，诺艾尔脸上露出了惊奇的表情。巴贝咧嘴笑了，说："这个套间我没花多少钱。这些办公室原来是个犹太人在用。"

"你说有新情况要告诉我。"诺艾尔直奔主题，打断他说。

巴贝脸上得意的笑顿然消失了。"啊，是的。"他确实掌握了新的情况。在纳粹的眼皮底下刺探英国情报很不容易，但巴贝自有门路。他贿赂了保持中立的那些船上的水手，要他们从伦敦的一个侦探事务所里偷偷地把情报信件转给他。他使用的手段不止于此。他还利用法国地下抵抗运动者的爱国热忱、国际红十字会的人道主义以及与海外有联系的黑市商人的贪婪获取信息，向每一群人编造了一个不同的故事，结果消息源源不断地传来。

他从办公桌上拿起一份报告。"你朋友驾驶的飞机在英吉利海峡上空被击落。"他直截了当地说。他用余光瞟着诺艾尔的脸，等着看她高傲的外表崩溃，那样他就可以从她的痛苦中感到愉悦。但是，诺艾尔不动声色。她看着巴贝，很有把握地说："他获救了。"巴贝瞪着眼睛看她，吞了一下口水，不大情愿地说："是的，一艘英国营救艇救了他。"他心想：真是见鬼，她怎么会知道。

这个女人的一言一行都令他困惑不安。作为他的客户，他很讨厌她，曾一度想拒绝她，但他知道这样做很蠢。

他曾试图与她调情，并暗示如果这样，收费会低一些。但是，诺艾尔断然拒绝了他，让他觉得自己像个笨拙的小丑，为此他决不会原谅她。巴贝曾于某天暗暗发誓，总有一天，会让这个一本正经的婊子受到惩罚。

现在，诺艾尔站在他的办公室里，美丽的脸上流露出不屑的神态。于是巴贝接着报告情况，急于把她打发走。

"他所在的飞行中队已经转移到了林肯郡的柯顿。他们驾驶飓风飞机，而且……"诺艾尔的兴趣点在别的方面。

"他和那位上将的女儿的婚约，"她打岔说，"已经取消了，对吗？"

巴贝抬起头，吃惊地看着她，咕哝着说："对。她发现他与其他女人有染。"诺艾尔仿佛已经读过他的报告。当然她并没有读过，但这个不要紧。要紧的是她对拉里·道格拉斯的仇恨竟如此强烈，她似乎想要知道他那里发生的所有重要事情。诺艾尔收起报告，离开了。回家之后，她仔细地阅读了一遍报告，然后小心地把它与其他报告订在一起，锁在谁也找不到的地方。

某个周五晚上，演出之后，诺艾尔正在化妆间卸妆，有人敲门。看管舞台的侍者马里斯走了进来，他已经上了年纪，而且还是个瘸子。

"打扰一下，佩奇小姐，有位先生要我把这些交给你。"

诺艾尔抬起头从镜子里瞥了一眼，看见他拿着一个精致的花瓶，里面插着一大束红玫瑰。

"把花放在那儿吧，马里斯。"诺艾尔说着，转过头，看到他小心翼翼地把那瓶玫瑰放在了桌子上。

时值十一月下旬，人们已有三个多月没在巴黎见到玫瑰了。瓶里的玫瑰花至少有四五十朵，艳如红宝石，花枝很长，沾着露水。诺艾尔一下子好奇起来，走过去拿起系在花瓶上的卡片，只见上面写着："献给可爱的佩奇小姐。您能否赏光与我共进晚餐？汉斯·谢德将军。"

花瓶是荷兰白釉蓝彩陶器，花纹细腻，十分昂贵。看来谢德将军煞费心机。

"他希望你给个回话。"舞台看管人说。

"告诉他，我从来不吃晚饭。把这些花带回去送你的妻子吧。"

他惊讶地盯着她。"可将军他……"

"就这样了。"

马里斯点了点头，拿起花瓶，匆匆走了出去。诺艾尔知道，他会迫不及待地到处去讲她是如何蔑视一个德国将军的。她以前拒绝其他德国军官时就是这样。法国人在某种程度上把她捧作女英雄。这有些荒谬。事实上，诺艾尔并不是在为难这些德国纳粹分子，她只是对他们不感兴趣而已。她觉得德国人与她的生活和计划毫不相干，她能做的就是容忍他们，等着他们滚回国的那一天。诺艾尔明白，如果和任何德国人有所牵连，她将会受到伤害。现在也许不会有伤害，但她关心的并不是现在，而是将来。第三帝国将会统治千年的想法，她觉得太蠢了。任何读过历史的人都知道，所有的征服者最后都被征服了。与此同时，诺艾尔十分谨慎，不会留下任何把柄让同胞们在德国人被驱逐后对她进行报复。德国人的占领对她毫无影响。当大家聊起这个话题时——这是人们经常讨论的，诺艾尔总是避而不答。

阿尔芒·戈蒂埃很想知道她对德军占领法国的态度，便经常设法去套她的看法。

"纳粹把法国征服了，你难道不在乎吗？"他会这么套她。

"我就算在乎，又能怎样？"

"这不是问题的重点。如果所有人都像你这么想，我们就完了。"

"不管在不在乎，我们已经完蛋了，不是吗？"

"如果我们相信人有自己的意志，那我们就没有完。难道你认为我们的命运从一生下来就注定了吗？"

"在一定程度上是注定的。我们的身体，出生的地方，还有社会地位，都不是我们自己能决定的。但这并不意味着我们不能改变命运。我们可以成为任何我们想要成为的样子。"

"和我的看法不谋而合，所以我们就得和纳粹进行斗争。"

她看着他。"是因为上帝站在我们这一边吗？"

"是的。"他回答道。

"如果真有上帝，"诺艾尔顺着逻辑往下说，"他既然创造了纳粹，那么他也会站在他们那一边的。"

十月份，为了纪念诺艾尔第一部剧上演一周年，剧院老板在巴黎银塔餐厅为剧组的全体成员举行了宴会。应邀赴宴的客人有演员、银行家以及有影响力的企业家。来宾大多数是法国人，但是也有十几个德国人，其中有几位是身着制服的德国军人。德国人都带着法国女人做女伴，只有一位未带。这位德国军官四十出头，瘦削的长脸显得十分文雅，一双凹陷的深绿色眼睛，身材干练，像运动员。一道细长的伤疤从他的颧骨一直延伸到下巴。诺艾尔注意到他虽然没有过来打招呼，但整个晚上一直在注视着她。

"那个男的是谁？"她随口问一位宴会的东道主。

这个东道主瞥了一眼那位军官，但见他独自坐在一张桌子旁，小口细品着香槟酒。然后，东道主吃惊地转向诺艾尔。"你居然还来问我，真是奇怪了。我还以为他是你的朋友。那是汉斯·谢德将军。他是总参谋部的。"诺艾尔想起了那束玫瑰，还有那张卡片。"你为什么会认为他是我的朋友？"她问道。

东道主显得有些慌乱。"我觉得很自然啊……我的意思是法国上演的每一部戏剧和电影都必须得到德国人的审查批准。审查官当时试图禁拍你主演的新电影，是将军亲自出面给了批准……"

这时，阿尔芒·戈蒂埃过来引荐一个客人给诺艾尔，话题就岔开了。

诺艾尔也不再去留意谢德将军。

第二天晚上，诺艾尔来到化妆间后，发现有一个小花瓶，里面插着一枝玫瑰，上面还附着一张小卡片，写着："也许我们应该从小处着手。我能与你见个面吗？汉斯·谢德。"

诺艾尔一把撕了卡片，将花扔进了废纸篓。

诺艾尔发现，自那天晚上开始，几乎她和阿尔芒·戈蒂埃参加的每一场宴会，谢德将军都在场。他总在某个不显眼的地方注视着她。如此频繁，不可能是巧合。诺艾尔意识到他一定费了不少心机，才能及时掌握她的行踪，并搞到她要参加的社交活动的请柬。

谢德将军为什么对她如此感兴趣，她想探个究竟，但她只在空闲时才会揣摩这个问题，何况她并没有为此不安。偶尔诺艾尔会自娱自乐一下：她先接受宴会邀请，然后却不出席，等到第二天向主人打听谢德将军是否出席了，得到的回答总是"是的"。

尽管纳粹对任何反对他们的人都迅速处以死刑，但是破坏活动仍然在巴黎如火如荼地进行。除了马基游击队之外，热爱自由的法国人也组成了几十个小团体，冒着生命危险，利用手头的武器和敌人作战。他们趁德国士兵放松警惕时将他们暗杀，引爆运送补给品的卡车，用地雷炸毁桥梁和火车。这些活动在德国人控制的报纸上被谴责为无耻的行径，但在忠于法国的人看来，这些无耻行径恰恰是光辉事迹。有一个人的名字不断地在报纸上出现，他的绰号是"蟑螂"，因为他似乎到处乱蹦乱跳，盖世太保怎么也抓不住他。没有人知道他姓甚名谁。有些人认为他是英国人，居住在巴黎；另一种说法是，他是自由法国运动领袖戴高乐将军的代表；甚至有的人说，他是背叛纳粹的德国人。不管他是谁，"蟑螂"的画像在巴黎随处可见，建筑物上，人行道上，甚至在德军司令部里也能看到。盖世太保正集中力量搜捕他。一时之间，"蟑螂"成了民族英雄，这一点不容置疑。

十二月的一个下午，天下着雨，诺艾尔参加了一位年轻艺术家的画展开幕仪式，她和戈蒂埃都认识这位画家。展览在圣奥诺雷市郊路的一个美术馆举行。馆内熙熙攘攘，许多社会名流都在场，到处都是摄影记者。诺艾尔四处闲逛着，从一幅画前踱步到另一幅画前。突然，她感到有人碰了碰她的胳膊。诺艾尔转过身，发现面前站着罗斯夫人。诺艾尔顿了一下才认出她。这张熟悉的脸依然那么丑陋，看上去好像老了二十岁，似乎她被施了魔法，变成了自己的母亲。罗斯夫人披着一件宽大的黑斗篷，诺艾尔突然意识到她没有佩戴那种标志犹太人的黄色六角星。

诺艾尔正要开口，这位夫人在她手臂上捏了捏，叫她不要出声。

"能和我碰个头吗？"她的声音很低，刚好听得见，"到双偶咖啡馆。"

诺艾尔还没来得及回答，罗斯夫人就消失在了人群中。诺艾尔则被摄影师们围得水泄不通。她摆好姿势，面露微笑让他们拍照，心里却回忆着罗斯夫人和她的侄子伊斯雷尔·卡茨。他们俩在她需要帮助的时候都施以援手，伊斯雷尔两次救了她的命。诺艾尔不清楚罗斯夫人说要碰头是想要什么，或许是要钱吧。

二十分钟过后，诺艾尔悄悄地溜了出来，搭了一辆出租车前往圣日耳曼德佩广场附近。雨断断续续地下了一整天后，变成了冰冷的雨夹雪，迎面吹打而来。出租车在双偶咖啡馆门前停下，诺艾尔下了车，走在刺骨的寒风之中。一个身披雨衣、头戴宽檐帽的男人神不知鬼不觉地出现在她身旁。诺艾尔顿了一会儿，才认出是伊斯雷尔·卡茨。和他的姊姊一样，他看上去老了一些，但他的变化远不止于此。他带着一种威严和力量，这些是他以前所没有的。伊斯雷尔·卡茨比上次见面时更瘦了，眼睛深凹下去，仿佛已经几天没有睡觉了。诺艾尔注意到他也没有佩戴标志犹太人的黄色六角星。

"走吧，别淋雨了。"伊斯雷尔·卡茨说。

他拉着诺艾尔的手臂，把她领进了屋里。咖啡馆里有五六个顾客，都是法国人。伊斯雷尔把诺艾尔带到角落里的一张桌子旁。

"想喝点什么吗？"他问。

"不用了，谢谢。"

他摘下被雨水浸透的帽子。诺艾尔端详着他的脸，立即明白他约自己来这儿不是为了钱。伊斯雷尔注视着她。

"你还是那么美，诺艾尔。"他平静地说，"你所有的电影和戏剧我都看了。你是个了不起的演员。"

"你为什么从没来过后台？"

伊斯雷尔踌躇了一会儿，有点难为情地笑了。"我不想让你为难。"

诺艾尔盯着他看了一会儿，才明白他的意思。对她来说，"犹太"只不过是个偶尔出现在报纸上的词，对她的生活没有任何意义。当一个国家发誓要灭绝犹太人，而这个国家还是犹太人的祖国时，这个词对犹太人来说，含义就大不同了。

"我的朋友我来选择，"诺艾尔回答道，"没有人能够决定我该见什么人。"

伊斯雷尔苦笑了一下。"别在这儿浪费你的勇气，"他劝告说，"勇气该用在真正起作用的地方。"

"跟我说说你的情况。"诺艾尔说道。

伊斯雷尔耸了耸肩。"我的生活平淡无奇。我后来成了外科医生，在安吉鲍斯特博士的指导下进修。你听说过他吗？"

"没有。"

"他是一位出色的胸外科医生，他把我当作他的得意门生。后来纳粹剥夺了我的行医执照。"他那双手美得像雕刻出来的一样，他慢慢举起来端详了一番，仿佛这双手是属于别人的。"所以我就当上了木匠。"

诺艾尔打量了他许久。"就这些？"她问道。伊斯雷尔诧异地看着她。

"当然就这些。"他说，"你还有什么疑问？"

诺艾尔把内心深处的念头打消了。

"没什么。你为什么想见我？"

他向她靠近了些，压低了嗓门。"我需要帮助。一个朋友……"

正在这时，门开了，四个穿着灰绿色制服的德国士兵走进咖啡馆，领头的是个下士。他大声喊道："注意！请出示你们的身份证。"

伊斯雷尔·卡茨僵住了，仿佛戴上了面具。诺艾尔看见他的右手悄悄地伸进了外衣口袋。他瞟了几眼通往后门的狭窄通道，但其中一个士兵已经走到那儿，挡住了去路。伊斯雷尔以紧急的口气低声说："离开我。从前门出去。赶快。"

"为什么啊？"诺艾尔着急地质问道。

德国人开始检查坐在门口的那几位顾客的身份证。

"别问了，"他命令道，"快走。"

诺艾尔犹豫了一下，然后起身朝门口走去。士兵们正走向第二张桌子。伊斯雷尔把他的椅子往后推了推，以便有更多的活动空间。他的动作引起了其中两个士兵的注意。他们走到他跟前。

"身份证。"

不知怎么，诺艾尔突然明白了德国士兵要找的人正是伊斯雷尔。他想要逃脱，但他们会置他于死地。他无路可走。

诺艾尔转过身，大声对伊斯雷尔喊道："弗朗索瓦！我们快来不及去剧院了，快结账走吧。"

德国士兵惊讶地看着她。诺艾尔朝桌子这边走回去。

舒尔茨下士走过来面对着她。他二十刚出头，一头金发，脸蛋红扑扑的。"小姐，你和他是一起的吗？"他问。

"当然是一起的！你们除了纠缠老实的法国公民之外，就没有更有意义的事可做了吗？"诺艾尔责问道，做出生气的样子。

"我很抱歉，我的好小姐，但是……"

"我可不是你的好小姐！"诺艾尔抢过话头说道，"我是诺艾尔·佩奇。我在联合剧院演主角，这位是和我一起搭档的男主角。今晚，我和我亲爱的朋友汉斯·谢德将军一起共进晚餐时，我会向他汇报你们今天下午的所作所为。他一定会被你们惹火的。"

从下士的眼神里，诺艾尔看出他已经认出自己来了，但到底是认出了她的名字还是谢德将军的名字，她还不能断定。

"我……我十分抱歉，小姐，"他结巴起来了，"我当然认识您。"他转向伊斯雷尔·卡茨。这时，伊斯雷尔一声不响地坐在那儿，手插在外衣口袋里。"我认不出这位先生。"下士说。

"如果你们这些野蛮人去过剧院的话，就认得出了。"诺艾尔轻蔑而又尖刻地说，"我们是被捕了还是可以离开了？"

年轻的下士意识到此刻所有人都在盯着他，他得立即做出决定。"小姐和您的朋友当然没有被捕。"他说，"如果给您带来了不便，我向您道歉。我……"

伊斯雷尔·卡茨抬起头看了德国士兵一眼，平静地说道："外面在下雨，下士。不知道你们能否替我们叫一辆出租车？"

"当然可以。马上去。"

伊斯雷尔随着诺艾尔一起进了出租车。德国下士站在雨中注视着他们的车子驶离。出租车驶过三个街区，在红灯前停了下来。伊斯雷尔伺机打开车门，紧握了一下诺艾尔的手，然后一言不发地消失在了夜色之中。

当晚七点，诺艾尔走进剧院化妆间，已有两个人在等她。一个是下午在咖啡馆碰到的德军下士；另一个穿着便服，有白化病，头上没有一根头发，眼睛粉红，那样子让诺艾尔联想到还未成形的胎儿。他三十多岁，圆圆的脸像月亮，嗓音很尖，怪里怪气，听起来像女人的声音。同时他带有一种不可言喻的气质：一种使人不寒而栗的杀气。"是诺艾尔小姐吗？"

"是的。"

"我是库尔特·穆勒上校，盖世太保的人。我相信你见过舒尔茨下士。"

诺艾尔转向下士，面无表情地说："不，我想我没见过他。"

"今天下午在那个咖啡馆。"下士提醒她说。

诺艾尔转向穆勒。"我见过的人多了去了。"

上校点点头。"你有那么多朋友，要记住每个人一定很难，小姐。"

她点了点头。"正是如此。"

"譬如说，今天下午和你在一起的那位朋友。"上校顿了一下，注视着诺艾尔的眼睛，"你对舒尔茨下士说他在这部戏中演主角？"

诺艾尔惊诧地看着这个盖世太保上校。"下士一定误解了我的话。"

"没有，小姐。"下士气鼓鼓地用德语回答说，"你分明说过……"

上校转过脸冷冷地看了下士一眼，下士话讲了一半，突然闭上了嘴。

"有可能。"库尔特·穆勒和蔼地说，"用外语交谈时，很容易产生这样的误解。"

"的确如此。"诺艾尔快速说道。

诺艾尔用余光瞟了一眼下士，发现他气得脸都涨红了，却始终紧咬着嘴唇不辩解。

"原来是无中生有啊，唐突了，十分抱歉。"库尔特·穆勒说道。

诺艾尔的双肩松弛下来，她这才突然意识到自己刚才绷得有多紧。

"没关系。"她说，"要不我送几张戏票给你。"

"我看过这部戏了，"盖世太保说，"舒尔茨下士也买了票。不过还是谢谢你。"

他朝门口走去，然后又停住了脚步。"你说舒尔茨下士是野蛮人，他便决定今晚买票来看你的演出。他到休息厅看了剧组演员的照片，没有见到在咖啡馆和你在一起的那位朋友的照片。所以他就打电话叫我来了。"

诺艾尔的心跳加快了。

"顺便问一下，小姐，如果他不是和你一起演出的主角的话，他是谁？"

"一位……一位朋友。"

"他的名字是？"他的尖嗓音仍然柔和，却有重重杀机。

"这有什么关系吗？"诺艾尔问。

"你的朋友和我们要追捕的罪犯很相像。据报告，有人今天下午在圣日耳曼德佩广场一带见过他。"

诺艾尔站在那儿看着他，脑子飞快地转动着。

"你的朋友叫什么名字？"穆勒上校追问道。

"我……我不知道。"

"啊，那么他就是个陌生人了？"

"是的。"

穆勒上校盯着诺艾尔，冰冷的粉红色的双眼似乎要将她的眼睛穿透。"你和他坐在一起。你阻止士兵们检查他的证件。为什么？"

"我很同情他，"诺艾尔说，"是他来求我……"

"在哪里？"

诺艾尔快速地思考着，心想很可能有人看见他们一起走进了咖啡馆。"在咖啡馆外面。他告诉我说士兵正在追捕他，因为他为妻子和孩子偷了一些食物。这样的罪听上去也不是什么大罪，所以我就……"她抬起头，以恳求的目光看着穆勒，"我就帮了他的忙。"

穆勒仔细看了她一会儿，赞许地点了点头。"我现在明白你为什么能成为一个了不起的明星演员了。"他收起脸上的笑容说。过了一会儿，穆勒又开口讲话了，语气变得柔和起来。"我来给你一句忠告，佩奇小姐。我们希望和你们法国人和睦相处，我们想和你们成为朋友，而且想和你们结为同盟。但是，不管什么人，一旦帮助了我们的敌人，他也就成为我们的敌人。我们一定要抓住你的朋友，小姐。一旦抓住了，我们将审讯他。我可以保证，到时他会供出一切的。"

"我可没什么好担惊受怕的。"诺艾尔说。

"你错了。"诺艾尔对穆勒快要忍不下去了。"你将要因为我而担惊受怕。"穆勒上校向下士点了点头，又朝门口走去。他再一次转过身。"如果你的朋友跟你联系，你得立刻向我汇报，否则的话……"他对她微微一笑，然后同下士一起离开了。

诺艾尔瘫坐进椅子，彻底精疲力竭了。她意识到自己的说辞并没有让他们信服，但她也是毫无防备的，原以为这件事就这么轻易过去了。以前听说过的那些有关盖世太保的传说，现在她回想起来，不禁打了个寒战。万一他们抓住了伊斯雷尔·卡茨，他招供了，那该怎么办？他会对他们说，他们俩是老朋友，她说不认识他是在撒谎。如果伊斯雷尔这么说，那肯定也不要紧。除非他是……她在咖啡馆里想到的那个名字又在她头脑里闪现："蟑螂"。

半小时后，诺艾尔登上了舞台，她设法把所有的事情都抛到脑后，竭力集中精力演好她的角色。观众十分欣赏她的演出，她几次出来谢幕，大家都欢呼不停。当她回到化妆间，打开房门时，还能听到观众的掌声。出乎意料的是，汉斯·谢德将军早已坐在椅子上恭候着她。诺艾尔进来时，他站了起来，彬彬有礼地说："有人通知我说，我们今天晚上有个共进晚餐的约定。"

于是他们去塞纳河畔的禁果餐厅共进晚餐，餐厅距巴黎市区大约二十英里。将军的司机开着一辆锃亮的黑色轿车送他们到了那里。雨刚刚停，夜晚的空气清爽宜人。直到他们吃完饭，将军才提起白天发生的事。诺艾尔最初的冲动是拒绝陪他出来，但是她转念一想，认为有必要借机了解德国人到底掌握了多少情况，以此判断她惹上了多大的麻烦。

"今天下午，我接到了盖世太保总部的电话，"谢德将军说，"他们告诉我，你对舒尔茨下士说你邀请我今晚一起吃晚餐。"诺艾尔注视着他，没有吱声。他接着说："我想，如果我回绝邀请的话，你会很不开心的，而如果我接受邀请，我会感到非常开心的。"他微微一笑。"所以我们就有了这个晚餐约会了。"

"这一切简直太荒唐了。"诺艾尔以抗议的口气说道，"我不过是帮了一个偷食物的穷人……"

"别说了！"将军严厉的声音打断了她的话。诺艾尔一惊，看着他。"不要错误地认为所有的德国人都是傻瓜，不要小看盖世太保。"

诺艾尔说："将军，他们要抓什么人和我没有关系。"

谢德将军把玩着葡萄酒杯。"穆勒上校怀疑你帮助他急于要逮捕的人逃脱了。如果情况属实，你可闯下大祸了。穆勒上校既不会宽恕人，也不会忘记过去发生的事。"他看着诺艾尔。"换个角度来看，"他谨慎地说，"如果你再也不跟那位朋友见面，整件事可能就会烟消云散。你要不要来杯科尼亚克白兰地酒？"

"请来一杯。"诺艾尔说。

他叫了两杯拿破仑牌白兰地酒。"你和阿尔芒·戈蒂埃在一起住了多久了？"

"我确信你其实早已知道了。"诺艾尔回答说。

谢德将军笑了。"是的，我确实知道。其实我真正想问的问题是为什么你

124

之前拒绝和我一起吃饭。是不是因为戈蒂埃？”

诺艾尔摇了摇头。“不是。”

“我明白了。”他说话的语气不太自然，让她有点吃惊。

“巴黎满大街都是女人，”诺艾尔说，“我确信你可以从中随意挑选如意的。”

“你并不了解我，”将军面无愠色，说道，“不然你就不会说这样的话了。”他显得有些难为情。“我在柏林有妻子和一个孩子。我非常爱他们，但是我们已经分开一年多了，而且不知道什么时候才能再见面。”

“难道有人逼着你到巴黎来吗？”诺艾尔不客气地问。

“我并不是要博得你的同情，只是想为自己辩解一下，我不是那种拈花惹草的男人。第一次看见你在台上演出时，”他说，“我便对你有一种特别的感情。我就是想要多了解你。希望我们能成为好朋友。”

他说话的方式平静里透着尊严。

“我无法给你任何承诺。”诺艾尔说。

他点了点头。“我懂。”

他当然不懂，诺艾尔想说的是她再也不会见他了。谢德将军巧妙地转换了话题。他们谈论演技和戏剧，诺艾尔发现他在这方面的知识相当丰富，这令她感到有些吃惊。他能旁征博引，深刻睿智。他漫不经心地从一个话题转到另一个话题，不断地指出他与诺艾尔之间在兴趣点上的相同之处。他表现得如此机智，令诺艾尔感到十分有趣。为了解她的过去，谢德将军可是费了不少精力。穿着橄榄绿军服的他看上去是个地地道道的德国将军，强壮威严，但他文雅的谈吐和举止却说明他完全是另一种人。他的学智是学者才有的，而非军人。但他脸上却有一道属于军人的伤疤。

“你脸上这道伤疤是怎么来的？”诺艾尔问道。

他用手指抚摸着那道深深的伤疤。“我在多年前和人决斗过。”他耸耸肩膀说，“在德国，我们称这个疤为‘猎物的肉’，意思是‘令人骄傲的伤疤’。”

他们随后探讨了纳粹的哲学。

“我们不是怪物，”谢德将军说，“我们不想统治世界，但也不愿因为

125

二十多年前输掉的那场战争就坐以待毙，甘心接受惩罚。《凡尔赛和约》这个枷锁最终被德国人打破了。"

他们还谈到了德军对巴黎的占领。"我们之所以轻而易举地攻下了巴黎，并不是因为法国士兵无能。"谢德将军说，"在很大程度上，这应该是拿破仑三世的过错。"

"你是在开玩笑吧。"诺艾尔回答说。

"我是非常认真的。"他保证道，"在拿破仑时代，暴民们经常以巴黎错综复杂、弯弯曲曲的街道为掩护，四处伏击，与士兵们作战。为了拿下他们，拿破仑三世委派乔治-欧仁·奥斯曼男爵①改建城市街道，结果美丽宽阔的林荫大道随处可见。"他微微一笑。"我们的部队就沿着这些林荫大道挺进巴黎。历史对奥斯曼这位巴黎街道设计者的评价恐怕不会太高吧。"

吃过晚饭后，他们坐着轿车回巴黎。途中，他问道："你爱阿尔芒·戈蒂埃吗？"

他的语气听上去很随意，但是诺艾尔感到她的回答对他来说意义重大。

"不爱。"她顿了一下才慢慢答道。

他点点头，显出满意的表情。"我想也不会。我相信我会让你非常幸福的。"

"和你的妻子一样幸福？"

一瞬间，谢德将军脸上的表情僵住了，仿佛被人猛击了一下。随后他转过脸看着诺艾尔。

"我可以做你的好朋友，"他平静地说，"但愿你我永远不做敌人。"

诺艾尔回到公寓时，已经快凌晨三点了。阿尔芒·戈蒂埃正焦急不安地等待着她。

"你到底去哪里了？"诺艾尔进门时，他责问道。

"我有个约会。"诺艾尔避开他的目光，看了下房间。房间看上去好像被旋风扫过似的。书桌抽屉全被拉开了，里面的东西被扔得到处都是。所有的衣橱都被翻了个底朝天，台灯被打翻在地，一张小桌子被摔断了一条腿，横躺在

---

① 拿破仑三世时期巴黎大规模改建工作的主要负责人。——编者注

地上。

"发生了什么？"诺艾尔问。

"盖世太保来过了！我的天哪，诺艾尔，你都干了些什么？"

"什么都没干。"

"那他们凭什么要搜我们的家？"

诺艾尔一边整理房间，把家具一一规整，一边苦苦地思索着。戈蒂埃抓住她的肩膀，把她转了过来。"我想知道，到底发生了什么事情？"

她深吸了一口气，然后说："好，可以。"

她给他讲了她与伊斯雷尔·卡茨见面的过程，不过她既没有透露伊斯雷尔的名字，也没有提到她后来与穆勒上校谈话的内容。"我不确定我的那位朋友是不是'蟑螂'，但这是有可能的。"

戈蒂埃惊呆了，瘫坐在椅子上。"我的天哪！"他惊叫了起来，"我不在乎他是什么人！但是，我不希望你和他再有任何牵连。我们俩都会因为这事被毁了的。我和你一样恨德国人……"他不敢肯定诺艾尔是否恨德国人，便没有往下讲。然后，他又接着说道："亲爱的，只要德国人在这里统治一天，我们就得在他们的条条框框下求生。和盖世太保纠缠是非曲直，我们俩谁都担当不起后果。这个犹太人——你刚才说他叫什么名字来着？"

"我没说。"

他看了她一会儿。"他是你以前的情人吗？"

"不是，阿尔芒。"

"他对你来说重要吗？"

"不重要。"

"噢，好吧。"戈蒂埃的语气轻松多了。

"我想我们没有什么可担心的。你偶然碰上他，他们也没什么好责怪你的。如果你以后再也不和他约见，他们就会把这件事忘得一干二净。"

"他们当然会忘掉的。"诺艾尔说。

第二天晚上，在去剧院的路上，诺艾尔感觉身后有两个盖世太保特务在跟梢。

从那天起，诺艾尔感觉无论去哪里都有特务盯梢。一开始这只是一种感觉，一种有人在盯着她的预感。诺艾尔几次转过身，都在人群中看到了一个日耳曼人模样的青年男子。他身穿便服，装作没注意她的样子。后来，她又有同样的感觉，这次跟在她后面的是另一个日耳曼青年男子。每次都不是同一个人。虽然他们都穿着便服，但他们的表情是日耳曼人所特有的，仿佛穿了同一种制服那么明显：他们散发出的轻蔑、优越感十足、冷酷的气质是一眼就能看出的。

被人跟踪的事，诺艾尔对戈蒂埃只字未提，她觉得没有必要再让他受到惊吓。盖世太保搜查他们家的事已经把戈蒂埃弄得紧张兮兮了。他整天唠叨说德国人会把他和诺艾尔的前程全毁掉，只要他们想这样做。诺艾尔知道他是对的。凡是每天看报纸的人都知道，纳粹对他们的敌人是绝不会心慈手软的。谢德将军给诺艾尔打过几次电话，留了言，但是她没理会他。她不想有纳粹这样的敌人，也不想与纳粹分子做朋友。她决定要像瑞士那样：保持中立。世上无数像伊斯雷尔·卡茨这样的受害者必须自己保护自己。诺艾尔多少有点好奇：伊斯雷尔那次与她见面时，想从她这里得到什么帮助？不管怎样，她不想被牵扯其中。

在诺艾尔和伊斯雷尔·卡茨会面两周后，巴黎各大报纸头条报道了盖世太保抓住了以"蟑螂"为首的一群破坏分子的消息。诺艾尔细读了所有报道，发现均未提及"蟑螂"本人是否被捕。回忆起德国人逼近时伊斯雷尔·卡茨镇静的神态，诺艾尔知道他不会让自己被他们活捉。当然，这可能只是她的幻想，诺艾尔在心里对自己说。伊斯雷尔很可能像他自己说的那样只是个木匠，不会伤害任何人。但是，果真如此，盖世太保为何会对他那么感兴趣？他是"蟑螂"吗？他现在是已经被捕了，还是逃脱了？诺艾尔走到公寓窗前，面对着马蒂尼大道。路灯下站着两个身着黑色雨衣的人。他们在等待什么呢？诺艾尔开始像戈蒂埃那样警觉起来，然后一股怒火升起。她想起了穆勒上校说的话：你要怕的是我。这是对她的挑战。诺艾尔预感到伊斯雷尔·卡茨将会再次和她取得联系。

第二天早上，有人来传口信，这人居然是诺艾尔那栋公寓楼的门卫——所有人当中，她怎么也想不到会是他。门卫七十岁开外，身材瘦小，眼睛细眯眯的，面容枯槁粗糙，下齿已经掉光了，说话时很难听懂。诺艾尔按下电梯铃后，发现门卫正在电梯里等着她。他们一起乘电梯下楼。快到门厅时，他含混不清地说："帕西街上的面包店已经把你订的生日蛋糕准备好了。"

盯着他看了一会儿，诺艾尔还是不确定自己是否听清了他的话，于是便说："我并没有订蛋糕。"

"帕西街。"门卫固执地重复了一遍。

突然，诺艾尔悟出来了。虽如此，如果她没有看到街对面有两个盖世太保特务在候着她，她可能也不打算采取什么行动。像罪犯一样被人跟踪！那两个人在交谈，并没有看见她。一怒之下，诺艾尔转向门卫问道："服务人员出入口在哪里？"

"这边走，小姐。"

诺艾尔跟着门卫穿过后面的走廊，下了几级台阶，来到了地下室。她从那儿又走进一条小巷。三分钟后，她已坐上出租车去见伊斯雷尔·卡茨了。

这家面包店看起来很普通，坐落在一处破败的中产阶级街区。窗户上写着"面包店"，字迹已然有些斑驳。诺艾尔打开门，走了进去。招呼她的是一位矮胖的女人，穿着一件一尘不染的白围裙。

"有什么事，小姐？"

诺艾尔开始犹豫了。现在离开，现在转身，不卷入与自己毫不相干的危险之中，一切都还来得及。

那个女人一直在等她回答。

"你们……你们为我做了一盒生日蛋糕。"诺艾尔说。她觉得玩这样的把戏有些愚蠢，他们用的手段这么幼稚，让人觉得这件事好像不那么严肃。

那女人点了点头。"蛋糕做好了，佩奇小姐。"她在门上挂出"暂停营业"的牌子，锁上门，然后说："这边走。"

伊斯雷尔躺在面包店后屋的一张简易床上，满脸痛苦，浑身上下已被汗水浸透。裹在他身上的床单被血染红了。他右膝上绑着一条大绷带。

"伊斯雷尔。"

伊斯雷尔转过身面向门，身上的床单掉落下来，只见他膝盖处血淋淋的，骨头和肉烂作一堆。

"怎么回事？"诺艾尔问道。

他试图挤出一个微笑，却是徒劳。他声音嘶哑，疼痛让他接不上气。"他们踩了'蟑螂'一脚，但我们不会轻易被杀死。"

如此看来，她的判断一直都是对的。"我在报纸上看到了。"诺艾尔说，"你不会有什么危险吧？"

伊斯雷尔痛苦地吸了口气，点了点头。他说话十分费力，不停地喘粗气。

"盖世太保现在把巴黎翻了个底朝天，就是要抓我。我唯一的机会就是离开巴黎……如果我能到达勒阿弗尔，就会有朋友帮助我乘船到国外去。"

"你不能找个朋友开车送你出巴黎吗？"诺艾尔问道，"你可以藏在货车后面……"

伊斯雷尔摇了摇头。"有路障，连只老鼠都逃不出巴黎。"

甚至连只蟑螂也逃不出，诺艾尔心里想。"腿受伤了，你还能出逃吗？"她问道，拖延着时间，想做出最后的决定。

他咬了下嘴唇，挤出一个怪笑。

"我不会带着这条腿出走的。"伊斯雷尔说。

诺艾尔看着他，没明白他的意思。这时门开了，一个大高个走了进来，他虎背熊腰，蓄着胡须，手里提着一把斧头。他径直走到床前，拉开床单。诺艾尔吓得脸色煞白。她想起了谢德将军和那个秃顶白化病盖世太保上校：如果他们抓住她，会怎样对待她呢？

"我愿意帮你。"诺艾尔说。

七　凯瑟琳

华盛顿—好莱坞：一九四一

凯瑟琳·亚历山大觉得自己的生活似乎翻开了新的篇章，她似乎爬上了一个情感高峰，达到了一种令她陶醉的高峰。比尔·弗雷泽在城里时，他们每天会一起吃晚饭，听音乐会，看戏，或听歌剧。弗雷泽在阿灵顿附近替她找了一间公寓，虽不宽敞，倒也温馨。弗雷泽要为她付房租，但她坚持要自己付。他给凯瑟琳买衣服和首饰，但凯瑟琳一开始仍然抱守着清教徒的道德观，觉得难为情就拒绝了，后来看到给自己买礼物能让弗雷泽那么快乐，她也就不再为此争执了。

凯瑟琳心想，她就是别人的情人，无论她喜不喜欢这个词。对她来说，这个词负载着很多层意思，暗含着小巷里出身卑微、风骚多情却又郁郁寡欢的女子的意思。这个词目前套在了凯瑟琳头上，她发现它根本没有那样的含义。它只意味着她和心爱的男人在一起了，她感受到的不是龌龊粗鄙，而是完美自然。她想，这倒挺有趣的，其他人做这些事时，看起来如此可怕，而当你自己做时，却显得再对不过了。当你读到别人的情爱经历时，你觉得你读的是《真正的忏悔》，但当主人公是你自己时，你觉得你读的是《女士家庭杂志》。

弗雷泽是个体贴又善解人意的伴侣，凯瑟琳觉得他们好像在一起生活很久了。她几乎能够预料弗雷泽在任何情况下的反应，也了解他各种不同的情绪。性爱对她来说，和弗雷泽所说的相反，并没有让她变得更加兴奋。于是，凯瑟琳便自我安慰说，性爱只是他们关系的一小部分而已。她也不是那个时刻需要被人挑逗而激发欲望的女学生了，她已经是个成熟的女人了。多少有点成熟了，她苦笑着对自己说。

弗雷泽的广告公司由华莱士·特纳代为经营，他是财务经理。威廉·弗雷泽尽量不参与公司事务，这样就能集中精力干好在华盛顿特区的这份工作。每当公司遇到重大问题免不了要征求弗雷泽的意见时，他养成了和凯瑟琳讨论这些问题的习惯，让她做参谋。他发现她在这方面很有天分。凯瑟琳经常提出一些营销策划的好点子，后来的事实证明她的策划点子非常有效。

"如果我不是那么自私的话，凯瑟琳，"某天吃晚餐时，弗雷泽说，"我会让你去广告公司任职，让你放手管理财务。"他握住凯瑟琳的手。"但是我会很想你，"他补充道，"我想要你待在我这里。"

"我想待在这儿，比尔。目前这样的状态，我感到很幸福。"这是真话。她以前想的是，到了目前这样的状态，她肯定会急于结婚，可是目前到了这种状态，她不知为何又觉得不用操之过急。从各个重要的方面来看，他们其实已经结了婚。

一天下午，凯瑟琳快要干完手头的工作时，弗雷泽走进了她的办公室。

"今晚到乡下走一趟，这个主意怎么样？"他问道。

"喜欢。我们准备去哪儿？"

"去弗吉尼亚州。和我的父母一起吃晚饭。"

凯瑟琳吃了一惊，抬起头看着他。"他们知道我们俩的事吗？"她问。

"不全知道，"他笑了，"只知道我有一位很优秀的年轻助理，还知道我将带她回去吃晚饭。"

她感到一阵失望，但她没有让这种情绪在脸上表现出来。

"好的。"她说，"那我要回趟公寓，换一套衣服。"

"我七点钟去接你。"

"说定了。"

弗雷泽父母的家坐落在弗吉尼亚州美丽的连绵起伏的山峦之中，这是一座殖民时代风格的大乡村庄园，四周环绕着六十英亩①翠绿的草场和农田。这座房屋的历史可追溯到十八世纪。

"我从来没有见过这样的地方。"凯瑟琳赞叹道。

"这是美国最好的畜牧场。"弗雷泽告诉她。

轿车先驶过一个畜栏，里面挤满了骏马，又驶过收拾得很干净的围场，还有牧场管理人的小屋。

"这简直像另一番天地，"凯瑟琳感叹说，"我真羡慕你是在这里长大的。"

"你觉得你会喜欢在牧场生活？"

"确切地说，这哪里是牧场啊，"她故意摆出一副严肃的模样说，"这倒像是你自己的王国。"

他们终于来到了房子前。

弗雷泽转向凯瑟琳。"我的父母有点严肃，"他提醒她说，"但是你不必担忧，放松就好。紧张吗？"

"不是紧张，"凯瑟琳说，"简直是恐慌。"她一边说，一边惊诧地意识到自己是在说谎。按照古老的传统，作为一个女孩子，去拜见心爱的人的父母，她应该惊慌。但此时此刻，除了好奇之外，她没有别的感觉。现在没有时间为这件事烦心了。他们下了车，给他们开门的是一位身穿制服的男管家，他嘴角挂着微笑，向他们问候致意表示欢迎。

弗雷泽上校和他的夫人像美国内战前的故事书中的人物那样生活着。凯瑟琳的第一印象是这两位老人看上去年迈体衰。她可以依稀看出弗雷泽上校曾经是一个英俊而又精力充沛的男人。凯瑟琳觉得他特像某个人，突然她灵光一闪，意识到了他像谁：年迈体衰版的弗雷泽。上校头上的白发很稀疏，走起路来弯着腰，显得很痛苦，浅蓝色的眼睛，曾经很有力的双手患上关节炎后都扭曲变形了。他的夫人颇有贵族气质，依稀能够看出她少女时代的美貌。她对凯瑟琳和蔼、热情。

凯瑟琳觉得，不管弗雷泽嘴上怎么说，她到这里来就是为了让他父母检

① 英美制地积单位，1英亩约为4046.86平方米。——编者注

133

验。这天晚上，上校和夫人不断询问着她。他们问得很谨慎，但是很深入。凯瑟琳向他们谈起了自己的父母和童年的事。谈起自己不断地转学，她没有把它当作一件痛苦的事来讲，而是把它讲得像是有趣的探险。当她说话时，她可以看到比尔·弗雷泽在向她微笑，脸上写满了骄傲。晚餐美味精致极了。他们在宽敞的老式餐厅里进餐，还点着蜡烛。餐厅的壁炉是大理石砌成的，仆人们都穿着制服。古老的银制餐具，豪门世家，还有陈年佳酿。她看着比尔·弗雷泽，心中涌起一股暖暖的感激之情。她觉得，如果自己愿意的话，也可以过上这种生活。她知道弗雷泽爱她，她也爱弗雷泽。但是，总觉得还缺少点什么，大概是缺一种兴奋感吧。她想，或许她的要求太高了，或许她中了加里·库珀、汉弗莱·博加特和斯宾塞·屈塞这些人的毒！梦中情人不一定都是身穿亮眼盔甲的骑士，也可以是穿着一身灰色花呢衣服的乡间绅士。让那些电影和小说都见鬼去吧！她看着上校，仿佛看见了二十年以后的弗雷泽。到那时候，比尔会跟他父亲现在的神态一模一样的。这天晚上剩下的时间里，她显得非常安静。

在回家的路上，弗雷泽问道："今天晚上过得开心吗？"

"开心。我喜欢你的父母。"

"他们也喜欢你。"

"我很高兴。"她确实很高兴。脑海深处那个若隐若现的想法总让她有些不安：不知什么缘故，她觉得自己拜见弗雷泽的父母时，应该感觉更紧张一点。

第二天晚上，凯瑟琳和弗雷泽一起在赛马会共享晚餐时，弗雷泽告诉她，他必须去伦敦出差一周。"我不在的时候，"他说，"我要给你派一份有趣的工作。他们要在好莱坞的米高梅电影制片公司拍摄一部陆军航空兵的征兵宣传片，要我们公司监督片子的拍摄。我想在我外出期间让你来监督这部影片的拍摄。"

凯瑟琳盯着他，不敢相信。"我？我连给勃朗宁自动步枪上子弹都不会，怎么会知道怎样拍摄军事训练片？"

"他们和你知道的差不多。"弗雷泽笑嘻嘻地说，"这种事也是最近才有的，但是你不用担心。他们会配备一位制片人，一应俱全。陆军打算请演员来拍这部影片。"

"为什么？"

"我猜他们认为由士兵扮演士兵并不能演得十分像士兵。"

"果然是军队的作风。"

"今天下午我和马修斯将军谈了很久，他至少说了一百遍'魅力'这个词。这就是他们想要推销的东西。他们正在发起一场声势浩大的征兵运动，目标是美国优秀青年。这是他们打响的第一炮。"

"我的职责是什么呢？"凯瑟琳问道。

"只要让一切工作平稳推进就可以了。影片最后由你来批准通过。我已经为你订了明天早上九点去洛杉矶的飞机票。"

凯瑟琳点了点头。"好的。"

"你会想我吗？"

"你知道我会想你。"她回答说。

"我会给你带礼物回来。"

"我什么礼物都不要，只要你平安归来。"凯瑟琳犹豫了一下，"形势越来越糟了，是吗，比尔？"

他点了点头。"是啊，"他说，"我感觉我们很快就要打仗了。"

"太恐怖了。"

"如果我们不参战，就更恐怖了。"弗雷泽平静地说，"英国能从敦刻尔克撤退是个奇迹。如果希特勒决定现在渡过英吉利海峡，我想英国人肯定挡不住他。"他们默默喝完了咖啡，弗雷泽付了账。

"你愿意到我家去过夜吗？"弗雷泽问。

"今晚不去了，"凯瑟琳说，"你明早要赶早起床，我也要赶早。"

"好的。"

他开车把她送回公寓。当凯瑟琳准备上床休息时，她问自己，为什么她在比尔要出门的前夕没有和他一起回去。

她自己也没有答案。

凯瑟琳从未去过好莱坞，但她是看好莱坞的电影长大的。她在黑漆漆的电

135

影院里度过了无数个小时，完全沉浸在电影制造商杜撰出来的充满魅力的幻梦之中。她感谢他们给她带来的那些愉快美好的时光。

飞机降落在伯班克机场，凯瑟琳异常激动。一辆小轿车正等在那里，载着她去往酒店。阳光明媚，轿车沿着宽阔的大街向前驶去，凯瑟琳首先注意到的是棕榈树。她在书中读到过有关棕榈树的描述，也见到过照片，但是真正的棕榈树让她更着迷。它们随处可见，高耸入云，笔直的树干下部光秃秃，上部枝叶繁茂，十分美丽。在每棵树的中央都有一圈参差不齐的复叶，凯瑟琳觉得这就像是在绿色的短裙下穿了一条长短不一的衬裙。

他们驶过一幢巨大的高楼，外观看上去像个工厂。入口上方有一块巨大的招牌，上面写着"华纳兄弟"，下面写着"用优秀的公民意识打造优秀的影片"。当轿车经过这幢大楼的大门时，凯瑟琳想起了詹姆斯·卡格尼主演的《草莓金发》和贝蒂·戴维斯主演的《卿何薄命》，不禁愉快地笑了。

他们驶过好莱坞的露天剧场，从外面看去，这是一座庞大的建筑物。随后，小轿车拐了弯，离开了高地大街，沿着好莱坞大道向西驶去。他们经过了埃及剧院，向西行驶了两个街区，又经过了格劳曼中国剧院，凯瑟琳兴奋得像见到了两位老朋友。司机把车转到日落大道，向贝佛利山庄酒店驶去。"你会享受待在这里的时光的，小姐。这是世界上最好的酒店。"

这无疑是凯瑟琳见过的最漂亮的酒店。酒店坐落在日落大道的北边，被棕榈树的树荫半包围着，四周有大型花园环绕。一条美观的行车道呈弧形一直延伸到酒店的前门，门漆成了淡雅的粉色。一位热情的年轻副经理送凯瑟琳到她的房间。这是一栋豪华平房，坐落在主楼后面的平地上。桌上摆着一束花，附有经理处向她表示问候的卡片。还有一束更大、更美的鲜花，花上系着一张卡片，上面写着："真希望我去你那里或者你来我这儿。爱你，比尔。"副经理递给她三条电话记录，这些电话都是阿兰·本杰明打来的，他是这部训练片的制片人，这个她已知道。凯瑟琳正在看比尔写的卡片，电话铃突然响了。她跑过去，拿起话筒，热切地说："比尔？"但打电话的却是阿兰·本杰明。

"欢迎你来到加利福尼亚，亚历山大小姐。"他的声音尖尖的，从话筒里传出来显得有些刺耳，"我是阿兰·本杰明下士，是这部野外聚餐式的小宣传片的制片人。"

一个下士。她原以为他们会派一位上尉或上校来做制片人。

"我们明天开机拍摄。他们有没有跟你说过，我们用演员而不是用士兵？"

"我听说了。"凯瑟琳回答道。

"我们早上九点开拍。如果你八点以前赶到，我想请你见见这些演员。你知道陆军航空兵需要什么样的人。"

"好的。"凯瑟琳爽快地答应了。陆军航空兵需要什么样的人，她丝毫没有概念。但是她估计，用常识来选择那些看上去像飞行员的人，就行了。

"明天早上七点半，我会派一辆车去接你。"话筒里的声音说，"你赶到米高梅电影制片公司只要花半个小时的时间。公司在卡尔弗城。我在第十三号摄影棚和你会面。"

接近凌晨四点钟，凯瑟琳才入睡。她好像刚一合眼就听到了电话铃声，接线员告诉她有辆轿车在等她。

三十分钟后，凯瑟琳已经在去米高梅电影制片公司的路上了。

这是世界上最大的电影制片厂。总影城内有三十二个设备齐全的摄影棚，还有高大的萨尔伯格行政办公楼。在办公楼内工作的有路易斯·B. 梅耶①、二十五名高管，以及演艺圈一些著名的导演、制片人和编剧。在第二分厂，有大型永久性室外布景，这些布景经常被搬来挪去，用来拍摄各种影片。只需要花三分钟，你就可以驾车经过瑞士阿尔卑斯山脉、美国西部小镇、曼哈顿贫民区，还有夏威夷海滩。第三分厂位于华盛顿大道的尽头，存放着价值几百万美元的道具以及平面布景，用来拍摄各种壮观的外景。

这些情况是凯瑟琳的向导介绍的。这位年轻姑娘被派过来，带领凯瑟琳到第十三号摄影棚去。"好莱坞本身就是一座城市。"她继续骄傲地说，"我们自己发电，食堂每天要为六千多人准备饭菜，我们后面的分厂可以自己制造布景。我们完全自给自足，不需要依赖任何人。"

"除了观众。"

---

① 米高梅公司创始人之一，被称为"好莱坞之王"。——编者注

沿着街道往前走，她们经过了一个城堡布景，只是一个正面，由二英寸[①]乘四英寸粗的柱子支撑着。城堡对面有个湖。街道的尽头是某个旧金山剧院大厅的布景，布景不包括剧院本身，只有剧院大厅。

看到这些，凯瑟琳不禁大声笑起来，那姑娘不解地望着她。

"有什么不对劲吗？"她问。

"没什么，"凯瑟琳说，"这一切都太有趣了。"

街上几十名临时演员，有西部牛仔，也有印第安人，一路上亲切地闲聊着朝摄影棚走去。转弯处突然冒出个人来，凯瑟琳立刻后退让路，这时才发现是个身穿盔甲的骑士，他身后跟着一群穿泳衣的姑娘。凯瑟琳此刻觉得自己一定会喜欢电影界这份短暂的美差。真希望父亲能见到这一切，他也一定会超级喜欢。

"我们到了。"向导说。她们已经来到了一幢灰色巨型建筑物前。建筑物的一边有块牌子，上面写着："第十三号摄影棚。"

"我就把你送到这儿了。你觉得可以吗？"

"可以，"凯瑟琳说，"谢谢你。"

向导点了点头，便离开了。凯瑟琳转向摄影棚，见门上的牌子写着："红灯亮时请勿入内。"这时红灯没有亮，于是凯瑟琳拉着门把手想要把门打开。想不到这门重极了，她使出了浑身力气才打开。

凯瑟琳走了进去，迎面还有一扇门，和第一扇门一样笨重高大，好像进入了一个减压仓。

在宽敞空旷的摄影棚内，有几十个人在四处奔忙，每个人都在执行某项神秘任务。有一群人穿着空军制服。凯瑟琳意识到他们就是将要出演这部电影的演员。摄影棚远处的角落有一间办公室，室内配有办公桌和椅子，墙上挂着一幅巨大的军用地图。技术人员正在给布景打灯。

"请问，"她对一个路过的人说，"阿兰·本杰明先生在这儿吗？"

"那个小矮个下士？"他用手指了指，"在那儿。"

凯瑟琳转过身，看见一个男人，他身材瘦小，看上去很孱弱的样子，穿着

---

① 英美制长度单位，1英寸约为2.54厘米。——编者注

一套带有下士臂章的军服，看起来不太合身，正在对一个佩戴将军星章的人高声叫喊着。

"选角导演说的又他妈的算什么！"他嚷道，"这么多将军，真见鬼了。我需要的是普通士兵。"他绝望地举起了双手。"人人都想演首领，谁也不愿扮普通印第安人。"

"打扰一下，"凯瑟琳说，"我是凯瑟琳·亚历山大。"

"谢天谢地！"这个小矮个说。他转向其他的人，声音里带着怒气："闹够了，你们这群自以为是的家伙。华盛顿的官员来了。"

凯瑟琳眨了眨眼，一下子愣了。她还来不及开口，小矮个下士就说道："我真不明白我到这儿来是干什么的。我原先在迪尔伯恩编辑家具贸易杂志，年薪有三千五百美元，后来应征入伍，当了通信兵，又被派去写军事训练片脚本。对制片或导演我懂什么？我从来没见过这样混乱的局面。"他打了个嗝，摸了摸自己的肚子。"我得了胃溃疡，"他呻吟着说，"我根本就不是干电影这一行的。请原谅。"

他转过身，匆匆向门口走去，留下凯瑟琳一个人愣在那里。她无助地扫了四周一眼。大家似乎都在盯着她，等着她做些什么。

这时，一个男人朝她走来。他身材瘦长，头发灰白，穿着套头衫，笑盈盈的，显然被这种场面逗乐了。"需要帮助吗？"他平静地问。

"我需要的是一个奇迹。"凯瑟琳单刀直入地说，"我负责监督这部影片的拍摄，但我不知道我该做些什么。"

他冲着凯瑟琳善意地咧嘴一笑。"欢迎你来到好莱坞。我叫汤姆·奥布赖恩，是助导。"

她看着他，感到十分疑惑，不明白"助导"是什么意思。

"助理导演。你的朋友，就是那位下士，本应该导演这部影片，但是我觉得他不会回来了。"这个男人显得沉静自信，凯瑟琳很喜欢他这种性格。

"你在米高梅电影制片公司工作了多长时间？"凯瑟琳问道。

"二十五年了。"

"你认为你能做这部片子的导演吗？"

凯瑟琳看见他的嘴角抽动了一下。"我可以试试。"他严肃地说，"我和威利·惠勒①一起导演过六部影片。"他的双目变得认真起来。"情况并不像你看上去的那么糟,"他说,"只不过需要稍微组织一下。脚本已经写好了,布景也准备好了。"

"这个头开得不错。"凯瑟琳说。她环视了一圈摄影棚,看到了一群穿军服的演员。大多数演员身上的军服都很不合身,看上去很别扭。

"他们看上去倒像是在为海军征兵做广告。"凯瑟琳评论说。

奥布赖恩心领神会地笑了。

"这些军服是从哪儿弄来的?"

"西部影视服装公司。我们服装部的军服全都出借了,我们正在拍摄三部战争片。"

凯瑟琳仔细地审视着这群演员。"只有六七套特别不合适,"她拍板了,"我们把这些送回去,看看是不是能找到一些更合适的。"

奥布赖恩点头同意了。"好的。"

凯瑟琳和奥布赖恩朝那群临时演员走过去。巨型舞台上的嘈杂声震耳欲聋。

"别吵了,小伙子们。"奥布赖恩大声喊道,"这是亚历山大小姐。这儿的工作现在由她管。"

有吹口哨欢迎的,也有发出嘘声喝倒彩的。

"谢谢。"凯瑟琳微微一笑,"你们大多数人看上去都不错,但有几位得回西部影视服装公司去换一套军服。大家排好队,这样我们就能仔细看看你们。"

"我倒想仔细看看你。你今晚准备和谁一起吃晚饭?"有个男的喊道。

"和我的丈夫一起吃。"凯瑟琳说,"他比赛结束后,我们马上就去吃。"

奥布赖恩让他们排队,结果队排得参差不齐的。听到附近有大笑声和说话声,凯瑟琳恼怒地转过身。布景旁站着一位临时演员,正和三个姑娘说笑着。姑娘们津津有味地听着,对他讲的每一句话都疯疯癫癫地痴笑个不停。凯瑟琳

---

① 美国电影导演、制片人。——编者注

观察了一会儿，然后走到这个男的跟前说："打扰一下，你能不能和其他人一起排好队？"

这个男的慢慢转过身来。"你是在对我说话吗？"他懒散地问。

"是的，"凯瑟琳说，"我们要开工了。"说完，她便走开了。

这个男人对那三个姑娘耳语了一番，引起了一阵哄笑。然后，他磨磨蹭蹭地跟在凯瑟琳身后。他个头高，身材精瘦结实，长相非常英俊，一头蓝黑色的头发，黑色的眼睛显得有些狂躁。他说话时，嗓音低沉，又傲慢，又搞笑。"我能为你做些什么吗？"他问凯瑟琳。

"你想要这份工作吗？"凯瑟琳答道。

"我想，我想。"他向她保证说。

凯瑟琳曾经读过一篇描写临时演员的文章。他们是一群怪物，在摄影棚里无名无姓地活着，全是为了给明星主角的出现充当背景，烘托气氛。他们没有身份，没有话语权，天生无所追求，很难找到固定工作。眼前这个男人就是最好的例子。他长得非常英俊，左邻右舍肯定会有人对他说他能当明星。后来，他到了好莱坞后，才知道当明星需要的不仅是长得英俊，而且还要有才能，于是他干脆做起了临时演员。多么容易的一条出路啊。

"我们有些人得换一套军装。"凯瑟琳耐心地说。

"我的军装也不合适吗？"他问。

凯瑟琳仔细地看了看他的军装，不得不承认他的衣服完全合身。军装完美地衬托出他宽阔的肩膀，并不显得夸张，腰部收得刚刚好，衬托出他的腰线。她打量着他的上衣，肩上佩戴着上尉的星章，胸前钉了一排色彩鲜艳的勋表。

"这些东西够意思吧，我的上司？"他问。

"谁对你说你将扮演上尉？"

他看着凯瑟琳，表情认真。"是我自己的主意。你认为我不能演好上尉吗？"

凯瑟琳摇了摇头。"是的，我认为你不能。"

他噘起嘴巴。"中尉呢？"

"不行。"

"少尉行吗？"

"我认为你并不是演军官的料。"

他那双黑眼睛困惑地盯着凯瑟琳。"哦？还有别的毛病吗？"他问道。

"还有。"她说，"这些勋章。你真是勇敢极了。"

他哈哈笑了。"我原以为我会给这部该死的片子增色呢。"

"只是有件事你忘了，"凯瑟琳很干脆地说，"我们还没有参战。你一定是在狂欢节上赢得这些勋章的吧。"

这人冲她露齿一笑。"你说得对，"他不好意思地承认说，"我没有想到这一点。我会拿掉一部分勋章的。"

"全都拿下来。"凯瑟琳说。

他不慌不忙，又冲她嬉皮一笑。"好吧，我的上司。"

凯瑟琳几乎在训斥他："别再叫我上司。"说完，她心里想："让他见鬼去吧，我理他干吗。"随后她就转身去找奥布赖恩说话了。

凯瑟琳送走八个人去换军服。接着，她花了一个小时和奥布赖恩一起讨论第一个场景。小矮个下士回来过一次，过了一会儿又消失得无影无踪。凯瑟琳心想，这样也好，他只会一个劲地埋怨，弄得大家紧张兮兮的。午饭前奥布赖恩就拍完了第一个场景，凯瑟琳觉得事情进展得还不错。然而，她上午的愉悦感却意外地被一件事破坏了。凯瑟琳让那个烦人的临时演员读几句台词，想出出他的洋相。让他当场出洋相是为了报复他的冒犯。结果，他把台词念得很完美，镇定自若，表现得很好。念完之后，他转向凯瑟琳说："念得还不错吧，上司？"

这伙人解散后便去吃午饭，凯瑟琳来到制片厂的超级大食堂，在角落里找了一张小桌子坐下。旁边的一张大桌子旁坐着一伙穿制服的士兵。凯瑟琳面对着门，看见那个临时演员走了进来，身后跟着那三个姑娘，和他拉拉扯扯。凯瑟琳感到血气上涌，脸都涨红了。她觉得这可能只是一种化学反应，就像有的人你会一见钟情，有的人你见一面就把他当仇人。他那种盛气凌人、狂妄自大的样子彻底惹怒了她。他做个舞男最完美了，很可能他就是这块料。

他把那三个姑娘安排在一张桌子旁坐下，抬头便看见了凯瑟琳，然后俯身向姑娘们说了些什么。于是她们全朝凯瑟琳看过来，然后一阵大笑。这人该死！凯瑟琳注视着他向自己的桌子走来。他站在那儿盯着凯瑟琳看，脸上仍然带着那种不慌不忙、心照不宣的微笑。"我和你坐一会儿，不介意吧？"他问。

"我……"但是他早已坐下了，双眼直勾勾地盯着凯瑟琳，眼里满是试探和好玩的意味。

"你到底要干什么？"凯瑟琳硬邦邦地说。

他笑了，嘴咧得更大了。"你真想知道？"

她愤怒了，咬紧嘴唇。"听着……"

"我想问你，"他不再卖关子了，"今天早上我表现怎样。"他将身子向前凑了凑，认真地说："我的演技让你信服吗？"

"你也许能让她们信服。"凯瑟琳说着，朝那几个姑娘的方向点了点头，"但是如果你想听我的意见的话，我觉得你就是个骗子。"

"我有什么地方得罪了你？"

"你的一言一行都让我生气，"她强压怒火，故作平静地说，"我正巧不喜欢你这种类型的人。"

"我是哪种类型？"

"你是骗子类型。你只是陶醉于穿着那套军装在姑娘们面前炫耀，但你考虑过参军吗？"

他看着她，一副难以置信的样子。"去被人当靶子打？"他问道，"那是笨蛋才干的事。"他凑过来，咧嘴笑了笑。"现在这样多好玩。"

凯瑟琳气得嘴唇发抖。"你难道不符合征兵的条件吗？"

"我想从条件上来讲，我是够格的，但是我的一个朋友认识华盛顿的人，所以……"他压低了嗓门，"我看他们永远也不会来找我参军了。"

"我觉得你真卑鄙。"凯瑟琳终于爆发了。

"为什么？"

"如果你不自知，我怎么能跟你讲得清。"

"你为什么不试一下？今晚一起吃饭吧。去你那儿。你自己做饭吗？"

凯瑟琳站起身，气得两颊通红。"你用不着再来片场了，"她说，"我会告诉奥布赖恩支付你今天早上的工资。"

她转身就要走，这时才想起来问道："你叫什么名字？"

"道格拉斯，"他说，"拉里·道格拉斯。"

第二天晚上，弗雷泽从伦敦给凯瑟琳打来了电话，询问工作进展。凯瑟琳向他汇报了当天发生的事，但未提及有关拉里·道格拉斯的插曲。等弗雷泽回到华盛顿后她再告诉他，他们会一起把这当作笑料来谈论。

第二天一大早，凯瑟琳正在更衣，准备到制片厂去，这时门铃响了。她打开房门，一个送外卖的男孩站在那儿，手里捧着一束玫瑰花。

"是凯瑟琳·亚历山大吗？"男孩问。

"是的。"

"请在这里签名。"

凯瑟琳在他递过来的单子上签了字。"真漂亮。"她边说边接过花。

"这要收十五美元。"

"你说什么？"

"十五美元。这是货到付款。"

"我不明——"凯瑟琳立刻闭上了嘴，伸手取下附在花上的卡片，把它从信封里抽了出来。卡片上写着："我本该自己付钱买花，但我现在没工作。爱你，拉里。"

她望着卡片发呆，这太不可思议了。

"那……这些花你要不要？"外卖员问道。

"不要。"凯瑟琳没好气地说，猛地把花塞回到他怀里。

他望着凯瑟琳，满脸困惑不解。"他说你会笑的。这个玩笑只有你们俩人才懂。"

"我笑不起来。"凯瑟琳说着，愤怒地把门砰的一声关上了。

这件事一整天都在让她恼火。以前她也遇到过自以为是的男人，但没有人像拉里·道格拉斯这样傲慢无礼，令人无法容忍。对那些急于向他投怀送抱的无知的金发女郎和丰满的棕发小姐，这一招他肯定屡试不爽，可现在他竟把她归为这种女孩的同类，凯瑟琳感觉自己受到了贬低和侮辱。一想到他，凯瑟琳就毛骨悚然。她决心忘了他。

那天晚上七点钟，凯瑟琳正要离开片场，一个助手走到她跟前，手里拿着一个信封。

"这些东西你付费了吗，亚历山大小姐？"他问。

这是一张从演员服务总部送来的账单，上面写着：

一套军装（上尉）；

六枚勋表（不同类别）；

六枚勋章（不同类别）。

演员姓名：劳伦斯·道格拉斯（由凯瑟琳·亚历山大私人付款——米高梅电影制片公司）。

凯瑟琳抬起头，脸气得通红。

"我没有付！"她说。

助手盯着她。"我怎么对他们讲？"

"告诉他们，如果这些勋章是他死后才授予他的话，我就付钱。"

三天过后，电影拍摄完成了。次日，凯瑟琳看了初步剪辑后的影片，审核通过了。这部影片虽然不会得奖，却简单易懂，效果好。汤姆·奥布赖恩完成得不错。

周六早上，凯瑟琳登上了去华盛顿的飞机。她以前离开一个城市时，从未像现在这样高兴。周一早上，她回到了自己的办公室，想把外出期间积压起来的工作补上。

快到吃午饭的时候，凯瑟琳的秘书安妮在对讲机中说："一位叫拉里·道格拉斯的先生从加利福尼亚州好莱坞打来的电话，由受话人付款。你想接电话吗？"

"不想！"凯瑟琳厉声说，"告诉他，我——算了，我自己跟他说。"凯瑟琳深深地吸了口气，按下了通话键。"是道格拉斯先生吗？"

"早上好。"他的声音还是带着那种浮夸调情的调子，"追查到你的信息可真不容易。你不喜欢玫瑰花吗？"

"道格拉斯先生……"凯瑟琳开口道。她的声音由于愤怒而有些颤抖。她又深深地吸了口气，平息了怒气，然后说："道格拉斯先生，我喜欢玫瑰花。我不喜欢你。我不喜欢你的一切。清楚了吗？"

"你对我一点也不了解。"

"我了解得已经够多了。我觉得你胆小又无耻，我不想再接到你的电话了。"她浑身哆嗦着，把话筒砰的一声放下，气得泪水在眼眶里直打转。他怎敢这样！要是比尔回来了，她该有多开心啊。

三天后，凯瑟琳收到了一封邮件，是一张照片，十英寸乘十二英寸大小，是劳伦斯·道格拉斯的照片。照片上写着："送给上司，爱你的拉里。"

安妮怀着崇拜的心情看着照片说："天哪！真有这么英俊的人吗？"

"冒牌货。"凯瑟琳讥笑一声，"唯一真实的东西是印照片的相纸。"她残忍地把照片撕成碎末。

安妮在一旁看着，错愕不已。"多可惜啊。我还从未见过这么英俊的真人。"

"在好莱坞，"凯瑟琳沉着脸说，"他们用的所有布景只有正面的外观——没有地基。你刚才见到的人正是如此。"

在接下来的两周里，拉里·道格拉斯至少打了十几个电话来。凯瑟琳嘱咐安妮告诉他不要再打电话来了，来了电话也不要告诉她。一天早上，安妮趁着记录凯瑟琳口授信件的时候，抬起头抱歉地说："我知道你交代过我，不要让道格拉斯先生打来的电话打扰你，但是他又来了电话，听声音觉得他好绝望啊，唉……有点不可救药了。"

"他是不可救药了。"凯瑟琳冷冰冰地说，"如果你聪明的话，就不要搭理他。"

"他的嗓音很迷人。"

"他会假装甜蜜的。"

"他问了许多有关你的问题。"安妮注意到凯瑟琳脸色不对。"但是，当然，"她赶忙补充道，"我什么也没对他讲。"

"你这样做很聪明，安妮。"

凯瑟琳继续口授信件，却有点心不在焉。她想，正因为世界上到处都是拉里·道格拉斯这样的人，她才更加欣赏威廉·弗雷泽。

周日早晨，比尔·弗雷泽要回来了，凯瑟琳到机场去接他。她站在出口处等他，看着他经过海关检查，朝出口处走来。弗雷泽看见她时，脸上一下子绽出喜悦的笑容。

"凯茜，"他说，"太惊喜了。我真没想到你会来接我。"

"我已经等不及了。"凯瑟琳嫣然一笑，给弗雷泽一个温暖的拥抱。弗雷泽略带疑惑地看了她一眼。"你确实是想我了。"他说。

"比你想象的还要想。"

"好莱坞之行怎么样？"他问，"进行得还算顺利吧？"

凯瑟琳迟疑了一下。"挺好的。他们对这部影片很满意。"

"和我听到的一样。"

"比尔，下次你出差，"她说，"一定带上我。"

他看着她，内心里有说不出的高兴和感动。

"一言为定。"弗雷泽说，"我好想你。我一直在想有关你的事。"

"是吗？"

"你爱我吗？"

"非常爱你，弗雷泽先生。"

"我也爱你。"弗雷泽说道，"我们干吗不今晚出去吃一顿庆祝一下呢？"

她笑了。"太棒了。"

"我们去杰斐逊俱乐部吃晚餐吧。"

凯瑟琳驾车把弗雷泽送到了他家门口。

"我有几千个电话要打。"他说，"你在俱乐部等我，好吗？八点钟。"

"好。"她说。

凯瑟琳回到公寓，洗了衣服，又将它们熨烫了一番。每次经过电话时，她都有点希望电话铃会响，但一直没响。她想起拉里·道格拉斯试图从安妮那儿套出点她的情况，不禁气得咬牙切齿。或许她该和弗雷泽谈谈，把道格拉斯的名字告诉征兵局。不，她不愿找那个麻烦，凯瑟琳心想，他们很可能会拒绝接受这么个人。他会被审讯，并被判处淫乱罪。凯瑟琳先洗了头发，然后在浴缸里慢悠悠地泡澡。她起身擦干身上的水，突然电话铃响了。她走过去，拿起话筒。"谁呀？"她冷冰冰地问道。

是弗雷泽的电话。"喂，"他说，"出了什么事吗？"

"当然没有，比尔，"凯瑟琳立刻说道，"我……我刚才在洗澡。"

"太遗憾了。"他的声音带着些许戏谑的语气，"我的意思是我很遗憾，刚才没有和你一起。"

"我也是。"凯瑟琳回答道。

"我打电话是要告诉你，我很想你。别来迟了。"

凯瑟琳笑了。"我不会的。"

凯瑟琳慢慢地放下话筒，心里仍然在想着弗雷泽。她第一次觉得弗雷泽准备向她求婚。他将会请求她做威廉·弗雷泽夫人。她大声地念着这个称呼："威廉·弗雷泽夫人。"这名字听起来好听，显得尊贵。天哪，她在想，她对这个称呼怎么变得这么麻木了？搁在六个月前，她会为这个称呼狂喜。可现在呢，她只是觉得这个称呼好听、尊贵而已。她的变化有这么大吗？这些想法并不让她感到宽慰。凯瑟琳看了看时钟，匆忙开始换衣服。

杰斐逊俱乐部坐落于第六大道，是一座低调的砖砌建筑，它背对着街道，四周围着铁栅栏。这座城市多的是很排外的高级俱乐部，杰斐逊俱乐部就是其中最排外、最高级的一个。谁想入会，最简单的办法就是有一个已经是该俱乐部成员的父亲。如果缺乏这一先天优势，那么就得由三位成员共同推荐。会员提议每年评定一次，只要在秘密投票中有一张反对票，那么该申请人这辈子就失去了加入俱乐部的机会，因为这里有一条严格的规定，任何人都不可能被提议两次。

威廉·弗雷泽的父亲是这家俱乐部的创办人之一。弗雷泽和凯瑟琳每周至少在这里吃一次晚餐。这家俱乐部里的厨师曾在罗思柴尔德银行法国分行服务过二十年，烹饪技术堪称一流；酒窖也极负盛名，在美国位居第三。俱乐部的装潢出自世界上最杰出的设计师之手，他对色彩和光线的布置特别讲究，淑女们置身其中，便如沐浴在柔和的烛光之中，显得愈发美丽，光彩照人。任何一个晚上，在这里进餐的人碰到的不是副总统、内阁或最高法院的成员，就是参议员和拥有跨国商业帝国的大实业家。

凯瑟琳到达时，弗雷泽正在门厅等她。

"我来迟了吗？"她问。

"就算迟到了也没关系，"弗雷泽边说边看着她，毫不掩饰对她的爱慕之情，"你知道自己有多么美丽动人吗？"

"当然知道。"她俏皮地回答说，"人人都知道我是绝代佳人凯瑟琳·亚历山大。"

"我说的是真心话，凯茜。"他的语气特认真，凯瑟琳开始感到有些不好意思了。

"谢谢你，比尔。"凯瑟琳尴尬地说道，"别这样盯着我看。"

"我忍不住啊。"弗雷泽说。他挽住了凯瑟琳的胳膊。

餐厅领班路易斯把他们带到了一个偏角落的隔间，说道："请入座吧，亚历山大小姐，弗雷泽先生。祝你们用餐愉快。"

能让杰斐逊俱乐部的领班叫出自己的名字，这一点凯瑟琳很喜欢。她知道她这种想法很天真幼稚，但这使她觉得自己是重要的客人，一种归属感油然而生。现在她全身靠在椅背上，放松下来后又有了一种满足感。她开始环视餐厅。

"来杯酒吗？"弗雷泽问。

"不用，谢谢你。"凯瑟琳说。

他摇了摇头。"我得教你一些坏习惯。"

"你已经教了。"凯瑟琳低声说。

弗雷泽对她咧嘴一笑，叫了一杯掺有苏打水的苏格兰威士忌。

凯瑟琳认真地看着弗雷泽，心想他是多么迷人可爱。凯瑟琳很肯定，自己能给他带来幸福。而嫁给他，她自己也会感到幸福的。她拼命地说服自己，她一定会很幸福的。问谁谁都会这样说。不信的话，可以去问问《时代》杂志。凯瑟琳恨自己的大脑总爱这么瞎琢磨。上天哪，自己到底出了什么问题？"比尔……"她刚开口，就顿住了。

拉里·道格拉斯正朝他们走来，他一看到凯瑟琳，便嘴角上扬，微微一笑，表示认出她了。他还是穿着那套从演员服务总部弄来的陆军航空兵的制服。她简直不敢相信。他径直走到他们的桌子前，开心地咧着嘴笑。"喂，是你。"道格拉斯说。但是，他不是在对凯瑟琳讲话，而是在跟比尔打招呼。比尔站起来与他握手。

"见到你真是太好了，拉里。"

"见到你太好了，比尔。"

凯瑟琳呆呆地望着他们俩，脑子完全瘫痪了，无法进行思考。

弗雷泽说："凯茜，这是劳伦斯·道格拉斯上尉。拉里，这是亚历山大小姐——凯瑟琳。"

拉里·道格拉斯低头看着她，黑色的眼睛似乎在讥笑她。"遇见你，我简直无法表达我是多么荣幸，亚历山大小姐。"他用庄重的语气说。

凯瑟琳张开嘴想说些什么，却突然意识到自己没什么可说的。弗雷泽看着她，等她开口说话。

她忍了一下，只是点了点头，生怕自己说漏了嘴。

"和我们一起吃饭好吗，拉里？"弗雷泽问。

拉里看着凯瑟琳，谦恭地说："如果你确定我不打扰的话……"

"当然不打扰，坐吧。"

拉里坐到凯瑟琳身边的空位上。"想喝点什么？"弗雷泽问。

"苏格兰威士忌加苏打水。"拉里回答说。

"我也要一样的，"凯瑟琳紧接着说，说话很冲的样子，"要双倍的量。"

弗雷泽诧异地看着她。"我真不敢相信。"

"你刚才说要教我一些坏习惯，"凯瑟琳说，"我想我从现在就开始吧。"

弗雷泽点好酒后，转向拉里说："我从特里将军那儿听说了你的功绩——不仅是在空战中，还有在陆战中的战绩。"

凯瑟琳紧盯着拉里，脑子里飞速地思索着，想很快适应目前的局面。

"那些勋章……"她说。

拉里若无其事地注视着她。

"怎么了？"

凯瑟琳咽了咽口水，控制住自己的感情。"嗯——你是从哪儿得到的？"

"我在狂欢节上赢的。"拉里故作严肃地说。

"特殊的狂欢节。"弗雷泽笑了，"拉里一直是英国皇家空军的飞行员，他在那里是美国飞行中队的队长。他们让他来负责华盛顿的一个战斗机基地，帮助训练一些年轻的飞行员，为他们将来参战做准备。"

凯瑟琳转过脸盯着拉里。他正和善地冲着她微笑，眼睛眨呀眨的。凯瑟琳眼前犹如在放电影一般，她想起了他们第一次见面时她所说的每一句话。她命令他取下上尉肩章，摘掉勋章，他心甘情愿地一一照办。原来自命不凡、专横傲慢的人是她自己——她还称他为胆小鬼！此刻，她真想钻到桌子下面去。

"你要是早点让我知道你要到市区来该多好，"弗雷泽说，"我会牵一头肥壮的小牛犊过来。我们应该举行一个盛大的宴会欢迎你凯旋。"

"我更喜欢这样。"拉里说。他看了凯瑟琳一眼，凯瑟琳转过脸去，不敢看他的眼睛。

"其实，"拉里继续用若无其事的口气说道，"我在好莱坞时找过你，比尔。我听说你们正在拍摄一部航空兵训练片。"

拉里停下来点了一支烟，小心地把火柴吹灭。"我到了摄影棚，但是你不在那儿。"

"我有事飞去伦敦了，"弗雷泽回答说，"凯瑟琳在那儿。你们竟然没碰到，我有点惊讶。"

这时，凯瑟琳抬起头看拉里的表情，他也正注视着她，眼睛里透着一副被逗乐的样子。现在该讲一讲之前发生的事了。她要告诉弗雷泽，然后他们三个人会把这事当作一桩有趣的逸事，一笑了之的。但不知何故，这些话卡在她喉咙里说不出来。

拉里等了一会儿，见凯瑟琳没开口，便说："那地方人很多，大概是我们相互错过了。"

她恨他帮她解围，这意味着他们合伙来欺骗弗雷泽。

酒来了，凯瑟琳很快就喝完了，然后又要了一杯。这是她一生中度过的最可怕的一个夜晚。她迫不及待地想要离开餐厅，从拉里·道格拉斯身旁逃走。

弗雷泽问了拉里·道格拉斯一些战争经历，拉里把这些经历讲得轻松好玩。他显然总是一副玩世不恭的样子。他是个轻浮的人。但说句公道话，她不得不承认，一个轻浮的人怎会自愿参加英国皇家空军，并成为打击德国空军的英雄呢？正因为他是个英雄，她才更恨他，这确实毫无道理。她自己都无法理解自己的这种矛盾心态。喝着第三杯双倍威士忌，凯瑟琳郁闷地思索这个问题。他是英雄还是游手好闲之辈，又有什么区别？这时她意识到，只要把他归于游手好闲之列，这一切她就能够弄懂。在迷迷糊糊的酒意之中，凯瑟琳放松下来，身子向椅子后背靠着，静静地听两个男人谈话。她突然觉得拉里讲话时带着一种热烈的激情，一种可以触摸到的活力，这种活力传过来，触动了她。此刻，凯瑟琳似乎觉得，在她遇见过的所有男人当中，拉里是最富有生命力的。凯瑟琳觉得他的生活毫无拘束，他全身心地投入他要做的每一件事上。他嘲笑那些缩头缩脑的人。那些胆小鬼，是的。像她这样的人。

凯瑟琳几乎没吃什么，也不知道自己吃的是什么。她和拉里四目相对了，此刻仿佛他早已是她的恋人，仿佛他们一直在一起，情投意合。同时，凯瑟琳明白这些想法有多么危险。他像一股旋风，一种自然之力，任何女人只要被卷进了旋风的中心，就必将被毁灭。

拉里冲着她一个劲地微笑。"我们只顾着自己高谈阔论，恐怕忽略了亚历山大小姐。"他彬彬有礼地说，"我相信她比我们两个人加起来还要有趣。"

"你说错了，"凯瑟琳有些情绪激动，含混不清地说，"我的生活非常枯燥。我和比尔在一起工作。"话一出口，她就觉得这句话听起来不太对劲，她的脸一下就红了。"我的意思不是这个，"她说，"我的意思是……"

"我懂你的意思。"拉里说。凯瑟琳有些恨他。他转向比尔。"你是在哪儿碰到她的？"

"我很走运，"弗雷泽情绪激动地说，"太走运了。你还没有结婚？"

拉里耸了耸肩。"谁会愿意嫁给我？"

你这个浑蛋，凯瑟琳暗暗地想。她环视了一下餐厅。有五六个女人正注视着拉里，有偷偷瞟一眼的，还有明目张胆盯着他看的。他就像一块性感的吸铁石。"英国姑娘怎么样？"凯瑟琳大胆地问道。

"她们不错啊。"他不失风度地说，"当然，我没有什么时间去干那种事。我忙着飞行。"

"你没干，那才见鬼了，"凯瑟琳心想，"我敢打赌，在你周围一百英里内没有一个处女。"然而，她说出口的却是："我为那些可怜的姑娘感到难过。看看她们失去了什么。"她的语调比她想象的更尖刻。

弗雷泽一直看着她，不明白她为什么突然这么鲁莽。"凯茜！"他提醒她说。

"让我们再喝一杯。"拉里立刻插话来圆场。

"我看凯瑟琳已经喝多了。"弗雷泽回答说。

"没……没有!"凯瑟琳开口说。她突然意识到自己的发音开始有些含混不清,便恐慌起来。"我看我得回家了。"她说。

"好的,"弗雷泽转向拉里说,"凯瑟琳平素里是不喝酒的。"他带着歉意说。

"我在想,这么久没见到你,她肯定激动坏了。"拉里说。

凯瑟琳当时真想拿起一杯水向他泼去。如果他是个游手好闲之辈,她都还没有这样恨他。现在她更恨他。她也不知道为什么。

第二天早晨,凯瑟琳醒来,感到头痛恶心,十分难受。这宿醉的感觉让她觉得自己将创造医学奇迹:她感觉肩膀上至少有三个脑袋,每个脑袋随着不同的鼓点节拍在咚咚作响。静躺在床上很痛苦,但挪动下身体更痛苦。凯瑟琳躺下来,想抑制住阵阵恶心的感觉,昨晚的一切又涌现在她的脑海中,增加了她的痛苦。备受痛苦煎熬的她不假思索地把宿醉归咎于拉里·道格拉斯:如果不是因为他,她是可以滴酒不沾的。凯瑟琳痛苦地转过头,看了看床边的钟。她已经睡过头了。她心里开始激烈斗争:是该待在床上呢,还是去叫人工呼吸急救队?她费力地从床上爬起来,仿佛脱离了死亡的边缘。她拖着沉重的躯体进了浴室,跟跄着走到淋浴龙头下,打开了冷水。冰冷的水打在身上,她不禁放声尖叫。从浴室出来后,她觉得自己好一些了。她仔细地想了想:不是感觉舒服了,只是比刚刚好一些了。

四十五分钟后,凯瑟琳已经坐在了办公桌旁。秘书安妮走了进来,一脸激动。"猜猜看?"她说。

"今天早上别让我猜了,"凯瑟琳轻声地说,"做个听话的姑娘,说话声音轻一点。"

"看!"安妮把报纸递到她面前,"就是他。"

在头版上有一张拉里·道格拉斯的照片:他身穿军服,给她一个傲慢、得意的笑。标题是这样写的:"美国空中英雄从英国皇家空军返回华盛顿,领导新的战斗机部队。"下面是一篇深度报道,占了两栏篇幅。

"这难道不令人激动吗？"安妮激动地喊着。

"可恶！"凯瑟琳说。她将报纸猛地扔进了废纸篓。"我们是不是可以开始工作了？"

安妮诧异地看着她。"十分抱歉，"她说，"我……我以为既然他是你的朋友，你会对这条新闻感兴趣的。"

"他是什么朋友啊，"凯瑟琳纠正她，"更像是仇人。"

凯瑟琳注意到安妮脸上的表情。"我们能否先忘掉道格拉斯先生？"

"当然可以。"安妮十分不解地嘟囔说，"我跟他说过，我觉得你会为此感到高兴的。"

凯瑟琳警觉地盯着她。"什么时候说的？"

"今天早上他打电话时。他打了三次电话来。"

凯瑟琳强作镇定，装出一副随意的口气说道："你为什么不告诉我？"

"你跟我交代过，如果他来电话了，别跟你说。"她注视着凯瑟琳，满脸疑惑。

"他留下电话号码了吗？"

"没有。"

"好的。"凯瑟琳想起了拉里的那张脸，想起了他那双撩人的黑色大眼睛。"好吧！"凯瑟琳又重复了一遍，语气更加坚定。她口授了几封信件。安妮离开房间之后，凯瑟琳走到废纸篓跟前，把那张报纸又拿了出来。她逐字逐句地读了有关拉里的报道。他是一位王牌飞行员，击落了八架德国飞机，他的飞机曾经两次在英吉利海峡上空被击落。凯瑟琳跟安妮通了话。"如果道格拉斯先生再来电话的话，我要和他谈谈。"

对方停顿了一小会儿，说："好的，亚历山大小姐。"

说到底，用粗鲁的方式对付这样的男人毫无意义。凯瑟琳只想为她在摄影棚的所作所为向他道歉，叫他别再给她打电话了。她将和威廉·弗雷泽结婚。

凯瑟琳整个下午都在等拉里再打电话来。到了六点钟，他还没有打来电话。他为什么要给她打电话？凯瑟琳问自己。他正在外面跟一群姑娘鬼混。和他交往就像去肉店一样：你取个号，然后排队等着轮到你。

在离开办公室的时候，凯瑟琳对安妮说："如果道格拉斯先生明天打电话来，告诉他我不在。"

安妮连眼睛都没眨一下。"好的，亚历山大小姐。晚安。"

"晚安。"

凯瑟琳乘电梯下楼，这工夫又陷入了沉思。她确信比尔·弗雷泽想和自己结婚。上上策便是告诉比尔，她想马上结婚。她今晚就要告诉他。他们将会去度蜜月。等到他们回来时，拉里·道格拉斯已经离开市区了。或者还有别的对策。

电梯到达大厅，门打开了，拉里·道格拉斯站在那里，倚着墙。他的勋章和勋表都没戴，只佩戴着少尉的肩章。他微微一笑，向凯瑟琳走来。

"这样好些了吗？"他一脸灿烂地问。

凯瑟琳盯着他，心咚咚地跳。"难道……难道这样佩戴肩章不违反规定吗？"

"我不知道，"他故作认真地说，"我以为你是总管这些的。"

拉里站在那儿，低头看着凯瑟琳。凯瑟琳轻声说："别跟我这样。我希望你别再来纠缠我，我只属于比尔。"

"你的结婚戒指在哪儿？"

凯瑟琳从他身边擦过，朝临街的大门走去。当她走到门口时，拉里已经领先一步，为她打开了门。

走到街上，他便挽住了她的胳膊。她感到全身一震，一股电流似乎从他那里传了过来，要把她烧掉。"凯茜……"他开口说。

"看在上帝的分上，"凯瑟琳无可奈何地说，"你想从我这儿得到什么？"

"一切。"拉里平静地说，"我想得到你。"

"不，你得不到我。"凯瑟琳带着哭腔说，"去折磨别人吧。"她转身就走，但拉里又把她拉了回来。

"这到底是什么意思？"

"我不知道。"凯瑟琳说，眼眶里充满了泪水，"我不知道我在说些什么。我……我昨天喝了酒，现在还有些头晕。我想去死。"

他同情地咧着嘴笑了。"我有一个醒酒的妙方。"他领着凯瑟琳走进了大楼的车库。

"我们这是要去哪儿？"凯瑟琳问，心里害怕极了。

"去取我的车。"

凯瑟琳抬起头看着他，想从他脸上找到胜利的表情，但看到的却是一张强壮、英俊得令人难以相信的脸，脸上写满了温柔和同情。

看车的人把一辆棕色的折篷跑车停在他们面前，车的顶篷已经放下来了。拉里扶凯瑟琳上车后，坐进了驾驶座。凯瑟琳看着正前方，知道自己就要把一生毁掉了，却又不能自制。所有这一切仿佛都发生在别人身上。她想叫那个坐在车上中了邪的傻姑娘逃走。

"去你那儿还是去我家？"拉里温和地问。

她摇了摇头。"哪儿都无所谓。"她绝望地说。

"到我那儿去吧。"

看来他也并不是什么都不顾忌。或者说，他害怕和威廉·弗雷泽的影子作对。

她望着他熟练地在暮色中驾车穿过晚高峰的车流。不对，他应该是无所畏惧的。这也正是他的魅力所在。

凯瑟琳试图劝说自己，她完全可以拒绝他，完全可以一走了之。她怎么能在爱着威廉·弗雷泽的同时，对拉里产生这种感情？

"如果这样能让你好受一点的话，"拉里平静地说，"我想说我和你一样紧张。"

凯瑟琳扭过头看了他一眼。"谢谢你。"她说。他在撒谎，毫无疑问。当他把受害者们抱到床上去的时候，他大概都是这样说的，但至少他并没有为此扬扬得意。目前最使凯瑟琳感到不安的是，她正要背叛比尔·弗雷泽。他那么好，她实在不忍心伤害他，但这件事一定会重重地伤害他。凯瑟琳知道这一点，也明白她这样做完全错了，而且毫无意义，但问题是她仿佛已经丧失了自己的意志。

他们来到了一个舒适的住宅区，街道两旁树木高大，枝叶浓郁。拉里把车停在一幢公寓大楼的前面。"到家了。"他轻声地说。

凯瑟琳知道这是拒绝他的最后一次机会，最后一次叫他别再来纠缠自己的机会。当拉里走过来打开车门时，凯瑟琳默默地注视着他。她下了车，不由自主地走进了那幢公寓大楼。

拉里的房间是按照男人的审美来装饰的：色彩强烈厚重，家具都阳刚气十足。

他们走进屋里后，拉里替凯瑟琳把外衣脱去，她不禁颤抖起来。

"你觉得冷吗？"

"不冷。"

"你想喝酒吗？"

"不想。"

拉里温柔地把凯瑟琳拥入怀里，他们接吻了。凯瑟琳觉得全身仿佛被火烧着。他把她领进了卧室，一句话都没说。他们俩默默地褪去衣物，同时一种紧迫感也愈来愈强烈了。她一丝不挂地躺在床上，他也上床了。

"拉里……"没等她说下去，他已把双唇压上来了。他开始慢慢地抚摸她的身体。除了身体感受到的快感之外，她忘掉了一切。她体会到了她做梦都想不到的强烈的快乐……她读过的书、看过的电影，都没有为她美妙的感觉做准备。真是不可思议，一个人的身体能给人带来这么美妙的快乐。她平静地躺在那儿：她是一个女人了。她知道如果再也见不到他，她也会终生感谢他的。

"凯茜？"

她转过身，懒洋洋地看着他。"怎么了？"她的嗓音似乎更低沉、更成熟了。

"可以把指甲从我的背上拿开吗？"凯瑟琳突然意识到，自己一直在抓拉里的肉。"噢，不好意思啊！"她惊呼。她起身检查拉里的背部，但他一把抓住她的双手，把她拉到自己身边。

"没事的。你开心吗？"

"开心吗？"她的嘴唇开始颤抖了。可怕的是，她开始哭起来了。呜咽声很大，扯动着她的全身在抖动。他把她抱在怀里，爱抚着她，安慰着她，让她的情感风暴慢慢退去。

"抱歉，"凯瑟琳说道，"我不知道为什么会这样。"

"因为失望吗？"

凯瑟琳立马看了拉里一眼表示抗议，然后发现他原来是在逗她。拉里一把把她搂在怀里，又开始缠绵一番。这一次的快乐比上一次更让她觉得难以置信。事后他们两人躺在床上，拉里说着些什么，但凯瑟琳并没有在听。她只想听到他的声音，至于说话的内容，对她来说并不重要。她知道，除了这个男人，永远不会有其他人适合她。同时她也知道，这个男人永远不可能属于任何一个女人，她可能再也见不到他了，她对他来说只是另一个战利品。她意识到拉里的声音突然停了下来，他在看着她。

"你完全没听进去我在说什么。"

"抱歉，"凯瑟琳说道，"我在做白日梦。"

"我被伤着了，"他委屈地说道，"你只对我的身体感兴趣。"

她用双手抚摸他晒黑的胸部和腹部。"我不是很懂，"她说，"但这次感觉相当好。"她笑了。"确实好。"她其实很想问他是否很享受她，但又不敢问。

"你真美，凯茜。"

凯瑟琳对他这句话感到兴奋，同时也很反感。他对她说的话，他都已经对其他女人说过上千遍了。她想知道他将如何说再见。有空给我打电话？或者，有时间我会给你打电话？也许他甚至想在去找别人前再见她一两次。好吧，除了她自己，她不能去责备任何人。她早就知道自己会遇到什么。她是睁着眼睛自己走进来的。无论发生什么，她都不能责怪他。

拉里用双臂紧紧地抱住她。

"你知道你是个很特别的女孩吗，凯茜？"

你知道你是个很特别的女孩吗——艾丽斯，苏珊，玛格丽特，佩吉，拉娜？

"自从第一眼见到你，我就觉得你很特别。我对其他人从没有这种感觉。"

珍妮特、伊夫琳、露丝、乔治娅，数不胜数。凯瑟琳把头埋在他的胸口，怕自己说漏嘴。她紧紧地抱着他，心里默默地在说再见。

"我饿了。"拉里说，"你知道我是什么感受吗？"

凯瑟琳笑了。"是的，我当然知道。"

拉里低头看着她，露齿一笑。"你知道吗？"他问道，"你真是个性爱狂。"

凯瑟琳抬头看着他。"谢谢。"

他带她来到了浴室，打开了水龙头。他从墙上的钩子上取下浴帽，戴在她的头上，把她的头发都掖进去。"快来。"他说，然后拉着她到了淋浴喷头下。他拿起一块肥皂给她全身洗了一遍。她感觉身体又兴奋起来了，也开始用肥皂给他洗澡。于是他开始有了反应。

这次凯瑟琳又体会到了那种快乐，实在忍不住了，她便开始快乐地喊起来。

之后，他们梳洗打扮了一番，开车向马里兰州驶去，在那儿找到了一家还未关门的小餐馆。他们点了龙虾和香槟酒来庆祝。

早上五点钟，凯瑟琳拨通了威廉·弗雷泽家的电话。她站在那儿听着八十英里之外的电话铃声，等了很久，话筒里传来了弗雷泽困倦的声音。"喂……"

"你好，比尔。我是凯瑟琳。"

"凯瑟琳！我一晚上都在给你打电话。你在哪儿？你还好吗？"

"我很好。我在马里兰，和拉里·道格拉斯在一起。我们刚刚结了婚。"

八　诺艾尔

巴黎：一九四一

克里斯蒂安·巴贝心情十分沉闷。这位秃顶矮个侦探坐在桌前，烟渍斑斑、残缺不全的牙齿间咬着一支烟，眼神阴郁地对着面前的文件夹发呆。里面的情报将会让他失去一位客户。给诺艾尔·佩奇办事，他收取的费用已经高得离谱。但是，让他郁闷的是，不仅这棵摇钱树没了，而且诺艾尔本人他也再看不到了。他痛恨诺艾尔·佩奇，然而在他遇见的女人中，她是最让他着迷的一个。巴贝对诺艾尔有很多幻想，充满了各种暴力和色情，但这些故事的结尾都是她被他占有。现在，他的任务即将结束，之后他将再也见不到她。他故意让诺艾尔在接待室等着，自己则绞尽脑汁地思考如何巧妙地处理她的委托，才不致让他的侦探工作就此结束，这样就能从她身上再搜刮些油水。然而，虽然极不情愿，他断定自己已然束手无策。巴贝叹了一口气，掐灭香烟，走过去打开了门。诺艾尔坐在黑色的人造革长沙发上。他仔细欣赏着她，刹那间感到心都要提到喉咙了。他惊叹这世上竟有如此惊艳的女人，真是太不公平了。"下午好，小姐。"他说，"请进。"

诺艾尔踩着模特般的步伐优雅地走进他的办公室。对巴贝来说，有诺艾尔·佩奇这样有名的客户，可是大有好处，他和别人谈话时，经常有意无意地提到她的名字，这样可以吸引更多客户。而他这种人从不会因此受良心谴责而

160

睡不着觉。"请坐。"他指着一把椅子说，"我给你倒一杯开胃酒吧。白兰地怎么样？"

他的其中一个幻想就是把诺艾尔灌得烂醉，然后她就会求着他来占有她。

"不用，"她回答说，"我是来听你汇报的。"

这女的完全可以和他喝个告别酒的！"好的，"巴贝说，"实际上我有好几条新消息。"他把手伸到桌子上，假装在研究那些资料，其实他早已烂熟于心了。

"首先，"他告诉她，"你的朋友已晋升为上尉，调到第一三三飞行中队做指挥官，驻扎在剑桥郡达克斯福德的科尔蒂瑟尔空军基地。他们之前驾驶……"在这里，他故意放慢了说话的节奏，因为他知道诺艾尔对这些军事的内容不感兴趣。"飓风战斗机和喷火 II 型战斗机，后来换成了喷火 V 型。接着他们又驾驶……"

"这些都无关紧要。"诺艾尔不耐烦地打断他说，"他现在在哪儿？"

巴贝一直在等她问这个问题。"在美国。"她还来不及控制自己的反应，就被巴贝捕捉到了，他心头涌起巨大的满足感。"在华盛顿特区。"他接着说。

"在休假吗？"巴贝摇摇头，说："不，他已经从英国皇家空军退役，现在是美国陆军航空兵团的上尉。"

他观察着诺艾尔消化这一信息时的反应，但从她的表情看不出她的感受。但是，巴贝还没汇报完呢。他用被烟熏黄的短粗手指夹起一份剪报，递给了她。

"我想你会感兴趣的。"他说。

他看到诺艾尔僵住了，好像早已知道自己将要看到的内容。这条新闻是从《纽约每日新闻》上剪下来的，标题是《空军王牌飞行员喜结良缘》，标题上方刊登了拉里·道格拉斯和新娘的照片。诺艾尔对着那张照片看了好一会儿，然后伸手要其他的资料。克里斯蒂安·巴贝耸耸肩，把所有的文件塞进一个黄色的文件袋，交给了她。他刚想张嘴向她说一串告别的话，诺艾尔·佩奇便说："如果你在华盛顿没有联络员，就去找一个。我希望你每周向我汇报一次。"说完，她就离开了，只剩巴贝迷惑不解地目送她的背影。

回到公寓后，诺艾尔走进卧室，锁上门，从文件袋里取出了所有的剪报，弯腰把它们摊在床上仔细研究着。照片中的拉里正是她记忆中的样子，如果说有什么不同，那便是她记忆中的拉里比这照片中的更加清晰，因为她记忆中的拉里比现实中的拉里更生动鲜活。

诺艾尔没有一天不在回味与拉里共度的那些美好时光，就像他们很久以前一起演了一部戏剧。她可以随心所欲地回放剧中的情景，在有些日子里她回味其中的几幕，把剩下的留到以后再去回味，如此一来，她记忆中的每一幕都那么生动鲜活。

诺艾尔把注意力转向拉里的新娘，她看到了一张秀丽、年轻、聪慧的脸，嘴唇上挂着微笑。

这是一张仇敌的脸，一张和拉里一样将要被毁掉的脸。

诺艾尔一下午都死死地盯着这张照片。

几小时后，阿尔芒·戈蒂埃来敲她卧室的门，诺艾尔叫他走开。他等在外面的客厅里，揣摩着她的心情。最后诺艾尔出来了，看上去异常灿烂欢快，好像听到了什么好消息。她没跟戈蒂埃解释一个字。他也知道她的性子，没有再追问。

那天晚上从剧院回来后，她热情似火，疯狂地与他翻云覆雨，让他想起早前他们在一起的日子。后来，他躺在床上，试图琢磨躺在自己身边的这个美丽女子，结果还是毫无头绪。

这一晚，诺艾尔·佩奇梦到了穆勒上校。这个患白化病的秃顶盖世太保军官在用一块烙铁折磨她，在她的肉上烧出纳粹党党徽的印记。他不停地问她问题，但是声音太轻了，她听不清他问了什么，他就一直把那块灼热的金属烙进她的肉里。突然躺在桌子上的人变成拉里，他痛苦地尖叫着。诺艾尔一下子被惊醒，一身冷汗，心咚咚地跳。她打开床头灯，手指颤抖着点燃一支烟，努力让自己平静下来。她想起了伊斯雷尔·卡茨，他的一条腿被斧头砍断了。自从那天下午在面包店见面之后，她就再也没见过他，不过门卫传来消息说，他还活着，但是很虚弱。要想把他藏好不被发现是越来越难了，他又无法独自行动。盖世太保已经加紧了对他的搜捕，如果想要把他送出巴黎，必须马上行动。其实，诺艾尔没做什么能让盖世太保逮捕她的事——到目前为止是这样。

这个梦难道是一个预兆，警告她不要帮助伊斯雷尔·卡茨？她躺在床上回忆往事：他在她堕胎的时候施以援手，帮忙杀死了拉里的孩子；他还资助了她，帮她找到了工作。其实，给她的帮助远远超过卡茨的男人有几十个，但是诺艾尔不觉得对他们有任何亏欠。他们每个人，包括她的父亲，都想从她这里得到些回报，而她也为自己从他们那儿得到的每一样东西付出了足够的代价。可伊斯雷尔·卡茨却从未向她提过要求，她必须帮助他。

诺艾尔没有低估问题的严重性，因为穆勒上校已经怀疑她了。想起刚刚的噩梦，她不寒而栗。她必须要万分小心，绝不能让穆勒抓到任何对她不利的把柄。一定要把伊斯雷尔·卡茨偷偷送出巴黎，但是怎么送呢？诺艾尔确信，所有的出口都被密切监视着，公路和河流都有人把守。纳粹党人也许可以被称为肮脏的猪，但他们都是些办事效率很高的猪。这是一个挑战，这挑战有可能会要了她的命，但她决心一试。现在的问题是，她无人可以求助。纳粹党人已经把阿尔芒·戈蒂埃吓得战战兢兢缩成一团。不，她这次必须要靠自己。她想起穆勒上校和谢德将军，如果他们俩起了冲突，不知道谁最终会取得胜利。

诺艾尔做噩梦后的第二天晚上，她和阿尔芒·戈蒂埃一起参加了一场晚宴，主办人是莱斯利·罗卡斯，一位富有的艺术赞助人。出席晚宴的宾客形形色色——银行家、艺术家、政要，以及一群貌美如花的女人。诺艾尔觉得这些女人到这里来，主要是为了陪伴那些参加晚宴的德国人。戈蒂埃注意到诺艾尔心事重重的样子，问她出了什么事，她却告诉他一切都好。

离晚宴正式开始还有十五分钟，一位姗姗来迟的客人缓慢而又笨拙地挪进了门。诺艾尔一看到他就知道，她的困难能解决了。她走到女主人身边对她说："亲爱的，做件善事，把我的座位安排在艾伯特·海勒旁边。"

艾伯特·海勒是法国顶尖的剧作家。他六十多岁，身材高大，步履蹒跚，像头熊一样，一头乱蓬蓬的白发，宽阔的肩膀有些倾斜。作为一个法国人，他的个头高得异乎寻常，但是无论如何他在一群人里都会非常显眼，因为他的脸奇丑无比，那双犀利的绿眼睛不会错过任何事。海勒有着生动的、富有创造性的想象力，写过二十多部轰动一时的戏剧和电影剧本。他一直想让诺艾尔主演他写的一部新剧，还给她寄了一份手稿。吃饭时，诺艾尔坐到他身边说："我刚读完你的新作，艾伯特，我很喜欢。"

他脸上顿时露出喜色。"你愿意出演吗？"

诺艾尔伸出一只手，放在他的手上。"真希望我能演，亲爱的。阿尔芒已经安排我去演另一部戏了。"

他皱了皱眉，无奈地叹了口气。"狗屎！唉，算了，总有一天我们会合作的。"

"那我会很乐意的，"诺艾尔说，"我喜欢你写剧本的手法。作家创作情节的手法让我着迷，很难想象你是怎么写出来的。"

他耸了耸肩。"和你演戏是一样的。这是我们的行当，我们就靠这个谋生。"

"不一样。"她回答说，"对我来说，你将想象力发挥到极致的那种能力简直就是个奇迹。"然后，她尴尬地笑笑，说："我略懂一二，因为我也在试着写一些东西。"

"哦？"他颇有礼貌地说。

"是的，但是我被难住了。"诺艾尔深吸了一口气，环视了一下桌子，其他客人都沉浸在自己的谈话中。她靠向艾伯特·海勒，压低了声音。"我写到一个关键情节，我的女主角想要把自己的爱人偷偷运出巴黎，纳粹党在搜捕他。"

"啊。"这个身材高大的男人坐在那儿，摆弄起沙拉叉子，用它在盘子上有节奏地敲着。随后，他说："很简单。给他换上德国军服，让他混在德国人里直接走出去。"

诺艾尔叹了口气，说："情况有点复杂，他受伤了，无法行走。他失去了一条腿。"

敲盘子的声音戛然而止。沉默良久，海勒说："用驳船从塞纳河运出去？"

"有人把守啊。"

"离开巴黎的所有交通工具都要接受检查？"

"是的。"

"那你就必须得让纳粹来帮你做这件事。"

"怎么做？"

"你的女主角，"他说着，看也不看诺艾尔，"是不是很迷人？"

"是的。"

"假设，"他说，"你的女主角和一个德国军官成为朋友，而且是个高级别的德国军官。这有可能吗？"诺艾尔转过来看着他，但是他避开了她的目光。

"有。"

"那就行了。让她和这个军官约会。他们开车去巴黎市外的某个地方过周末。女主角的朋友们可以设法把男主角藏在汽车后备厢里。这位军官必须位高权重，这样他的车就不会被搜查。"

"如果后备厢锁了，"诺艾尔说，"他不会被闷死吗？"

艾伯特·海勒抿了一口酒，静静地思索着。最后他说："这倒未必。"他向诺艾尔解释了五分钟，嗓音压得很低。解释完，他说："祝你好运。"仍然没有看她一眼。

第二天清早，诺艾尔给谢德将军拨了电话，总机接线员接了她的电话。片刻之后，诺艾尔和一位副官通了话，最后电话转到了将军的秘书那里。

"请问是谁在给谢德将军打电话？"

"诺艾尔·佩奇。"她回答说。这是她第三次报上姓名了。

"很抱歉，将军正在开会，不便打扰。"

她犹豫了一下。"我一会儿可以再打给他吗？"

"他一整天都要开会。我建议你还是给将军写信说明事由。"

诺艾尔坐在那儿，考虑了几秒钟便有了一个主意，嘴上露出一抹讥讽的微笑。

"没关系，"她说，"告诉将军我打过电话就行。"

一小时后，她的电话响了，是汉斯·谢德将军打来的。"请原谅，"他向她道歉，"那个蠢货刚刚才告诉我你打过电话。我是可以叫他们把你的电话直接转到我那儿的，但我没想过你会打给我。"

"该道歉的是我，"诺艾尔说，"我知道你有多忙。"

"请讲吧，需要我做些什么？"

诺艾尔犹豫了一下，斟酌着词句。"你还记得那次吃晚饭时你说的关于我们俩的事吗？"

对方沉默了片刻，然后说："记得。"

"我一直都在想你，汉斯。我好想见见你。"

"今晚和我一起吃饭吧？"他的语气突然变得有些热切。

"不要在巴黎。"诺艾尔回答说，"如果我们要见面，我希望我们能离开这里去远些。"

"去哪儿？"谢德将军问。

"我想去个特别的地方。你知道埃特雷塔吗？"

"不知道。"

"那是一个风景优美的小村庄，离巴黎大约一百五十公里，在勒阿弗尔附近。那里有家古老幽静的小旅馆。"

"听起来不错，诺艾尔。不过现在我很难脱身，"他又抱歉地说，"我正忙着——"

"我明白了。"诺艾尔打断他，语气冰冷地说，"要不等下次再说吧。"

"等等！"对方沉默良久，"你什么时候有空？"

"周六晚上，演完戏之后。"

"我会妥善安排一切的。"他说，"我们可以坐飞机飞到——"

"我们干吗不开车去呢？"诺艾尔说，"这样会惬意得多。"

"你想怎样都行。那我到时候去剧院接你。"

诺艾尔飞速地思考着。"我得先回家换衣服。到公寓来接我，可以吗？"

"听你的，我的宝贝。周六晚上见。"

十五分钟后，诺艾尔跟门卫讲了她的计划，他一边听一边摇头，表示强烈反对。

"不，不，不行！我会告诉我们的朋友卡茨的，但是他肯定不会照做。他要是做了，就是个傻瓜！你还不如直接叫他去盖世太保总部找份工作。"

"这个计划万无一失，"诺艾尔向他保证说，"这可是法国最有头脑的人想出来的。"

那天下午，诺艾尔走出公寓楼的大门后，看见一个男人倚着墙，假装在埋头读报。她走到街上，冬日寒冷的空气扑面而来，她顿时觉得清新舒畅。这时，那个男人也直起身子，开始跟在她身后，小心地保持着一定的距离。诺艾尔慢悠悠地在街上闲逛，不时驻足观赏一下商店的橱窗。

诺艾尔离开公寓楼五分钟后，门卫走了出来，扫视了一下四周，确保没有人注意到他，然后叫了一辆出租车，让司机开到蒙马特尔区的一家体育用品商店。

两小时后，门卫回来向诺艾尔报告说："周六晚上会有人把他送到你这儿。"

周六晚上，诺艾尔表演完，看见盖世太保的库尔特·穆勒上校正在后台等她。诺艾尔吓得全身都颤抖起来。这个逃跑计划在时间上必须精确到秒，容不得一点拖延。

"我在观众席看了你的表演，佩奇小姐。"穆勒上校说，"你演得一次比一次出色。"

他的声音很轻，音调却很高，让她之前做过的那个噩梦又活生生地浮现在她的脑海。

"多谢夸奖，上校。请原谅，我要换衣服了。"

诺艾尔动身朝她的化妆间走去，穆勒上校跟在她旁边。

"我陪你一起去。"穆勒上校说。

她走进化妆间，这位有白化病的秃顶上校紧紧跟着她。他选了一把扶手椅，惬意地坐下。诺艾尔犹豫片刻，开始脱衣服，而他漫不经心地在一旁看着。她知道他是个同性恋，这意味着她失去了自己宝贵的武器——女性的魅力。

"有只小麻雀在我耳边悄悄告诉我，"穆勒上校说，"今晚他想要逃跑。"

诺艾尔的心跳几乎要停止了，但是脸上的表情波澜不惊。她开始卸妆。为了争取时间，她问："谁今晚要逃跑？"

"你的朋友，伊斯雷尔·卡茨。"

诺艾尔猛地转过身，这个动作让她意识到自己已经把胸罩脱掉了。"我不认识——"在他那双粉色的眼睛里，她捕捉到胜利的光芒一闪而过，幸亏她看穿了他设下的陷阱。

"等一下，"她说，"你说的难道是一个年轻的实习医生？"

"啊，这么说你还记得他！"

"差点忘了。他很久之前给我治过肺炎。"

"还有你自己弄的流产。"穆勒上校用他那又细又尖的嗓音说。恐惧如潮水一般席卷着她。如果没有准确消息确定她参与其中，盖世太保是不会如此大费周章的。她真是个傻瓜，居然把自己牵扯进来。但即便现在后悔了，诺艾尔知道打退堂鼓也来不及了。计划已经开始执行，几小时后，伊斯雷尔·卡茨不是获得自由，就是命丧黄泉。那么她呢？

穆勒上校还在说。"你说你最后一次见到卡茨是几周前，在咖啡馆。"

诺艾尔摇头。"我没说过这样的话，上校。"

穆勒上校死死地盯着她的眼睛，随后不怀好意地把目光移到她裸露的胸部，又向下越过她的腹部，注视着她的透明内裤。接着，他又抬起头盯着诺艾尔的眼睛，叹了口气。"我喜欢美丽的东西。"他温柔地说，"像你这样美的东西要是被毁掉，就太可惜了，况且还只是为了一个对你毫无意义的男人。你的朋友准备怎么逃走，小姐？"

他的声音十分冷静，让她的脊背一阵哆嗦。她觉得自己就像安妮特，她主演的剧中的那个单纯、无助的女人。

"我真的不知道你在说什么，上校。我很想帮助你，但是我不知道怎么帮。"

穆勒上校凝视诺艾尔许久，然后机械地站了起来。"我会教你的，小姐，"他轻声保证道，"而且我很乐于教你。"

他走到门口，又转过身来甩下一句："顺便一说，我已经劝告谢德将军不要跟你一起出去过周末。"

诺艾尔的心猛地一沉，来不及联系伊斯雷尔·卡茨了。"上校们管得住将军们的私生活吗？"

"这一次没有，"穆勒上校遗憾地说，"这一次谢德将军打算赴约。"他转过身走了出去。

诺艾尔盯着他的背影，心跳如鼓。她看了一眼梳妆台上的金钟，赶紧开始穿衣服。

十一点四十五分，门卫给诺艾尔打来电话，告诉她谢德将军上楼去往她的公寓了。他的声音紧张得有些颤抖。

"他的司机在车上吗？"诺艾尔问。

"没有，小姐，"门卫小心地回答，"他和将军一起上楼了。"

"谢谢。"

诺艾尔把话筒放回去，匆匆走进卧室又检查了一遍行李。必须确保万无一失。门铃响了，诺艾尔走进客厅，打开了门。

谢德将军站在走廊里，身后是他的司机，一位年轻的上尉。谢德将军没有穿军装，身着一套裁剪考究的深灰色西装，搭配浅蓝色衬衫和黑色领带，看上去气宇不凡。"晚上好。"他很庄重地说，然后迈进房间，向他的司机点头示意。

"我的行李放在卧室。"诺艾尔说着，指了一下卧室的门。

"谢谢您，小姐。"上尉走进了卧室。谢德将军走到诺艾尔身边，握住她的双手。"你知道我这一整天都在想什么吗？"他问道，"我在想你可能会不在家，可能会改变主意。每次电话铃响，我都很担心。"

"我很信守承诺的。"诺艾尔说。她看着上尉从卧室出来，手里提着她的化妆箱和短途旅行袋。"还有别的行李吗？"他问。

"没有了，"诺艾尔说，"就这些。"

上尉拿着行李走出了房间。

"准备好了吗？"谢德将军问。

"喝杯酒再走吧。"诺艾尔迅速回答说。她走到柜子前，柜子上有一瓶放在冰桶里的香槟。

"我来吧。"谢德将军走到冰桶旁，打开了香槟。

"我们为什么而干杯呢？"他问。

"为埃特雷塔之行。"

他端详了她一会儿，然后说："为埃特雷塔之行。"

他们碰杯祝酒，然后一饮而尽。诺艾尔放下玻璃杯时，偷偷瞟了一眼腕表。谢德将军在跟她说话，但是她心不在焉地听着，脑海里正在想象此刻楼下发生的事情。她必须万分小心。她行动节奏太快或太慢，都有可能造成致命的后果。大家都要完蛋。

"你在想什么？"谢德将军问。

诺艾尔迅速转过头。"没想什么。"

"你没在听我说话。"

"对不起，我在想我们俩的事。"她飞快地冲他莞尔一笑。

"我猜不透你。"他说。

"女人不都是猜不透的嘛。"

"你不一样。我从来没觉得你是个反复无常的人，但是……"他做了个手势，"一开始你连见都不肯见我，现在我们突然要去乡村共度周末了。"

"你后悔了吗，汉斯？"

"当然没有。但我还是想问，为什么要去乡下？"

"我跟你说过了。"

"啊，没错，"谢德将军说，"你说是因为浪漫。这就是我的另一个疑惑了。我认为你是个现实主义者，而不是浪漫主义者。"

"你到底想说什么呢？"诺艾尔说。

"没什么，"将军随口答道，"我只是说出了自己的想法。我喜欢解决难题，诺艾尔。总有一天，我会找到你这个难题的答案。"

她耸了耸肩。"一旦你找到了答案，问题本身可能就没那么有趣了。"

"我们走着瞧。"他放下了手里的杯子，"可以走了吗？"

诺艾尔拿起两个空酒杯。

"我把杯子放到水槽里就来。"她说。

谢德将军注视着她走进厨房。诺艾尔是他见过的最漂亮、最值得拥有的女人，他想要占有她。然而，这不意味着他是个傻子，他也没有被冲昏头脑。毫无疑问，她想从他这里得到什么。他打算弄清楚她究竟想要什么东西。穆勒上校提醒过他，她完全有可能在向帝国的一个危险敌人提供帮助，而穆勒上校极少犯错。如果上校的判断是对的，那么诺艾尔·佩奇可能是想利用他，以某种方式保护她自己。如果真是这样，那她对德国军人简直一无所知，更谈不上了解他本人了。他会毫不犹豫地把她交给盖世太保，但是他要先享受一番。他一直期待着这个周末。

诺艾尔走出厨房，脸上的表情十分焦急。"你的司机拿下去几件行李？"她问。

"两件，"他回答道，"一个短途旅行袋和一个化妆箱。"

她做了个鬼脸。"天哪，真抱歉，汉斯，他忘了还有一个箱子。你不介意吧？"

谢德将军看着诺艾尔走到电话旁边，拿起话筒说："能麻烦你让将军的司机再上来一下吗？还有一件行李要拿下去。"她把话筒放回去。"我知道我们只是过个周末，"她露出了微笑，"但我想让你高兴。"

"如果你真想让我高兴，"谢德将军说，"你就用不着带很多衣服。"

他瞥了一眼放在钢琴上的阿尔芒·戈蒂埃的照片。"戈蒂埃先生知道你要跟我出去吗？"他问。

"知道啊。"诺艾尔撒了个谎。阿尔芒正在尼斯市见一个制片人，商谈一部电影的事，她觉得没必要把计划告诉他，省得他又要惶恐不安。这时门铃响了，诺艾尔走过去把门打开，上尉站在门口。"我听说还有一件行李？"他问。

"是的，"诺艾尔抱歉地说，"在卧室里。"

上尉点了点头，走进了卧室。

"你必须在什么时候返回巴黎？"谢德将军问。

诺艾尔转过身看着他。"我想尽量多待些时间。我们可以在周一傍晚回来，这样我们就有两天的时间。"

上尉从卧室里走了出来。"不好意思，小姐，那个箱子是什么样的？"

"是个挺大的蓝色圆形手提箱。"诺艾尔说。她转向将军道："里面有件新的晚礼服，我从来没穿过，特意为你留着的。"

她开始喋喋不休，极力想要掩饰自己的紧张。

上尉走回了卧室。过了一会儿，他又出来了。

"对不起，"他说，"我找不到。"

"我来吧。"诺艾尔说。她走进卧室，开始在衣柜里搜寻。"那个傻子一样的女仆肯定把它藏在哪儿了。"她说。他们三个人找遍了公寓里所有的衣柜，最后是将军在客厅的柜子里找到了这个手提箱。他拎起箱子，说："好像

171

是空的。"

诺艾尔赶忙把手提箱打开，往里一看，箱子里空空如也。"天哪，这个傻子，"她说，"她肯定把那件漂亮的新裙子和别的衣服塞到一个箱子里了。真希望她没把那件裙子给弄皱了。"她愤愤地叹了口气。"在你们德国，女仆也这么能给人添麻烦吗？"

"我觉得在哪里都一样。"谢德将军回答说。他在仔细观察诺艾尔，她的举止很奇怪，一直在滔滔不绝地讲话。她注意到了他的眼神。

"你让我觉得自己像个女学生，"诺艾尔说，"我都不记得我什么时候这么紧张过。"

谢德将军放心地露出了微笑。原来如此。或者她是在跟他玩什么游戏吗？如果是这样，他很快就能识破的。他瞥了一眼自己的手表。"现在再不走，我们到那儿就太晚了。"

"我准备好了。"诺艾尔说。

她在心中祈祷其他人也准备好了。

他们走到门厅时，门卫站在那里，脸色惨白。诺艾尔心想是不是出什么事了。她盯着他，想要寻找一个信号，一丝迹象，但是他还没来得及做出反应，将军就挽住了她的胳膊，带她朝大门外走去。

谢德将军的高级轿车就停在大门前，后备厢是关着的。大街上空无一人。司机赶紧过来把后车门打开。诺艾尔转身朝门厅里面望去，想看看门卫，但是将军挪到她面前，挡住了她的视线。难道他是故意的？诺艾尔瞟了一眼关着的后备厢，没看出任何异常。要再过几个小时才能知道计划是否成功，这一路上对未知的恐惧和焦虑会让她很受煎熬的。

"你没事吧？"谢德将军凝视着她。她觉得有什么地方出了大问题，必须得找个理由回到门厅去，跟门卫单独待上几秒钟。她的嘴唇勉强挤出了一个微笑。

"我刚想起来，"诺艾尔说，"一个朋友要给我打电话，我得留个消息……"

谢德将军一把抓住她的手臂。

"太晚了，"他微笑着说，"从现在开始，你只能想着我。"他扶着她坐进了车里。随后，他们就出发了。

谢德将军的轿车驶离公寓大楼五分钟后，一辆黑色的梅赛德斯汽车在大楼前急刹停车，发出刺耳的声音，穆勒上校和另外两个盖世太保的人从车里跳了出来。穆勒上校匆匆张望了一下街道两头。"他们走了。"他说。一行人冲进大楼的门厅，按响了门卫的门铃。门开了，门卫站在门口，表情十分惊恐。

穆勒上校猛地把他推进身后狭小的房间。

"佩奇小姐！"他厉声问道，"她在哪儿？"

门卫惊慌失措地看着他。

"她……她走了。"他说。

"这个我知道，你这个蠢货！我问的是她去哪儿了！"

门卫茫然地摇摇头。"我不知道，先生。我只知道她是和一位军官一起离开的。"

"她没告诉你怎么能联系上她吗？"

"没……没有，先生。佩奇小姐从来不跟我说什么。"

穆勒上校怒视了他一会儿，转身离开了。

"他们肯定还没走远。"他对部下说，"尽快联系路上所有的关卡，告诉他们一旦看到谢德将军的车，马上扣下来，然后打电话通知我！"

这个时间段，路上的军用车辆很少，实际上根本就没有什么车。谢德将军的轿车开上了向西离开巴黎的路，途中经过凡尔赛。他们还经过了芒特拉若利、韦尔农和加永。二十五分钟后，他们就接近了通往维希、勒阿弗尔和蔚蓝海岸的主干道十字路口。

诺艾尔觉得奇迹似乎降临了。他们竟然马上就要一路畅通地离开巴黎。她早该知道德国人即使效率再高，也不可能把出城的每一条路都看守住。她正这样想着，前方的黑暗里隐隐浮现出了一道路障，路中央闪烁着红色的灯光。灯光后面，一辆德国军用卡车把路挡住了，路边有五六名德国士兵和两辆法国警车。一个德国中尉向他们挥手示意停车。他们停下之后，中尉向司机走了过来。

"下车，出示一下身份证！"

谢德将军打开后车窗，探出头，粗声说："我是谢德将军。到底怎么回事？"

中尉急忙立正。

"对不起，将军。我不知道这是您的车。"

将军的目光扫过路障。"这是干吗？"

"将军，我们奉命检查离开巴黎的每辆车。每个出口都设有路障。"

将军转向诺艾尔。"该死的盖世太保。真对不起，宝贝。"

诺艾尔能感觉到自己脸上的血色在逐渐消失，幸亏车里漆黑一片。但她开口说话时，声音却十分镇定。

"不要紧的。"她说。

她想到后备厢里的行李。如果她的计划正常进行了，伊斯雷尔·卡茨就在里面，过不了多久，他就会被逮捕。她也一样。

德国中尉转向司机。

"请把后备厢打开。"

"里面除了行李，什么都没有。"上尉抗议道，"行李是我亲自放进去的。"

"对不起，上尉，我收到的命令很明确。每辆离开巴黎的车都要检查。打开。"

司机不满地嘟哝着，打开车门就要下车。诺艾尔的大脑在飞速运转着。她必须想个办法阻止他们，又不能引起怀疑。司机已经下了车。没有时间了。诺艾尔偷偷瞄了一眼谢德将军的脸色，发现他的眼睛眯了起来，嘴唇紧紧地抿着，看起来十分恼火。她转向他，一脸天真地问道："我们要不要下车呀，汉斯？他们会搜我们的身吗？"她能感觉到他的身体因为愤怒而绷紧了。

"等一下！"将军的声音宛如一声鞭响。"回车里去。"他命令他的司机。他转向那个中尉，声音里充斥着愤怒。"不管是谁给你们下的命令，告诉他，这些命令不适用于德国军队的将军。我不接受中尉的命令。把那个路障给我移开。"

这个倒霉的中尉盯着将军愤怒的脸，脚后跟咔嗒一声立正后说道："是，谢德将军。"他向拦住路的卡车司机示意，卡车缓慢地驶到了路边。

"开车。"谢德将军命令道。

轿车飞速驶进夜色之中。

诺艾尔让自己的身体在座位上慢慢放松下来，感觉到紧张在一点点消失。危机已经度过。她多希望自己能知道伊斯雷尔·卡茨究竟在不在后备厢里，还有他是否还活着。

谢德将军转向诺艾尔，她能感到他仍然强压着怒火。

"我向你道歉。"他说道，满脸倦容，"这是一场奇怪的战争。有时候盖世太保需要有人提醒一下才明白，战争的运行是由军队掌管的。"

诺艾尔抬头对他嫣然一笑，挽住了他的胳膊。"而军队是由将军统领的。"

"一字不差。"他附和道，"军队是由将军统领的。我要给穆勒上校一个教训。"

谢德将军的车离开关卡十分钟后，有人从盖世太保总部打来了电话，命令他们注意将军的车。

"这辆车已经通过了。"中尉报告说，一种不祥之感席卷了他全身。和他通话的人立刻就换成了穆勒上校。

"走了多久？"这位盖世太保的军官轻声问。

"十分钟。"

"你们搜了他的车吗？"

中尉吓得屁滚尿流。"没有，长官。将军不让——"

"放屁！他往哪条路走了？"

中尉咽了下口水，克制自己的情绪。再开口说话时，他的声音显得很绝望，他明白自己的前程已经断送了。

"我不确定，"他回答道，"这是个很大的十字路口。他可能往内地走，去鲁昂，也可能是去海边，到勒阿弗尔去。"

"我要你明天早上九点去盖世太保总部我的办公室报到。"

"是，长官。"中尉回答道。

穆勒上校怒不可遏地挂掉电话，转向身边的两个部下说："去勒阿弗尔。把我的车开过来。咱们开始蟑螂抓捕行动！"

通往勒阿弗尔的道路沿着塞纳河蜿蜒，穿过美丽的塞纳河谷，这里有土地肥沃的山丘和农田。这是一个晴朗的夜晚，繁星闪烁，远处的农舍连成一池光亮，如同黑暗中的绿洲。

在轿车舒适的后排座位上，诺艾尔和谢德将军开始聊天了。他跟她说了自己的妻子和孩子，以及对一个军官来说婚后的生活有多么艰难。诺艾尔非常同情地倾听着，然后同他讲了对一个女演员来说浪漫的生活有多么不易。两人心里都清楚，这场对话就是一场博弈：两人都尽量让谈话浮于表面，绝不流露出内心的真实想法。诺艾尔一刻也不敢低估身边这个男人的智力，也完全清楚自己此次行动冒着多大的风险。她知道，聪明如谢德将军，是不会相信她会突然迷上他的，他肯定在怀疑她企图得到什么东西。而诺艾尔指望的是她能在他们俩的这场博弈中以谋略取胜。谢德将军只是稍微谈及了这次战争，但是他说的有些话，很久之后她仍然记得。

"英国人是个奇特的种族，"他说，"和平时期，他们简直无法管理，可一旦危机来临，他们就变得十分强大。英国水兵会战斗到自己的战舰沉没，这时他们才真正感到快乐。"

在去往埃特雷塔村的路上，他们于凌晨时分到达了勒阿弗尔。

"停下来吃点东西可以吗？"诺艾尔问，"我好饿。"

谢德将军点点头。"当然，都听你的。"他提高了音量，"找一家通宵营业的餐馆。"

"码头边上肯定有一家。"诺艾尔提议道。上尉顺从地把车开向海滨。他在岸边停了车，水面上有几艘货船拴在码头。不远处挂着一块招牌，上面写着"餐馆"。

上尉打开车门，诺艾尔下了车，谢德将军跟在她身后。

"这家餐馆可能是为码头的工人通宵营业的。"诺艾尔说。她听见了发动机的声音，于是转过身。一辆运货的叉车开了过来，就停在他们的轿车附近。有两个身穿工作服的男人下了叉车，他们都戴着帽子，帽舌很长，把脸都遮住了。其中一个人死死地盯着诺艾尔，然后拿出工具箱，开始拧叉车上的螺丝。诺艾尔感觉腹部一阵痉挛。她抓住谢德将军的手臂，和他一起向餐馆走去，又回头看了一眼仍然坐在方向盘前的司机。

"他不喝点咖啡吗？"诺艾尔问。

"他要留在车上。"将军说。

诺艾尔凝视着司机。司机绝不能待在车上，否则一切就全完了。然而，诺艾尔又不敢坚持让司机同行。

他们俩沿着凹凸不平的鹅卵石路继续向餐馆走去。

突然，诺艾尔往前迈步的时候，脚踝扭了一下，她痛呼一声跌倒了。谢德将军伸出了手，但还是没能抓住她，她摔在鹅卵石路面上。

"没事吧？"他问。

司机看到诺艾尔摔倒，赶紧下了车向他们跑过来。

"真抱歉，"诺艾尔说，"我……我脚踝扭了，感觉好像断了。"

谢德将军老练地伸手摸了一下她的脚踝。"没有肿，应该只是扭伤。你能站起来吗？"

"我……我不知道。"诺艾尔说。

司机走到她身侧，两个男人把她从地上架了起来。诺艾尔走了一步，脚踝根本支撑不住身子。

"对不起，"她呻吟着，"要是能坐下就好了。"

"帮我把她扶进去。"将军指着餐馆说。

两个男人一边一个扶着她走进餐馆。进门的时候，诺艾尔冒着风险，匆匆回头看了一眼轿车。那两个码头工人就站在轿车的后备厢旁边。

"你这样没法去埃特雷塔了吧？"将军问她。

"可以的，相信我。一会儿就好了。"诺艾尔回答说。

餐馆老板把他们带到角落的一张桌子旁，两个男人小心翼翼地扶着诺艾尔在椅子上坐下。

"很疼吗？"谢德将军问。

"有一点。"诺艾尔答道，把手搭在他的手上，"别担心，我不会让这点小伤耽误你任何事的，汉斯。"

诺艾尔和汉斯·谢德将军坐在餐馆里时，穆勒上校和他的两个部下正驱车飞速前往勒阿弗尔。当地的警察局长已经被叫醒，在警察局门口等候着他们。

"一名警察找到了将军的车，"他说，"就停在码头边上。"

穆勒上校脸上浮现出一丝满意的神色。"带我过去。"他命令道。

177

五分钟后，盖世太保的车载着穆勒上校和他的两个部下，还有警察局长，迅速驶到了谢德将军停在码头的轿车旁。他们下车后，把将军的车团团包围住。这时，谢德将军、诺艾尔和司机正要离开餐馆，是司机先注意到了车旁的这些人，他赶紧朝他们跑过去。

"发生什么了？"诺艾尔问。她说话的时候，就已经远远认出了穆勒上校的身影。顿时，一阵寒意传遍她全身。

"不知道。"谢德将军说。他大步流星地朝轿车走去，诺艾尔一瘸一拐地跟在他身后。

"你们在这儿干什么？"谢德将军赶到车旁，问穆勒上校。

"很抱歉打扰了您的假期。"穆勒上校简短地回答说，"将军，我想检查您的汽车后备厢。"

"里面除了行李，什么都没有。"

诺艾尔走到了人群处，她注意到那辆叉车已经不见了。将军和盖世太保的人正互相怒目而视。

"我必须得坚持我的意见，将军。我有理由相信，第三帝国的一个通缉中的敌人就藏在您的汽车后备厢里，而您的客人是他的同谋。"

谢德将军盯着他看了很长时间，然后转过身用审视的目光打量起诺艾尔。

"我不知道他在说什么。"她斩钉截铁地说。

将军的目光向下落到她的脚踝上，然后他下定了决心，转向他的司机说："打开。"

"是，将军。"

司机抓住手柄转动时，所有人的视线都集中在后备厢上。诺艾尔顿时感到一阵眩晕。后备厢盖子缓慢地被打开了。

里面空无一物。

"有人偷了我们的行李！"司机惊呼。

穆勒上校气得脸色铁青。"让他跑了！"

"谁跑了？"将军质问道。

"'蟑螂'！"穆勒上校暴跳如雷，咆哮道，"一个叫伊斯雷尔·卡茨的犹太人，他藏在这辆车的后备厢里被偷运出了巴黎。"

"不可能的，"谢德将军反驳说，"后备厢关得很紧，他会闷死的。"

穆勒上校打量了一会儿后备厢，然后转向他的一个部下说："进去。"

"是，上校。"

那人顺从地爬进了后备厢，穆勒上校把盖子紧紧地关上，然后看着他的手表。接下来的四分钟，他们都一言不发地站在那里各自沉思着。诺艾尔感觉好像过去了一个世纪，穆勒上校终于打开了后备厢的盖子，里面的人已经昏迷了。谢德将军转向穆勒上校，脸上带着轻蔑的表情。"如果有人藏进后备厢搭车，"将军断言，"他们运走的就是他的尸体。上校，还有什么能为你效劳的吗？"

这位盖世太保军官摇摇头，强压着怒气和沮丧。谢德将军对他的司机说："我们走。"他扶着诺艾尔上了车，接着他们就向埃特雷塔驶去，留下那群人渐渐消失在远处。

库尔特·穆勒上校立即下令在岸边展开了搜查，但直到第二天接近傍晚时，才在一个废弃仓库的角落里找到一个木桶，里面是个空的氧气罐。而在前一晚，一艘非洲货轮离开勒阿弗尔前往开普敦，现在已经在公海上航行了。几天后，不翼而飞的行李出现在了巴黎北火车站的失物招领处。

至于诺艾尔和谢德将军二人，他们在埃特雷塔村度过了周末，周一傍晚回到了巴黎，刚好赶上诺艾尔晚上的演出。

九　凯瑟琳

华盛顿：一九四一——一九四四

和拉里结婚后的第二天，凯瑟琳就辞了职，不再为威廉·弗雷泽工作了。她回华盛顿当日，弗雷泽邀请她一起吃午饭。他看起来消瘦又憔悴，似乎突然老了许多。凯瑟琳对他感到一阵怜悯，但也仅此而已。坐在她对面的人现在就是一个陌生人：他身材高挑，相貌英俊，她对他有好感，但是现在很难想象她当初曾考虑过嫁给他。

弗雷泽对她惨淡一笑。

"那么你现在是有夫之妇了。"他说。

"地道的有夫之妇。"

"这肯定发生得很突然。我……我很希望能有机会竞争一下。"

"连我自己都没有考虑的机会，"凯瑟琳坦诚地说，"事情就……就这样发生了。"

"拉里这家伙真行。"

"是啊。"

"凯瑟琳……"弗雷泽犹豫了一下，"其实你并不太了解拉里，对吗？"

凯瑟琳的后背不由自主地绷直了。

"比尔，我知道我爱他，"她说，"我也知道他爱我。这就是个很好的开始，不是吗？"

他坐在那里，皱着眉头，一言不发，显然在和自己的内心斗争着。"凯瑟琳……"

"嗯？"

"要小心。"

"小心什么？"她问道。

弗雷泽语速很慢，谨慎地挑选着用词，生怕触了她的雷区。

"拉里他……不太一样。"

"怎么说？"她问道，拒绝顺着他的思路想。

"我的意思是，他和大多数男人都不太一样。"弗雷泽注意到她的表情变了。"唉，该死的，"他说，"别听我胡说。"他勉强挤出一丝微笑。"你应该看过那个伊索寓言，讲的就是我。狐狸吃不到葡萄，就说葡萄酸。"

凯瑟琳温柔地握住弗雷泽的手。"比尔，我不会忘记你的。我希望我们还能继续做朋友。"

"我也希望。"弗雷泽说，"你确定不来办公室上班了吗？"

"拉里想让我辞职。他这个人有点守旧，觉得应该由丈夫来养活妻子。"

"如果你改主意了，"弗雷泽说，"记得告诉我。"午餐剩下的时间，他们谈的尽是工作事宜，还讨论了由谁来接任凯瑟琳的职位。她知道，她会非常想念比尔·弗雷泽的。拥有一个女孩第一次的男人，在这个女孩的生命中，始终会占有特殊的位置，但比尔对她的意义远超于此。他是个好男人，也是个好朋友。而他对拉里的态度让凯瑟琳有些不安。比尔似乎刚要告诫她什么，就因为害怕破坏她的幸福感而没有继续说下去。或者真如他所说，只是因为吃不到葡萄，所以说葡萄酸？比尔·弗雷泽不是小人，不会妒忌别人，他是真心希望她幸福。然而凯瑟琳确定，他刚刚是想告诉她什么。她内心深处隐约涌起一丝不祥之感。但一小时后，她见到了拉里，当他对她微笑时，一切的不安和顾虑就全都被她抛到了脑后，她陶醉于自己嫁给了拉里这样富有魅力、让她快乐的男人。

和拉里在一起，比和其他任何人在一起都要有趣味。每天都是探险，每天都是节日。他们每个周末都开车到乡下，住在小旅馆里，去逛县里的集市。他们到普莱西德湖去坐平底雪橇，到蒙托克去划船、钓鱼。凯瑟琳有点怕水，因为她从来没学过游泳，但拉里告诉她不用怕，和他在一起，她觉得非常有安全感。

拉里非常爱她，体贴入微，而且好像一点也没意识到自己对其他女人的吸引力，她似乎就是他想要的一切。他们度蜜月时，拉里偶然在一家古董店里发现一只银制的小鸟，凯瑟琳爱不释手，他就又搜罗了一只水晶小鸟送给她，从此他们就收集起工艺品小鸟来。一个周六的晚上，他们驱车到马里兰州庆祝结婚三个月，在之前那家小餐馆一起吃了晚饭。

第二天，十二月七日，周日，珍珠港被日本人偷袭了。

隔天下午一点三十二分，美国向日本宣战，此时距离日本袭击珍珠港还不到二十四小时。周一，拉里去了安德鲁斯空军基地，凯瑟琳受不了一个人待在公寓里，就叫了辆出租车去国会大厦看看那儿的情况。国会广场的人行道上，十几台便携式收音机分散在人群中，人们三五成群地挤在收音机周围。凯瑟琳看到总统的车队在车道上疾驰，然后停在国会大厦南面的入口处。她离得很近，能看见车门打开了，罗斯福总统由两名助手扶着下了车。每个角落都站着几十名警察，以防不测。凯瑟琳觉得人们被愤慨的情绪左右着，变成了一群迫不及待想要去实施私刑的暴民。

罗斯福总统进入国会大厦五分钟后，他的声音就从收音机里传了出来，他正在向国会联席会议发表演说。他的声音坚定有力，充满了愤怒，表明了决心。

"美国会铭记此次袭击……正义的力量必然会取得胜利……我们必将获得胜利。请保佑我们吧，上帝。"

罗斯福总统进入国会大厦十五分钟后，参、众议院第二百五十四号联合决议通过，美国正式向日本宣战。除了蒙大拿州的众议员珍妮特·兰金投反对票外，该决议获得一致通过，最后众议院的投票结果为三百八十八票对一票。而罗斯福总统的演讲刚好用时十分钟——这是美国国会有史以来最短的宣战演说。

聚集在外面的人群欢呼起来，扯开嗓子喊叫着，表示他们的赞同、愤怒和复仇的决心。美国终于有所行动了。

凯瑟琳观察着站在她周围的男男女女。男人们的脸上满是亢奋，这种表情凯瑟琳前一天也在拉里的脸上看到过，仿佛他们都是同一个秘密俱乐部的成员，都认为战争是一种刺激的娱乐活动。这种自发的热情席卷了整个人群，女人们似乎也被这种热情所感染。但是凯瑟琳心想，如果她们的丈夫和儿子都走了，留下她们孤零零地站在家门口盼着他们的消息，不知道那时她们的感受会如何。凯瑟琳缓慢地转身朝公寓走去。拐角处，她看到士兵们的枪都已上了刺刀。

她想，可能要不了多久，全国人民都将穿上军装参战了。

事情发展得比凯瑟琳预料的还要快。几乎一夜之间，华盛顿便大变样了：市民们穿上了卡其色军装，摇身一变成了军队的新兵。

空气中弥漫着兴奋感，人们像被电击了一样兴奋，相互感染着。这让人觉得似乎和平就是一种嗜睡症，或是瘴气，让人类感到无精打采，而只有战争才能激发人们生活的全部热情。

拉里每天在空军基地要待上十六到十八个小时，也经常在那儿过夜。他告诉凯瑟琳，珍珠港和希卡姆空军基地的情况要比媒体向人们宣传的严重得多。日本人的偷袭取得了极大的成功，给美国造成了毁灭性的打击，实际上美国海军的全部和空军的大部分都被摧毁了。

"你的意思是这场战争我们可能会输？"凯瑟琳大吃一惊，问道。

拉里若有所思地看着她。"这取决于我们做好准备的速度。"他回答说，"所有人都觉得日本人就是滑稽可笑的小矮个，长着眯眯眼。这简直是放屁。他们很顽强，而且不怕死。我们太软了。"

接下来的几个月，日本人似乎势不可挡。报纸头条每天都在惊呼日本人的胜利：他们朝威克岛发起了进攻……他们慢慢削弱菲律宾群岛以备入侵……他们正在登陆关岛……婆罗洲①……香港。麦克阿瑟将军宣布马尼拉为不设防城市，困在菲律宾的美国军队投降了。

四月的某天，拉里从基地给凯瑟琳打来电话，让她到市区的威拉德酒店同他一起吃晚饭，庆祝一番。

---

① 即加里曼丹岛。——编者注

"庆祝什么？"凯瑟琳问道。

"我晚上再告诉你。"拉里回答道。他的语气异常激动。

凯瑟琳挂掉电话，内心充满了不祥的预感。她绞尽脑汁，把拉里想要庆祝的理由想了个遍，但思绪总是归结到同一个理由上，而这个理由，她觉得自己没有勇气去面对。

那天下午五点，凯瑟琳梳妆打扮好，坐在床上盯着镜子出神。

"我肯定想错了，"她心想，"也许是他升职了，我们就是要为这个庆祝的。或者是他收到了什么关于战争的好消息。"凯瑟琳虽然这样自我安慰，但她其实根本不相信。她端详着镜子里的人，努力用客观的眼光审视自己。她断定，虽然她的美貌不能让英格丽·褒曼妒忌得睡不着觉，但她是个有魅力的女人，体态优美，曲线曼妙。"你聪慧、开朗、文雅、善良、迷人，"她对自己说，"哪个正常健壮的男人会舍得离开你去打仗、去送死呢？"

七点钟，凯瑟琳走进了威拉德酒店的餐厅。拉里还没有到，餐厅主管把她引到一张桌子旁落座。她先是说了不用给她上酒，之后又神经质地改了主意，点了一杯马丁尼酒。

服务员把酒送上来了，凯瑟琳刚要拿起杯子，却发现自己的双手在颤抖。她抬起头，看见拉里正快步朝她走来。他从餐桌间穿过，一路应酬着他人的问候。他身上有着不可思议的活力，每个人的视线都被这种气质所吸引。凯瑟琳看着他，想起了那天在好莱坞米高梅电影制片公司的员工餐厅，他朝她的桌子走来的情景。她意识到那时自己几乎对他一无所知，不知道现在自己对他了解多少了。拉里走到桌旁，飞快地亲吻了一下她的脸颊。

"对不起，凯茜，我来晚了，"他抱歉地说，"基地整天忙成一团。"他坐下来，叫了主管的名字和他打招呼，然后点了一杯马丁尼酒。不知他是否注意到了凯瑟琳在喝酒，如果注意到了，那么他也什么都没说。

凯瑟琳在心里呐喊着："快告诉我你的惊喜！快告诉我我们究竟要庆祝什么！"但是她什么都没说出口。匈牙利有句古老的谚语：只有傻瓜才会急着听坏消息。她又抿了一口马丁尼酒。嗯，或许这不是什么匈牙利的古老谚语，而是凯瑟琳·道格拉斯因为不想让自己受伤害而创造的新谚语。或许马丁尼酒喝得她有点醉了。如果她的预感是对的，那么天亮前她会烂醉如泥。但是现在看

184

看拉里，他的脸上洋溢着对她的爱。凯瑟琳觉得，她之前的猜想肯定是错的，拉里不忍离开她，更甚于她不忍离开拉里。她不过是做了个毫无事实根据的噩梦而已。从他兴高采烈的表情来看，他估计是有特别好的消息要告诉她。

拉里向她探过身来，脸上带着小男孩一样可爱的笑容，攥住了她的手。

"凯茜，你肯定猜不到是什么事。我要去国外了。"

刹那间，就像是有一层薄幕落下，所有的一切都笼罩在虚幻和朦胧之中。拉里坐在凯瑟琳身旁，嘴唇翕动着，但他的脸却一会儿模糊，一会儿清晰，他说的话她一个字都没听见。她朝他背后看去，觉得餐厅的四堵墙聚拢起来，又向后退去。她看着这一切，像中了魔似的。

"凯瑟琳！"拉里摇着她的手臂，她的目光缓缓地聚焦在他身上，一切恢复了正常。"你还好吗？"

凯瑟琳点点头，咽了一下口水，颤抖着声音说："挺好的，我听到好消息就会这样。"

"我必须得去，你能理解吧？"

"是的，我理解。"实际上，她心里想的却是："亲爱的，我再活一百万岁也不能理解。但我如果跟你说实话，你就会恨我，是不是？谁想要个抱怨不停的妻子？英雄的妻子应该笑着送她们的丈夫上前线。"

拉里用关爱的眼神注视着她。"你哭了。"

"我没有。"凯瑟琳愤怒地说，接着却吃惊地发现自己的确哭了。"我……我只是需要一点时间接受。"

"他们让我率领一支自己的飞行中队。"拉里说。

"真的吗？"凯瑟琳竭力让自己的声音听起来很骄傲。他自己的飞行中队。小时候，也许他有一套自己的火车玩具。现在他长大成人，他们把一支飞行中队像玩具一样交到他手里。这些是货真价实的东西，会被击落，会有人流血和死亡。"我想再喝一杯。"她说。

"没问题。"

"什……什么时候你必须得走？"

"得下个月呢。"

听他说话的口气，像是恨不得赶紧离开一样。这太可怕了，她感觉她的婚姻这块布正被慢慢撕裂。乐队的演奏台上,一名歌手正在低声吟唱:"乘着薄纱羽翼,踏上月球之旅……"薄纱,她心想:"我的婚姻就是薄纱这种材质做成的。这位科尔·波特①风格的歌手把什么都看透了。"

"我走之前,咱们还有很多时间待在一起。"拉里说道。

有很多时间用来干什么?凯瑟琳在心里痛苦地问。有很多时间生儿育女?带孩子去佛蒙特州滑雪?还是一起白头到老?

"你今晚想做点什么?"拉里问。

凯瑟琳在心里说:"我想带你去县医院,拔掉你的一根脚趾,或者捅破你一只耳朵的鼓膜。"但是,凯瑟琳说出口的却是:"我们回家亲热吧。"她的内心有一种强烈的、绝望的紧迫感。

接下来的四周不知不觉地溜走了。时间飞快地流逝着,正如卡夫卡所描绘的噩梦一样,几天变成了几小时,几小时又变成了几分钟,最终拉里离开的日子还是到来了。凯瑟琳开车送他去了机场。他喋喋不休、轻松欢快,而凯瑟琳却是那样忧郁、沉默、痛苦。最后几分钟发生的事情像万花筒一样:拉里报了到……他们匆匆吻别……拉里迈上将他从她身边带走的飞机……最后挥手告别。她站在机场上,看着他的飞机在空中逐渐远去,变成一个小点,最后消失不见。她在那里站了一个小时,直到天都黑了才转过身,开车回到空荡荡的公寓。

日本偷袭珍珠港后的一年内,同盟国与日本人进行了十场重大的海战和空战。同盟国只赢了其中的三场,但是有两场起着决定性作用:中途岛战役和瓜达尔卡纳尔岛战役。

关于每场战役的新闻报道,凯瑟琳都逐字逐句地读,然后让威廉·弗雷泽给她找些相关的资料。她坚持每天都给拉里写信,但八周过去了,才收到他的第一封回信,字里行间洋溢着乐观和兴奋。这封信的内容在接受检查时删去了很多,所以凯瑟琳对他身在何方,正在做什么一无所知。但不管怎样,凯瑟琳能感觉到他似乎乐在其中。在漫长而又孤独的夜晚,凯瑟琳躺在床上思索着,想要弄明白拉里究竟具有怎样的秉性,才让他能够接受战争和死亡的挑战。这

---

① 美国音乐家、词曲作家。——编者注

并非因为他想求死，他是凯瑟琳见过的最有活力、最有生气的人。生与死的关系大约就像硬币的正面和背面：与死亡持续不断的搏斗才让他怀有如此强烈的生命感。

这天，凯瑟琳约威廉·弗雷泽一起吃午饭。凯瑟琳知道他曾报名参军，但白宫建议他留在当前的岗位上，这样他能发挥更大的作用。虽然一度失望至极，但弗雷泽从来没跟凯瑟琳提起过。现在他隔着餐桌坐在凯瑟琳对面，问道："拉里有消息吗？"

"上周收到一封信。"

"他说什么了？"

"唉，信上说，这场战争就像足球赛一样，我们在第一场混战中输了，但现在最好的阵容出战了，我们正在逐渐领先。"

他点点头。"确实像拉里说的话。"

"但战争不是这样的。"凯瑟琳压低了声音说，"比尔，战争不是一场足球赛，等不到战争结束，数百万人的生命就会被夺走。"

"凯瑟琳，如果你也参加了战斗，"他轻声地说，"我想你会更乐意把它看成一场足球赛。"

凯瑟琳已经下定了决心，她要工作。军方为妇女成立了一支军队，叫陆军妇女队，凯瑟琳本想加入，但仅仅是干些开车、接电话这样单调的事，她觉得自己能做些更有用的。她还听说，陆军妇女队成员的生活五花八门，她们中的许多人竟怀了孕。曾有这样一个传说：妇女志愿者入队体检时，医生会在她们的肚子上盖一个小小的橡皮章。她们自己试图看清印在肚皮上面的字，却看不清。最后，其中一人想到了用放大镜。原来图章上印的话是："当你能用肉眼看到这个时，请向我报告。"

此刻，和比尔·弗雷泽吃午饭时，她说："我想工作，我也想出一份力。"

他认真地看了她一会儿，然后点点头。"我大概知道什么工作适合你，凯瑟琳。政府想出售战争债券，我觉得你能帮忙协调这项工作。"

两周后，凯瑟琳就去组织名流们售卖战争债券了。这份工作听起来再简单不过了，然而真正做起来又是另外一回事。她发现那些明星像小孩一样，对能

187

为战争出力表现得非常热情兴奋，然而与他们敲定具体的见面时间却很难。他们的行程安排总是改来改去。多数情况下，这不是他们的错，电影拍摄可能会推迟，行程也可能会排满。凯瑟琳一直在华盛顿、好莱坞和纽约之间奔波。她慢慢也习惯了，一接到通知就能在一小时内收拾好行装出发。借此机会，她结识了几十位名人。

"你真的见到加里·格兰特了？"一次，从好莱坞出差回来，她的秘书问她。

"我们还一起吃了午饭呢。"

"他真像大家说的那么有魅力吗？"

"魅力这种东西，如果他能打包售卖，"凯瑟琳一本正经地说，"他会是世界上最富有的人。"

有些事的发展往往是循序渐进的，凯瑟琳几乎都没有意识到。六个月前，比尔·弗雷泽告诉她，华莱士·特纳和他的广告公司的一个客户打交道时出现了问题，而这个客户是凯瑟琳曾经接洽过的客户之一。她用幽默的方式设计了一个新的广告宣传活动，这个客户非常满意。几周后，弗雷泽又让她去帮另一位客户。不知不觉中，她大半时间都花在广告公司的事务上了。她负责六七位客户，工作也都进展得很顺利。弗雷泽付给她很高的薪水和提成。圣诞节的前一天，午饭时分，弗雷泽走进了她的办公室。其他的员工都回家了，凯瑟琳在做收尾工作。

"这份工作很有意思吧？"他问。

"可以糊口啊。"她笑了笑，又热情地补了一句，"更何况薪水又这么丰厚。比尔，谢谢你。"

"别谢我。每一分钱都是你自己赚来的——之后还会赚得更多。我来就是要跟你说这个的，我想让你当我的合伙人。"

她惊讶地看着他。"做合伙人？"

"过去的六个月，公司一半的新客户的接纳都归功于你。"他若有所思地坐在那儿盯着她，没有再开口。她明白这件事对他来说有多大的意义。

"如你所愿，你有合伙人了。"她说。

他顿时喜上眉梢。"我简直无法形容我有多高兴。"他尴尬地向她伸出了一只手。她摇摇头，不顾他伸出的胳膊，走过去抱住他，亲吻了他的脸颊。

"既然我们是合伙人了，"她打趣道，"我就可以吻你。"她感觉到他突然把自己抱得更紧了。

"凯茜，"他说，"我……"

凯瑟琳伸出一根手指放在他嘴唇上。"比尔，什么都别说，我们就一直这样下去吧。"

"你知道我爱上你了。"

"我也爱你。"她亲热地说。语义有差别，她心想："我爱上你"和"我爱你"之间，有一道无法逾越的鸿沟。

弗雷泽释然一笑。"我保证，我绝不会给你带来任何困扰。我尊重你对拉里的感情。"

"比尔，谢谢你。"她犹豫了一下，"我不知道这么说你会不会觉得好受一点，但是如果能另选一人，那个人一定是你。"

"好受多了。"他咧着嘴笑，"我今晚会高兴得睡不着觉。"

十　诺艾尔

巴黎：一九四四

过去的一年，阿尔芒·戈蒂埃不再提结婚的事了。一开始，他还觉得自己的地位比诺艾尔优越。然而现在，情况几乎颠倒过来了。他们接受报纸采访时，所有的问题都是向诺艾尔提的，而且无论他们俩一起出现在哪里，人们总是先关注诺艾尔，之后才会想起他。

诺艾尔是个完美的情人。她继续让戈蒂埃过得非常舒适，扮演着女主人的角色。戈蒂埃实际上已成为法国最令人妒忌的男人，但他其实一刻都没有安宁过，因为他知道自己并未拥有诺艾尔的心，或者说不可能拥有。他也知道，总有一天，她会任性地离开他的生活，就如同她当时任性地闯进他的生活一样。一想到那次诺艾尔离开他时的感受，戈蒂埃就一阵心痛。他爱诺艾尔爱到痴狂，这冲破了他理性思维的每一道防线，他积累的与女性交往的实践经验和理论知识完全不管用了。如今，诺艾尔已成为他生活中最重要的部分。他会彻夜不眠，精心谋划着能讨她欢心的惊喜；一旦成功，诺艾尔就会奖励他一个微笑、一个吻或是一夜缠绵。只要她把注意力放在别的男人身上，戈蒂埃心里就会醋意大发，但他知道最好不要当着她的面发作。有一次，他们去参加一个聚会，诺艾尔整晚都在与一位著名的医生交谈。聚会结束后，戈蒂埃冲她大发雷霆。她听完他长篇大论的指责，平静地回答道："阿尔芒，如果我和别的男人说话都能给你带来如此大的困扰，那我今晚就把我的东西搬走。"

于是他再也没敢触碰类似的话题。

二月初的时候，诺艾尔开始举办沙龙。一开始只是在周日请剧院的几个朋友一起简单吃个早午饭，但消息传开之后，沙龙的规模迅速扩大了，政客、科学家、作家——任何一个他们觉得能给聚会带来乐趣的人，都可以来参加。诺艾尔是沙龙的女主人，也是沙龙吸引人的主要原因之一。每个人都迫不及待地想与她交谈，因为她提出的问题很有见地，还能记住他人的回答。她向政治家学习政治，向银行家学习金融。一位顶尖的艺术家教她艺术，于是她很快就认识了法国所有的杰出艺术家。她向罗思柴尔德男爵家族最大的葡萄酒商学习有关酒的知识，向建筑家柯布西耶学习有关建筑的知识。她思维敏捷，善于探究，善于倾听，并能从他人那里获取知识和智慧。在一旁冷眼观看的阿尔芒·戈蒂埃觉得，这个沙龙就是一位公主在接见她的大臣。单凭他的这点意识，他几乎成为最了解诺艾尔性格的人了。

数月过后，戈蒂埃慢慢多了点安全感。在他看来，对诺艾尔来说举足轻重的人物，她好像全部都见过了，而她并没有对其中任何人表露出兴趣。

但她还未曾见过康斯坦丁·德米里斯。

康斯坦丁·德米里斯所统治的帝国比大多数国家更为辽阔，更为强大。他没有头衔或官职，却经常买卖首相、主教、大使和国王的职位。德米里斯是世界上最富有的两三人之一，拥有传奇般的权力。他拥有目前最大的商船队和一家航空公司，还有几家报纸、银行、钢铁厂和若干座金矿——他的触角伸向世界各地，同几十个国家错综复杂的经济网密不可分地交织在一起。

他拥有的艺术收藏品在世界上占有举足轻重的地位，他还拥有私人飞机编队，以及十多幢分布在世界各地的公寓楼和别墅。

德米里斯身高中等以上，胸膛结实，肩膀宽阔。他肤色黝黑，长着希腊人特有的宽大鼻子，一双橄榄黑眼睛里闪烁着智慧的光芒。他对服饰并不感兴趣，但总被认为是穿着最考究的男人，有传言说他的西服有五百多套。他无论去哪儿，都顺便在当地定做衣服。他的西装由伦敦的霍斯柯蒂斯时装店裁制，衬衫由罗马的布里奥尼服装店定做，鞋是请巴黎的达利特格朗德鞋店特制的，领带是从十几个国家购得的。

德米里斯举手投足都具有磁铁般的吸引力。他走进任何一个房间，不认识他的人都会转过脸来盯着他看。全世界的报纸和杂志都在连续不断地报道德米里斯本人以及他的商业和社交活动。

媒体都觉得他说的很多话完全可以当作名言隽语来引用。一次，有记者问他是否有朋友帮助他取得如今的成就，他这样回答道："想要成功，你需要朋友；想要成就大业，你需要敌人。"

还有一次他被问到有多少雇员，他说："没有雇员，只有侍僧。当你的生意涉及足够大的权力和财富时，你的生意就变成了宗教，你的办公楼就变成了庙宇。"

他从小受希腊东正教的熏陶，却如此评价此类有组织的宗教："以爱之名所犯的罪要比以恨之名所犯的罪多一千倍。"

全世界都知道他已经和一个希腊银行世家的女儿结了婚。他的太太美丽优雅，但是他在游艇或者私人岛屿招待客人时，他太太很少同去。相反，陪在他身边的不是美艳的女明星，就是芭蕾舞演员，或者是任何一个讨他一时欢心的女人。他的风流韵事像他的商业投资活动一样富有传奇色彩，趣味横生。他和几十个女人发生过关系，其中包括电影明星、他最好的朋友的妻子、一个十五岁的小说家、刚守寡的女人，甚至有传言说，曾有一群想要建一座新修道院的修女向他投怀送抱。

关于德米里斯的书已经写了有六七部，但是没有一部触及过这个男人的本质，或者揭示他成功的根源。作为世界上最受公众关注的人物之一，康斯坦丁·德米里斯非常低调内敛，他把自己在公众心目中树立的形象当作门面来掩盖真实的自我。他在社会各界都有几十位密友，但他们没有一个人真正了解他。所谓的事实只是为政府备案而造的。德米里斯出生在希腊的比雷埃夫斯，父亲是码头装卸工，家里有十四个兄弟姐妹，饭桌上的食物总是不够吃，想要多吃一些，就得去争去斗。德米里斯身上有一种秉性，使得他一直想要更多，并为之奋斗。

德米里斯从孩童时期起就能将一切问题都自动转变为数学问题。他知道帕提侬神庙有多少级台阶，去学校要走上多少分钟，一天内港口里停泊过多少船。时间是被分成若干段的数字，德米里斯学会了不浪费一分一秒。结果就是，他不费吹灰之力就能办成很多事。他有着天生的组织能力，即使在很小的事情上，他的这种才能也能发挥自如。任何事情都变成了他与周围人比拼智慧的游戏。

尽管德米里斯清楚自己比大多数人都要聪明，但他也没有过于自负。当一个漂亮女人向他投怀送抱时，他从不自命不凡地认为是自己的外表或人格吸引了她。但这也从没有让他觉得不舒服。世界就是一个市场，人们无非是买家或卖家。他知道有些女人是奔着他的钱财来的，有些是看中了他的权力，而只有极少数——寥寥几个——倾心于他的智慧和想象力。

他遇到的所有人几乎都对他有所求：给慈善机构捐款，为商业项目提供资金，或者借助他的交情获取权力。德米里斯喜欢揣摩人们真正想要的是什么，因为人们的真实目的很少与表面上一致。他那善于分析的头脑始终怀疑表面的事实，因此他不相信听到的任何话，也不信任任何人。

为他撰写传记的记者只被允许看到他的表面：一个和蔼可亲、魅力十足、见多识广、温文尔雅的名人。他们从未想到在这个表面的掩盖下，德米里斯竟是一个杀手，一个出手就要一剑封喉，置人于死地的斗士。

对古希腊人来说，"正义"这个词在很多情况下与"复仇"同义，而德米里斯对二者都很执着。他铭记自己受到的每一次轻视，谁要是不幸激起了他的仇恨，他必将百倍偿还。而那些被报复的人永远都不知道自己被报复了，因为这是善于计算的德米里斯精心谋划的复仇游戏：耐心地设下巧妙的陷阱，编织错综复杂的罗网，最终将牺牲品困住并且毁掉。

德米里斯十六岁时第一次开始做生意，是和一个年龄比他大些，名叫斯皮罗斯·尼古拉斯的人合伙做的。这个生意是德米里斯想到的：在码头上开个小摊，给上夜班的装卸工提供热食。投入生意中的一半资金是他省吃俭用攒下的钱，后来生意逐渐兴隆了，尼古拉斯却强迫他退出，自己独吞了生意。德米里斯当时没有抗争，接受了命运的安排，转而去做其他生意了。

此后二十年，斯皮罗斯·尼古拉斯进军肉类加工业，挣了不少钱，有了一番成就。他结了婚，有了三个孩子，在希腊也成为极为知名的人物之一。那些年，德米里斯耐心地等着，让尼古拉斯去建造自己小小的帝国。当他确定尼古拉斯已经处于事业的巅峰，获得了前所未有的幸福时，他开始了反击。

看到生意蒸蒸日上，尼古拉斯就考虑购买一些农场自己饲养家畜，为生意提供肉源，同时开几家连锁店零售。这就需要大笔资金。与尼古拉斯进行资金往来的银行是德米里斯旗下的，于是这家银行鼓励尼古拉斯贷款进行企业扩张。银行提出的利率非常诱人，尼古拉斯根本无法拒绝，于是便大刀阔斧地干了起来。就在他的企业正在进行扩张时，银行突然要收回贷款。他一头雾水，抗议自己没有能力偿还，银行马上就启动了取消抵押品赎回权的程序。德米里斯旗下的报纸在头版大肆渲染这件事情，其他的债权人也开始取消尼古拉斯的赎回权。他向其他银行和贷款机构求助，但不知为何，没有一家愿意提供资金。最终他被迫宣告破产，第二天就自杀了。

德米里斯的"正义感"是一把双刃剑。他从不原谅别人对他的伤害，同样他也不会忘记别人给他的恩惠。一位女房东曾经给年轻的德米里斯提供过饭食和衣服，但他那时一贫如洗，没有能力付钱。有一天，这位女房东发现自己名下突然多出了一幢公寓楼，却根本不知道捐赠者是谁。还有一位年轻女孩把当时身无分文的德米里斯带回家和她住在一起，后来有一天发现有人匿名赠予她一栋别墅和足够的养老金。四十年前和这个野心勃勃的希腊小伙子打过交道的人们不会知道，自己与对方这看似随意的往来竟会给他们的一生带来如此深远的影响。精干的德米里斯年轻时曾向许多人寻求过帮助，包括银行家、律师、船长、工会干部、政治家和金融家。有些人鼓励他、帮助他，而有些人冷落他、欺骗他。而与他们的每一次交易都在这个高傲的希腊男人心中存有不可磨灭的记录。因此，他太太梅丽娜曾指责他充当上帝的角色。

"人人都在充当上帝，"德米里斯告诉她，"只是有的人比别人更有资格扮演这个角色。"

"但毁掉别人的生命终究是错误的，康斯坦。"

"没有错。这就是正义。"

"这是报复。"

"有时候它们是一样的。大多数人犯下恶行后都能逃脱，而我有资格让他们付出代价。这就是正义。"

他十分享受为敌手设计陷阱的过程。他会仔细地研究自己的牺牲品，分析他们的性格，评估他们的优点和缺点。

德米里斯拥有三艘小型货船，想扩充船队就需要借贷，于是他求助于瑞士巴塞尔市的一位银行家。然而，这位银行家不但拒绝了他，还四处打电话劝告那些银行家朋友不要借给这个希腊小伙子一分钱。德米里斯最终从土耳其借到了钱。

德米里斯等待着时机复仇。他分析后断定这位银行家的弱点就在于贪婪，于是他和沙特阿拉伯国王伊本·沙特进行谈判，想要租借沙特阿拉伯新发现的油田的开发权。此次租约对德米里斯的公司来说价值数亿美元。

他授意某个代理人把这笔交易即将达成的消息泄露给了这位银行家。如果他投入五百万美元现金购买德米里斯新公司的股票，就能占有公司百分之二十五的股份；一旦上述交易达成，五百万美元将价值五千多万美元。这位银行家迅速核实了一下这笔交易，确认了其真实性。他自己没有这么多现金，就悄悄从银行挪了一笔钱，没告诉任何人，因为他不想与他人分享这笔横财。交易即将在下周达成，到那时他就能将挪用的钱还回去。

德米里斯拿到了这位银行家的支票后，便立即向报纸宣称他与沙特阿拉伯的交易取消了。股票因此暴跌。这位银行家无法填补漏洞，他的贪污行为被发现了。德米里斯以几美分抵一美元的比率买下了银行家的股票，然后继续进行这笔石油开发的交易。股票又开始暴涨。银行家最终被判贪污罪，在监狱里服有期徒刑二十年。

在德米里斯的复仇游戏中，还有几个对手他没有与他们扯平比分，但是他不着急。他很享受预判、计划，最后执行复仇的过程。这就像是一场国际象棋比赛，而德米里斯则是棋术大师。近来他没有再树新敌，因为没有人能够成为他的敌人，所以他要追捕的猎物只限于过去那些挡过他路的人。

某个周日的下午，就是这样一个男人出现在了诺艾尔·佩奇的沙龙上。在去开罗的路上，德米里斯在巴黎逗留了几个小时，而参加这次沙龙是他要见的一位年轻女雕塑家建议的。从见到诺艾尔的那一刻起，德米里斯就知道他想要得到她。

虽然没有王位，但康斯坦丁·德米里斯大概是最接近帝王的一个人，不过王位对一个马赛鱼贩子的女儿来说本来就是可望而不可即的。见到德米里斯三天后，诺艾尔没通知任何人就退出了演出，打包衣服去希腊跟他会合了。

诺艾尔·佩奇和康斯坦丁·德米里斯在各自的领域都赫赫有名，他们的恋情不可避免地成了国际新闻。想要采访德米里斯太太的记者和摄影师们纷至沓来。德米里斯太太就算是内心很不淡定了，也从未公开流露出来。梅丽娜·德米里斯只对媒体发表了一句评论：她的丈夫在世界各地广结好友，她觉得这无可非议。私底下，她安慰自己暴跳如雷的父母：康斯坦之前也有过风流韵事，这次也会像以前一样，过不了多久就会自行冷却下来。她丈夫长期出差，她总会在报纸上看到他和诺艾尔在君士坦丁堡、东京抑或是罗马的照片。梅丽娜·德米里斯是个高傲的女人，但她决心忍受这种屈辱，因为她真心爱她的丈夫。虽然永远也不知道为什么，但她已经接受了这一事实：有些男人需要不止一个女人，而一个男人即使爱他的妻子，也会和别的女人睡觉。如果有别的男人碰梅丽娜·德米里斯，她是会死掉的。她从来没有责备过德米里斯，因为她知道那只能让他疏远她。总的来说，他们的婚姻是很美满的。她知道自己不是一个热情的女人，但每次她的丈夫想要与她亲热，她都会满足他，尽可能地让他感受到更多欢愉。如果她知道诺艾尔对她丈夫在床上使用的那些技巧，她一定会惊掉下巴；如果她知道她丈夫有多享受诺艾尔的技巧，她一定会悲痛欲绝。

对德米里斯来说，女人再没有什么新奇之处了，但是诺艾尔最吸引他的地方就在于，她永远能给他带来惊喜。他对解谜有着极大的热情，而她正像一个猜不透的谜。他从没见过像她这样的女人。她会接受德米里斯送给她的精美礼物，但即使他什么都不送，她也一样开心。他在意大利的小镇菲诺港给她买了一栋奢华的别墅，别墅俯瞰着美丽的蔚蓝色马蹄形海湾，但他知道即使在雅典的普拉卡老城区给她买一间小公寓，对她来说也不会有什么分别。

德米里斯一生中遇到过许多女人想要用自己的姿色，以各种各样的方式操控他。诺艾尔从没向他要过什么。有些女人接近他是想沾他的光，成为公众的焦点。但就诺艾尔而言，她才是新闻记者和摄影师们关注的中心。她本身就是一个明星。有那么一阵子，德米里斯在反复把玩一个想法：没准她是爱上了他这个人。但他非常实事求是，很快就不再抱有这种幻想。

最初，德米里斯觉得触及、征服直至拥有诺艾尔的真心是一个挑战。首先，德米里斯打算在床上解决这件事，但是人生第一次他在男女之事上遇到了对手，而且对手的水平在他之上。她的性欲比他还要旺盛。凡是他会的，她都可以做到更好，更频繁，更有技巧。最后他学会了在床上放松自己去享受她，因为他这辈子从未享受过其他女人。她是一个奇观，不断地向他展示不同的侧面让他欣赏。诺艾尔厨艺高超，和他重金聘请的厨师相比毫不逊色。她对艺术也十分在行，他有很多为他收集名画和雕塑的艺术藏品管理员，他每年都预付给他们高额的酬金，诺艾尔对艺术的了解甚至不亚于他们。他喜欢听那些艺术藏品管理员跟诺艾尔一起谈论艺术，喜欢看他们被她渊博的知识镇住的表情。

德米里斯最近买了一幅伦勃朗的画，画送到他避暑的岛屿上时，诺艾尔恰巧也在场。这幅画是一位年轻的艺术藏品管理员为德米里斯寻得的。

"这是这位大师最伟大的作品。"艺术藏品管理员揭开盖在画上的布时这样说。

那是一幅优美的画作，画中是一位母亲和她的女儿。诺艾尔坐在椅子上喝着茴香酒，一言不发地看着画。

"真美。"德米里斯赞赏道。他转向诺艾尔，说："你觉得怎么样？"

"挺好的。"她说。然后她转向艺术藏品管理员，说道："你在哪儿找到的这幅画？"

"我追踪到了布鲁塞尔一个私人经销商那里，"他骄傲地回答说，"然后劝说他把画卖给了我。"

"这幅画你花了多少钱？"诺艾尔问。

"二十五万英镑。"

"很划算。"德米里斯断言。

诺艾尔拿起一支烟，年轻的管理员赶紧过来帮她点燃。"谢谢。"她说。她看着德米里斯。"康斯坦，如果他从这幅画的主人那里买，应该会更便宜。"

"我没明白。"德米里斯说。

管理员看着她，神情变得古怪起来。

"如果这幅画是真的，"诺艾尔解释道，"那么它应该来自西班牙托莱多公爵的庄园。"她转向管理员，问道："我说得对吗？"

管理员的脸色顿时变得惨白。"我……我不知道，"他结结巴巴地说，

"那个经销商没告诉我。"

"噢，得了吧！"诺艾尔斥责他说，"你是说，你花这么大价钱买了一幅画，连它的出处都不知道？谁会信。庄园给这幅画的定价是十七万五千英镑，有人被骗走了七万五千英镑。"

事实证明，诺艾尔的判断是对的。管理员和艺术品经销商犯了合伙诈骗罪，被送进了监狱。德米里斯将画物归原主。事后再回味这件事情，德米里斯觉得诺艾尔的诚实比她渊博的知识更让他觉得可贵。如果她愿意，她完全可以直接把管理员叫到一边，威胁敲诈他，让他把钱分给她。相反，她却当着德米里斯的面戳穿了他，没有一点私心。为此，德米里斯给她买了一条价格不菲的翡翠项链作为谢礼，而她收下时很随意地表示了谢意，就像是收到了一个打火机一样不在乎。德米里斯无论去哪儿都坚持带上诺艾尔。在生意上，他不相信任何人，所以只能自己一个人做所有的决定。他发现跟诺艾尔讨论生意上的事情很有好处。令他惊讶的是，诺艾尔对经商也十分在行。德米里斯觉得有时候只要能有个人聊聊，做决定会容易得多。到了最后，除了他的律师和会计，诺艾尔可能比任何人都了解他的商业事务。过去德米里斯总是同时有几个情人，但现在诺艾尔给了他想要的一切，于是他就把她们一个接一个地抛弃了，而她们对此也毫无怨言，因为他给她们的补偿总是很丰厚的。

他拥有一艘大游艇，长达一百三十五英尺，配备了四台通用汽车公司制造的柴油机，上面载有一架水上飞机、二十四名船员、两艘快艇和一个淡水游泳池。游艇上有十二套装修精美的客房，还有他自己的一个大房间，室内到处都陈设着名画和古董。

德米里斯在游艇上招待客人时，诺艾尔作为女主人陪在他身边。他乘飞机或坐船去他的私人岛屿，诺艾尔也会随行，梅丽娜则待在家里。他很小心，从不让梅丽娜和诺艾尔碰面，但他心里清楚他太太肯定知道她的存在。

无论到了哪里，诺艾尔都像皇亲国戚一样受到了隆重的招待，但这些都是她应得的权利。当年那个透过家里肮脏的窗户眺望她的船队的马赛小姑娘，如今已经拥有了世界上最大的船队。德米里斯身上吸引诺艾尔的地方不是他的财富或名望，而是他的智慧和气魄。他有着巨人的思想和意志，相比之下，其他男人显得那么懦弱胆小。她能感觉到他身上有着极其残忍的特性，但不知为何，这个特性反倒让他更有吸引力，因为她身上也有这种特性。

诺艾尔不断地收到主演戏剧或电影的邀请，但是她都毫不动心。在她人生的这场戏里，她正扮演主角，这比任何编剧所能构思出的情节都要精彩绝伦。她与国王、首相和大使一同进餐，他们都得迎合她，因为他们知道德米里斯听她的话。他们会以微妙的方式向她暗示自己的需求，如果她肯帮忙，他们什么都能答应。

但是，诺艾尔已经什么都有了。她会和德米里斯躺在床上，告诉他每个人想要什么，德米里斯从她提供的信息中判断他们的需求和优缺点。然后他会略施手段，让更多的钱流入他那已经满得溢出来的金库里。

德米里斯的私人岛屿是他最大的乐趣。他买下一座未经开发的小岛，把它建成了天堂。在这座岛上，德米里斯在山顶处建了一幢富丽堂皇的别墅作为他的住所。除此之外，还有十几间供客人居住的漂亮小屋，一块狩猎地，一片人工淡水湖，一个供他的游艇停靠的港口，还有一片停机坪。岛上有八十位仆人，还有武装守卫，以防外人侵入岛上。诺艾尔喜欢这座僻静的岛屿，岛上没有客人时，她显得最快活。这让康斯坦丁·德米里斯感到有些得意，以为诺艾尔是更喜欢和他单独在一起。如果他知道她心里装着另一个男人，他一定会震惊不已，但他甚至还不知道这个人的存在。

此刻，拉里·道格拉斯与诺艾尔隔了半个地球，正在不为人知的小岛上进行秘密作战，然而关于他的消息，诺艾尔知道得比他妻子更多，尽管他和妻子的通信还颇为频繁。诺艾尔每个月都至少要去巴黎见一次克里斯蒂安·巴贝，那个秃顶又近视的小矮个侦探总会为她准备好最新的报告。

诺艾尔第一次回法国见巴贝，然后准备离开巴黎时，因离境签证问题不能离开机场，被迫在海关的办公室里等了五个小时，后来终于得到允许，给康斯坦丁·德米里斯打了个电话。讲完电话十分钟后，一个德国军官快步跑进来代表他的政府向她致以深深的歉意。于是诺艾尔获得了特别签证，出入境再也没有被阻拦过。

那位小矮个侦探总是期待着诺艾尔的来访。他向她漫天要价，但他那训练有素的鼻子嗅到了更多的金钱。他很高兴诺艾尔近来与康斯坦丁·德米里斯搭上了关系：他觉得这种关系总会以某种方式让他发一笔横财。首先，他必须要确定德米里斯并不知道他的情人对拉里·道格拉斯这般关注。其次，他要估算一下他提供的这个信息对德米里斯有多大价值，或者如果他保持缄默，他能从诺艾尔那里获得多少封口费。他马上就要有大动作了，但他必须小心谨慎地使用手里的牌。关于拉里，巴贝能收集到的情报多到出人意料，因为他可以给提供消息的人支付高额的报酬。

拉里的妻子读着来信，她只能从邮戳上看出拉里的信是从一个匿名军用邮局寄出的。与此同时，克里斯蒂安·巴贝却在向诺艾尔报告："他正在第四十八战斗机中队第十四小队执行飞行任务。"

凯瑟琳读的那封信中写道："宝贝，我只能告诉你我在太平洋上的某个地方……"

同时，巴贝向诺艾尔汇报："他在太平洋上的塔拉瓦岛，下一站是关岛。"

"凯茜，我真想你。现在情况越来越好了。虽然不能跟你透漏任何细节，但是我们终于有了比日本的零式飞机更好的飞机……"

"你的朋友正在驾驶P–38、P–40、P–51战斗机。"

"我很高兴你在华盛顿一直忙于工作，过得很充实。宝贝，一定要忠诚于我。我这里一切安好。和你见面时，我要告诉你一个小秘密……"

"你的朋友被授予飞行优异十字勋章，并被晋升为中校。"

当凯瑟琳思念她的丈夫，祈祷他平安归来时，诺艾尔关注着拉里的一举一动，也祈祷他能够安全返回。战争很快就要结束了，拉里·道格拉斯很快就能回家，回到她和她的身边。

十一　凯瑟琳

华盛顿：一九四五——一九四六

　　一九四五年五月八日，德国在法国东北部的小城兰斯向同盟国无条件投降。号称千年不倒的德意志第三帝国结束了统治。有人知道珍珠港遭到毁灭性破坏的内幕；有人目睹敦刻尔克险些作为英国的滑铁卢而被载入史册；有人指挥过英国皇家空军，知道伦敦的防御力量在德国空军的全面攻击下是多么薄弱。所有这些人都明白，是一连串的奇迹为同盟国带来了胜利；他们也知道，差那么一点点，就可能是另一个结局。邪恶势力险些取得了胜利，这个想法显然与基督教的"正义战胜邪恶"的道德观截然相反。于是他们避之若浼，感谢上帝，并将他们的失误埋藏在堆积如山的"最高机密"文件中，不让后人看见。

　　现在，自由世界将目光转向了远东地区。矮小、近视、滑稽的日本人正在拼死保卫他们侵占的每一寸土地。看样子，那将是一场旷日持久、伤亡巨大的战争。

　　接着，在八月六日，一颗原子弹被投掷在了广岛。破坏力之大，令人难以置信。短短几分钟内，一座大城市的大部分居民都倒地而亡了，死难者人数比中世纪因战争和瘟疫而遇难的人口总数还要多。

　　三天后，八月九日，第二颗原子弹被投掷在了长崎。造成的破坏更加惨烈。人类文明达到了最为"辉煌"的时刻，人类能够以每秒数百万人的速度进行种族灭绝。日本人根本无法承受，一九四五年九月二日，在密苏里号战舰上，道格拉斯·麦克阿瑟将军接受了日本政府的无条件投降。第二次世界大战就此结束。

这一消息播报出的那个瞬间仿佛被拉长，全世界都屏住了呼吸，然后就是一阵感天谢地、发自肺腑的欢呼。整个地球上，许许多多的城市和乡村满是欣喜若狂的游行队伍，人们庆祝着战争的结束，希望这场战争能够终结一切的战争，从此不会再有战争……

第二天，比尔·弗雷泽用了某种他永远也不会告诉凯瑟琳的魔法，让她和在南太平洋某个岛屿上的拉里·道格拉斯通了一次电话。这是为凯瑟琳准备的惊喜。弗雷泽叫她在办公室里等他一起去吃午饭。下午两点半时，她打开了内部对讲机，跟弗雷泽通话。

"你打算什么时候给我饭吃？"她着急地问，"马上到吃晚饭的时间了。"

"坐着别动，"弗雷泽回答道，"我马上过去找你。"

五分钟后，对讲机里传出了他的声音："一号线上有你的电话。"

凯瑟琳拿起话筒。"喂？"她听见一串刺啦刺啦的声音，还有远处海浪涌动的声音，由弱到强。"喂？"她重复道。

话筒里传来一个男人的声音。"是拉里·道格拉斯太太吗？"

"是的。"凯瑟琳一头雾水地说，"您是？"

"请稍等片刻。"

她听到一阵尖利的呜呜的声音，接着又噼啪地响了一下，终于，一个声音问道："凯茜？"

她呆坐在那里，一颗心狂跳起来，一时竟说不出话来。"拉里？是你吗，拉里？"

"宝贝，是我。"

"噢，拉里！"她哭了起来，整个身子都在不由自主地颤抖。

"亲爱的，你好吗？"

她用指甲掐着自己的手臂，想要用疼痛来缓解整个人情绪的失控。"我很……很好，"她说，"你在哪……哪里？"

"如果我告诉你了，我们的通话就会被切断。"他说，"我在太平洋上的某个地方。"

"那不远！"她开始能够控制自己的声音了，"亲爱的，你还好吗？"

"我很好。"

"你什么时候回来？"

"随时都可能动身。"他保证说。

凯瑟琳的眼睛里又涌出了泪水。"好，那我们都把表校……校正一下。"

"你哭了？"

"我当然哭了，你这个傻子！幸好你看不到，睫毛膏都顺着我的脸流下来了。噢，拉里……拉里……"

"宝贝，我一直都很想你。"他说。

凯瑟琳想起了那些漫长而又孤独的夜晚，一周周、一月月、一年年地循环往复，没有他的陪伴，没有他的臂膀搂着，没有他强壮的躯体可以依靠，也没有他的安慰、保护和爱。接着她说："我也很想你。"

这时线路上传来了另一个男人的声音："很抱歉，上校，通话必须要终止了。"

上校！

"你没告诉我你升职了。"

"我怕你高兴得昏了头。"

"噢，亲爱的，我……"

大海的呼啸声越来越响，接着话筒突然变得悄无声息，线路被切断了。凯瑟琳坐在桌旁凝视着电话，然后把头埋在胳膊里放声大哭起来。

十分钟后，弗雷泽的声音从对讲机里传出来："凯茜，如果你准备好了，我们可以去吃午饭了。"

"我准备好了，去干什么都行。"她兴高采烈地回答道，"给我五分钟。"想到弗雷泽为她做的一切，以及这会给他添多少麻烦，她热情地笑起来。他真是她认识的最好的男人，当然了，仅次于拉里。

凯瑟琳曾经想象拉里回家时的激动情景太多次了，现在拉里真要回家了，她反而觉得没那么激动了。比尔·弗雷泽跟她解释过，拉里回来时乘坐的应该是美国空军航空运输司令部或军事航空运输局的飞机，这种飞机与航空公司的客机不同，不会按固定的时间起飞，能赶上哪一架就坐哪一架，而且飞机朝哪儿飞也不重要，只要保证大方向没错就可以。

凯瑟琳整天都待在家里等拉里回来。她想读点东西，但是太紧张了，根本读不下去。她坐下来听着新闻，想着拉里就要回家了，这次再也不会让他离开。快午夜时，他还没有回来。她估计他应该要第二天才能到家了。深夜两点钟，凯瑟琳实在睁不开眼睛，就上床睡了。

一只手摇晃着她的胳膊把她从睡梦中叫醒。她睁开眼，看见他站在自己面前，她的拉里就站在她面前，低头看着她，黝黑而又瘦削的脸上带着笑容。眨眼间，凯瑟琳就扑进了他的怀里，过去四年来所有的担忧、孤独和痛苦都消失得一干二净，取而代之的是快乐的清泉注满了她身体的每一个细胞。她紧紧地抱着他，直到她害怕勒断他的骨头。她希望时间能永远停留在这一刻，自己永远都不要放手。

"好了，宝贝。"拉里终于开口了。他从她怀里挣脱出来，脸上带着微笑。"你要是再这样抱着我，明天的报纸可就有意思了：'飞行员战后平安归家，惨被妻子搂到断气。'"

凯瑟琳打开了所有的灯，室内亮如白昼，好让自己能好好地看看他，仔细地打量他，美美地享受他。他的脸新添了几分成熟，眼睛和嘴巴周围出现了之前没有的皱纹，但这让他看起来比过去更加英俊了。

"我想去接你，"凯瑟琳喋喋不休地讲起来，"但是我不知道去哪儿接。我给航空兵团打电话，但是他们什么都没告诉我，所以我就在家里等，然后……"

拉里走上前，吻住了她，阻止她继续说下去。他的吻很用力，也很迫切。凯瑟琳曾期望自己的身体也对他有这种迫切的渴望，但她却惊讶地发现，事实并非如此。她深爱着他，但是只要能坐下来和他说说话，她就已经满足了，而不是像他此刻一样，如此迫不及待地想要与她亲热。她身体里的欲望已经被深深埋藏起来太久了，需要时间才能被唤醒，最终浮出水面。

但拉里没给她时间。他一边脱衣服，一边说："天哪，凯茜，你不知道

204

我期待这一刻有多久了。我在那儿真是要疯了。看看你，你比我记忆中的更漂亮了。"

他脱光了身上的衣服，赤裸着站在那里。不知怎的，她感觉像是一个陌生人把她推倒在床上。她希望拉里能够给她一点时间适应他回家的这个事实，也再适应一下他的身体。但他没给她任何准备的时间，一阵疼痛就向她袭来，她只能咬住自己的手才能不哭出声。

她的丈夫回家了。

接下来的一个月，托弗雷泽的福，凯瑟琳不用去上班，她和拉里几乎每时每刻都待在一起。她给他做各种各样他爱吃的菜，他们一起听唱片，从天南聊到地北，想要把他们失去的这几年时光都弥补回来。晚上，他们去参加聚会，或者去剧院，回到家里之后，再缠绵一番。她现在已经准备好了，也发现他仍然是她以前爱的那个样子。差不多是这样。

她甚至对自己都不想承认，拉里身上的确有了一些模糊的变化。他索取得更多，给予得更少了。他丝毫不怜香惜玉，与其说是在与她亲热，不如说是在攻击她，野蛮而又凶猛，仿佛在用自己的身体寻求报复，实施惩罚，因而每一次凯瑟琳都觉得非常痛苦，就像是挨了一顿打。她为他开脱，也许是因为他离开她太久了。

然而随着时间的流逝，拉里并没有回到过去那样，这也终于让凯瑟琳开始观察他其他方面的变化。她试图不掺杂任何感情去观察他，努力忘掉这是她心爱的丈夫。她看到的是一个高大健壮的男人，有着一头黑发和一双深邃的黑眼睛，俊美的脸庞令人神魂颠倒。或许"俊美"一词在他身上已经不适用了。嘴角的皱纹给他的容貌增添了几分严厉。看着这个陌生人，凯瑟琳心里本来想的是，这是个自私、无情又冷酷的男人。但她马上就会埋怨自己太可笑了。这是深爱她的拉里，温柔和蔼，体贴入微。

她骄傲地把他介绍给自己所有的朋友和同事，但是他们好像不太喜欢他。在聚会上，他会溜到角落，整晚都埋头喝酒。在凯瑟琳看来，他似乎一点都不想参与社交。"我干吗要这样做？"一天晚上，凯瑟琳试图和他探讨这个问题，他对凯瑟琳怒喝道，"老子在天上冒着枪林弹雨的时候，那些有钱有势的兔崽子在哪儿呢？"

有几次，凯瑟琳试图和拉里讨论工作这个敏感的话题，问他未来如何打算。她本以为他会留在航空兵团，但他回家之后的第一件事就是辞去军中职务。

"傻子才去当兵呢，一点出息都没有。"他这样说。

这句话几乎是凯瑟琳和他在好莱坞第一次对话的翻版，只不过那时他是在开玩笑。

凯瑟琳必须得找个人讨论一下拉里的问题，最终她决定和比尔·弗雷泽商量。她向他讲了眼下困扰她的事情，但是一些更私人的部分没有提。

弗雷泽满怀同情地说："想一想，全世界有几百万妇女都在经历着你现在所经历的事，你心里应该会好受一些。问题很简单，凯瑟琳，你嫁给了一个你并不了解的人。"

凯瑟琳一言不发地看着他。

弗雷泽止住话头，把烟斗填满烟丝之后点燃。"你不能期望一切都回到拉里四年前离开时那样，不是吗？那个时间点不存在了，你已经继续往前走了，拉里也是一样。婚姻美满的秘诀之一就是夫妻之间有共同的经历。两人一起经历一起成长，婚姻也就跟着一起成长。你需要重新找到你和拉里之间的共同基础。"

"比尔，即使是随便谈谈，我也觉得这样是不忠贞的。"

弗雷泽微笑起来。"是我先认识你的，"他提醒她说，"记得吗？"

"我记得。"

"我肯定，拉里也在摸索如何跟你相处，"弗雷泽继续说，"他和那么多男人在一起生活了四年，现在他需要习惯和一个女人一起生活。"

她的愁眉舒展开了。"你说的这些我都同意。看来还是非要听别人说出来才明白。"

"关于如何对待受过创伤的人，每个人都能提很多建议，"弗雷泽评论道，"但有些创伤是不会表现出来的，它们会被埋在内心深处。"他看到了凯瑟琳脸上的表情。"我并不是说事情有多严重，"他迅速补充道，"我想说的是，上过战场的士兵们都会目睹人间炼狱。除非是彻头彻尾的傻瓜，否则战争注定会给士兵们的世界观造成极大的影响。你明白我的意思吗？"

凯瑟琳点点头。"明白。"可问题是：会有怎样的影响呢？

凯瑟琳返回工作岗位后，同事们看到她回来都分外高兴。头三天的时间，她全部都花在仔细审核给新客户设计的广告宣传活动上，也跟进了一下老客户的业务。她从早晨一直工作到深夜，努力想把耽误的时间补回来，还不断催促撰稿人和绘图员，安抚焦虑的员工。她工作能力出色，也热爱着自己的岗位。

凯瑟琳夜里回到家时，拉里都在等她。一开始，凯瑟琳还会问他自己不在的时候他都做了什么，但他的回答总是含糊其词，最后她也就不问了。他好像在自己周围筑起了一堵墙，她不知如何才能凿出一个缺口。凯瑟琳说的几乎每一句话都会惹他生气，夫妻俩经常会因为一点鸡毛蒜皮的小事吵个不停。偶尔他们会和弗雷泽一起吃晚饭，她使出浑身解数，让气氛保持欢快融洽，不让弗雷泽觉察他们之间出了问题。

但凯瑟琳不得不面对事实：她和拉里之间的问题已经相当严重了。她觉得自己也要承担一定的责任。她仍然爱着拉里，爱他的外表，爱和他在一起时的感觉，也爱着有关他的记忆。但她知道，如果他继续这样下去，毁掉的是他们两个人。

有一次，她和威廉·弗雷泽一起吃午饭。

"拉里怎么样？"他问。

那句巴甫洛夫式条件反射的话——"挺好的"到了她嘴边，但她停住了，没有说出口。"他需要一份工作。"凯瑟琳坦率地说。

弗雷泽靠在椅子上，点了点头。"他是不是因为没有工作而心神不宁？"

她犹豫了一下，还是不想撒谎。"他并不是什么工作都愿意做，"她斟酌着词句，"他要做的工作必须得是适合他的工作。"

弗雷泽打量着她，琢磨着她话里的意思。

"他想干飞行员的工作吗？"

"他不想再回部队去了。"

"我在考虑让他去一家航空公司。我认识一个朋友，他经营泛美航空公司，能雇用拉里这样有丰富飞行经验的人，对他们来说算幸运了。"

凯瑟琳坐在那里，努力站在拉里的角度上去思考这个问题。他热爱飞行胜过这世上的任何事。这应该会是一份不错的工作，他可以做自己喜欢做的事。

"听……听起来不错。"她谨慎地说，"比尔，你有把握能帮他争取到这份工作吗？"

"我试试看。"他说，"不如你先给拉里透个底，看看他是怎么想的？"

"我会的。"凯瑟琳很感激，用双手抓住他的手，"太感谢你了。"

"谢我什么？"弗雷泽轻松地说。

"在我需要你的时候，你一直都在。"

他把另一只手放在她的双手上。"这是理所当然的。"

当晚，凯瑟琳就把弗雷泽的建议告诉了拉里，他说："这是我回家以来听过的最好的主意了。"两天之后，他就收到通知，去曼哈顿的泛美航空公司总部见卡尔·伊斯曼。凯瑟琳熨好他的西装，为他挑了衬衫和领带，把他的皮鞋擦得锃亮，都能照出人影。"我会尽快给你打电话告诉你情况如何。"他吻了吻她，飞快地露出一个孩子气的笑容，离开了。

凯瑟琳心想，拉里在很多方面都还像个小男孩。他既爱使性子、发脾气，但又是那么体贴、大方。

"倒霉啊，"凯瑟琳叹息道，"我就得做全天下唯一的最完美的妻子。"

她要做的工作安排得满满当当，但她无法集中精力，一直在想着拉里，还有他这次的面试。这岂止是一份工作。她觉得自己的整个婚姻都寄托在这次面试的结果上了。

这将会是她一生中最漫长的一天。

泛美航空公司总部设在纽约第五大道五十三号街一座现代化的大楼里。卡尔·伊斯曼的办公室宽敞舒适，显然他位居高职。

"进来坐吧。"拉里走进办公室时，他招呼说。

伊斯曼大约三十五岁，胡须刮得非常干净，下巴突出，一双锐利的浅褐色眼睛不会漏掉任何事情。他示意拉里在长沙发上坐下，然后自己坐在了他对面的椅子上。

"来杯咖啡吗？"

"不了，谢谢。"拉里说。

"我听说你想到我们这里来工作。"

"如果有空缺的话。"

"现在有空缺，"伊斯曼说，"不过申请的飞行员有千把个。"他懊恼地摇摇头。"真令人难以置信。航空兵团找了几千个聪明的小伙子，训练他们驾驶有史以来最复杂的机器，等他们上手了，能出色地完成任务了，又把他们赶走，没有活给他们干。"他叹了口气，"你是没见过一天到晚有多少人来这儿。都是一流的飞行员，像你一样的王牌。但每一千个人里只有一个是幸运儿，能得到那个缺位——其他航空公司也都是一样的状况。"

拉里感到一阵失望。"那你为什么还要见我？"他绷着脸问。

"两个理由。第一，上头有人叫我见你。"

拉里感到心里一股怒火往上冲。

"我不需要……"

伊斯曼身子前倾。"第二，你的飞行记录真是好。"

"谢谢。"拉里仍然绷着脸。

伊斯曼打量着他。"你得在这儿参加一个培训项目，和在学校差不多。"

拉里犹豫了一下，拿不准对方接下来要讲什么。

"这没问题。"他小心地回答。

"根据拉瓜迪亚的有关规定，你必须在纽约接受训练。"

拉里点点头，等着伊斯曼继续往下说。

"四周的地面教学，然后是一个月的飞行训练。"

"你们用的是DC-4型客机？"

"是的。训练结束后，我们会先让你当领航员。训练期间的基本工资是一个月三百五十美元。"

他有工作了！这个狗娘养的，还拿千把个飞行员申请这个缺位这种话来戏弄他。那又怎样，反正这份工作是他的了！真不知道自己之前在担心什么，放眼整个航空兵团，没人有比他更好的飞行记录了。

拉里咧嘴一笑。"伊斯曼，先当领航员我没意见，但我是个飞行员。什么时候能让我做回飞行员？"

伊斯曼叹了口气。"航空公司都有工会，所有人都是按工龄晋升的。你前面还有不少人。这样的话，你还想试一下吗？"

拉里点点头。"试一试怕什么。"

209

"对头，"伊斯曼说，"我会把所有手续都办好。当然，你还得做个身体检查。身体有什么问题吗？"

拉里笑了。"打仗的时候，日本人都没发现我有什么问题。"

"你什么时候能上岗？"

"今天下午会不会太早了？"

"我们就定在周一吧。"伊斯曼在一张卡片上草草写了个名字，交给拉里，"给，他们会在周一早上九点钟等你。"

拉里给凯瑟琳打电话报喜时，声音非常兴奋，那高兴的口气凯瑟琳已经很长时间都没有听到了。她知道，从现在起，一切都会变好的。

十二　诺艾尔

雅典：一九四六

康斯坦丁·德米里斯有一个飞机编队供他私人专用，但最值得他骄傲的还是一架霍克·西德利公司生产的飞机，经改装后，载客量十六人，时速三百英里，机组人员共四名，可以称得上是一座豪华舒适的飞行宫殿。飞机的内部装饰是由弗雷德里克·索文设计的，舱壁上的彩绘是由夏加尔精心绘制的。机舱内摆放的不是常规的飞机座椅，而是特制的安乐椅和舒适的长沙发。尾舱被改造成一间豪华卧室，驾驶舱后面的前舱是一个现代化的厨房。每次德米里斯或诺艾尔乘飞机时，飞机上都有一名厨师。

德米里斯选了两名私人飞机驾驶员，一个是希腊人，名叫保罗·梅塔克萨斯；另一个是英国人，是退伍的英国皇家空军战斗机驾驶员，叫伊恩·怀特斯通。梅塔克萨斯身材矮壮，和蔼可亲，脸上总是带着笑容，常常笑得很开心，笑声也极富感染力。他以前是机械师，自学了驾驶飞机，也在英国皇家空军待过，于不列颠之战中认识了伊恩·怀特斯通。怀特斯通身材高挑，一头红发，干瘦，举止拘谨羞怯，像个开学第一天给二流学校的顽劣男孩上课的老师。可一旦驾驶飞机，他就像变了个人一样。他有着罕见的、与生俱来的飞行员天赋，这种感觉上的东西是永远无法被教授或习得的。怀特斯通和梅塔克萨斯曾并肩与德国空军作战过三年，十分尊重彼此。

诺艾尔经常乘坐这架大型飞机出行，有时候是和德米里斯一起出差，有时候是出来兜风散心。她认识这两名驾驶员，但从来没有特别注意过他们。

有一天，在他们聊起往事时，诺艾尔偶然听到他们说起了在英国皇家空军中的经历。

从那以后，每次坐飞机，诺艾尔都会去驾驶舱和他们说说话，或者邀请其中一人到客舱里歇息。她鼓励他们谈论自己参战时的经历，后来甚至不用直接提问，她就了解到，在拉里·道格拉斯离开皇家空军前，怀特斯通曾在他的飞行中队任联络官，而梅塔克萨斯加入中队的时间太晚，没有遇到拉里。于是诺艾尔开始把精力集中在怀特斯通身上。在老板情人的鼓动和奉承下，怀特斯通无所顾忌地谈论起了自己的过去和理想。他告诉诺艾尔，自己一直都对电子器件很感兴趣。他的连襟在澳大利亚开办了一家小型电子公司，想让他过去跟他合伙经营，但怀特斯通缺乏资金。

"照我现在这样，"他对诺艾尔笑着自嘲道，"我的理想这辈子都不可能实现。"

诺艾尔仍然每个月去巴黎见一次克里斯蒂安·巴贝。巴贝与华盛顿的一家私人侦探机构建立了业务上的联系，关于拉里·道格拉斯的报告源源不断地传了过来。这位小矮个侦探曾小心地试探过诺艾尔，主动提出要把报告给她寄到雅典，但她表示自己更喜欢亲自来取。巴贝狡黠地点点头，用一种阴险的语气说："我明白，佩奇小姐。"所以，她并不想让康斯坦丁·德米里斯知道她对拉里·道格拉斯很感兴趣。各种可能的敲诈方式在巴贝的头脑中翻涌。

"巴贝先生，你有很大的功劳，"诺艾尔说，"而且言行非常谨慎。"

他露出一个虚伪的笑容。"过奖了，佩奇小姐。做我这行，必须得言行谨慎。"

"的确。"诺艾尔回答道，"我知道你言行非常谨慎，因为康斯坦丁·德米里斯从来也没跟我提起过你的名字。如果真有一天他提到你的名字，我会叫他毁了你。"她的语调愉悦轻松，就像是在闲聊，但效果却像一枚炸弹。

巴贝先生大惊失色，舔着嘴唇凝视了诺艾尔许久。他紧张地抓了抓自己的裤裆，结结巴巴地说："小姐，我向你保证，我绝……绝对不会……"

"我知道你不敢。"说完，诺艾尔就扬长而去。

在返回希腊的客机上，诺艾尔拿出密封的黄色文件袋里的秘密报告，读了起来。

超级安全侦探事务所

华盛顿哥伦比亚特区

D街，1402号

查询编号：#2-179-210（一九四六年二月二日）

亲爱的巴贝先生：

本所一位侦探与泛美航空公司人事处接触后汇报如下：调查对象被认为是熟练的战斗机驾驶员，但公司目前不确定他是否能够遵守纪律，胜任大规模结构化组织里的工作。

调查对象的私人生活方式与前期报告中所述相同。调查对象与不少女人搭过讪，我们跟踪他到了这些女人的住所。他停留的时间从一个小时到五个小时不等，我们推测他与这些女性的关系都不过是一夜情。（这些女人的名字及地址均已存档。如有需要，接函后即可递上。）

鉴于调查对象已有新的职务，现况可能会改变。接到您继续调查的要求后，我们会继续跟踪。

一切费用清单随函附上。

您忠实的常务监事

R.鲁顿伯格

诺艾尔把报告塞回文件袋里，靠在椅背上，闭上了双眼。她在脑海中想象着拉里现在的状态：他烦躁不安，痛苦不堪，娶了一个自己不爱的女人，他自己的种种缺点将他推入了一个不能自拔的陷阱中。

他在航空公司找到了工作，这可能会稍微推迟诺艾尔的计划，但是她有耐心。她迟早会把拉里带到自己身边。与此同时，她还可以部署一些步骤，推动事情的发展。

接到诺艾尔·佩奇共进午餐的邀请后，伊恩·怀特斯通喜出望外。一开始，他还扬扬得意地认为诺艾尔是被他迷住了，不过他们的每次相处虽然感觉很愉快，但还是非常正式的，这让他认清了自己不过是个雇员，而她是遥不可及的。他经常感到迷惑不解，不知道诺艾尔想从他这里得到什么。怀特斯通是个聪明人，他有种奇怪的感觉，他和诺艾尔之间那些看似随意的谈话，对她比对他自己有着更加重要的意义。

在约定的那天，怀特斯通和诺艾尔驱车前往城南苏尼翁角附近的一个小海滩去吃午餐。诺艾尔身着白色的夏日连衣裙，脚上踩着凉鞋，柔顺的金发随风飘扬，美得无与伦比。伊恩·怀特斯通与伦敦的一位女模特订了婚，虽然她眉清目秀，但远远比不上诺艾尔。怀特斯通就从未遇见过能比得上诺艾尔的女人，他本来是很羡慕康斯坦丁·德米里斯的，但在回味过去的细节时，他觉得诺艾尔总显得对自己比对德米里斯更感兴趣，便没那么羡慕德米里斯了。但是，当真的和她待在一起时，怀特斯通却发现自己有点怯懦。现在诺艾尔把话题转向了他未来的打算，他又一次怀疑，她是不是奉德米里斯的命令来试探他对自己的雇主忠心与否。

"我热爱我的工作，"他诚恳地对诺艾尔保证说，"我愿意一直工作下去，直到我老得看不清自己要朝哪儿飞。"

诺艾尔盯着他看了一会儿，察觉到了他的怀疑。"我很失望，"她遗憾地说，"我原本期望你会有更远大的抱负呢。"

怀特斯通呆呆地看着她。"我不明白。"

"你不是跟我说过，总有一天你要开一家自己的电子公司吗？"

他想起自己确实跟她随口提过，她竟然还记得，这让他非常惊讶。

"那只是个不切实际的幻想，"他答道，"需要很多钱的。"

"像你这样有能力的人，"诺艾尔说，"不应该因为缺钱而被绊住手脚。"

怀特斯通不安地坐在那里，不知道诺艾尔希望他说什么。他确实很喜欢这份工作，赚的钱比之前要多得多，工作时间也还可以，驾驶飞机本身也是他的兴趣。但另一方面，他被一个偏执的亿万富翁呼来唤去，不管是白天还是晚上，德米里斯总是要他随叫随到。这已经给他的私生活带来了麻烦，他的未婚妻对他的工作并不满意，无论薪酬有多高。

"我跟一个朋友讲了你的事，"诺艾尔说，"他想投资一批新公司。"

她的声音有一种被压制着的热情，仿佛她对自己讲的事情很兴奋，但又很谨慎，不想把他逼得太狠。怀特斯通抬起眼，正遇上了她的目光。

"他对你很感兴趣。"她说。

怀特斯通咽了咽口水。"佩奇小姐，我……我不知道该说什么。"

"我不期望你现在说什么，"诺艾尔安抚他说，"我只想让你考虑一下。"

他坐在那里思索了一阵，最终问道："德米里斯先生知道这件事吗？"

诺艾尔露出了一个诡秘的笑容。"恐怕德米里斯先生不会同意的。他不愿意失去员工，尤其是优秀的员工。不过……"她略微停顿了一下，"我觉得像你这样的人有权放手去干，凭自己的能力去闯出一番天地。当然啦，除非……"她补充道："你后半辈子想继续给别人打工。"

"我不想。"怀特斯通不假思索地说，突然意识到自己说漏了嘴。他打量起诺艾尔的脸色，试图找到一丝能够暗示这是某种陷阱的迹象，但是她只表现出了同情和理解。"任何一个工作称职的人，都应该有自己的一番成就。"他为自己辩护道。

"当然了。"诺艾尔表示赞同，"先考虑考虑，我们之后再谈。"然后她警告他说："这件事，只有你知我知。"

"没问题，"怀特斯通说，"谢谢您。如果这事能成，可真叫人高兴。"

诺艾尔点点头。"我有预感，肯定没问题。"

十三　凯瑟琳

华盛顿—巴黎：一九四六

周一上午九点钟，拉里·道格拉斯去纽约拉瓜迪亚机场的泛美航空公司办事处报到，接待他的是首席驾驶员哈尔·萨科威茨机长。拉里走进办公室前，萨科威茨一直在钻研拉里飞行记录的报告单，看见他进来，萨科威茨忙将报告单塞进了抽屉里。

萨科威茨机长矮小结实，长相粗犷，饱经风霜的脸上刻着深深的皱纹。他的手很大，拉里从没见过像他那样大的手。萨科威茨是民航事业中货真价实的老手，他在马戏团飞行巡回演出盛行的时期就开始了飞行生涯，为政府驾驶过单引擎的邮政飞机。他二十年来一直做民航驾驶员，担任泛美航空公司的首席驾驶员已有五年了。

"道格拉斯，很高兴你能加入我们。"他说。

"我也很高兴能来这里工作。"拉里答道。

"是不是迫不及待想再登上飞机了？"

"还需要飞机？"拉里咧嘴一笑，"把我往风口一放，我直接就能起飞。"

萨科威茨指着一把椅子说："坐吧。我喜欢跟你们这些要接替我职位的小伙子打交道。"

拉里闻言笑了起来，说道："你接到通知了。"

"噢，我不怪你们任何人。你们都是顶尖的飞行员，战斗记录那么出色，你们来这儿之后肯定会想：'那个萨科威茨蠢得要死，如果他都能当首席驾驶员，那他们不得让我做董事长。'你们没有谁打算在领航员这个岗位上待很久，那不过是驾驶员岗位的一个跳板而已。嗯，这挺好的。本来就应该这样。"

"你能这么想，我很高兴。"拉里说。

"但有件事我得提前跟你打声招呼。我们都参加工会，道格拉斯，提拔是严格按照工龄进行的。"

"我知道。"

"还剩一件事你可能不知道。这里的工作待遇特别好，所以进来的人多，出去的人少，晋升的速度就会变慢。"

"我愿意试试我的运气。"拉里回答。

这时，萨科威茨的秘书送来了咖啡和丹麦点心，接下来的一小时两人就一直在闲谈，熟悉彼此。萨科威茨的态度很友好，和蔼可亲，他问了许多看似无关紧要的问题，但是到拉里离开去上第一节课时，他已经掌握了不少有关拉里的情况。拉里走后几分钟，卡尔·伊斯曼走进了办公室。

"怎么样？"伊斯曼问。

"还行。"

伊斯曼瞪了萨科威茨一眼。"萨科，你怎么看？"

"我们先试用一下他吧。"

"我问的是你有什么想法。"

萨科威茨耸耸肩。"好吧，那我就跟你说了。直觉告诉我，他是个好得不能再好的飞行员。他肯定是个好飞行员，毕竟有那么出色的战斗记录摆在那里。把他放到一架飞机里，让一群敌机追击他，不会有人比他做得更好。"说完，他犹豫了一下。

"继续说下去。"伊斯曼说。

"问题是，曼哈顿上空可没这么多敌机。我之前也认识像道格拉斯这样的人。我也搞不清楚为什么，他们的生活特别适合与危险搏斗。他们能做一些疯狂的事情，比如登上无法攀爬的高峰，或者潜入海底，或者找到一些危险的鬼事情去做。一旦战争爆发，他们就像一杯滚烫咖啡中的奶油一样，一下子冒出来，准备战斗。"他把椅子转过来，看着窗外。伊斯曼站在那里，一言不发，等着他往下说。

"卡尔，对道格拉斯，我有一种预感，他好像哪里不太对劲。在我们这个舰队，如果他当上了舰长，可以独立驾驶时，他能干得很出色。但我觉得他在心理上不会服从机械师、大副或者领航员的命令，特别是在他觉得自己能胜过他们所有人的时候。"他把椅子转回来，面对着伊斯曼，"而且有意思的是，他确实有可能胜过所有人。"

"你说得我都紧张起来了。"伊斯曼说。

"我也是。"萨科威茨坦白道。"我觉得他不太……"他停住了，在脑海里搜索着合适的词，"稳定。你跟他说话的时候，就感觉他屁股上像是装了根雷管，随时可能爆炸。"

"那你想怎么办？"

"我们已经采取措施了。他去上培训课，我们会密切关注他的。"

"也许他训练过不了关呢。"伊斯曼说。

"你不了解他们这帮家伙。他最后肯定是班里的第一。"

萨科威茨的预料一点都没错。

训练课程包括四周的地面教学，再加一个月的飞行训练。鉴于受训者都已经是有多年经验的飞行员，课程目标有两个：第一，过一遍导航、无线电、通信联络、地图判读和仪器导航飞行等科目，温习过去的知识技能，查漏补缺；第二，熟悉将要使用的新设备。

仪器导航飞行的培训是在林克教练机内进行的，这是一个小型的模拟驾驶舱，放在一个可移动的底座上，驾驶舱内的飞行员可以让飞机完成任何动作，包括失速、回旋、旋转和翻滚。驾驶舱顶部有一个黑色的罩子，这样飞行员就可以仅靠面前的仪器盲飞。教练机外的教官向飞行员传达命令，指示他们在强气流、暴风雨、高山险岭和其他可以想象的模拟危险情况下进行起飞和降落。大多数没有经验的飞行员自信满满地进入教练机，但很快就知道里面的操作比预想的要困难得多。独自待在狭小的驾驶舱里，所有的感官都与外部世界隔绝，自然会有一种恐怖的感觉。

拉里是个有天赋的学生。他听课很认真，学的东西全部都能内化吸收，家庭作业不仅会全部完成，而且还完成得非常出色，一丝不苟。他没有表现出一点烦躁不安，或是无聊厌倦。相反，他是班里最好学的，也无疑是最优秀的学生。对拉里来说，唯一没有接触过的就是新式飞机——DC-4型客机。这一型号的客机机身纤长，线条流畅，配备了一些战时还未问世的新设备。拉里花了几小时细细看过每一英寸机身，研究它的组装方式和功能。晚上，他会拿出几十本DC-4型客机的操作手册认真研读。

有一天深夜，其他人早已离开了飞机库，萨科威茨碰见拉里还留在一架DC-4型客机里，他仰面躺在驾驶舱下，仔细地研究着线路。

"你听着，这个狗娘养的要把我的饭碗抢走了。"第二天早上，萨科威茨告诉卡尔·伊斯曼。

"照他这样下去，挺有可能的。"伊斯曼笑着说。

八周的训练结束时，举行了一个小规模的结业典礼。凯瑟琳非常为拉里骄傲，特地飞去了纽约，观看拉里接受领航员徽章的仪式。

他尽力把这枚徽章说得微不足道。"凯茜，这不过是个无聊的小布片罢了。他们把这个给你，好让你进到驾驶舱的时候记得自己该干什么。"

"噢，不，才不是呢。"她说道，"我和萨科威茨机长谈过了，他告诉我你非常优秀。"

"那个愚蠢的波兰佬知道什么？"拉里说，"我们去庆祝吧。"

那晚，凯瑟琳和拉里，以及拉里的四个同学和妻子去五十二号街东段的二十一俱乐部吃晚餐。休息厅里人满为患，主管告诉他们，没有预约的话，就没有座位了。

"去他的鬼地方！"拉里说，"咱们去隔壁的图茨绍尔餐厅。"

"等一下。"凯瑟琳说。她走到主管跟前，要求见一下杰里·伯恩斯。

过了一会儿，一个矮瘦的男人匆忙赶了过来，灰色的眼睛里露出探询的目光。

"我是杰里·伯恩斯。"他说，"请问有什么事吗？"

"我和我丈夫，还有几个朋友，"凯瑟琳解释道，"一共十个人。"

话音未落，他已经开始摇头。"除非您预订过……"

"我是威廉·弗雷泽的合伙人。"凯瑟琳说。

杰里·伯恩斯用责备的眼神看着凯瑟琳。"您为什么不早说呢？请给我一刻钟好吗？"

"谢谢。"凯瑟琳感激地说。

她走回他们一行人站着的地方。

"惊喜来了！"凯瑟琳说，"我们有座位了。"

"你怎么弄到的？"拉里问。

"很简单，"凯瑟琳说，"我提了比尔·弗雷泽的名字。"她看到拉里的眼神变了。"他经常来这家餐厅，"凯瑟琳迅速把话说完，"他告诉我如果来这儿没有座位，提一下他的名字就行。"

拉里转向其他人。"咱们赶紧滚吧。这个破地方。"

他们一起朝门口走去。拉里转过身来看着凯瑟琳说："来不来？"

"当然来，"凯瑟琳犹豫着说，"只是我得先跟他们说一声我们不……"

"去他们的！"拉里大声说，"你到底来还是不来？"

周围的人都转过来盯着他们看，凯瑟琳窘迫得脸都红了。

"来了。"说完，她转过身跟着拉里出了门。

他们最后去了第六大道的一家意大利餐馆，晚饭吃得很不开心。从外表来看，凯瑟琳表现得好像什么都没发生过，但她内心的怒火正在冒烟闷烧。拉里的幼稚行为和让她当众下不来台的举动令她火冒三丈。

回家之后，凯瑟琳一言不发地走进卧室，脱掉衣服，关灯上床。她听到拉里在客厅里调酒。

十分钟后，他进了卧室，把灯打开，走到床边。"你打算继续装可怜吗？"他问。

她坐起身，终于忍不住发火了。"不要老是逼我发火。"她说，"你今晚的行为真是不可原谅。你是被什么给冲昏了脑子？"

"就是那个冲昏你脑子的人。"

她瞪着他。"什么？"

"我说的是完美先生比尔·弗雷泽。"

她不解地看着他。"比尔除了帮助我们，什么都没做。"

"真他妈的太对了，"他说，"你的业务靠他，我的工作也靠他。现在没有弗雷泽的允许，我们连去餐厅吃饭的资格都没有。够了，我受够了天天受制于他的日子！"拉里的这些气话让凯瑟琳十分震惊，而更让她震惊的是他说话的语气。他的语气充满了挫败感和无力感，这时她才意识到他的内心肯定备受折磨。难道不是吗？他刚结束了四年的军旅生涯，回到家却发现自己的妻子和她的前男友成了合伙人。更糟糕的是，没有弗雷泽的帮助，他自己甚至都找不到一份工作。

凯瑟琳看着拉里，意识到这是他们婚姻的一个转折点。如果她想和他在一起，就必须要把他置于首位，置于她的工作之上，置于所有事情之上。凯瑟琳第一次觉得自己真正理解了拉里。

拉里像是读懂了她的想法，懊悔地说："对不起，我今晚像个王八蛋一样。当时我们没位子，你一提弗雷泽，我们就有位子了，就像他的名字有什么魔力一样，我……我突然就受不了了。"

"拉里，我也对不起你。"凯瑟琳说，"我以后再也不这样对你了。"

他们相拥在一起，拉里说："凯茜，请你永远都不要离开我。"凯瑟琳想着自己距离重新拥有幸福美满的婚姻已经这样近了，于是把他抱得更紧了，说道："亲爱的，我不会离开你的，永远不会。"

拉里就任领航员后，第一次执行任务是在一四七号航班上，由华盛顿飞往巴黎。航班抵达后，他在巴黎停留四十八小时，回家休息三天，然后再出航。

一天上午，拉里打电话到凯瑟琳的办公室，声音很激动。"嘿，我给咱们找了一家特别好的餐厅，你能溜出来吃午饭吗？"

凯瑟琳看了一眼桌上堆积如山的广告设计方案，这些都得在中午之前审核完。

"当然。"她豁出去了。

"我十五分钟后过来接你。"

"你千万不要抛下我不管！"她的助理露西娅哀号道，"今天不把这次的广告设计方案交给施托伊弗桑特，他会发火的。"

"这件事只能等等了，"凯瑟琳说，"我要和我丈夫一起去吃午饭。"

露西娅耸了耸肩。"我不怪你。什么时候你厌倦他了，可以告诉我一声吗？"

凯瑟琳咧嘴笑了起来。"那估计要等到你老掉牙了。"

拉里在办公楼门口接凯瑟琳上了车。

"我没有把你一天的计划都搞乱吧？"他淘气地问。

"怎么会。"

他哈哈大笑起来。"那些经理估计都要急得中风了。"

拉里把车开向了机场。

"那家餐厅还有多远？"凯瑟琳问。她从下午两点开始有五个约会。

"不远了……你下午很忙吗？"

"不忙，"她撒谎说，"没什么要紧事。"

"那就好。"

他们驶到机场前面的岔道时，拉里把车拐进了机场入口。

"餐厅在机场里面吗？"

"在机场另一头。"拉里答道。他停好车，挽住凯瑟琳的手臂，带她走进了泛美航空公司的大门。柜台后的漂亮姑娘直呼拉里的名字，跟他打招呼。

"这是我太太。"拉里神气十足地说，"这是埃米·温斯顿。"

她们互相打了招呼。

"走吧。"拉里仍然挽着凯瑟琳的胳膊，他们往登机坡道走去。

"拉里……"凯瑟琳觉得情况不妙，开口问道，"我们这是去……？"

"嘿，你简直是我带去吃午饭的姑娘里最吵的一个。"

他们走到了三十七号登机口。检票台后的两个工作人员正在查看乘客手中的机票。提示牌上写着：一四七号航班，飞往巴黎——下午一点起飞。

拉里走到检票台旁，对其中一个人说："托尼，她来了。"他递给那人一张机票。"凯茜，这位是托尼·隆巴迪。这是凯瑟琳。"

"我敢肯定，你的名字我听过好多遍了。"男人咧嘴一笑，"你的票没问题。"他把机票递给凯瑟琳。

凯瑟琳茫然地盯着手里的机票。"这是干什么？"

"我跟你撒谎了，"拉里微笑着说，"我不是要带你出来吃个午饭，我是要带你去巴黎的马克西姆饭店。"

凯瑟琳的声音都变了。"马……马克西姆饭店？在巴黎？现在？"

"没错。"

"我去不了，"凯瑟琳哀求道，"我现在不能去巴黎。"

"你可以去，"他笑起来，"你的护照已经在我口袋里了。"

"拉里，"她说，"你疯了吧！我没带衣服，我还有一堆约会，我……"

"衣服到了巴黎我给你买新的，把约会取消。就这么几天，弗雷泽没你也行。"

凯瑟琳盯着他，不知道该说什么好。她想起了自己曾经下过的决心。拉里是她的丈夫，他必须被放在首位。凯瑟琳意识到，对拉里来说，重要的不仅仅是带她去巴黎，他是想向她炫耀一番，让她坐一下自己领航的飞机。而她差一点就把事情搞砸了。于是，她把自己的手交到他手里，抬头对他嫣然一笑。

"那还等什么呢？"凯瑟琳问，"我都饿死了！"

一到巴黎，人们立刻就被卷入玩乐的旋风之中。拉里提前安排好了一切，他们整整一周都可以待在巴黎。在凯瑟琳看来，他们每个小时都有好多事情要做。他们住在左岸一家美丽的小旅馆里。

到巴黎后的第一天上午，拉里带凯瑟琳去香榭丽舍大街的一家高级服装店，恨不得把整家店都给她买下来。凯瑟琳只买了一些她必需的东西，同时惊讶于这里高昂的物价。

"你知道你有个缺点吗？"拉里说，"你把钱看得太重了，你可是在度蜜月。"

"好的，先生。"她说。但她还是拒绝买一件自己不需要的晚礼服。她试图向拉里问清楚这么多钱是从哪里来的，他却不想回答，但她执意要问。

"我预支了工资。"拉里告诉她，"这有什么大不了的？"

凯瑟琳不忍心告诉他，在钱的问题上，他就像一个小孩一样，大手大脚的，但这也是他的可爱之处。

和她父亲的可爱之处一模一样。

拉里带她按游客线路逛巴黎。他们参观了卢浮宫，去了杜伊勒里宫，还到荣军院去看了拿破仑的墓。他还带她去巴黎大学附近一家装饰得五彩斑斓的小饭馆吃了饭。他们去著名的中央市场巴黎大堂，看到了从法国各地的农场运来的新鲜蔬果和肉类。最后一天是周日，下午他们去了凡尔赛宫，然后在巴黎郊外一家餐厅的迷人花园里用了晚餐。这真是个完美的第二次蜜月。

哈尔·萨科威茨坐在办公室里，浏览着每周人事报告。在他面前的是拉里·道格拉斯的报告。萨科威茨靠在椅背上仔细阅读着，用手扯着下唇，若有所思。最终他向前一倾，按下了内部对讲机的按钮。"让他进来。"他说。

过了片刻，拉里走了进来，身着泛美航空公司的制服，手上拿着航空手提包。他冲萨科威茨微微一笑。"早上好，长官。"他说。

"坐吧。"

拉里懒洋洋地坐到办公桌对面的椅子上，点燃了一支烟。

萨科威茨说："我收到了一份报告，上面说你上周一在巴黎参加航班简报会迟到了四十五分钟。"

拉里的表情变了。"我在香榭丽舍大街被游行队伍给拦住了，但飞机是准时起飞的。我不知道我们航空公司原来是个管理严格的男生夏令营。"

"我们是航空公司，"萨科威茨平静地说，"要按规章制度办事。"

"是，"拉里愤愤地说，"我再也不去香榭丽舍大街了。还有别的吗？"

"有。斯威夫特机长觉得你在最近的一两次航班起飞前喝过酒。"

"他是个该死的骗子！"拉里气冲冲地打断道。

"他为什么要骗人呢？"

"因为他怕我抢他的饭碗。"满腔怒火在拉里的声音中翻涌，"那个狗娘养的就是个胆小鬼，他十年前就该退休了。"

"你已经分别和四个机长一起飞行过，"萨科威茨说，"你喜欢哪一个？"

"一个都不喜欢。"拉里回嘴道。他发现自己中了圈套，但是已经太晚了。他又迅速补充道："我的意思是……他们都还不错。我对他们没什么意见。"

"他们也不喜欢跟你一起飞行，"萨科威茨故作平静地说，"你让他们感觉很紧张。"

"这到底是什么意思？"

"意思是，如果碰上紧急情况，你得对你身边的人有百分之百的把握。他们对你没有把握。"

"我的老天！"拉里的怒火终于爆发了，"我在德国上空飞过，在南太平洋岛上飞过，整整四年，我应对过多少紧急情况，每天把脑袋别在裤腰上。他们倒好，用肥屁股坐在这儿挣大钱。他们对我没把握？别开玩笑了！"

"你在战斗机里确实是个英雄好汉，这一点没人反对，"萨科威茨的语气很镇定，"但我们驾驶的是客机。这是完全不同的游戏。"

拉里坐在那里捏紧了拳头，试图控制他的怒火。"行，"他阴沉着脸说，"我明白了。如果你说完了，我得赶紧走了，还有个航班几分钟后就要起飞。"

"已经有人接替你了，"萨科威茨说，"你被解雇了。"

拉里难以置信地瞪着他。"我被什么？"

"道格拉斯，从某种程度上说，我觉得这是我的错。我一开始就不该雇用你。"

拉里站了起来，眼睛里燃烧着怒火。"那你干吗要雇用我？"他质问道。

"因为你的妻子有个朋友，他的名字叫比尔·弗雷泽……"萨科威茨火上浇油地说。

拉里越过办公桌，一拳砸在萨科威茨的脸上。这一击让萨科威茨撞到了墙上，他利用反作用力弹了回来，揍了拉里两下，接着退后一步，努力克制着自己。"滚出去！"他吼道，"马上！"

拉里死死地盯着他，脸因为仇恨而扭曲了。"你这个狗娘养的，"他说，"你就算求我，我也不会再靠近这个公司一步！"他转过身，冲出了办公室。

萨科威茨站在原地目送着拉里离去。他的秘书匆匆跑进来，看见椅子被打翻在地，他的嘴巴上满是鲜血。

"您还好吗？"秘书问。

"好极了。"他说，"告诉伊斯曼先生，有空的话过来见我。"

十分钟后，萨科威茨把刚才发生的事跟卡尔·伊斯曼说完了。

"你觉得道格拉斯究竟是哪里有问题？"伊斯曼问。

"说实话吗？我觉得他精神不太正常。"

伊斯曼用锐利的双眼注视着他。"萨科，我觉得有点过了。飞行期间他没有醉意，甚至没有人能证明他在地面上喝过酒。还有，谁偶尔都会迟到一次。"

"卡尔，如果仅仅是这样，我是不会解雇他的。道格拉斯脾气太差了。说实话，我今天就是故意激怒他的。激怒他并不难。如果他能沉住气，我也许还会给他个机会，留着他试用。你知道我担心的是什么吗？"

"什么？"

萨科威茨说："几天前，我碰见一个老朋友，他在英国皇家空军和道格拉斯当过战友。他跟我讲了一个令人难以置信的故事。道格拉斯在雄鹰中队时好像爱上了一个英国小姑娘，但她已经和他队里一个叫克拉克的小伙子订婚了。道格拉斯为了插足，无所不用其极，但是那个姑娘对他一点意思都没有。就在她和克拉克结婚前一周，雄鹰中队要在迪耶普的一次空战中掩护B-17轰炸机，道格拉斯在中队后方飞行。轰炸机投下炸弹后，整个中队随即返航。回到英吉利海峡上空时，他们遭到了几架德国梅塞施密特式战斗机的袭击，克拉克被击落了。"他停下来，自顾自地陷入了沉思。伊斯曼等着他继续往下讲。终于，萨科威茨抬眼看向伊斯曼说："据我朋友所说，克拉克被击落时，周围根本没有敌机。"

伊斯曼难以置信地盯着他。"天哪！你的意思是，拉里·道格拉斯……？"

"我可什么都没说，不过是把我听到的有趣故事跟你讲了一遍而已。"他又用手帕按了按嘴唇，血已经不流了。"战斗机近距离空战时会发生什么很难说，也许克拉克的燃油刚好用完了。不过有件事是确定的，他的好运确实是用光了。"

"那个姑娘后来怎么样了？"

"道格拉斯把她抢了过来，到回美国前夕，又把她抛弃了。"他若有所思地看着伊斯曼，"有件事我很肯定，我真为道格拉斯的妻子感到不值。"

凯瑟琳正在会议室开全体员工会议。这时门开了，拉里走了进来。

他的一只眼睛青紫，还肿了，脸颊也划破了。她赶紧冲向他。"拉里，发

226

生什么了？"

"我辞职了。"他咕哝着说。

凯瑟琳把他带到自己的办公室，避开大家好奇的目光，用一块浸了冷水的布敷在他的眼睛和脸颊上。"告诉我，怎么回事。"他们竟然这样对待拉里，她不禁怒火中烧，但是忍着没有发作。

"凯茜，他们刁难我有一段时间了。我觉得他们是嫉妒我，因为我上过战场，而他们没有。不管怎么样，今天算是爆发了。萨科威茨把我叫过去，跟我说，从一开始他们雇用我，就只是因为你是比尔·弗雷泽的情人。"

凯瑟琳看着他，说不出话来。

"我揍了他。"拉里说，"我忍不住。"

"噢，亲爱的！"凯瑟琳说，"我真难过。"

"萨科威茨肯定更难过，"拉里答道，"我把他狠狠地揍了一顿。不管有没有工作，我不会让任何人那样说你。"

她把他搂过来，安慰他说："别担心，国内的航空公司你都可以随便进的。"

事实并没有凯瑟琳说的那样乐观。拉里把所有的航空公司都申请了一遍，只有几家面试了他，但后来都音讯全无了。和比尔·弗雷泽一起吃午饭的时候，凯瑟琳向他讲了她所遇到的麻烦。弗雷泽什么都没说，但是整个午饭的时间一直在沉思。有好几次，她觉得他好像要开口告诉她什么，但是他都没有说出口。最终，他说："凯茜，我人脉比较广，要不要让我看看有什么能帮上拉里的？"

"谢谢，"凯瑟琳感激地说，"不过还是算了吧。我们会自己解决的。"

弗雷泽注视了她一会儿，然后点点头。"如果你改主意了，记得告诉我。"

"我会的，"她的声音里充满了感激，"我遇到麻烦好像总是会来找你。"

超级安全侦探事务所

华盛顿哥伦比亚特区

D街，1402号

查询编号：#2-179-210（一九四六年四月一日）

227

亲爱的巴贝先生：

一九四六年三月十五日来函和银行汇票均已收到，谨致谢意。

自从上次报告后，调查对象已在飞轮运输公司就任飞机驾驶员。该公司为一家在长岛经营的小型独立货运公司。据邓恩-布拉德斯特里特事务所的调查显示，该公司的固定资金不足七十五万美元，运输工具为一架改装的B-26型飞机和一架改装的DC-3型飞机。该公司的银行信贷超过四十万美元。该公司的主要账户在巴黎银行纽约分行，该银行的副董事长向本人保证说，该公司有良好的发展潜力和前景。目前，该公司每年赢利八万美元；在今后五年内，利润预计每年增长百分之三十。鉴于上述情况，巴黎银行纽约分行正在考虑向他们提供足够的贷款添购飞机。

如果您希望进一步了解公司财务方面的细节，请告知。

调查对象于一九四六年三月十九日开始工作。人事经理（该公司所有者之一）告诉本所一名侦探，能够有调查对象为他们工作，他感到十分荣幸。详情下次报告。

您忠实的常务监事
R. 鲁顿伯格

巴黎银行纽约分行
美国纽约州纽约市

菲利普·查顿
董事长

亲爱的诺艾尔：

你这人好坏啊！我不知道这男人对你做什么了，但不管怎样，他还是付出了代价。他被赶出飞轮运输公司了。我朋友告诉我，他为此暴跳如雷。

我想到雅典来见见你。

替我向康斯坦丁问好。还有，你不必担心，我给你的小小帮助会一直是你我之间的秘密。

爱你的
菲利普

超级安全侦探事务所

华盛顿哥伦比亚特区

D街，1402号

查询编号：#2-179-210（一九四六年五月二十二日）

亲爱的巴贝先生：

本报告是一九四六年四月一日报告的后续。

调查对象于一九四六年五月十四日被飞轮运输公司解雇。本人屡次对解雇原因进行过谨慎探询，但每一次都无功而返。鉴于无人愿意提及调查对象被辞退的原因，本人只能假定调查对象做了丑事，以致无人愿意提及有关调查对象的问题。

调查对象在继续寻找飞行员工作，但显然近期成功希望不大。

本人将继续探查调查对象被解雇的原因。

您忠实的常务监事

R. 鲁顿伯格

电报（一九四六年五月二十九日）

发报人：克里斯蒂安·巴贝

发报人电报挂号：CHRISBAR

发报人地址：法国巴黎

收报人：R. 鲁顿伯格，超级安全侦探事务所

来电收悉。立即停止对调查对象被解雇原因的调查。继续其他调查。

祝好！

超级安全侦探事务所

华盛顿哥伦比亚特区

D街，1402号

查询编号：#2-179-210（一九四六年六月十六日）

亲爱的巴贝先生：

六月十日来函及银行汇票均已收到，谨致谢意。

调查对象于六月十五日在环球航空公司获得副驾驶员职位。该航空公司为一家区域性支线航空公司，飞机往返于华盛顿、波士顿和费城之间。

环球航空公司是一家新成立的小型企业，拥有三架改装的战斗机。据本人调查得知，目前该公司资金不足，已经负债。该公司副董事长告知本人，他们已得到达拉斯第一国民银行许诺，可望在未来六十天内得到贷款。这样，他们将能够进行负债整合，并继续扩展。

调查对象受到高度评价，似乎前途大好。

如需进一步了解环球航空公司的情况，请来函告知。

> 您忠实的常务监事
> R. 鲁顿伯格

超级安全侦探事务所
华盛顿哥伦比亚特区
D街，1402号

查询编号：#2-179-210（一九四六年七月二十日）

亲爱的巴贝先生：

环球航空公司出人意料地申请破产，即将停止运营。就本人所知，该公司申请破产是迫于达拉斯第一国民银行拒绝发放已经承诺的贷款。调查对象再次失业，返回到以前的行为模式，如之前的报告所述。

有关达拉斯第一国民银行拒发贷款的原因，以及环球航空公司的财务困难，除非您特意来函告知，本人将不再追查。

> 您忠实的常务监事
> R. 鲁顿伯格

诺艾尔把所有的报告和剪报锁在一只特制的皮包里，唯一的钥匙在她手上。这只皮包保存在一个上锁的手提箱里，藏在她卧室的衣柜最里面。她如此谨慎，并不是因为担心德米里斯会窥探她的私人物品，而是因为她知道他爱搞阴谋诡计。这是诺艾尔的私仇，她想要确保德米里斯对此一无所知。

康斯坦丁·德米里斯会在她的复仇计划中发挥一些作用，而他本人会一直被蒙在鼓里。诺艾尔最后看了一眼这些报告，很满意地锁上了箱子。

她已经准备好了，复仇即将开始。

一切都是从一个电话开始的。

凯瑟琳和拉里正在家里吃晚餐，餐间充满了不安的气氛，两人都沉默不语。拉里近来很少在家，而在家时，总是粗鲁而又暴躁。凯瑟琳理解他的烦闷心情。

"我就像是被魔鬼附身了一样。"环球航空公司破产时，他这样对她说。确实如此。他的运气简直差到了极点。凯瑟琳试图安慰拉里，让他别忘了自己是个多么优秀的飞行员，谁要是能雇用他，那就是谁的福气。但凯瑟琳感觉她就像在与一只受伤的狮子朝夕相处，不知道什么时候，他就会对她发一顿脾气。但是她害怕自己让他失望，便努力去理解和包容他的怒火。电话铃响时，凯瑟琳正在往餐桌上端甜点。她走过去拿起了话筒。

"喂？"

电话里传来了一个英国男人的声音，他说："请问拉里·道格拉斯在吗？我是伊恩·怀特斯通。"

"请稍等。"她把话筒伸向拉里，"找你的电话。伊恩·怀特斯通找你。"拉里皱起眉头，疑惑地说："谁？"接着，他的脸色就变了。"我的天哪！"他走过来，从凯瑟琳手里拿走话筒。"伊恩？"他呵呵一笑，"天哪，快七年了吧。你是怎么查到我的信息的？"

凯瑟琳看着拉里一边听电话，一边笑着点头。大约五分钟后，他说："嗯，听起来不错，老伙计。我当然没问题，在哪儿？"他听着。

"行，半小时之后见。"拉里放下了话筒，看起来若有所思。

"他是你的朋友吗？"凯瑟琳问。

拉里转过身来看着她。"不，算不上。事情怪就怪在这儿，他是我在英国皇家空军的战友，我和他的关系其实不是太好。不过，他在电话里说有一份工作想要推荐给我。"

231

"什么样的工作？"凯瑟琳问道。

拉里耸了耸肩膀。"等会儿我回来，你就知道了。"

拉里回到家里时，已经是凌晨三点钟左右了。凯瑟琳正坐在床上看书，拉里出现在卧室门口。

"嘿。"

他肯定碰上什么事了。他脸上散发出的兴奋劲头，凯瑟琳已经很久没看到了。他走到床边。

"你跟他谈得怎么样？"

"我觉得谈得挺好的，"拉里放慢调子说，"好到我现在还不敢相信这是真的。我觉得工作的事八成没问题了。"

"给伊恩·怀特斯通工作吗？"

"不是的。伊恩是飞行员——跟我一样。我不是跟你说过我们是战友吗？"

"是的。"

"嗯——战争结束后，他的一个希腊朋友帮他找了份工作，当德米里斯的私人飞机驾驶员。"

"那个航运大亨？"

"航运、石油、金矿——半个地球都是德米里斯的。怀特斯通在他那里有一份完美的差事。"

"然后呢？"

拉里看着她，咧嘴笑了。"怀特斯通辞职了。他要去澳大利亚，有人帮他，他可以在那里经营自己的生意。"

"我还是不明白。"凯瑟琳说，"这些事跟你有什么关系？"

"怀特斯通跟德米里斯谈过了，他建议我去接替他的职务。他刚刚辞职，德米里斯还没来得及考虑接替的人选。怀特斯通觉得，我接替他的工作再合适不过了。"他停顿了一下，"凯茜，你不知道这意味着什么。"

凯瑟琳想起了过去发生的事情，过去做过的那些工作，还回想起了她的父亲和他那些不切实际的梦想。她尽量不动声色，既不想让拉里抱有不切实际的希望，也不想给他的兴奋劲头泼冷水。

"你不是说你和怀特斯通不是什么特别要好的朋友吗？"

他迟疑了一下，说："是的。"几条小小的皱纹爬上了他的额头。事情的真相是，他和伊恩·怀特斯通从来都没有对彼此有过好感。昨晚来的电话确实出人意料。两人见面时，怀特斯通怪怪的，显得局促不安。他把情况说明后，拉里说："我挺惊讶的，你竟然会想到我。"之后，两人陷入一阵尴尬的沉默。随后怀特斯通说："德米里斯想要一个出色的飞行员，你当然最合适。"这件事听上去就好像是怀特斯通要把工作硬塞给拉里，而拉里则是在帮他的忙。拉里说自己很感兴趣，这时怀特斯通看上去像是大大地松了一口气，然后又似乎急着告别。总之，这次见面从头到尾都怪怪的。

"这可是千载难逢的机会。"拉里告诉凯瑟琳说，"德米里斯给怀特斯通付的月薪是一万五千德拉克马，相当于五百美元，怀特斯通在那里过得像个国王一样富有。"

"但这不就意味着你要住在希腊吗？"

"我们就要住在希腊，"拉里纠正她说，"薪水这么高，我们一年就能攒下一大笔钱。我必须得试一把。"

凯瑟琳显得犹豫不决，斟酌着词句。"拉里，太远了，而且你都不了解康斯坦丁·德米里斯到底是怎样一个人。这边肯定会有飞行员的工作……"

"不行！"他的语气非常凶狠，"在这里，没人在乎你是个多么优秀的飞行员，他们关心的只是那该死的工会会费你交了多长时间。但是在那里，我就可以无拘无束。凯茜，这是我一直向往的生活。德米里斯的飞机多到你无法想象，我又可以痛快地飞了，宝贝。我要讨好的人只有德米里斯一人，而且怀特斯通说德米里斯会喜欢我的。"

这时，凯瑟琳又想起了拉里在泛美航空公司的工作，想起了他曾经对那家公司怀有的各种期望，以及他在小型航空公司的各种失败经历。"天哪，"她心想，"我该怎么办啊？"去希腊就意味着她要放弃自己已经建立起来的业务，去一个陌生的地方，和陌生人打交道，陪着几乎也是一个陌生人的丈夫。

他看着她。"你跟我一起走吗？"

她抬眼看着他急切的表情。这是她的丈夫，如果她想要维持自己的婚姻，她就得住到他住的地方去。如果拉里能够成功，那该有多好。他又会变回从前的拉里，变回结婚时那个富有魅力、风趣幽默、超级棒的男人。她必须给自己的婚姻一个机会。

"当然跟你一起了。"凯瑟琳说，"你先飞去希腊见见德米里斯怎么样？如果工作定下来，我随后就过去跟你会合。"

他笑起来，是那迷人的、孩子气的笑容。"宝贝，我就知道你靠得住。"他伸出胳膊搂着她，紧紧地把她抱住了。"你最好把这件睡衣脱了，"他说，"否则弄坏了可不好。"

这时，凯瑟琳的思绪却飞向了另外一个问题，她在盘算怎样跟比尔·弗雷泽说才好。

第二天清早，拉里飞往雅典去见康斯坦丁·德米里斯。

拉里走后好几天，凯瑟琳都没有收到他的任何音讯。这一周她都在煎熬中度过，后来她发现自己反倒希望希腊那边的事情进展得不顺利，希望拉里赶紧回来。即使德米里斯同意雇用他，也说不准他会在那边工作多久。在美国，他总会找到工作的。

到了第六天，凯瑟琳接到一个国际长途电话。

"凯瑟琳吗？"

"喂，亲爱的。"

"马上收拾行李。你现在是在跟康斯坦丁·德米里斯的新的私人飞机驾驶员讲话。"

十天后，凯瑟琳坐上了飞往雅典的航班。

第二部

十四　诺艾尔和凯瑟琳

雅典：一九四六

人们可以塑造他们居住的城市，而有些城市却可以塑造居住在那里的人们。雅典就像一块铁砧，经受了几个世纪的捶打，还几度遭到撒拉逊人、盎格鲁人和土耳其人的占领和掠夺，但每次都顽强地存活下来。雅典位于阿提卡半岛中部大平原的南端，城市西南面以平缓的坡度向萨罗尼克湾延伸，东面耸立着雄伟的伊米托斯山。拨开这个城市闪亮的面纱，我们看到的是一座村落，这里到处有古代幽灵在游荡，这里富有悠久的传统和永恒的荣耀，这里的居民仿佛像在古代一样过着现在的生活，这里时时给人惊喜，不断让人有新的发现，但最终还是一个解不开的谜。

拉里在海莱尼孔机场等待凯瑟琳的飞机降落。她走出机舱时，看见他匆匆朝舷梯跑了过来，脸上满是热切和兴奋。与上一次和他分别时相比，他更黑了，也更瘦了，但似乎十分轻松无忧。

"凯茜，我很想你。"拉里一边说，一边把她拽到怀里。

"我也很想你。"凯瑟琳说这话的时候，才意识到自己真的非常思念拉里。她总是忘了拉里能够让她产生的那种强烈的身体反应，每次分别重逢时，这种反应都会让她有新的体验。

"比尔·弗雷泽听了这个消息有什么反应？"帮她过海关时，拉里问道。

"他对这事的态度挺好的。"

"他也没有别的选择了，不是吗？"拉里讽刺道。

凯瑟琳想起了她那次与比尔·弗雷泽的会面。他惊诧地看着她，说："你要离开这儿，搬到希腊去住？老天，这到底是为什么？"

"就因为我已经嫁人了。"她淡淡地答道。

"凯瑟琳，我的意思是，为什么拉里不能在这儿找工作？"

"我不知道为什么，比尔。他在这里什么都不顺。但现在他在希腊找到了工作，况且觉得这份工作他会干得很顺利。"

第一次冲动的阻挠之后，弗雷泽对这事的态度一直很好。他帮她顺利地安排好了一切事项，还坚持让她保留公司的股份。"你肯定不会一直待在国外的。"他絮絮叨叨个没完。

凯瑟琳一边回味着弗雷泽的话，一边看着拉里叫搬运工人把她的行李提到一辆高级轿车里。

拉里跟搬运工人说的是希腊语，凯瑟琳佩服他竟有这么惊人的语言学习能力。

"再等一阵子你就能见到康斯坦丁·德米里斯了，"拉里说，"他简直就像个皇帝，欧洲所有的权贵都挖空心思想要讨好他。"

"我很高兴你对他有好感。"

"他也很欣赏我。"

她从没听过他用如此热情愉悦的声音讲话，这是个好兆头。

在去旅馆的路上，拉里把他和德米里斯第一次会面的情形讲述了一番。当时，一个穿制服的司机来机场接他，他要求看一下德米里斯的飞机编队，于是司机把他载到了机场边远角落的一个大型机库，里面停放着三架飞机。拉里用挑剔的眼光逐一查看过去。那架霍克·西德利飞机真是个尤物，他多么渴望赶紧坐上去，驾驶它飞入云霄。第二架是派珀飞机，舱内有六个座位，状态一流，他估计这架飞机的时速很轻松就能达到三百英里。最后一架是改装的L-5型双座军用飞机，配有莱康明发动机，用于短途飞行再合适不过。这个私人飞机编队真棒。查看完毕后，拉里走回在一旁观望的司机跟前。

"都不错。"拉里说，"走吧。"

司机将他载到了瓦尔基扎的一栋别墅，这里是郊区，距离雅典市区二十五公里，是德米里斯私人专有的。

　　"你肯定想象不出德米里斯住的地方是什么样的。"拉里告诉凯瑟琳。

　　"什么样？"凯瑟琳急切地问。

　　"简直没办法形容。那地方大约有十英亩，电动门、警卫、看门狗什么的一应俱全。别墅从外面看上去是一座宫殿，里面则像个博物馆，还有室内游泳池、大舞台和放映厅。总有一天你会见到的。"

　　"他人好吗？"凯瑟琳问。

　　"那当然。"拉里笑了，"我可是受到了贵宾般的待遇，大概是我的名声先传到他的耳朵里了。"

　　事实上，拉里当时在一个狭小的接待室足足等了三个小时才见到康斯坦丁·德米里斯。如果换作平常，受到这样的轻视，拉里早就大发雷霆了，但他知道这次会面关系重大，因此紧张到根本生不起气来。他同凯瑟琳讲过这份工作对他来说有多重要，但没提他有多么迫切地需要这份工作。飞行是他唯一过人的技能，如果得不到施展的机会，他就会陷入迷茫，就好像跌入了某种未知的情感深渊，身上背负的压力会让他喘不过气来。一切都取决于他能否得到这份工作了。

　　三个小时过去了，终于有一位男管家进来通知他，德米里斯先生现在可以接见他了。他带拉里穿过一个很大的接待厅，看起来简直像在凡尔赛宫里。大厅四壁都涂饰着精致的金色、绿色和蓝色，墙上挂有红木框装裱的博韦挂毯，地板上铺着一张华丽的椭圆形萨伏纳里地毯，天花板上悬挂着巨大的枝形吊灯，是由镀金青铜和水晶石制成的。

　　书房的门口，有一对绿色玛瑙柱，柱头是金铜的。书房由工匠大师设计，非常华美。墙壁是精雕细琢的果木板，一面墙壁的中央砌着白色大理石做成的壁炉台，上面有镀金的装饰。壁炉台上放着法国艺术家菲利普·卡菲耶里制作的两件青铜器，十分精巧。

　　从壁炉顶端到天花板，嵌着一面雕刻精美的壁镜，镜子上方有法国画家让·奥诺雷·弗拉戈纳尔绘制的画。拉里从敞开的落地窗瞥见了一个巨大的露台，在露台上可以俯瞰一座幽静的花园，花园里到处都是雕像和喷泉。

书房远处的一角摆着一张宽大的书桌，桌后有一把华丽的高背椅，上面盖着欧比松挂毯，桌前放着两张铺有哥白林软垫的法式扶手椅。

德米里斯正站在书桌旁端详着墙上用墨卡托投影制成的巨幅海图，图上散布着几十个彩色图钉。拉里走进来时，他转过身，伸出一只手。

"我是康斯坦丁·德米里斯。"他说英文几乎听不出什么口音。许多年来，拉里总能在新闻杂志上看到他的照片。此刻面对真人时，拉里没想到德米里斯如此活力四射。

"我知道。"拉里说着，同他握了握手，"我是拉里·道格拉斯。"

德米里斯发现拉里看向了墙上的海图。"这是我的帝国。"他说，"坐吧。"

拉里在书桌对面的椅子上坐下。

"我听说你和伊恩·怀特斯通在英国皇家空军做过战友？"

"是的。"

德米里斯靠在椅背上，打量着拉里。"伊恩对你评价很高。"

拉里露出了微笑。"我也很欣赏他，他是个好得要命的飞行员。"

"他也是这样评价你的，不过用的词是'优秀'。"

拉里又有了怀特斯通第一次向他提出这份工作邀约时的那种惊讶之感。显然，怀特斯通帮自己在德米里斯面前说了很多好话，但他和怀特斯通的关系远没有好到能够让他为自己做这些。"对待我分内的工作，"拉里说，"我绝不会马虎。"

德米里斯点点头。"我喜欢对待工作不马虎的人。你知道世界上大多数人都做不到这一点吗？"

"这个问题，我从来没有好好思考过。"拉里坦白说。

"我思考过。"德米里斯朝拉里冷冷地一笑，"这就是我的工作——人。道格拉斯先生，绝大多数人都厌恶自己的工作，他们没有想方设法进入自己喜欢的领域，而是像无头苍蝇一样，终其一生都困在牢笼之中。很难找到一个真正热爱自己工作的人，如果找到了，几乎毫无疑问，这个人就是个成功者。"

"我觉得是这样的。"拉里谦恭地说。

"你不是一个成功者。"

拉里抬眼看向德米里斯，突然谨慎起来。"那要取决于您如何定义成功，德米里斯先生。"他小心翼翼地说。

"我的意思是，"德米里斯直白地说，"你在战争时期相当出色，但一到和平时期就不怎么样了。"

拉里感觉自己下巴的肌肉都绷紧了。他意识到德米里斯正在故意激怒他，于是拼命忍着怒火。他的大脑飞速运转，绞尽脑汁地思考自己能说些什么来挽回这份他迫切需要的工作。德米里斯正注视着他，那双橄榄黑眼睛静静地打量着他，不会放过任何细节。

"道格拉斯先生，你在泛美航空公司的那份工作是怎么回事？"

拉里扯起嘴角，勉强露出了一个笑容。"要等十五年才能当个副驾驶员，这我可不太能接受。"

"所以你就对你的上司大打出手。"

拉里忍不住露出了惊讶的神情。"这是谁告诉您的？"

"噢，拜托了，道格拉斯先生，"德米里斯不耐烦地说，"如果你要为我工作，就等于每次坐你驾驶的飞机，我都要把我的命交到你手里。我的命对我来说可是无价之宝。你觉得我不把你的底细调查得一清二楚，会雇用你吗？"

"被泛美航空公司解雇之后，你在两家公司做驾驶员都相继被辞，"德米里斯接着说，"这样的履历可够糟糕的。"

"这与我的能力无关。"拉里反驳道，怒气再一次从他体内升腾起来，"一家公司生意惨淡，另一家没能拿到贷款，结果破产了。我绝对是个非常出色的飞行员。"

德米里斯打量了他片刻，笑了起来。"我知道你是个出色的飞行员，"他说，"但你不够遵守纪律，对吗？"

"我不喜欢被那些懂得比我少的蠢货指手画脚。"

"我相信我不会是那一类人。"德米里斯想笑，却故作严肃地说。

"那要看您是不是打算指导我如何驾驶您的飞机，德米里斯先生。"

"我不会，那是你的职责。让我能够安全、快速、舒适地飞往我要去的地方也是你的职责。"

拉里点点头。"我会竭尽所能，德米里斯先生。"

"我相信。"德米里斯说，"你已经去看过我的飞机了。"

拉里努力不让自己露出惊讶的神情。"是的，先生。"

"你觉得它们怎么样？"

拉里闻言，按捺不住自己的热情。"都棒极了。"

看见拉里脸上的表情，德米里斯就势问道："你驾驶过霍克·西德利飞机吗？"

拉里犹豫了片刻，很想撒谎，但最终还是说："没有，先生。"

德米里斯点点头。"你觉得自己能学会吗？"

拉里自信地咧嘴一笑。"只要您能找人花十分钟给我讲解一下。"

德米里斯身子前倾，把瘦长的手指交叉在一起。"我可以另选一个熟悉我所有机型的飞行员。"

"您不会的，"拉里说，"因为您会不断地购入新飞机，您想要的是一个无论您买什么机型他都能够适应的人。"

德米里斯点了点头。"你说得对，"他说，"我想找的是一个飞行员——纯粹的飞行员，一个在飞行时最为快乐的人。"

这一刻，拉里突然明白，这份工作他已胜券在握了。

然而，拉里始终不知道，他这份工作只差一点就泡汤了。康斯坦丁·德米里斯的成功很大一部分都归功于他天生对麻烦的敏锐嗅觉，这种嗅觉曾多次帮了他大忙，因此他很少有嗅到麻烦却忽视的情况。伊恩·怀特斯通向他提出辞职时，他就悄悄在心里敲起了警钟。这一部分是因为怀特斯通的行为举止很奇怪，他表现得很不自然，似乎非常不安。他向德米里斯保证说，这不是薪水多少的问题，是他碰到了一个机会，能够和连襟一起在悉尼自己开公司做生意，他必须得尝试一下。接着，他就推荐了另一个飞行员。

"他是美国人，但我们曾在英国皇家空军做过战友。形容他，'好'是不够的，得用'优秀'，德米里斯先生。他是我见过的最优秀的飞行员。"

德米里斯一言不发地听着怀特斯通继续称赞他的朋友有多么优秀，试图找出究竟是哪里感觉不太对劲。他最终明白了，怀特斯通在向他推销别人，吹捧得有些过了头。但这也有可能是因为他辞职太过突然，他感觉有些过意不去。

再小的细节，德米里斯也不会放过，因此怀特斯通走后，他拨了几个不同国家的号码。傍晚前，德米里斯就已经查明，确实有人资助怀特斯通和他的连襟一起在澳大利亚开办小型电子公司。他与英国空军部的朋友通过电话后，仅仅过了两个小时，就收到了关于拉里·道格拉斯的口头报告。"他这个人，不驾驶飞机的时候有点变化无常的，"他朋友这样说，"但他是个出色的飞行员。"德米里斯又分别往华盛顿和纽约拨了电话，很快就掌握了拉里·道格拉斯的最新情况。

从表面上看，所有的一切好像都很正常。然而，康斯坦丁·德米里斯还是隐约有一丝不安，感觉有什么麻烦会发生。他和诺艾尔讨论了这件事，觉得也许应该再多给伊恩·怀特斯通一些薪酬，劝他留下来。诺艾尔认真地听完，然后说："不，让他走吧，康斯坦。既然他如此推崇这个美国飞行员，我一定要试用他一下。"

这才使他终于下定了决心。

从知道拉里·道格拉斯已经动身前往雅典的那一刻起，诺艾尔就顾不上想别的事。她想着过去的这些年，自己是如何谨慎、耐心地制订着计划，如何缓慢而又坚定地收紧自己布下的罗网。她确信，如果康斯坦丁·德米里斯知道了她所做的一切，一定会为她感到骄傲。诺艾尔开始反思这一切：这可真是讽刺。倘若她从没遇见过拉里，她会和德米里斯一起生活得非常幸福。他们二人彼此互补，倒也算得上珠联璧合。因为他们都热爱权力，也深知如何利用权力。他们都凌驾于普通人之上，他们是神，本就该统治他人。他们永远会是笑到最后的人，因为他们都有着极大的、近乎不可思议的耐心。他们可以永无止境地等下去。但是现在，对诺艾尔来说，等待已经结束了。

那天，诺艾尔一直躺在花园的吊床上，认真回顾着她计划中的每一个细节。直到夕阳西下，她终于心满意足。她心想，从某种程度上说，过去的整整六年都花在了制订复仇计划上，也未免有些遗憾。几乎每个清醒的时刻，复仇的愿望都激励着她，让她有足够的干劲和动力生活下去。现在，只要再过几周，这漫长的追捕就要结束了。

那一刻，诺艾尔躺在希腊逐渐消失殆尽的夕阳下，傍晚的微风给这宁静葱郁的花园带来了凉爽，她丝毫没有意识到，这仅仅是个开始。

就在拉里即将到达的前一晚，诺艾尔失眠了。一整夜，她都躺在床上，回忆着从前在巴黎的日子，以及那个给她带来欢乐却又残忍地剥夺她的欢乐的男人……她想起怀上拉里孩子时的感觉，那胎儿占据着她的腹腔，就像胎儿的父亲占据着她的心。她想起那天下午，在巴黎那个阴郁的旅馆房间里，尖锐的金属衣架刺入她的下身，越来越深，最后杀死了腹中的胎儿。剧痛给她带来了病态的快意，也让她陷入了歇斯底里的状态，鲜血止不住地涌出。她想起了一切，包括身体上的疼痛、精神上的折磨以及仇恨……她又把它们全部重温了一遍……

清晨五点，诺艾尔就起床了，一边坐在房间里梳妆打扮，一边看着窗外巨大的火球从爱琴海的海面上升起。此情此景，让她想起从前在巴黎的一个清晨，她同样早早地起床打扮好，等着拉里来——只是这次他真的要来了。因为她确信他一定会来。就像过去她需要拉里一样，现在拉里也需要她，尽管他现在还没有意识到这一点。

德米里斯差人往楼上诺艾尔的套间带了个口信，说想和她一起吃早餐。但诺艾尔实在太兴奋了，她害怕自己控制不住情绪，引起他的好奇。她很早之前就领教过，德米里斯像猫一样敏感，什么都逃不过他的眼睛。诺艾尔再一次提醒自己，必须要小心。她想用自己的方式来亲自对付拉里。康斯坦丁·德米里斯不知不觉地被她当作了工具，关于这一点，她很早以前就一直在做着思想斗争。一旦被他察觉了，肯定会惹恼他。

诺艾尔只喝了一小杯希腊浓咖啡，吃了半个现烤的面包卷。她没有什么胃口。她狂热地想着，再过短短几个小时就要与拉里见面了。她精心梳妆一番，又特地挑了一套衣服，她知道自己美艳绝伦。

十一点钟刚过，诺艾尔听见了小汽车停在别墅门口的声音。她做了个深呼吸来缓解自己紧张的情绪，然后缓缓走到窗前，看到拉里·道格拉斯正从车上跨下来。诺艾尔注视着他向大门口走来。刹那间，好像逝去的岁月都不复存在，他们二人又回到了巴黎。拉里看起来成熟了一些，战争和生活在他的脸颊上留下了新的刻痕，但这些痕迹仅仅让他比从前更加英俊了。虽然离他有十码①的距离，诺艾尔隔着窗户还是能感受到他对自己有着那种动物般本能的吸

---

① 英美制长度单位，1码约为0.914米。——编者注

引力，曾经熟悉的渴望，掺杂着仇恨，再一次充满了她的内心。此刻她简直兴奋到了极点。她匆匆瞥了镜子里的自己最后一眼，就向楼下走去，去见那个她将要毁掉的男人。

下楼梯的时候，诺艾尔幻想着拉里见到她时会是怎样的反应。他是否和朋友甚至他的妻子吹嘘过诺艾尔·佩奇曾经与他有过一段情缘？她又一次在心里琢磨，他是否回味过他们二人在巴黎度过的那些如梦如幻的日夜，又是否为自己曾经那样对待她而感到后悔。这样的问题她之前不知想过多少遍了。诺艾尔现在成了国际知名的女星，而他的生活却遭受了一连串的挫折，他恐怕肠子都悔青了吧！隔了将近七年后第一次与拉里相见，诺艾尔希望能够从他的眼睛中寻到答案。

诺艾尔走到接待厅的时候，大门刚好开了，男管家把拉里引了进来。他带着敬畏的神色看着这巨大的门厅，然后转过头看到了诺艾尔。他注视了她良久，脸上满是见到美人时的惊艳和欣赏之情。"您好，"他用礼貌的口吻说，"我是拉里·道格拉斯，和德米里斯先生约好了要见面。"

他的表情没有认出她的迹象。

连一丝都没有。

凯瑟琳和拉里乘车行驶在雅典的街道上，前往他们的旅馆，废墟和遗址在视野中接连不断地涌现，把凯瑟琳看得头晕眼花。

接着，她在前方看到了惊人的奇观——白色大理石砌成的帕提侬神庙，高高耸立于雅典卫城遗址之上。到处都是旅馆和办公楼，然而凯瑟琳却有一种奇怪的感觉，仿佛这些新盖的建筑不过是昙花一现，而帕提侬神庙则将在这清明澄澈的天穹中万古长存。

"挺震撼的，对吧？"拉里微笑道，"整座城市都是这样，雅典就是个巨大而又美丽的遗迹。"

他们驶过市中心的一个大公园，公园中央有舞动的喷泉，还摆了上百张桌子，绿色和橙色的杆子在桌子上方撑起了一顶顶蓝色的遮阳篷。

"这里是便秘广场。"拉里说。

"什么？"

"它真正的名字叫宪法广场。'宪法'和'便秘'这两个词的拼写多相近啊：你看那些人整天闲坐在公园的桌子旁，慢悠悠地品着希腊咖啡，静观世事变迁，这样不便秘才怪呢。"

几乎每个街区都有露天咖啡馆，道路拐角有人在卖新采摘来的海绵。到处都是卖花的商贩，他们的摊位上鲜花争奇斗艳，一片姹紫嫣红。

"这城市到处都是白色的，"凯瑟琳说，"白得炫目。"

旅馆套间宽敞又雅致，从窗户可以俯瞰市中心的宪法广场。房间里摆放着美丽的鲜花，桌上的果盆里装满了新鲜水果。

"亲爱的，我喜欢这个房间。"凯瑟琳到各处转了转，说道。

旅馆服务员把凯瑟琳的行李提了进来，拉里给了他小费。"非常感谢。"服务员说。

"不客气。"拉里答道。

服务员离开了，出去的时候关上了门。

拉里走近凯瑟琳，将她拥入怀中。"欢迎来到希腊。"他急切地亲吻着她，她感觉到他是那么用力地抱着自己，仿佛要将她柔软的身体按进他坚硬的胸膛。看得出来他是多么想她，她为此感到非常开心。接着，他带她走进了卧室。

梳妆台上放着一个小包裹。"打开看看。"拉里对她说。

凯瑟琳撕掉了外面的包装纸，里面是一个小盒子，打开之后，一只用玉雕琢出的小鸟映入眼帘。拉里那么忙，却一直记得她这个喜好，凯瑟琳非常感动。从某种意义上说，这只小鸟是一个辟邪物，也是一个祥瑞之兆，预示着过去的困难都已化为乌有，一切都会向好的方向发展。

情浓意蜜之时，凯瑟琳做了个小小的祷告，感谢上天让她能够依偎在深爱的丈夫怀里，能够来到世界上最令人激动兴奋的城市，开启一段新的人生旅程。从前的拉里回来了，他们之间曾经历的种种问题只会让他们的婚姻愈加坚不可摧。

再没有什么能伤害他们了。

第二天一早，凯瑟琳约了一个房地产中介带她看房子。这个中介名叫季米特罗普洛斯，身材矮小，皮肤黝黑，胡须浓密，讲起话来语速飞快。他坚定地认为自己说的是地道的英语，但其实只是希腊语夹杂着几个听不出所以然的英语短语。

凯瑟琳不得不采用博取他人同情的办法——这也是她在接下来的几个月里常用的手段。她请求他尽可能地放慢语速，这样她就能从他的话里提取出一些英文单词，然后尝试拼凑出他想要说的意思。

他带她看的第四套房子是一套四室的公寓，屋内光线充足明亮，后来她才知道那一带是科隆纳其区，是位于雅典近郊的高档区，道路两旁尽是气派的住宅楼和时髦的商店。

当晚，拉里回到旅馆之后，凯瑟琳把那套公寓的情形同他讲了。两天之后，他们就搬了过去。

白天拉里都要出门工作，但是他会尽量赶回家和凯瑟琳一起吃晚饭。在雅典，从晚上九点一直到夜里十二点都可以吃晚饭。下午两点到五点是希腊人的午休时间，其间商店是不开门的，午休时间过了之后才会继续营业，一直到深夜。凯瑟琳发现自己已经完全被这座城市吸引了。她来雅典的第三晚，拉里带了一个叫乔治·帕帕斯伯爵的朋友回家，他是个英俊的希腊人，约莫有四十五岁，又高又瘦，头发乌黑，但两鬓有些灰白。他身上有一种奇妙的老派贵族的高贵气质，让凯瑟琳很有好感。他带他们夫妻二人去雅典老区普拉卡的一家小餐馆吃晚饭。普拉卡区位于市中心，由小山坡上的几块土地天然合成，小巷蜿蜒曲折，老旧的楼梯通向一座座土耳其人统治时期建造的小房子，那时雅典还仅仅是个村落。在普拉卡，粉刷成白色的建筑散乱地排列着，卖水果和鲜花的小摊随处可见，烘焙咖啡的馥郁香气随处可闻，啸叫的猫儿常常出没，斗殴也常常在街头喧闹地上演。这里的氛围真是迷人。凯瑟琳心想，如果在其他城市，这样的地方肯定会是贫民窟。但在雅典，这里是历史遗迹。

帕帕斯伯爵带他们去的这家小餐馆是露天的，站在屋顶上，能够俯瞰雅典城。这里的服务员都身着五颜六色的传统服饰。

"你有什么想吃的吗？"伯爵问凯瑟琳。

她茫然无措地端详着菜单，像看外星文一样。"可以麻烦你帮我点吗？我恐怕都能把店主当菜点上来。"

于是帕帕斯伯爵点了很多不同种类的菜肴，十分丰盛，凯瑟琳每一样都能品尝到，有葡萄叶包肉丸、酱汁肉烧茄饼，还有洋葱炖野兔肉——这道菜凯瑟琳吃到一半，才知道自己吃的是野兔肉，于是一口都吃不下了。还有一种希腊特色沙拉，里面放了鱼子酱、橄榄油和柠檬。伯爵还点了一瓶松香葡萄酒。

"这是我们希腊的国酒。"他解释说，然后饶有兴趣地看凯瑟琳尝了一口。这酒有一股回味无穷的松香味，凯瑟琳心里斗争了一下，然后勇敢地咽下了这口酒。

"不管我刚才吃了什么，"她喘着气说，"这口酒足够治愈一切了。"

他们正享受着美食美酒，三个乐手开始演奏希腊的布祖基琴，那旋律活泼轻快，极富感染力。他们在一边看着，店内却有很多顾客纷纷站了起来，走进舞池，开始随着音乐跳舞。让凯瑟琳感到惊奇的是，过去跳舞的人都是男性，舞姿也非常优美。她跟着沉浸其中，开心极了。

他们直到凌晨三点才从餐馆离开，伯爵开车把他们送回了新家。"你来雅典之后去观光过吗？"他问凯瑟琳。

"还没有，"她坦白道，"我等拉里有空了再和他一起去。"

伯爵转向拉里说："也许我可以先带凯瑟琳到一些景点去转转，什么时候你有空了，我们再一起去。"

"那太好了，"拉里说，"要是你觉得不麻烦的话。"

"不麻烦，这是我的荣幸。"伯爵回答道。他转向凯瑟琳说："你介意让我当你的导游吗？"

她注视着他，想起了季米特罗普洛斯，那个身材矮小，说话让人根本听不懂的房地产中介。

"我很乐意。"她真诚地回答说。

接下来的几周，凯瑟琳过得非常愉快。上午，她收拾屋子；下午，如果拉里去工作了，不能在家陪她，伯爵就会过来接她一起去游玩。

他们开车去了奥林匹亚。"这就是第一届奥林匹克运动会举办的地方。"伯爵告诉她说，"此后的一千年来，无论是发生战争、瘟疫还是饥荒，奥林匹克运动会每年都在这里举行。"

凯瑟琳站在那里，怀着敬畏之情注视着这个巨大体育场的遗址，想象着千百年来这里发生过的一切——壮观的比赛场面、胜者的喜悦、败者的沮丧。

"人们常常夸赞伊顿公学的运动场，"凯瑟琳说，"这里才是体育精神真正起源的地方，不是吗？"

伯爵笑了起来。"恐怕并非如此，"他说，"真相其实是有些难堪的。"

这话引起了凯瑟琳的兴趣，她抬眼看着他。"为什么这么说？"

"这里举行的历史上第一场战车比赛，胜负是提前定好的。"

"定好的？"

"恐怕是这样的。"帕帕斯伯爵一脸认真地解释道，"当时，有一个非常富有的王子叫珀罗普斯，他和一个对手积怨已久，于是两人决定举行一场战车比赛来一决胜负。比赛前一晚，珀罗普斯在对手的战车车轮上做了手脚。第二天，比赛开始时，全乡镇的人都来给他们支持的一方加油助威。然而，对手的战车刚出发，车轮就飞了出去。战车翻倒了，人则让缰绳缠住，被马活活拖死了。而珀罗普斯完成了比赛，最终获得了胜利。"

"这也太可怕了。"凯瑟琳说，"后来大家是怎么对待那个珀罗普斯的？"

"这个故事最丢脸的地方就在于此。"伯爵答道，"现在大众倒是都知道了珀罗普斯当年干的龌龊事，但是当时他赢了比赛后，人们把他当成大英雄，还特地在奥林匹亚的宙斯神庙建了一座巨大的山墙来纪念他。这座山墙现在还在那里。"他苦笑着。"恐怕那个大恶人从那之后一直无忧无虑地过着幸福的生活。还有……"他补充道，"科林斯以南的地区叫作伯罗奔尼撒半岛，事实上就是以他的名字命名的。"

"不是有人说，恶有恶报吗？"凯瑟琳感慨地说。

只要拉里有空，他就会带凯瑟琳一起探索雅典城。他们发现了几家很棒的商店，两个人会在店里讨价还价几个小时，还把一些位置隐秘的小饭馆当成了他们的私人厨房。拉里是个讨人喜欢，能带给人快乐的伴侣，凯瑟琳现在非常庆幸自己放弃了美国的工作，选择陪在丈夫身边。

拉里·道格拉斯从未像现在这样快活过。做德米里斯的私人飞机驾驶员，是他这辈子梦寐以求的工作。

薪资非常丰厚，但拉里并不感兴趣，他只对自己驾驶的顶级飞机感兴趣。

那架霍克·西德利飞机，他用了刚好一个小时就学会了怎么开，又试飞了五次就可以熟练地操纵了。大多数时间，拉里都和德米里斯的副驾驶员保罗·梅塔克萨斯一起飞行。梅塔克萨斯是个身材矮小的希腊人，总是一副无忧无虑的样子，先前伊恩·怀特斯通突然离职，他非常惊讶，一直在担心会是谁来接替怀特斯通。他听说过拉里·道格拉斯的事，对他的印象不太好。然而，道格拉斯看起来像是真心热爱他的新工作，梅塔克萨斯第一次和他一起飞行，就知道他是个顶尖的飞行员。

渐渐地，梅塔克萨斯对他放下了防备，两人成了朋友。

只要没有飞行任务，拉里就会去钻研德米里斯的飞机编队里每架飞机的特性，还没等完全掌握，他就已经比之前的人操作得更加熟练，技艺也更加高超。

工作上的多样和精彩让拉里十分着迷。有时他送德米里斯的员工到希腊的科孚岛①、意大利的布林迪西和罗马等地出差，有时接德米里斯的宾客到他的私人岛屿上参加聚会，或者去德米里斯在瑞士置办的小木屋滑雪。他逐渐习惯了为报纸和杂志头版上经常出现的人物驾驶飞机；回家后，他会把这些人的事跟凯瑟琳讲述一番，哄她开心。他接送过巴尔干半岛某国的总统、英国首相、阿拉伯国家的一位石油巨头和他的全部妻妾，还载过一众歌剧演员、芭蕾舞团和一部百老汇戏剧的原班人马去伦敦为德米里斯的生日举行专场演出，美国最高法院的法官、国会议员和一位前总统也曾是他的乘客。飞行途中，拉里一般都待在驾驶舱里，但也会时不时走进后面的客舱，确认乘客们坐得是否舒服。商界大亨们乘机期间会讨论即将进行的企业兼并或者股票交易，有时他能听到只言片语，如果把这些情报收集起来加以利用，他完全可以大赚一笔，但他偏偏就是不感兴趣。他只在意自己驾驶的飞机，要保证飞机马力十足，设备运行灵敏可靠，一切尽在他的掌控之中。

两个月后，拉里才第一次为德米里斯本人驾驶飞机。

拉里要将德米里斯从雅典送到克罗地亚港口城市杜布罗夫尼克，用的是那架小型的派珀飞机。那日天空阴云密布，拉里得到气象预报，说他们的飞行路

---

① 又称克基拉岛。——编者注

线上会有风暴，并伴随雷雨。他小心地在地图上画出了一条受风暴影响最小的航线，但是空中的涡流，想要完全避开是不可能的。

飞离雅典一小时后，他打开了系好安全带的信号灯，对梅塔克萨斯说："保罗，稳住，这次搞不好咱们的饭碗都要丢了。"

突然，德米里斯闪进了驾驶舱，吓了拉里一跳。"我可以坐过来吗？"他问。

"请便。"拉里说，"马上要开始颠簸了。"

梅塔克萨斯把他的座位让给了德米里斯，后者坐下系上了安全带。其实拉里更希望副驾驶员坐在他旁边，如果出现什么紧急情况，能够立即采取行动，但这是德米里斯的飞机，他说了算。

暴风雨持续了将近两个小时，拉里驾驶飞机绕开前方堆叠的大片云层，那些云朵不断膨胀翻涌，宛若起伏的山脉，洁白可爱，却能置人于死地。

"真美。"德米里斯评论道。

"这是积云，"拉里说，"是能杀人的。这些云看起来这样蓬松漂亮，是因为内部有风使它们不断膨胀。如果飞机进入了积云内部，十秒钟内就会被撕碎，或者在失控状态下一分钟内陡然上升或下降三万英尺。"

"我相信你不会让这种事情发生的。"德米里斯镇定自若地说。

飞机还是遭到了强风的袭击，像是要被掷到天空另一边去，但拉里使出浑身解数将飞机控制住了。他忘记了德米里斯的存在，将所有的注意力都集中在自己正在操纵的飞机上，用尽了毕生所学。最终，飞机平安地离开了风暴区。拉里筋疲力尽地转过头，发现德米里斯已经离开了驾驶舱，梅塔克萨斯坐了回来。

"保罗，第一次给他开飞机就这么糟糕，"拉里说，"我怕是有麻烦了。"

杜布罗夫尼克的机场是个群山环绕的小平顶，拉里操纵着飞机降落，在跑道上滑行时，德米里斯出现在驾驶舱门口。

"你之前说得很对，"德米里斯对拉里说，"你的驾驶水平确实是顶尖的，我很高兴。"

说完，德米里斯就转身离开了。

有一天，拉里要飞往摩洛哥，早上正准备出门时，帕帕斯伯爵打来电话说想要开车带凯瑟琳去乡下兜风。拉里坚持让她去。

"你不会吃醋吗？"她问。

"因为伯爵吗？"拉里大笑了起来。

凯瑟琳突然明白了。她和伯爵在一起时，他从未有过越界的行为，甚至连一个挑逗的眼神都没有。"难道他是同性恋？"她问。

拉里点点头。"所以我才放心让他好好照顾你。"

伯爵很早就来接凯瑟琳了，他们一路向南，朝着广阔的色萨利平原驱车而去。沿途看见穿着黑色衣服的农妇，背着大捆的木柴走在路上，沉得腰都被压弯了。

"这么重的活，为什么不让男人来干？"凯瑟琳问。

伯爵含着笑瞥了她一眼。

"是女人不想让他们干，"他答道，"她们想让自己的男人把精力留到夜里干别的事。"

这算是给全体女性树起一个典范了，凯瑟琳在心里自嘲道。

快到傍晚时，他们接近了巍峨的品都斯山脉，岩石峭壁高耸入云，令人望而生畏。这时，一个牧羊人和他骨瘦如柴的牧羊犬赶着羊群挡住了他们的去路，帕帕斯伯爵把车停下，等着羊群走过去。凯瑟琳惊奇地看到，只要有羊离群，那条牧羊犬就上前轻咬它们的脚跟，把它们赶回去，跟着羊群的方向走。

"那狗简直像人一样。"凯瑟琳惊声赞叹道。

伯爵飞快地瞟了她一眼，眼神中有些她看不懂的东西。

"怎么了？"她问道。

伯爵犹豫了一下，才开口说："这牵扯到一个相当令人不快的故事。"

"说吧，我又不是小孩。"

于是，伯爵讲道："这一带比较荒凉，土地贫瘠，岩石多，收成最好的时候粮食都不够吃，要是碰上坏天气，那就是颗粒无收，接着就会发生饥荒。"他的声音渐渐低了下去。

"继续说呀。"凯瑟琳催促他。

"几年前，一场可怕的暴风雨把这里的庄稼全毁了，每个人都食不果腹。这时牧羊犬集体叛乱了，它们从农场逃出来，集结成一大群，"他继续讲述时，极力克制话音里的恐惧，"然后开始袭击农场。"

"然后它们把羊咬死了！"凯瑟琳接话道。

伯爵沉默了片刻，回答道："不，它们咬死了主人，然后把主人吃了。"

凯瑟琳目瞪口呆地盯着他。

"后来实在没办法，只好从雅典派来军队，帮助恢复人类对这里的统治。前后花了近一个月的时间。"

"太可怕了。"

"一旦出现饥荒，什么可怕的事都有可能发生。"帕帕斯伯爵低声地感叹道。

这时，羊群已经穿过了马路，凯瑟琳又看了一眼那条牧羊犬，不禁打了个寒战。

几周过去，原先凯瑟琳觉得陌生或奇怪的事情，现在都变得熟悉起来。她发现这里的人都非常坦率，待人友善。她知道了在沃卡利斯提欧街哪里能买到蔬果杂货，在哪家商店可以买到心仪的衣服。希腊整个国度效率都十分低下，然而这种低效却十分有序，简直是不可思议，无处不在的闲散氛围迫使每个人都放松下来，好好享受生活。没有人会赶时间，如果你找人问路，对方十有八九会直接把你带到你要去的地方。如果你问到某地还有多远，对方会答复你一句当地话，凯瑟琳后来才明白这句话的意思是"抽支烟的工夫就到了"。她时常漫步在大街小巷，探索这座城市，细细品尝希腊夏日这杯温热的、神秘的美酒。

凯瑟琳和拉里去了很多地方游玩，包括以五颜六色的风车闻名的米科诺斯岛，以及维纳斯女神雕像的出土地米洛斯岛。但是，凯瑟琳最喜欢的还是帕罗斯岛，那里景色优美，草木繁茂；岛上有一座山，鲜花漫山遍野，十分醉人。船靠岸时，码头上有一位向导过来询问需不需要带他们骑骡子上山，于是他们费力地爬到了两只瘦瘦的骡子背上，出发了。

烈日炎炎，凯瑟琳戴了一顶宽边草帽来遮阳。她和拉里骑着骡子，沿着陡峭的山路向山顶走去。路上遇到身着黑衣的女人大声招呼着，递过来刚摘的药草和香草，让她插到草帽上。两小时后，他们抵达了一片平原，这里绿树成荫，花海烂漫。向导拉住了骡子，他们二人凝望着眼前姹紫嫣红的世界，惊叹不已。

"这里叫作蝴蝶谷。"向导用磕磕绊绊的英语说。

凯瑟琳环顾四周，一只蝴蝶也没看到。"为什么叫这个名字？"她问。

向导露出了笑容，仿佛就在等她问这个问题。"我给你看。"他说完，就从骡子上跳了下来，从地上捡起一根大树枝，然后走到一棵树旁，用大树枝拼命敲打树干。刹那间，几百棵树上的"花朵"腾空而起，像一道流动的彩虹，而原来的树干都变得光秃秃的。数不清的蝴蝶在阳光下欢乐地舞动，蝶翼闪烁着绚丽的色彩。

凯瑟琳和拉里看呆了。向导站在一旁看着他们，脸上洋溢着骄傲与自豪，仿佛他们能够看到如此美丽的奇迹全是他的功劳。这是凯瑟琳人生中最美好的日子，若要选个完美无缺的日子来回味，她会选和拉里在帕罗斯岛度过的这一天。

"嘿，咱们今早可要送个贵宾。"保罗·梅塔克萨斯露出开朗的笑容，"等会儿你就能见到她了。"

"谁啊？"

"老板的女友，诺艾尔·佩奇。只可远观，不可亵玩哟。"

拉里·道格拉斯想起自己刚到雅典的那天早晨，在德米里斯家里和这个女人打过一次照面。她真是美若天仙，还有些面熟，但肯定是因为之前在银幕上见过她——有一次，凯瑟琳拽着他去看了诺艾尔主演的一部法国电影。谁也不必提醒拉里要明哲保身，这个世界上满是急不可耐的女人，即便并非如此，他也绝不会去接近康斯坦丁·德米里斯的女友。拉里非常热爱这份工作，因此还不至于做出断送自己前程的傻事。不过，也许他可以问她要个签名给凯瑟琳。

送诺艾尔去机场的小轿车被修路的施工队堵在路上好几次，耽搁了不少时间，然而诺艾尔对此欣然接受了。这是自从在德米里斯的别墅与拉里相见后，他们两人的第一次见面。诺艾尔对他们上一次见面时发生的事情感到非常震惊，或者更确切地说，是对没有如期发生的事情感到震惊。

过去的六年里，诺艾尔设想了一百种他们相遇的方式，她在脑海中将他们重逢的场景放映了一遍又一遍，但她从没想过拉里会不记得她。她人生中最重要的事情就是与他重逢，然而这对他来说，不过就像之前无数次遇到那些随便玩玩的女人一样，完全不值得放在心上。好吧，在完成复仇计划之前，他会记起她的。

拉里拿着飞行计划穿过机场时，一辆小轿车在那架大飞机前停了下来，诺艾尔·佩奇打开车门下了车。拉里走到轿车旁，用愉快的口气说道："早上好，佩奇小姐，我是拉里·道格拉斯。接下来将由我驾机送您和您的客人去戛纳。"

诺艾尔转身从他身边走了过去，好像他根本没说过话，完全当他不存在一样。拉里站在原地看着她的背影，一头雾水。

半小时后，其他十多位乘客已登机完毕，于是拉里和梅塔克萨斯便驾机起飞了。他们要将这群人送往法国蔚蓝海岸，到那儿之后会有人开车把他们送到德米里斯的游艇上。整个飞行过程很轻松，除了在法国南海岸上空遇到了一些夏天常见的气流。拉里操纵飞机平稳降落，并缓慢滑行到来接乘客的车队前方。拉里和矮壮的副驾驶员梅塔克萨斯刚下飞机，就看见诺艾尔径直走向梅塔克萨斯，简直像是把拉里当空气一样。她用十分轻蔑的口气说："保罗，新来的驾驶员真是个外行，你得好好教教他到底怎么开飞机。"说完，诺艾尔就转身上了一辆汽车，扬长而去。拉里愣在原地，气得咬牙切齿，却又无可奈何。

他在心里告诉自己，这女的就是个婊子，他大概是哪天倒霉，碰巧得罪过她。然而一周后发生的那次冲突，让他深刻意识到自己遇上了大麻烦。

按照德米里斯的指示，拉里要去挪威奥斯陆接诺艾尔，再驾机送她去伦敦。鉴于之前发生的不快，拉里特别仔细地检查了飞行计划。北部有一个高压区，东部有可能出现雷暴云，拉里制定了一条最优航线，避开了这些危险区域。事实证明，这次飞行非常平稳。降落时，他完成了无可挑剔的三点式着陆，随后他和保罗·梅塔克萨斯脚步轻快地迈进后面的客舱，看到诺艾尔·佩奇正在涂口红。"希望您对这次飞行还满意，佩奇小姐。"拉里谦恭地说。

诺艾尔抬起头，面无表情地瞥了他一眼，然后朝梅塔克萨斯说："不称职的飞行员开的飞机，我坐着总是心惊胆战的。"

拉里感觉自己的脸一阵热辣辣的，他刚想开口，诺艾尔就抢先对梅塔克萨斯说："请你叫他以后不要跟我说话，除非我主动跟他说话。"

梅塔克萨斯咽了咽口水，含含糊糊地应了一声："是，小姐。"

诺艾尔起身走下了飞机，拉里盯着她的背影，双眼冒着熊熊怒火。一股强烈的冲动让他想要追过去扇她一巴掌，但他知道，如果真那样做，自己就完蛋了。他爱这份工作胜过一切，因此不想让任何威胁到这份工作的事情发生。拉里知道，如果被解雇，他就再也找不到飞行员的工作了。不行，他以后一定要万分小心。

拉里回家后，把这几次的事同凯瑟琳讲了。

"她就是想挑我的刺。"拉里说。

"她听上去确实可恶。"凯瑟琳答道，"拉里，你是不是之前得罪过她啊？"

"我总共都没跟她说过几句话。"

凯瑟琳握住他的手。"别担心，"她安慰道，"要不了多久，她就会对你另眼相看的。等着瞧吧。"

第二天，在送康斯坦丁·德米里斯去土耳其的飞行途中，德米里斯走进驾驶舱，占了副驾驶员的座位，又挥挥手把梅塔克萨斯打发出去，留下拉里和自己独处。他们二人谁都没有说话，静静地看着小片的层云将机翼分割成各种边缘蓬松的几何图形。

"佩奇小姐对你印象不太好。"德米里斯终于打破了沉默。

拉里感觉到自己握着操纵杆的手猛地收紧了，他赶忙强迫自己放松下来。他努力让自己的声音听起来很平静。"她……她有没有说为什么？"

"她说你对她粗鲁无礼。"

拉里刚张开嘴打算为自己辩解，又改变了主意，他得用自己的方式解决这个问题。

"德米里斯先生，我很抱歉，我会多加注意的。"他心平气和地说。

德米里斯站了起来。"确实应该多加注意。提醒你一下，不能再冒犯佩奇小姐了。"说完，他就离开了驾驶舱。

255

不能再冒犯！拉里苦苦思索着，试图回想起自己之前究竟怎么冒犯过她。可能她只是单纯地不喜欢他这样的人，也可能是因为德米里斯看重他、信任他，她产生了妒忌之心，但是这说不通。拉里想到的各种原因都说不通。然而，诺艾尔·佩奇却在想方设法要让他被解雇。

拉里回想起失业的滋味，填写各种申请表的感觉是如此不堪，好像自己是个还在念书的毛头小伙子，多少场面试，多少次徒劳的等待，为了消磨时光，不得不混迹于廉价酒吧和下等妓女间；他还想起那段时间凯瑟琳对他的耐心、宽容和忍让，自己还曾为此恨过她。不，他再也不想经历这些，再也无法接受失败了。

几天后，拉里中途停留在黎巴嫩首都贝鲁特，路过一家电影院时，发现那里正在放映一部诺艾尔·佩奇主演的电影。一时冲动之下，他进去买了票，打算看完之后将这部影片和女主演都狠狠唾弃一番。但没想到的是，诺艾尔的演技竟然如此出色，他看着看着，就入了迷。他又一次对诺艾尔产生了那种熟悉的感觉。紧接着的周一，拉里要驾机送诺艾尔·佩奇和德米里斯的几位商业伙伴去苏黎世，等到诺艾尔身边没人时，他朝她走了过去。鉴于上次她对自己的警告，拉里也犹豫过要不要主动搭话，但最终下定决心：要想打消她对自己的敌意，就必须不厌其烦地讨好她。女演员都比较自负，喜欢听别人奉承自己，所以他走到诺艾尔跟前，毕恭毕敬地说："不好意思，佩奇小姐，打扰一下，我就是想跟您说一句，前两天晚上我看了一部您主演的电影《第三副面孔》，我觉得您是我见过的最出色的女演员。"

诺艾尔盯着他看了片刻，然后答道："我很想相信你做评论家比做飞行员更好，但是我很怀疑在这方面你既没有那个脑子，也没有那个品位。"说完，她便扬长而去。

拉里站在那里，呆若木鸡，感觉像是被人给打了一顿。这只该死的母狗！有一瞬间他真想追过去，把自己在心里骂她的话一股脑骂出来，但他知道那就正中她的下怀了。不行，从现在起，他就只管埋头干自己的工作，离她越远越好。

接下来的几周，他还驾机接送过诺艾尔几次，但一句话也没和她说过，而且为了不和她打照面，他简直费尽了心思。他让梅塔克萨斯和乘客进行必要的沟通，自己绝不踏进客舱半步。诺艾尔也没有再找过他麻烦。拉里暗自庆幸这件事终于解决了。

然而事实证明，他高兴得太早了。

一天早上，德米里斯派人把拉里叫到别墅来。"佩奇小姐要飞去巴黎，代我办理一些机要事务，我要你陪在她身边。"

"是，德米里斯先生。"

德米里斯打量了他一会儿，想要再说些什么，又改变了主意。"就这样。"

这一趟只需要送诺艾尔一个人，所以拉里决定驾驶那架小型的派珀飞机。他安排梅塔克萨斯去给诺艾尔服务，确保她有舒适的乘机体验，自己则待在驾驶舱里，全程都没有在她眼前出现过。飞机降落后，拉里走到她的座位旁，说道："佩奇小姐，打扰一下，您在巴黎期间，德米里斯先生叫我与您同行。"

诺艾尔抬起头来，轻蔑地看了他一眼，说道："行啊，别让我知道你在旁边就行。"

他点点头，用冰冷的沉默回应她。

他们乘一辆私人轿车从巴黎的奥利机场去往市中心，拉里坐在副驾驶的座位上，诺艾尔·佩奇坐在后排，一路上都没跟他讲过话。他们的第一站是巴黎银行。拉里和诺艾尔一起走进前厅，银行有专人带她走进了行长的办公室，又陪同她去了存放保险柜的地下室，拉里就在前厅里等着。半个小时后，她回来了，一句话也不说，径直从他身旁走了过去。他怒气冲冲地回头看着她的背影，不过随后就转过身跟在了她身后。

下一站是圣奥诺雷市郊路，巴黎最繁华的街道。诺艾尔把送他们来的轿车打发走了，拉里跟着她走进一家百货公司，站在旁边看她选购商品。等东西都打包好后，她全都交给拉里拿着。之后诺艾尔又去逛了六七家奢侈品店：在爱马仕买了几个包和几条皮带，在娇兰买了香水，在思琳买了几双鞋。最后拉里身上挂满了大小包裹，都快要拿不动了。即使注意到了他的狼狈，她也会装作没看见，仿佛他不过是她牵出来的一条狗。

他们刚从思琳时装店出来，天就下起了雨，人们四散奔逃，寻找避雨之处。"在这儿等我。"诺艾尔命令道。

拉里站在原地，看着她走进街对面的餐厅，消失不见。他怀里抱着大包小包，在倾盆大雨中足足等了两个小时，心中一直在咒骂她，也咒骂自己，对方如此仗势欺人，自己却只能忍气吞声。他已然陷入了困境，不知道如何才能脱身。

而且他有一种可怕的预感，事情会变得更糟。

凯瑟琳第一次见康斯坦丁·德米里斯是在他的别墅。当时拉里去给德米里斯送哥本哈根空运过来的包裹，凯瑟琳陪他一起去了。她站在宽敞的接待厅里，欣赏着一幅画，突然一扇门打开了，德米里斯走了出来。他看了她片刻，然后说："道格拉斯太太，你喜欢马奈吗？"

凯瑟琳转过身，发现自己竟与听说了无数次的传奇人物面对面站着。她瞬间对德米里斯产生了两个印象：首先，他比她想象的要高；其次，他身上有一种不可抗拒的力量，几乎有些令人心生畏惧。凯瑟琳很惊讶，他居然知道自己的名字和身份，并且似乎费尽心思想让她自在一些，不那么拘谨。他问了凯瑟琳觉得希腊如何，住的公寓是否舒适，还嘱咐她如果有什么地方需要帮忙，尽管向他开口。他甚至还知道她在收集微型的小鸟艺术品——天晓得他到底是怎么知道的！"我碰到过一只很可爱的，"他告诉她说，"我会派人送给你。"

这时，拉里过来了，凯瑟琳便和他一起离开了。

"你和德米里斯接触后，觉得他怎么样？"拉里问。

"他确实很有魅力，"她说，"难怪你那么喜欢为他工作。"

"我会一直为他工作的。"拉里的声音中透着凯瑟琳无法理解的坚定。

第二天，凯瑟琳收到了一只精美的瓷质小鸟。

从那之后，凯瑟琳又见了康斯坦丁·德米里斯两次，一次是和拉里一起去看赛马会时见到的，另一次则是在德米里斯在别墅举办的圣诞宴会上。每一次，他都对凯瑟琳关怀备至，表现出了十足的人格魅力。总而言之，凯瑟琳觉得，康斯坦丁·德米里斯绝对是个非凡的人物。

八月，雅典艺术节开始了。两个月的时间内，雅典城要举办戏剧、芭蕾、歌剧演出和各种音乐会——地点都在卫城遗址脚下古老的希罗德·阿提库斯露天剧场。凯瑟琳和拉里一起看了几场戏剧表演，他去工作的时候，她就和帕帕斯伯爵同行。希腊人创造了这些古老的戏剧，现在这些戏剧又由他们的子孙后代在同一片土地甚至同一个舞台上上演，给人以无比奇妙的观感。

一天晚上，凯瑟琳和帕帕斯伯爵一起去观看《美狄亚》的演出。演出结束后，他们边走边聊起了拉里。

"他是个很有意思的人，"帕帕斯伯爵说，"用一个词形容，就是'polymechanos'。"

"那是什么意思？"

"翻译起来有点困难，"伯爵思考了一会儿，"大概就是'点子很多'的意思。"

"你是说'足智多谋'吗？"

"对，但是还有其他意思，这个词还形容一个人随时都能有新想法、新计划。"

"polymechanos，"凯瑟琳重复道，"没错，说的就是我的拉里。"

他们头顶的天空上，皎洁的月亮快要圆了。夏夜温暖宜人。两人步行穿过普拉卡区，向协和广场走去。他们正要过马路时，拐角冲出一辆汽车，直直地朝两人飞驰而来。伯爵一把将凯瑟琳拉到身边。

"蠢货！"他冲着逐渐消失在夜色中的汽车大喊。

"这里的人开车好像都这个样子。"凯瑟琳说。

帕帕斯伯爵回给她一个苦笑。"你知道为什么吗？是因为希腊人还没适应驾驶汽车，他们心里还觉得自己是在赶驴。"

"你在开玩笑吧。"

"很遗憾，我说的是真的。凯瑟琳，如果你想深入了解希腊人，别看那些旅行指南，去读古希腊悲剧吧。我们虽生在现代社会，事实上却仍然活在古代。在思想情感上，我们还处于原始的、未开化的状态，喜怒哀乐都是如此强烈，如此外露；我们还没学会如何用文明的外饰掩盖自己的情感。"

"我觉得这不一定是坏事。"凯瑟琳回答道。

"也许不是坏事吧，但这有违现实。外人看我们时，以为看到的就是自己想的那样，其实不然。这就像望着一颗遥远太空中的星星。其实你看到的不是真的星星，你看到的是从过去映射过来的光。"

这时，他们走到了协和广场，路过一排窗上贴着"占卜"的小店铺。

"这儿有好多算命的人啊，是吧？"凯瑟琳问。

"我们希腊人很迷信。"

凯瑟琳摇摇头。"我恐怕是不信这些迷信的。"

他们走到了一家小店前，看到窗子上挂着一块招牌，上面用手写体写着"皮里斯夫人占卜"。

"那你信女巫吗？"帕帕斯伯爵问。

凯瑟琳瞟了他一眼，想确认他是不是在说笑，但他的表情很严肃。"只在万圣节的时候信。"她答道。

"我说的女巫，不是指传说里骑着扫帚，带着黑猫，在锅里熬制魔药的那种巫婆。"

"那你指的是什么？"

他冲那块招牌点点头。"皮里斯夫人就是一位女巫，她能看到一个人的过去，也能预知一个人的未来。"

说完，伯爵看到凯瑟琳脸上露出了怀疑的神色。"我给你讲个故事吧。"他说，"许多年前，雅典警察局长叫作索福克莱斯·瓦西里，他是我的朋友，我之前利用自己的影响力帮他谋到了这一职位。瓦西里非常正直，当时有人想向他行贿，但由于他绝不贪污，那帮人就决定彻底除掉他。"他抓住凯瑟琳的手臂，带她穿过马路，向公园走去。

"一天，瓦西里来找我，跟我说他收到了死亡威胁。他是个勇敢的人，但恐吓他的是个权势很大，又残酷无情的诈骗犯，所以他难免心神不定。警察局出动了很多警探，一方面监视那个诈骗犯，另一方面保护瓦西里的人身安全，但他还是有些不安，感觉自己活不长了。就是这个时候，他来找我了。"

凯瑟琳听得入了迷。"那你做了什么？"她问。

"我建议他去找皮里斯夫人占卜一下。"说完，他沉默地陷入了回忆，尘封的往事在内心某个承载着过去的剧场再次上演，他的思绪在那灰暗的场馆内徘徊着、飘荡着。

"他去了吗？"凯瑟琳终于沉不住气问道。

"什么？噢，他去了。皮里斯夫人告诉瓦西里，死亡会不期而至，迅速降临，并且警告他正午时千万要小心狮子。但是，除了动物园关着几只蔫里蔫遢的老狮子，还有你在提洛岛上见过的石狮子，希腊再没有狮子了。"

帕帕斯继续讲时，凯瑟琳能够感觉到他语气中的紧张。

"瓦西里亲自去动物园检查了关狮子的笼子，确保它们不可能出来伤人，又询问了最近是否有野生动物被带入雅典城，回答是否定的。

"一周过去了，仍旧风平浪静，瓦西里认定那位老女巫的占卜是错的，觉得自己是个迷信的傻瓜，竟然相信她说的话。一个周六的早晨，我顺路去警察局接他，那天是他儿子四岁的生日，我们要去坐船游玩，庆祝一下。

"车开到警察局前面时，市政厅的钟刚好敲了十二下。我刚到大门口，楼里就传来了一阵惊天动地的爆炸声，我赶紧冲进瓦西里的办公室。"他的声音干涩而生硬，"办公室被炸得什么都不剩了——包括瓦西里。"

"太可怕了。"凯瑟琳低声道。

他们沉默着继续向前走了一段。"但女巫还是错了，不是吗？"凯瑟琳突然开口问，"他不是被狮子杀死的。"

"啊，他是被狮子杀死的，你听我说。后来警察重现了爆炸发生时的情景。我之前说过，那天是瓦西里儿子的生日，他的办公桌上堆满了要带回去给儿子的礼物，其中包括一个玩具，不知道是谁送来的生日贺礼。"

凯瑟琳感觉自己脸上的血色褪去了。"玩具狮子。"

伯爵点点头。"对，'正午时千万要小心狮子'。"

凯瑟琳打了个寒战。"听得我起鸡皮疙瘩了。"

他低头同情地看着她。"皮里斯夫人那儿可不是谁为了好玩就能去的。"

他们穿过公园，到了佩莱奥斯街。这时，一辆空出租车驶过，伯爵招呼司机把车开了过来。十分钟后，凯瑟琳就回到了公寓。

准备上床睡觉的时候，凯瑟琳把这个故事给拉里讲了一遍，说着说着，不禁又是一阵毛骨悚然。拉里紧紧地抱着她耳鬓厮磨，又过了很久，她才睡着。

十五 诺艾尔和凯瑟琳

雅典：一九四六

如果没有诺艾尔从中作梗，拉里·道格拉斯现在的生活可谓无忧无虑。他找到了自己的归属感，做着自己想做的事。他非常喜欢这份工作，喜欢工作中遇到的那些人，喜欢他的雇主。在地面上，他的生活也相当如意。没有飞行任务时，他多半会陪凯瑟琳。但他的工作非常灵活，所以他在哪儿，凯瑟琳有时是不知道的，于是他有很多机会独自外出玩乐。他跟帕帕斯伯爵和梅塔克萨斯一起参加各种聚会，有很多次聚会到最后变成了纵情狂欢。希腊女人热情似火。他有了个新欢，叫海伦娜，在德米里斯的私人飞机上做空姐。有一次，他们飞离雅典，在外面中途停留时，拉里和她在酒店共用了一个房间。海伦娜是个黑眼睛的姑娘，身材苗条，妩媚动人。没错，从各方面来看，拉里·道格拉斯认定他现在的人生堪称完美。

如果没有德米里斯那个该死的金发情妇。

诺艾尔·佩奇究竟为什么如此鄙视自己，拉里简直毫无头绪。但不管怎样，她的种种行为已经危及他的前途和人生。拉里曾对她毕恭毕敬，也曾对她避犹不及，后来又试着与她友好相处，但每次诺艾尔·佩奇都能成功地让他看起来像个傻子。拉里知道自己应该找德米里斯谈谈，但在他和诺艾尔之间，德米里斯会选择谁，拉里根本不抱任何幻想。他曾两次安排保罗·梅塔克萨斯接替他开飞机送诺艾尔，但每次飞行前不久，德米里斯的秘书都打电话告诉他，德米里斯先生想让他亲自送诺艾尔。

十一月下旬的一个清晨，拉里接到电话，要他当天下午驾机送诺艾尔·佩奇去阿姆斯特丹。拉里咨询了机场，得到气象报告说阿姆斯特丹的天气状况非常糟糕，大雾正在袭来，预计到下午能见度就为零了。拉里给德米里斯的秘书打了电话，告诉她今天飞往阿姆斯特丹是不可能的，秘书说请示之后会再给他打过去。十五分钟后，秘书回电话告知他，佩奇小姐下午两点到机场等候起飞。拉里想着说不定阿姆斯特丹的天气会有好转的迹象，于是又和机场联络了一次，但是气象报告丝毫没有变化。

"我的老天，"保罗·梅塔克萨斯嚷道，"她究竟是有什么该死的急事非得赶到阿姆斯特丹去！"

然而，拉里觉得问题不在于阿姆斯特丹，这是他与诺艾尔两人之间意志的较量。尽管拉里非常希望诺艾尔撞上山崖，一命呜呼，这样他就解脱了，但他是绝对不会为了那个蠢女人冒生命危险的。他给德米里斯打电话，想和他商量一下，但是德米里斯在开会，根本联系不上。拉里怒火中烧，砰的一声摔了话筒。他别无选择，只能前往机场，到时候再劝说他的乘客取消这次飞行。他一点半到了机场，一直等到三点钟诺艾尔还没出现。"说不定她改主意了。"梅塔克萨斯说。

然而拉里知道，事情没那么简单。时间一点点过去，他的怒火越来越盛，最后他终于明白，这正是那个女人的目的。她想激怒他，待他火冒三丈时做出一些鲁莽的举动，然后丢掉自己的饭碗。拉里和机场经理在航站楼里正说着话，德米里斯那辆熟悉的灰色劳斯莱斯汽车开了过来，诺艾尔终于出现了。拉里赶忙跑出去迎接她。

"佩奇小姐，恐怕这次飞行得取消，"他努力稳住自己的声音，"阿姆斯特丹那边的机场现在大雾弥漫。"

诺艾尔的目光越过了拉里，就好像他根本不存在一样。她对梅塔克萨斯说："飞机有自动着陆设备，不是吗？"

"是的，有。"梅塔克萨斯很尴尬地应了一声。

"我很惊讶，"她回答道，"德米里斯先生竟然雇了一个懦夫当驾驶员。

这我得和他谈一谈。"

说完,诺艾尔就转过身,向飞机走去。梅塔克萨斯望着她的背影,说:"我的天哪!她到底是怎么了,以前她从来不这样的。我真为你难过,拉里。"

拉里盯着诺艾尔远去的背影,她金色的秀发随风飘扬着。他活到现在,从未如此恨过一个人。

梅塔克萨斯望着他。"我们去吗?"他问。

"去。"

梅塔克萨斯意味深长地叹了一口气,便和拉里一起朝着飞机慢慢走去。

他们登上飞机时,诺艾尔·佩奇正坐在客舱里气定神闲地翻着一本时尚杂志。拉里盯着她看了一会儿,虽然气得七窍生烟,但不敢开口,怕惹出祸端来。他走进驾驶舱,开始做飞行前的检查。

十分钟后,他收到了塔台的起飞许可。于是,他们出发飞往阿姆斯特丹了。

飞行前半程太平无事。从空中看瑞士,整个国度都覆盖着皑皑白雪,等到达德国上空时,已经是黄昏了。拉里提前用无线电联络了阿姆斯特丹的机场,了解那边的天气状况。对方报告说,大雾正从北海袭来,现在越来越浓了。他咒骂自己运气不好。如果风向改变,吹散大雾,问题就能解决了,但现在,是冒险在阿姆斯特丹进行仪表着陆,还是改飞到其他机场,他必须做出抉择。拉里一直想着要不要去客舱找乘客商量一下,但他能够想象到她脸上会是怎样轻蔑的表情。

"专机一〇九,请提供你们的飞行计划!"这是来自慕尼黑机场塔台的呼叫。拉里必须马上做出决定了。他可以降落到布鲁塞尔、科隆或是卢森堡。

再或者,阿姆斯特丹。

这时,扬声器又响起来:"专机一〇九,请提供你们的飞行计划!"

拉里啪的一声按下发报键。"专机一〇九向慕尼黑塔台回话,我们要去阿姆斯特丹。"他把发报键弹起来,意识到梅塔克萨斯正注视着他。

"天哪,我应该把人身保险再加一倍的。"梅塔克萨斯说,"你真有把握成功降落吗?"

"你想听实话吗?"拉里愤恨地说,"见鬼去吧,我才不管有没有把握呢!"

"真是好极了！我真倒霉，和两个疯子待在一架飞机上！"梅塔克萨斯叫苦连天。

接下来的一小时，拉里全神贯注地操纵着飞机，时不时听一下气象报告，不发一言。他仍然对风向改变抱有希望，但是距离阿姆斯特丹还有半个小时的航程时，气象报告还是老样子：大雾。机场已经关闭，除紧急情况外，暂停一切空中交通。拉里联络了阿姆斯特丹机场的塔台："专机一〇九呼叫阿姆斯特丹塔台。专机一〇九已在科隆以东七十五英里接近机场，预计到达时间十九点整。"

无线电里立即传来了声音："阿姆斯特丹塔台呼叫专机一〇九。机场已关闭，建议返回科隆或前往布鲁塞尔降落。"

拉里冲着手持话筒说："专机一〇九呼叫阿姆斯特丹塔台。不行，我们发生了紧急状况。"

梅塔克萨斯转过头来惊讶地瞪着他。

这时，扬声器里传来了另一个人的声音："专机一〇九，我是阿姆斯特丹机场运行指挥长，机场现在大雾弥漫，能见度为零。重复，能见度为零。你们遇到了什么紧急情况？"

"我们的燃油快用完了，"拉里说，"只能勉强到你们那里。"

梅塔克萨斯的目光转向油量表，上面明明显示还有一半燃油。"我的天哪，"他忍不住爆发了，"飞到中国都够用！"

无线电陷入了一片死寂。突然，又传出了声音。

"阿姆斯特丹塔台呼叫专机一〇九。你们获得了紧急迫降许可，请听从我们的引导降落。"

"收到。"拉里弹起发报键，转向梅塔克萨斯。"抛掉燃油。"他命令道。

梅塔克萨斯咽了咽口水，声音听起来像是快要窒息了。"抛……抛掉燃油？"

"保罗，你听到我的话了，只要留一点够我们到机场就行。"

"可是，拉里……"

"该死的，别争了。如果到了那里，人家发现我们的油箱还有一半燃油，马上就会扣下我们的飞行执照，到时候你哭都来不及。"

梅塔克萨斯快快地点点头，握住了燃油喷射手柄，开始将油箱里的燃油排出去，同时紧紧地盯着油量表。五分钟后，他们闯入了大雾之中，仿佛被柔软的白色棉花给包裹住了，视线完全被阻隔，除了狭小昏暗的驾驶舱，什么都看不见。这种感觉非常阴森恐怖，就像与时间、空间和这个世界都隔绝开了。拉里上一次有这种经历，还是在林克教练机里。但那只是模拟训练，没有任何危险；而现在，到了生死关头。他想知道坐在后面的那位乘客现在如何，真希望她吓得心脏病发作。这时，阿姆斯特丹塔台又传来了声音。

"阿姆斯特丹塔台呼叫专机一〇九。我会用自动着陆系统引导你们降落，请严格按照我的指令操作。从雷达显示器上已经看到你们了。向西转三度，在接到进一步的指令前，保持目前的高度。以现在的速度，你们应该在十八分钟后着陆。"

无线电里传来的声音听上去非常紧张。当然会紧张了，拉里神情郁闷地想。只要出一丁点差错，飞机就有可能一头扎进大海。拉里按照指令调整完飞行方向后，清空了头脑中的一切，除了无线电里那个虚无缥缈的声音，那是他生还的唯一希望。他全神贯注地操纵着，好像这架飞机已经变成他的一部分，他将自己的灵魂、自己的意志与精神都投入其中了。拉里只能隐约感觉到保罗·梅塔克萨斯坐在他身旁急得直冒汗，用低沉紧张的声音报着各种仪表上的读数。但是，如果这次他们能够死里逃生，那一定是他拉里·道格拉斯的功劳。拉里从未遇见过如此浓重的大雾，就像一个幽魂般的敌人，从四面八方向他袭来，蒙蔽他，引诱他，试图怂恿他犯下致命的错误。他现在正以每小时二百五十英里的速度在天空中飞驰，然而驾驶舱的风挡玻璃外什么都看不见。飞行员对雾深恶痛绝，遇到雾时的第一准则就是：不管是升上去还是潜下去，总之要以最快的速度逃出去！但现在他却无可奈何，只因为那个跋扈的坏女人一时兴起，他就陷入了绝境，不得不飞往那个几乎不可能到达的目的地。他束手无策，只能听命于机上的仪表和地上指挥的人，而前者可能会出现故障，后者可能会出错。此时，扬声器里又传来了那个虚无缥缈的声音，在拉里听来，好像紧张程度又上升了一个档次。

"阿姆斯特丹塔台呼叫专机一〇九。你们将进入着陆模式的第一阶段：放下襟翼，开始下降。下降到两千英尺……一千五百英尺……一千英尺……"

然而，下方丝毫没有机场的迹象，他们完全不知道自己身在何处。拉里感觉地面在迎着飞机撞上来。

"航速降到一百二十……放下轮子……目前的高度是六百英尺……航速一百……高度四百英尺……"该死的机场还是一点影子也没有！那棉花般令人窒息的浓雾似乎变得更厚了。

梅塔克萨斯的前额上布满了细密的汗珠。"见鬼了！机场到底在哪儿？"他低声咒骂道。

拉里瞟了一眼高度表，指针正慢慢向三百英尺移动，接着就降到三百英尺以下了。大地正以每小时一百英里的速度向他们冲上来。高度表显示只有一百五十英尺了。不对，出问题了。按理说他现在应该可以看到机场的灯光才对。拉里竭力透过风挡玻璃朝前方看去，然而除了遮天蔽日暗藏危险的浓雾，什么都没有。

拉里听到了梅塔克萨斯紧张粗哑的声音："我们降到六十英尺了。"还是什么都看不见。

"四十英尺。"

黑暗中，大地朝着他们猛扑过来。

"二十英尺。"

完了，再有两秒钟，就过了安全高度了，他们会坠机的。他必须立即做出决定。

"重新爬升。"拉里说。他的手抓紧了操纵杆，开始往回拉。就在这一刻，一排箭一样的光从他们前方的地面上射出，照亮了下面的跑道。十秒钟后，他们成功着陆，朝着阿姆斯特丹斯希普霍尔机场的航站楼滑行。

飞机停稳后，拉里用僵硬的手指关了引擎，一动不动地坐了良久。终于，他挣扎着站起身，惊讶地发现自己的双膝在颤抖。他忽然闻到一阵怪味，随即看向梅塔克萨斯。梅塔克萨斯很不好意思地笑了笑。

"对不起，"他说，"我吓死了，拉裤子里了。"

拉里低头看了他一眼，点了点头。"咱俩都一样。"说完，他转过身，走进了客舱，看到那个坏女人竟然还在那儿若无其事地翻杂志。拉里站在原地端详着她，恨不得把她狠狠地骂一顿，他真想弄明白她究竟为什么能这样镇定。诺艾尔·佩奇不可能不知道，几分钟前，死亡对她来说近在咫尺，然而她还是稳稳地坐在那里，从容不迫，连一根发丝都没有乱。

"阿姆斯特丹到了。"拉里通知说。

他们乘车前往阿姆斯特丹市区，一路无言。诺艾尔坐在梅赛德斯300型汽车的后座上，拉里坐在副驾驶的位置上。梅塔克萨斯留在机场找人检修飞机。雾依旧很大，车开得很慢，但是他们刚到林登广场，雾就开始消散了。

汽车穿过市广场，跨过阿姆斯特尔河上的艾德桥，最终停在阿姆斯特尔大酒店前。他们走进酒店大堂后，诺艾尔对拉里说："今晚十点整准时来接我。"然后就转过身走向电梯。候在一旁的酒店经理朝她鞠了一躬，紧跟在她身后离去。一个服务员走过来，领着拉里在酒店一楼七拐八拐，最终找到了一个狭小简陋的单人房间。这个房间紧挨着厨房，拉里隔着墙就能听到锅碗瓢盆的碰撞声，还能闻到各种饭菜的香味。

拉里看了一眼这个斗室，怒气冲冲地说："这破地方狗都不住。"

"不好意思，"服务员抱歉地说，"佩奇小姐要求给您住最便宜的房间。"

"行啊，"拉里心想，"总有一天我会教训她一顿。这个世界上又不是只有康斯坦丁·德米里斯一个人雇用私人飞机驾驶员，我明天就去物色下家，他那些阔绰的朋友我可见过不少，肯定有六七个愿意雇我的。"但他随即又想道："我决不能叫德米里斯把我解雇了。如果这事真发生了，他那些朋友恐怕都会对我避之不及。我必须守住这份工作。"浴室在大堂的另一头，拉里本来都打开了行李，拿出浴袍准备去洗澡，但转念一想："去他的，我干吗要为她洗澡？我恨不得自己臭得像只猪，熏死她才好。"于是他去了酒店里的酒吧，急不可耐地痛饮起来。喝第三杯马丁尼酒时，他抬头看了一眼吧台的钟，已经十点十五分了。那婆娘说过，要在十点整准时去接她。拉里突然就慌了起来，他匆匆把几张钞票拍在吧台上，急忙向电梯冲去。诺艾尔入住的是五层的总统套房。拉里一边在五楼的走廊狂奔，一边咒骂着自己，居然被她搞得如此狼狈。他心中想着迟到的借口，敲响了她套间的门。然而，并没有人应门。拉里转了转门把手，发现门根本没锁。他走进陈设华丽的大客厅，在那儿站了一会儿，试探着喊了一声："佩奇小姐。"没有人回答。所以这又是她的圈套。

她会告状说："我很抱歉，康斯坦，亲爱的，可我早就提醒过你，他这个人不可靠。我让他十点钟来接我，但是他居然在酒吧里喝得酩酊大醉，我只好独自动身了。"

拉里听见浴室里有响动，于是走了过去。浴室的门是开着的，拉里走进去，迎面撞见刚洗完澡的诺艾尔。她头上裹着一条土耳其毛巾，身上一丝不挂。

诺艾尔转过头，看见拉里站在那里。拉里的第一反应是道歉，尽力平息诺艾尔的怒火，然而话刚到嘴边，诺艾尔就冷冷地说："把毛巾递给我。"就好像他不过是个女仆，抑或是个太监。如果她生气发怒，拉里都还可以应付，但是她那冷傲的态度引爆了他内心的火药桶。

他走上前去抓住了她，同时心里清楚，自己报了个小仇虽能获得一点廉价的快感，但这样会毁掉他想要的一切。但他就是没办法让自己停下。内心的怒火已经燃烧了几个月，这几个月来，他曾多少次蒙羞，遭受她没来由的轻慢和侮辱，甚至还差点为她搭上性命。所有的一切，在他伸手抓住她赤裸的身体时，都在他内心燃烧着。如果诺艾尔敢叫，他就会把她打晕。但她看到他因愤怒而扭曲的脸，吓得不敢吭声了，乖乖地被他抓到了卧室里。

拉里的脑海中有一个声音在喊："快停下，快道歉，就说你喝醉了，趁一切都还来得及，赶紧脱身，这样你还有救。"但他知道，太晚了，自己已经没法回头了。拉里野蛮地将诺艾尔扔到床上，然后扑了过去。

他将自己的注意力都集中在她的身体上，不让大脑思考自己的所作所为将招致怎样的惩罚。德米里斯一定会惩罚他的。对这一点，拉里没有存任何侥幸心理。仅是解雇他，那位希腊巨富的自尊心是不会满足的。拉里深知，德米里斯的报复手段已经不是"残忍"二字能够形容的了，然而即便是这样，他还是无法让自己停下。诺艾尔躺在床上，仰面看着他，眼睛里燃烧着热切的欲望。占据她身体的这一刻，拉里才意识到自己很久之前就想这样做了，这种渴望不知怎的与仇恨交织在一起。他感觉到她用手臂搂住了他的脖子，让他们二人之间的距离更近了，就像再也不愿放他走一样。她说："欢迎回来。"拉里的脑海中瞬间闪过一个念头：她疯了。或者她把自己当成了别人。但他不在乎，因为她柔软的身体尽在他的掌控之中。他沉溺于这一刻的感觉，已然忘却了一切，忽然盲目地相信，所有的一切都会好起来。

十六　诺艾尔和凯瑟琳

雅典：一九四六

不知何故，时间已然成了凯瑟琳的敌人。起初她还没有意识到，等她追忆的时候才发现，不知道从哪一个时间点起，时间就开始与她为敌了。她说不清拉里对她的爱是何时消失、为何消失以及如何消失的，它只是在某一天，于那无尽的时间走廊中不见了踪影，留给她的只有冰冷空洞的回声。凯瑟琳独自在公寓里坐了一天又一天，试图厘清到底发生了什么，到底哪里出了错，但实在想不起有什么特别的事，也没有哪个时刻初露端倪，让她可以明确地指出来，然后说："就是这个时候，拉里就是从这时起不爱我了。"不过有一次，拉里驾机送康斯坦丁·德米里斯去非洲，在那里陪他进行了为期三周的游猎，也许就是从那一次拉里归家之后，事情就开始不对劲了。那三周里，凯瑟琳对拉里的想念简直无以复加。"他总是不在我身边，"她心想，"这和之前打仗的时候有什么区别，现在不过是没有敌人罢了。"

但她错了。确实有一个敌人。

"我还有个好消息没告诉你呢。"拉里说，"我加薪了，每个月七百美元，怎么样？"

"太好了，"她答道，"这样我们就可以早点回家了。"话音刚落，她看到他的表情立刻冷了下来。"怎么啦？"

"这儿就是家。"拉里甩出几个字。

她不解地望着他。"嗯……现阶段确实如此，"她勉强赞同道，"但我的意思是，你总不会在这里住一辈子吧。"

"你这辈子都没享受过这样的生活吧，"拉里反驳道，"像在旅游胜地度假一样。"

"但还是和住在美国不一样，不是吗？"

"去他妈的美国！"拉里说，"我给美国卖了四年的命，脑袋都别在裤腰上，结果呢？就颁给我几块破铜烂铁勋章。打完仗了，甚至连份工作都不给我。"

"其实也不是像你说的那样，"她开口道，"你……"

"我什么？"

凯瑟琳不想引发争论，尤其这还是拉里出差回来的第一天晚上。"没什么，亲爱的。"她说，"你肯定累了，咱们早点上床休息吧。"

"可别，"他走到酒柜前，给自己倒了一杯酒，"阿根廷夜总会上了个新节目，我跟梅塔克萨斯说了要和几个朋友一块儿过去看。"

凯瑟琳盯着他看。"拉里……"她竭力稳住自己的声音，"拉里，我们都将近一个月没见了，甚至都还没……没好好坐下聊聊天呢。"

"那我能怎么办？我有工作，必须得出去，"他回答说，"你以为我不想陪你吗？"

她摇摇头，说："我不知道，我看我得去占卜一下。"

拉里听了，走过来将她拥入怀中，又露出了那天真的、孩子气的笑容。"让梅塔克萨斯他们一边待着去吧。我今晚就留在家，过我们的二人世界，行了吧？"

凯瑟琳细细地看着他的脸，觉得自己有些无理取闹了。他因为工作不能陪在自己身边，回到家时，他想去见见其他人也很正常。"你要是想去哪儿，我们就一起去吧。"她下决心说。

"行啊。"他把她抱得更紧了一些，"就我们两个。"

整个周末，他们都一直待在家里。凯瑟琳给拉里烧菜，他们坐在壁炉旁闲聊、玩牌、读书，凯瑟琳要求的一切都得到了满足。

周日晚上，凯瑟琳做了一顿丰盛的晚餐，饭后他们又去卧室缠绵了一番。凯瑟琳躺在床上，注视着拉里走向浴室，微笑着想："如此俊美的男人属于我，我真是幸运啊。"这时，拉里在浴室门口转过身，用十分随意的口气说："下周你自己多安排几个约会，好吧，这样咱俩就不用像这样整天无所事事地待在一起了。"说完，他就走进了浴室。凯瑟琳脸上的笑容凝固了。

　　或者，那个漂亮的希腊空姐海伦娜才是一切问题的根源。一个炎热的夏日午后，凯瑟琳出去买菜。拉里出差了，她准备等第二天拉里回来的时候，做一桌子他爱吃的菜，给他个惊喜。凯瑟琳手里提满了袋子，刚走出市场，一辆出租车从她面前经过。坐在后座上的是拉里，他怀里还搂着一个身穿空姐制服的女孩。凯瑟琳瞥见他们挨在一起谈笑，但出租车马上就拐了个弯，消失不见了。

　　凯瑟琳站在原地，呆若木鸡。直到几个小男孩跑到她身边，她才意识到购物袋都从自己失去知觉的手指间滑落了。孩子们帮她把东西都捡了起来，她跌跌撞撞地回了家，大脑完全死机。她试着安慰自己：出租车上的那个人不是拉里，不过是个与他相像的人罢了。可是事实上，世界上没有人与拉里相像，他太独一无二了：他是上帝的原创，他是造化的精品佳作。他的全部都属于她。不，是属于她和出租车里那个黑眼睛的女孩。还属于其他多少个女人呢？

　　凯瑟琳彻夜未眠，一直坐着等拉里悄然回家。可是他并没有回来。这次，凯瑟琳知道，他找不出能够使婚姻维持下去的托词，她也不能给自己任何借口了。他是个满口谎言的骗子，她觉得自己不可能再与他保持婚姻关系了。

　　拉里直到第二天快傍晚时才回家。

　　"嘿。"走进家门时，拉里兴冲冲地叫她。他放下航空手提包，看到了她脸上的表情。"怎么了？"

　　"你什么时候回到雅典的？"凯瑟琳语气冷漠地问。

　　拉里疑惑地看着她。"大概一个小时之前吧。问这个干什么？"

　　"我昨天在一辆出租车上看见你和一个女孩在一起。"事情就是这么简单，凯瑟琳想。这句话说出口，就意味着她的婚姻走到了尽头。接下来他会否认，她会骂他是骗子，然后离开他，从此再也不见。

　　然而，拉里只是站在那里注视着她。

　　"说话啊，"她说，"告诉我那不是你。"

拉里仍然看着她，点点头，说道："是我没错。"闻言，凯瑟琳感到胸口一阵撕裂般的疼痛，她这才明白，自己多么希望他能够否认。

"天哪，"他说，"你都在琢磨什么呢？"

她开口想要说话，但是声音却因为愤怒而颤抖着。"我……"

拉里举起一只手。"有些话你说出口之后会后悔的。"

凯瑟琳难以置信地盯着他。"我会后悔？"

"昨天我确实飞回了雅典，但是就待了十五分钟，去接一个叫海伦娜·梅雷利斯的姑娘，把她送到克里特岛去见德米里斯。海伦娜在他的私人飞机上当空姐。"

"可是……"这倒有可能。拉里说的也许是真话，但也或许像帕帕斯伯爵所说，他是个"足智多谋"的人，因此随时能编出完美的谎言。"那你为什么不给我打电话？"凯瑟琳问。

"我打了，"拉里简短地说，"没人接。你出去了，不是吗？"

凯瑟琳咽了咽口水。"我……我出去给你买晚饭要用的食材了。"

"我不饿，"拉里没好气地说，"一回来就兴师问罪，谁还有胃口。"他转身走出了门，留下凯瑟琳一个人孤零零地站在原地，右手还举在半空中，好像在无声地乞求他回来。

从那之后不久，凯瑟琳就开始酗酒。起初喝得不多，也无伤大雅。她总是盼着拉里七点钟能回家吃晚饭，但是如果等到九点，他还是连个电话也没有，她就只能开一瓶白兰地，自斟自饮，打发时间。到十点钟，她就已经喝完好几杯了。等拉里终于回来了，只是如果，放了不知道多久的晚饭早就不像样了，那时，她也喝得有些醉醺醺了。然而，喝醉了反而让她能更容易地面对自己如今的遭遇。

凯瑟琳再也无法欺骗自己了，拉里一直对她不忠，而且很可能从他们结婚的时候就开始了。有一天，在把他的制服裤送去洗衣店之前，她仔细检查了一下，发现裤子里有一条花边手帕，上面沾着一些白色液体。他的短裤上还有口红印。

她在脑海中想象着拉里躺在别的女人怀里的情景。

她真恨不得杀了他。

十七　诺艾尔和凯瑟琳

雅典：一九四六

时间成了凯瑟琳的敌人，却成了拉里的朋友。阿姆斯特丹的那个夜晚简直是一场奇迹。拉里招来了灾祸，但令人难以置信的是，他也找到了解决所有问题的办法。只有道格拉斯才能走这样的狗屎运，拉里得意地想。

但拉里知道这不仅仅是因为走运。他身上有一种鲜为人知的执拗任性的本能，他要挑战命运，擦过死亡与灭亡的界限。这是一种考验，是他与命运的生死较量。

拉里回忆起在特鲁克群岛①领空的一个早晨，一支日本零式战斗机中队突然从云层中飞出来。拉里一直在领飞，于是他们就集中火力攻击他。三架零式战斗机将他引出来，他脱离了队伍，他们向他开火。在危急时刻，一种临危不乱的超然感油然而生，拉里隐约看到了下方的岛屿，几十艘船只在波涛汹涌的海面上颠簸，隆隆作响的飞机在蔚蓝的天空中相互追逐。这是拉里一生中最快乐的时光，是对生命的满足和对死亡的嘲讽。

拉里开着飞机掉了个头，然后飞了出来，追在一架零式战斗机的后面飞。他用机关枪开火，眼看着这架敌机炸开了花。另外两架敌机从两翼包抄过来，拉里看着他们冲向他。就在千钧一发之际，拉里做了一个翻转特技，两架敌机

① 又称丘克群岛。——编者注

274

在半空中相撞。这是他经常回味的时刻。

出于某种原因，在阿姆斯特丹的那个夜晚，拉里又想起了那次空战时的情景。一场欢愉过后，诺艾尔躺在他的怀里，说起战前他们两人一起在巴黎的情景。突然，拉里依稀回想起一个热切的年轻姑娘。但是，天哪，从那之后，和拉里交往过的姑娘已经有好几十个了。在他对过去的记忆里，诺艾尔不过是一缕容易忘掉的、印象模糊的轻烟而已。

真是幸运，拉里心想，过了这么多年，他们的命运在冥冥之中再一次交织在了一起。

"你是属于我的。"诺艾尔说道，"现在你是我的了。"

诺艾尔的语气让拉里感到有些不安。然而，他问自己，他又能失去些什么呢？

有了诺艾尔在他的掌控之下，只要他愿意，他就可以一直为德米里斯工作了。

诺艾尔仔细打量着拉里，仿佛想看穿他的心思。她的目光中折射出一种奇怪的神色，拉里有些看不太明白。

这样也挺好的，拉里心想。

有一次，从摩洛哥返航的途中，拉里带海伦娜出去吃了晚餐，并在她的公寓留宿了一晚。

次日上午，拉里驾车前往机场检查他的飞机。他和保罗·梅塔克萨斯共进了午餐。

"你看起来像是中了头彩。"梅塔克萨斯说道，"能让一张牌给我吗？"

"伙计，"拉里咧嘴笑了笑，"你玩不来的。要老手才行。"

这顿午餐他们吃得很开心。饭后，拉里驶回城里去接海伦娜，她将乘坐他的航班。

拉里敲了海伦娜公寓的门，隔了好一阵，海伦娜才慢吞吞地打开了房门。她浑身赤裸着。拉里紧盯着她，几乎认不出她来了。她的脸上和身上青一块紫一块，十分难看，不少地方还肿了起来。眼睛肿得只剩下两道细缝。很明显，一个职业打手打了海伦娜。

"天哪！"拉里惊叫道，"出什么事了？"

海伦娜张口要说话，拉里看到她的上门牙被打掉了三颗。"两……两个人，"海伦娜哆哆嗦嗦地说道，牙齿都在打战，"你……你一离开，他们就来了。"

"你没有报警吗？"拉里追问道，他被吓坏了。

"他……他们说，如果我告诉别人，他们会杀了我的。他们真的会杀了我的，拉……拉里。"海伦娜站在那里，仍然惊魂未定，扶着门支撑着自己的身子。

"他们抢走什么东西没有？"

"没……没有。他们硬……硬闯了进来，强暴了我，然后他……他们打了我。"

"把衣服穿上。"拉里命令道，"我送你去医院。"

"我脸上这副样子，不能出……出去。"海伦娜说。

海伦娜说得一点也没错。拉里有一位朋友是医生，他打了电话，安排对方过来。

"抱歉，我不能留下来陪你了。"拉里告诉海伦娜，"半小时后，我要送德米里斯飞往雅典。我一回来，就来看你。"

但是后来拉里再也没有见过海伦娜。两天后，拉里回来时，公寓已经搬空了。房东告诉他说，那位年轻姑娘搬走了，也没有留下地址。即使到了这个地步，拉里也没有怀疑过这件事背后藏有什么真相。直到几天后的晚上，当他和诺艾尔亲热时，他才觉得这事有猫腻。"你可真是太了不得了，"拉里说，"我从没有遇见过像你这样的可人。"

"我给你想要的一切了吗？"诺艾尔问道。

"给了。"拉里满意地低声应道，"啊，天哪，都给了。"

诺艾尔停下她的撩拨动作。"不许再和其他女人暧昧不清。"她娇嗔地说，"再有下次，我就杀了她。"

拉里突然记起了诺艾尔曾说过的话："你是属于我的。"此刻看来，这句话多了一层不祥之意。拉里第一次产生了一种预感：和诺艾尔的这段关系，不是他随随便便想什么时候摆脱就可以摆脱得了的。他察觉到了诺艾尔·佩奇冷酷无情、充满杀气、不可触碰的内心世界。顿时，拉里感到阵阵凉意，有些害怕了。这天夜里，他好几次都想把话题引向海伦娜，但每次话到嘴边又咽了回去，他怕知道事实真相，怕亲耳听到事情经过，好像语言比行动本身更让人震惊。如果诺艾尔真的把海伦娜……

第二天清晨吃早餐时，拉里趁诺艾尔不注意，仔细打量着她，想寻找她身上残酷无情、有施虐倾向的迹象。但拉里看到的不过是一个明媚动人的女人，向他讲述着奇闻逸事，满足他的一切需求。"我一定是错怪她了。"拉里想着。但自那以后，他变得小心谨慎，不再与其他姑娘约会。并且在短短的几周里，他也完全失去了与其他女孩约会的欲望，他深深地迷上了诺艾尔。

从一开始，诺艾尔就警告拉里，他们的关系不能让康斯坦丁·德米里斯知道，否则后果将不堪设想。

"我们的事不能有任何风声传出去。"诺艾尔警告道。

"要不我租套公寓吧？"拉里建议道，"在那里，我们……"

诺艾尔摇了摇头。"在雅典不行，会有人认出我来的。这事容我考虑一下。"

两天后，德米里斯派人去找拉里。起初，拉里还有些担心，不知道这位希腊大亨是否听说了诺艾尔和他的事。但德米里斯愉快地接待了他，并和他讨论起他准备购入的新飞机。

"这是一架改装过的米切尔轰炸机，"德米里斯告诉拉里，"我想让你看看。"

拉里面露喜色。"这架飞机非常好，"他说，"就它的重量和尺寸而言，它能带给您最理想的飞行体验。"

"能载多少人？"

拉里思考了片刻。"九个人可以坐得舒舒服服的，外加飞行员、领航员和飞行工程师。每小时可以飞四百八十英里。"

"听起来很不错。你能帮我检查一下飞机，然后给我出一份报告吗？"

"我已迫不及待了。"拉里咧嘴一笑。

德米里斯站起身来。"还有件事，道格拉斯，佩奇小姐明天早晨要去柏林。我想让你送她去。"

"好的，先生。"拉里说。然后，他没过脑子就补了一句："佩奇小姐有没有告诉您，我们相处得融洽一些了？"

德米里斯抬起头看了看他。"没有。"他说，显得有些困惑，"事实上，今天早上她还向我抱怨，说你傲慢无礼呢。"

拉里惊讶地盯着德米里斯，随后他马上醒悟过来，立刻想要掩盖自己的口误。"我正在努力，德米里斯先生。"他认真地说，"我会更加努力的。"

德米里斯点了点头。"再加把劲。你是我见过的最优秀的飞行员，道格拉斯。这会很丢脸的，如果……"他没有再说下去，但想要传达的意思已经很明晰了。

在开车回家的路上，拉里咒骂自己是个傻瓜。他本该记得，自己现在是和大人物竞争啊。诺艾尔就表现得很聪明，她知道如果突然转变对拉里的态度，德米里斯就会起疑心。他们两个一直以来糟糕的关系可以完美地掩护他们现在所做的一切。德米里斯竟然费力让他们融洽相处。一想到这里，拉里禁不住得意地放声大笑起来。这位世界上最有权势的人物以为属于自己的东西，现在已归他所有，这种感觉真是太美妙了。

在飞往柏林的途中，拉里把方向盘交给了保罗·梅塔克萨斯，告诉他自己要去和诺艾尔·佩奇谈谈。

"你不怕被臭骂一顿吗？"梅塔克萨斯问道。

拉里犹豫了一下，本想要吹嘘一番，但他克制住了这种冲动。"她是个有能耐的臭婊子。"拉里耸了耸肩，"但如果想不出办法让她心软，我会被扫地出门的。"

"那祝你好运。"梅塔克萨斯严肃地说道。

"谢谢。"

拉里小心翼翼地关上了驾驶舱的门，走到了诺艾尔所在的休息室。飞机客舱尾部有两名空姐。拉里坐到了诺艾尔对面。

"注意点。"诺艾尔轻声警告说，"为康斯坦丁工作的人，都会向他告密的。"

拉里瞥了一眼空姐，想起了海伦娜。

"我给咱们找了个住的地方。"诺艾尔说，声音中透出激动与喜悦。

"是公寓吗？"

"是幢房子。你知道拉斐纳在哪儿吗？"

拉里摇了摇头。"不知道。"

"是海边的一个小村庄，雅典向北一百公里。我们在那里有一栋僻静的别墅。"

拉里点了点头。"你以谁的名义租的？"

"我买下来了，"诺艾尔说道，"用的别人的名字。"

拉里想知道，只是为了偶尔和某人幽会，就买下一栋别墅，是什么样的感觉。"太好了，"他说，"真想马上去看看。"

诺艾尔打量了他一会儿。"你离开凯瑟琳，会有什么麻烦吗？"

拉里吃惊地看着诺艾尔。这是她第一次提起他的妻子。拉里当然没有刻意隐瞒自己的婚姻，但听到诺艾尔叫凯瑟琳的名字，他仍然感觉很奇怪。显然，她已经做了一些调查，对凯瑟琳的了解可能和拉里最初差不多，又或许她已经了解得非常深入了。诺艾尔期待着他的回答。"不会的，"拉里回答道，"我来去自便。"

诺艾尔点了点头，感到很满意。"很好。康斯坦丁要去杜布罗夫尼克出差，我已经告诉他，我不和他一起去了。我们可以在一起度过美好的十天。你现在最好先离开。"

拉里转身回到了驾驶舱。

"怎么样？"梅塔克萨斯问道，"关系缓和点了吗？"

"缓和得不多，"拉里谨慎地回答道，"这是要花时间的。"

拉里有一辆雪铁龙敞篷车，但在诺艾尔的坚持下，他去了雅典的一家小型汽车租赁公司，另租了一辆车。诺艾尔一个人开车去了拉斐纳，拉里将在那里和她会合。尘土飞扬的小路蜿蜒曲折，宛如一条丝带，盘旋在远高于海平面的地方。这是一段愉快的车程。离开雅典两个半小时后，拉里来到了一座小村庄，村庄沿海岸线坐落，风景十分迷人。诺艾尔事先告诉了拉里详细的位置和方向，这样他就不必停下来到村子里去打听了。汽车驶到村外，向左拐了个弯，驶上了一条通往海边的小土路。几幢别墅映入眼帘，每一幢都隐蔽在高高的石墙后面。在路的尽头，有一幢外观豪华的大别墅，建在海岬上一块露出水面的岩石上。

279

拉里把车开到大门口，按响了门铃。不一会儿，电动门打开了。拉里开车进去后，身后的门又关上了。拉里发现自己身处一个巨大的庭院之中，院子中央还有一个喷泉，庭院的四周开满了鲜花。这幢房子是典型的地中海别墅，像堡垒一样坚不可摧。房子的前门打开了，诺艾尔走了出来，她身穿一件白色的棉质连衣裙。他们站在那里相视而笑，接着，诺艾尔投入了拉里的怀抱中。

　　"快进来看看你的新房子。"诺艾尔热切地说道，拉着拉里走了进去。

　　房子内部大而宽敞，有高高的圆顶天花板。楼下有一间很大的客厅、一间书房、一间正式的餐厅和一间老式厨房，厨房中央有一个圆形炉灶。卧室在楼上。

　　"用人呢？"拉里问道。

　　"就在你眼前。"

　　拉里吃惊地望着诺艾尔。"你要洗衣做饭？"

　　诺艾尔点了点头。"我们不在的时候，会有几个人来打扫的。但是他们不会与我们碰面。我通过中介机构安排的。"

　　拉里有点邪恶地咧嘴笑了。

　　诺艾尔的语气中暗含着警告。"不要低估康斯坦丁·德米里斯，否则会犯大错的。如果他发现了我们的事，会把我们都杀了。"

　　拉里轻松地笑了笑。"你有些夸张了吧，"他说道，"那老家伙可能是不喜欢我们在一起，但是……"

　　诺艾尔那双紫罗兰色的眼睛死死地盯着拉里。"他会杀了我们俩的。"她的语气让拉里浑身感到有些不安。

　　"你是认真的，是吗？"

　　"我认真得不能再认真了，他冷酷又无情。"

　　"但你说他会杀了我们，"拉里争辩道，"他不会……"

　　"他不会用枪杀我们，"诺艾尔直截了当地说，"他会找一个复杂又精妙的方法，而且永远不用为此受到惩罚。"诺艾尔的语气缓和了一些。"但是他不会发现我们的关系的，亲爱的。来，我带你去看看我们的卧室。"她拉着拉里的手，两人走上了宽阔的楼梯。"我们有四间客房，"诺艾尔笑着补充道，"我们可以每间都睡一遍。"她带拉里来到了主卧，这间房坐落在角落，十分宽敞，可以俯瞰大海。透过窗户望去，拉里可以看到一个大露台和一条蜿蜒到海边的小路。一艘大帆船和一艘摩托艇停泊在码头。

"这两艘船是谁的？"

"都是你的。"诺艾尔说，"这是欢迎你入住的礼物。"

拉里转过身，发现诺艾尔已经褪去了棉质长裙。她浑身赤裸着。两人在床上度过了下午的时光。

时光飞逝，十天的时间过去了。诺艾尔的身份不断变换着，她时而像是希腊神话故事中的仙女，时而像是阿拉伯神话里的精灵，时而又像是美丽的女仆承担着各种职责。她悉心照料着拉里，连拉里还没想到的需求，她都满足了。拉里发现别墅的书房里堆满了他最喜欢的书和唱片。诺艾尔会做他最喜爱的菜肴，并且做得无可挑剔。她会和拉里一起出海航行，在温暖的蔚蓝色大海中游泳，与他缠绵；还会给他做按摩，直至他入睡。从某种意义上说，他们像是狱友，因为他们不敢出见其他人。拉里每天都能发现诺艾尔新的一面。诺艾尔会讲述她的名人朋友的逸事来逗拉里开心。她试图与拉里讨论商业和政治，却发现他对这两样都不感兴趣。

他们会打扑克，一起玩一种叫金罗美的纸牌游戏。拉里从来都赢不了，他为此很生气。诺艾尔教他下国际象棋和西洋双陆棋，拉里还是赢不过她。他们在别墅度过的第一个周日，诺艾尔做了一顿美味的野餐，他们坐在沙滩上晒着太阳，享受着美食。正当他们吃饭时，诺艾尔抬头看见远处有两个人沿着海滩向他们缓缓走来。

"我们回屋去。"诺艾尔说道。

拉里抬起头，看见了他们。"天哪，别那么神经过敏。他们只是两个出来散步的村民。"

"马上进去。"诺艾尔命令道。

"好吧。"拉里态度生硬地说，对这一意外情况和诺艾尔说话的语气感到恼怒。

"帮我把东西收拾起来。"

"把它们留在这里不行吗？"拉里问道。

"那样看起来太可疑了。"

他们很快就将所有东西都塞进了野餐篮，然后朝房子走去。拉里整个下午都一言不发。他坐在书房里，有些心不在焉，而诺艾尔则在厨房里干活。

　　到了黄昏时分，诺艾尔走进书房，坐在拉里的脚边。她有一种神秘的本领，可以洞察拉里的心思。她说："别再为那两个人烦心了。"

　　"他们只是两个该死的村民。"拉里怒气冲冲地说，"我讨厌像罪犯一样偷偷摸摸的。"看着诺艾尔，他的语气缓和了一些。"我不想瞒着任何人。我爱你。"

　　诺艾尔知道这一次拉里是真心诚意的。她想起了自己计划毁灭拉里的那几年，在想象他被毁灭时，自己的那种强烈的快感。然而，当诺艾尔再次见到拉里的那一刻，她瞬间明白，在她心里，还有比仇恨更深的情感。诺艾尔把拉里推向了死亡的边缘，迫使他冒着他们两人的生命危险，在浓雾中飞往阿姆斯特丹。诺艾尔疯狂地反抗命运，以此来测试拉里对她的爱。她和拉里一同坐在驾驶舱里，陪着他驾驶飞机，一同承受心惊胆战。她知道，如果拉里死了，他们会死在一起，但他救下了他们两人。到了阿姆斯特丹，拉里来到她的房间与她缠绵时，她的爱与恨交织在他们两个的身体里。不知怎的，时间逝去后又倒退了回来，仿佛他们回到了巴黎那家旅馆的小房间里，拉里对她说："我们结婚吧，我们到乡下去，找一个镇长为我们证婚。"冥冥之中，现在和过去重叠在了一起，诺艾尔那时就知道他们的爱是永恒的，一直都是永恒的，什么都没有改变。她对拉里深深的仇恨来自她对拉里深深的爱。如果她毁灭了拉里，她也就毁灭了自己，因为她早已把自己的整个身心完全献给了他，这是什么也改变不了的。

　　在诺艾尔看来，她一生中所取得的一切成就都是通过仇恨得来的。父亲的背叛浇铸了她，塑造了她，锤炼了她，也使她变得坚强，充满了复仇的渴望。只有建立自己的王国，才能满足这种渴望。在这个王国里，她无所不能，再也不会有背叛，再也不会受到伤害。她终于做到了。现在她准备为这个男人放弃一切。因为现在她知道，她一直想要的是拉里需要她、爱她，并且拉里终于需要她、爱她了。这才是她真正的王国。

十八　诺艾尔和凯瑟琳

雅典：一九四六

对拉里和诺艾尔来说，接下来的三个月是一段很难得的时光：一切都顺顺当当，过着田园般的美好生活，没有一丝忧愁的日子魔术般地一天天过去。拉里把工作的时间都用来做自己喜欢的事情——飞行。只要有时间，他就会去拉斐纳的别墅和诺艾尔待上一天、一个周末或是一周。起初，拉里担心这样的约会会成为自己沉重的负担，将他拖入他所厌恶的家庭生活。但每次见到诺艾尔，他就会变得更加心醉神迷，开始热切地期待着和她在一起的时光。当诺艾尔突然要与德米里斯一同出行，不得不取消某个周末的安排时，拉里就独自留在别墅。只要想到诺艾尔和德米里斯在一起，他就会发现自己很生气，很嫉妒。一周后，拉里见到了诺艾尔，他一副迫不及待的样子，诺艾尔大吃一惊，心里暗自高兴。

"你想我了。"诺艾尔说。

拉里点了点头。"非常想。"

"很好。"

"德米里斯怎么样？"

她犹豫了一下。"还可以。"

拉里察觉到了她的踌躇。"怎么了？"

"我一直在考虑你说的事。"

"什么事？"

"你说过你讨厌像罪犯一样偷偷摸摸过日子的感觉。我也讨厌。和康斯坦丁在一起的每一刻，我都想和你在一起。我曾经告诉过你，拉里，我想要你的全部。我是认真的。我不想和任何人分享你。我要你娶我。"

拉里有些猝不及防，惊讶地盯着诺艾尔。

诺艾尔也盯着他。"你想娶我吗？"

"你知道我想。可是我们怎么结婚呢？你一直在提醒我，如果德米里斯发现我们的事，会怎么收拾我们。"

诺艾尔摇了摇头。"他不会发现的。只要我们放聪明点，计划得当，他就不会发现。我不属于他，拉里。我会离开他，他也无力回天。他太骄傲了，不会阻止我。一两个月后，你去辞职。我们一起远走高飞，分头去别的地方，或许可以去美国。我们可以在那里结婚。我有很多钱，我们一辈子也花不完。我会给你买一家包机航空公司，或者一所飞行学校，或者随便什么你喜欢的东西。"

拉里站在那里听着，权衡着他将放弃的和将得到的。那他要放弃什么呢？一份飞行员的糟糕工作。一想到要拥有自己的飞机，拉里的心头就涌上了一阵喜悦之情。他会有属于自己的改装米切尔轰炸机，或者是刚刚上市的新DC-6型飞机——四个径向引擎，能承载八十五名乘客。还有诺艾尔，是的，他想要诺艾尔。天哪，他到底还有什么可犹豫的？

"那我的妻子怎么办？"

"告诉她，你想离婚。"

"我不知道她是否会同意。"

"不要征求她的意见，"诺艾尔回答说，"直接告诉她。"她的语气中透着坚定。

拉里点了点头。"好吧。"

"你不会后悔的，亲爱的。我向你保证。"诺艾尔说。

对凯瑟琳来说，时间已经失去了它的昼夜节律，她落入了四维空间，白天和黑夜已融为一体。拉里几乎从不回家，她也很久没有见过他们的朋友了，因为她没有精力再找借口，也没有精力面对别人。帕帕斯伯爵好几次想要见她，最终还是放弃了。她发现自己只能通过电话、信件或电报，间接与人打交道。面对面交往时，她就如同石头一般，任何谈话在她身上都擦出了无望的火花。时间带来了痛苦，人也带来了痛苦。酒精能让人遗忘痛苦，这是凯瑟琳能找到的唯一的慰藉。这奇妙的东西大大减轻了痛苦，软化了挫败后的尖利锋芒，缓和了残酷无情的现实对人们的打击。

凯瑟琳刚到雅典时，还时常和威廉·弗雷泽通信，交换消息，了解他们共同的朋友和仇人的最新动向。然而，自从和拉里产生矛盾后，她就没有心思再给弗雷泽写信了。弗雷泽最近寄来的三封信都没有得到回复，最后一封信连拆都没有被拆开。凯瑟琳沉浸在自己的世界里，整日顾影自怜，根本没有精力去处理其他事。

一天，凯瑟琳收到了一份电报，她看都没看，就扔在了桌子上。过了一周，门铃突然响了，威廉·弗雷泽出现在她面前。凯瑟琳盯着他，简直不敢相信自己的眼睛。"比尔！"她很激动，声音沙哑地喊道，"比尔·弗雷泽！"

弗雷泽正要开口说话，凯瑟琳发现他的眼神从兴奋一下子变成了诧异。

"比尔，亲爱的，"凯瑟琳说，"你到这里来做什么？"

"我来雅典出差。"弗雷泽解释道，"你没有收到我发的电报吗？"

凯瑟琳望着他，努力在脑海中回忆着。"我不知道。"她最后说。她领弗雷泽进了客厅，室内一团糟，旧报纸散落在各处，烟灰缸里塞满了烟蒂，还有一碟吃剩下的食物。"对不起，这地方太乱了，"她说着，心不在焉地摆了摆手，"我一直都很忙。"

弗雷泽担忧地打量着她。"你还好吗，凯瑟琳？"

"我吗？我非常好。喝一点怎么样？"

"现在才上午十一点。"

凯瑟琳点了点头。"你说得对。你说得太对了，比尔。现在喝酒太早了。说实话，要不是为了庆祝你来这儿，我才不会喝呢。你是这世上唯一能让我早上十一点就喝酒的人。"

弗雷泽惊愕地看着凯瑟琳摇摇晃晃地走到酒柜前，给自己倒了一大杯酒，给他倒了一小杯。

"你喜欢喝希腊白兰地吗？"凯瑟琳一边给他端酒，一边问道，"我以前很讨厌喝，但你会习惯的。"

弗雷泽接过酒，把它放在桌上。"拉里在哪儿？"他轻声问道。

"拉里？噢，亲爱的老拉里不知道在哪儿飞呢。你知道，他在为世界上最有钱的人工作。德米里斯拥有一切，包括拉里。"

弗雷泽注视着她，过了半晌说道："拉里知道你酗酒吗？"

凯瑟琳重重地放下酒杯，摇摇晃晃地站在他面前。"你什么意思，拉里知道我酗酒吗？"她愤怒地质问道，"谁说我酗酒了？就因为我见到了老朋友，想要庆祝一番，你就开始攻击我！"

"凯瑟琳，"弗雷泽极力辩解道，"我……"

"你以为你有资格跑到这里来指责我是个酒鬼吗？"

"抱歉，凯瑟琳，"弗雷泽痛苦地说，"我觉得你需要帮助。"

"你错了，"凯瑟琳反驳道，"我不需要任何帮助。你知道为什么吗？因为我……我自己……我自己……"她想寻找合适的字眼，最终放弃了。"我不需要任何帮助。"

弗雷泽注视了她一会儿。"我现在要去开会。"他说，"今晚和我一起吃晚饭吧。"

"好的。"凯瑟琳点了点头。

"好，那我晚上八点来接你。"

凯瑟琳目送着比尔·弗雷泽走出门。然后，她跌跌撞撞地走进了卧室，慢慢打开壁橱的门，盯着挂在门后的镜子。她呆呆地站在那里，不敢相信眼前的一切。她料定镜子跟她开了一个可怕的玩笑。在内心深处，她依然是有父亲宠爱的漂亮小女孩，依然是年轻的女大学生，和罗恩·彼得森站在汽车旅馆的房间里，听他说："我的天哪，凯茜，你是我见过的最美的姑娘。"比尔·弗雷泽仍然会将她拥入怀中，对她说："你太美了，凯瑟琳。"拉里会对她说："要一直美下去，凯茜，你太迷人了。"凯瑟琳看着镜子里的人，嘶哑着声音大喊道："你是谁？"镜子里那个伤心的丑女人哭了起来，饱含着绝望与空虚的眼泪顺着那张丑陋而浮肿的脸流了下来。几个小时后，门铃响了。她听见比尔·弗雷泽喊道: "凯瑟琳!凯瑟琳,你在吗?"接着铃声又响了一阵。最后,叫喊声停了,铃声也停了,陪伴凯瑟琳的只剩下镜中的陌生人。

第二天早上九点钟,凯瑟琳乘出租车去了帕蒂西街。医生的名字叫尼科德斯,他身材魁梧,有着一头乱蓬蓬的白发。他看起来很聪慧,眼神和善,举止随和,没有一点架子。

一名护士把凯瑟琳领进了尼科德斯医生的私人办公室。他指了指椅子。"请坐,道格拉斯太太。"

凯瑟琳坐了下来,有些紧张不安,她努力克制自己不颤抖。

"你哪里不舒服?"

凯瑟琳正要张口回答,却又无可奈何地停了下来。"噢,天哪,"她想,"我该从何说起呢?""我需要帮助。"她终于说出了口。凯瑟琳的声音干涩而沙哑,她很想喝一杯酒。

医生把身子靠在椅背上,看着她。"你多大了?"

"二十八岁。"凯瑟琳说这话时,注视着他的脸。尼科德斯竭力掩饰自己震惊的表情,但凯瑟琳还是觉察到了,而且莫名其妙地为此感到高兴。

"你是美国人吗?"

"是的。"

"现在住在雅典?"

凯瑟琳点了点头。

"在这儿住了多久了?"

"有上千年了。伯罗奔尼撒战争爆发前,我们就住在这里了。"

医生笑了笑。"我有时也会有这种感觉。"他递给凯瑟琳一支香烟。她伸手去拿,试图控制住不停颤抖的手指。就算尼科德斯医生注意到了,他也没有吭声。他给凯瑟琳点上了香烟。"你需要哪种帮助,道格拉斯太太?"

凯瑟琳无助地看着他。"我不知道,"她喃喃道,"我不知道。"

"你觉得自己生病了吗?"

"我生病了。我觉得自己病得很重。我现在变得如此丑陋。"凯瑟琳知道自己没有哭,但她感到眼泪顺着脸颊流了下来。

"你喝酒吗,道格拉斯太太?"医生柔声问道。

凯瑟琳惊恐地盯着他，觉得自己被逼入了绝境，被戳到了痛点。"有时会喝一点"。

"喝多少？"

凯瑟琳深吸了一口气。"不多。这……这要看情况。"

"那你今天喝了没有？"医生问道。

"没有。"

医生坐在那里端详着凯瑟琳。"要知道，你其实并不丑，"他温柔地说，"只是有些超重。你的身体有点浮肿，皮肤和头发也没有护理好。在这些表面现象背后，你依然是一个非常迷人的年轻女孩。"

凯瑟琳突然哭了起来。医生坐在那里，让她哭个够。凯瑟琳痛苦地啜泣着，隐约听到桌上的蜂鸣器响了几下，但医生没有理会。哭了一阵后，凯瑟琳慢慢地平静了下来。她掏出手帕，擤了擤鼻子。"对不起。"她道歉道，"你……你能帮助我吗？"

"这完全取决于你。"尼科德斯医生回答道，"我们还不知道你的问题究竟是什么呢。"

"你看看我现在的样子。"凯瑟琳回答道。医生摇了摇头。"这不是问题，道格拉斯太太，这只是一种症状。请原谅我的直言不讳，但如果我要帮助你，我们必须完全坦诚相待。一个迷人的年轻女子像你这样放纵自己，一定是有重要原因的。你的丈夫还活着吗？"

"在节假日和周末的时候活着。"

医生打量着她。"你和他住在一起吗？"

"只有他在家的时候。"

"他是做什么工作的？"

"他是康斯坦丁·德米里斯的私人飞机驾驶员。"凯瑟琳看到了医生表情上的反应，但她不知道他是对德米里斯的名字有反应，还是知道拉里的一些事情。"你听说过我的丈夫吗？"她问道。

"没有。"但医生也可能是在撒谎。"你爱你的丈夫吗，道格拉斯太太？"

凯瑟琳开口想要回答，却顿住了。她知道她接下来说的话非常重要，不仅是对医生而言，对她自己来说也很重要。是的，她爱她的丈夫；是的，她也恨他；是的，有时她生气得想杀了他；是的，有时她爱他爱到乐意为他而死。什么词能表达这一切呢？也许是爱。"是的。"凯瑟琳说。

"那他爱你吗？"

凯瑟琳想起了拉里生活中的那些女人，想起了他对婚姻的不忠；她想起了昨晚镜子中那个可怕的陌生人，她不能责怪拉里不要她了。但到底哪一点是因，哪一点是果呢？是镜子里的女人造成了他的不忠，还是他的不忠造成了镜子里的女人？凯瑟琳意识到自己的脸颊又被泪水打湿了。

凯瑟琳无助地摇了摇头。"我……我不知道。"

"你曾经经历过精神崩溃吗？"

凯瑟琳注视着医生，眼睛里充满了警惕。"没有。你觉得我需要经历一次吗？"

医生没觉得她的话好笑。他字斟句酌，说得很慢。"人的心灵是很脆弱的，道格拉斯太太。它只能承受一定程度的痛苦，当痛苦变得难以忍受时，它就会躲藏在深处。这方面的探索才刚刚起步。你的情绪绷得太紧了。"医生看了凯瑟琳一会儿，说："我认为你来寻求帮助是件好事。"

"我知道我有点神经质，"凯瑟琳自我辩解道，"这也是我喝酒的原因。酒精能让我放松。"

"不是的，"医生直截了当地说，"你喝酒是为了逃避。"尼科德斯站了起来，走向凯瑟琳。"我认为我们可能需要做很多事情来帮助你。我说的'我们'，是指我和你。事情不会那么简单。"

"告诉我该怎么做。"

"首先，我要送你去诊所做一次全面的身体检查。但我觉得，他们找不出你有什么基本问题。接下来，你要戒酒，然后要节食。以上这些要求，可以达到吗？"

凯瑟琳迟疑了一会儿，然后点了点头。

"你要报名去健身房，在那里定期锻炼，让身体恢复原态。我认识一位很优秀的理疗师，他会给你做按摩。你每周要去一次美容院。这一切都需要时间，道格拉斯太太。你不是一夜之间变成这样的，所以也不会一夜之间发生改变。"医生向凯瑟琳笑了笑，让她放心，"但我可以向你保证，几个月后，甚至几周后，你会感觉如获新生。当你照镜子时，你会感到骄傲，而你的丈夫看到你时，会觉得你很有魅力。"

凯瑟琳盯着医生看了一会儿，心中很受鼓舞，仿佛内心深处某种难以承受的负担卸下了，仿佛她突然获得了重生的机会。

"你必须要清楚，我只能给你提供建议，"医生说，"具体怎么做，全靠你自己。"

"我会照做的，"凯瑟琳热切地说，"我保证。"

"戒酒会是最困难的部分。"

"不，不难。"凯瑟琳说。虽然嘴上这么说，她心里却不得不承认，这确实是最困难的。医生说得对，她是为了逃避现实而喝酒。现在她有了目标，知道了自己努力的方向。她要赢回拉里。"我不会再碰一滴酒了。"凯瑟琳坚定地说。

医生看到凯瑟琳脸上的表情，满意地点了点头。"我相信你，道格拉斯太太。"

凯瑟琳站起身来。她的身体竟然变得如此笨拙，她感到有些惊讶。但现在一切都会改变。凯瑟琳微笑着说："我得出去买些紧身的衣服。"

医生在一张卡片上写了些什么。"这是诊所的地址。他们会等你的。等你体检完，再来找我。"

到了街上，凯瑟琳想打辆出租车，随即又想："见鬼去吧，我还是得习惯运动。"她开始步行。经过一家商店的橱窗时，她停下步伐，凝视着橱窗中的自己。

凯瑟琳这么快就将婚姻的破裂归咎于拉里，从来没有想过她自己该负多少责任。拉里为什么要回家跟像她这样的人待在一起呢？橱窗中的这个陌生人是怎么在她不知不觉中一步一步地悄悄溜进来的？她苦着脸，感叹万分：她想知道有多少婚姻是以同样的不知不觉的方式消亡，不是陡然之间砰的一声消亡——这种情况现在肯定不多了，而是在啜泣呜咽中分离，就像可爱的诗人艾略特说的那样。但那都是过去的事了。从现在开始，她不会再回头，只会展望美好的未来。

凯瑟琳走到了萨洛尼卡①区，这里十分时尚。她路过一家美容院，突然心血来潮，转身走了进去。会客室里铺着白色大理石，宽敞而雅致。一个傲慢的接待员不以为然地看着凯瑟琳说："嗯，有什么事吗？"

"我想预约明天早上的时间，"凯瑟琳说，"各种项目都要做。"她突然想起了这家店的顶级发型师的名字。"我要阿列科帮我做。"

那个女人摇了摇头。"我可以给你预约时间，夫人，但是你得让别人帮你做。"

"听着，"凯瑟琳坚定地说，"你告诉阿列科，要是他不帮我做，我就跑遍全雅典，告诉所有人我是他的老顾客。"

那女人吃惊地瞪大了眼睛。"我……我尽力帮忙。"她急忙说，"你早上十点来吧。"

"谢谢，"凯瑟琳露出了胜利的笑容，"我会准时来的。"说完，她就走了出来。

凯瑟琳看到前面有一家小酒馆，窗户上挂着一块牌子，上面写着"皮里斯夫人占卜"。这人的名字，好像有点熟悉。凯瑟琳突然想起有一天帕帕斯伯爵给她讲过一个关于皮里斯夫人的故事，是关于警察和狮子的故事——但她记不清细节了。凯瑟琳虽然不相信占卜师，却抑制不住想要走进去的冲动。她需要慰藉，需要有人向她确认她有着全新的美好未来，告诉她生活会再次变得美好，值得再活下去。她推开门走了进去。

在室外明媚的阳光下待久了，凯瑟琳好一阵才适应房间内昏暗的光线。她看到角落里有一个吧台，还有十几张桌椅。一个满脸倦容的男服务员走到她面前，用希腊语问她要喝什么。

"不喝什么，谢谢。"凯瑟琳说。她为自己能说出这样的话而感到由衷的高兴。她又重复了一遍："不喝什么。我想找皮里斯夫人，她在这里吗？"

服务员指了指房间角落的一张空桌子，凯瑟琳走过去，坐了下来。几分钟后，她发觉有人站在她身边，于是抬起头来。

这个女人老态龙钟，十分瘦削，穿着一袭黑衣，饱经风霜的脸上布满了各

---

① 又称塞萨洛尼基。——编者注

291

形各样的皱纹。

"你要见我？"她结结巴巴地用英语说。

"是的，"凯瑟琳说道，"请你帮我算一算。"

女人坐了下来，举起一只手，服务员用小托盘端着一杯浓黑咖啡走了过来。他把咖啡放在凯瑟琳面前。

"这不是我的，"凯瑟琳说，"我没……"

"喝吧。"皮里斯夫人说。

凯瑟琳惊讶地看着她，然后端起杯子抿了一小口。咖啡又浓又苦，她放下了杯子。

"再喝点。"老妇人说道。

凯瑟琳本想要拒绝，随即转念一想，管他呢。他们算命算不出结果，就想用咖啡来弥补。她又喝了一口，真是太难喝了。

"再喝点。"皮里斯夫人说。

凯瑟琳耸了耸肩，把剩下的最后一口咖啡喝完了，杯底留下了黏稠的渣滓。皮里斯夫人点了点头，伸手从凯瑟琳手里接过杯子。她盯着杯子看了许久，一句话也不说。凯瑟琳坐在那里，觉得自己像个傻瓜。像她这样漂亮聪明的姑娘来这种地方做什么？看着一个希腊疯老太婆盯着一个空咖啡杯？

"你从很远的地方来。"女人突然说道。

"答对了。"凯瑟琳随意说道。

皮里斯夫人抬头望着凯瑟琳的眼睛，她的眼神令凯瑟琳毛骨悚然。

"回家去吧。"

凯瑟琳咽了咽口水。"我……我家就在这儿。"

"从哪儿来，回哪儿去。"

"你是说……美国？"

"随便什么地方。离开这里——越快越好！"

"为什么？"凯瑟琳说，她感到一阵恐惧感要将她吞没，"出什么事了？"

老妇人摇了摇头。她的声音有些沙哑，似乎说起话来很吃力。"它就在你身边。"

"什么？"

"快走！"那女人的声音里透露出急迫感，音调很高，尖锐得像一只动物在痛苦地哀嚎。凯瑟琳感到头皮发麻，头发都立了起来。

"你吓着我了。"凯瑟琳痛苦地呻吟道，"请告诉我出什么事了。"

老妇人左右摇晃着头，两眼发直。"趁它还没缠上你，赶紧离开这里。"

凯瑟琳感到一阵恐慌。她呼吸有些困难。"趁什么还没缠上我？"

老妇人的脸因痛苦和恐惧而有些扭曲。"死亡。它来找你了。"老妇人站起身，遁入了后面的房间。

凯瑟琳坐在那里，心怦怦直跳，双手颤抖着。她紧紧地把手握在一起，不让它们再抖。她留意到服务员在瞥她，于是想要点杯酒，但还是克制住了。她不能让一个疯女人毁了她光明的未来。她坐在那里深吸了一口气，终于使自己平静了下来。过了好一会儿，她站起身，拿起钱包和手套，走出了酒馆。

到了室外，阳光明媚，凯瑟琳感觉自己好多了。她竟然被一个老妇人吓着了，真是愚蠢。像这样的人应该被逮捕，而不是任由她去恐吓人们。凯瑟琳告诉自己，从现在开始，她得好好生活。

凯瑟琳走进自己的公寓，看了看客厅，仿佛这是第一次看到它一般。里面真是一团糟。到处都是厚厚的灰尘，衣服散落在各处。凯瑟琳过去一段时间一直喝得醉醺醺的，竟然没有注意到这些，真是不可思议。好吧，那么她要做的第一件事就是让这里恢复干净整洁。凯瑟琳正要朝厨房走去，突然听到卧室里传来关抽屉的声音。她的心提到了嗓子眼，小心翼翼地向卧室门口走去。

是拉里在卧室里。床上放着一只合上了盖子的手提箱，他正在收拾另一只手提箱。凯瑟琳在那儿站了一会儿，望着他。"如果这些是给红十字会的，"她说，"我已经捐过了。"

拉里瞥了她一眼，说："我要走了。"

"又要和德米里斯去出差？"

"不是。"拉里一边说着，一边不停地整理东西，"这些是我自己要用的。我要从这里搬出去了。"

"拉里……"

"没有什么好商量的了。"

293

凯瑟琳走进卧室，努力克制自己的情绪。"但是……但是还有商量的余地。还有很多事情要商量。我今天去看了医生，他说我会好起来的。"话语如潮水般涌了出来。"我要戒酒了，而且……"

"凯茜，我们结束了。我要离婚。"

拉里的话犹如一套组合拳捶打着凯瑟琳的胃。她站在那里，咬紧牙关，竭力抑制喉咙里涌起的胆汁，不让自己作呕。"拉里，"凯瑟琳说道，为了不让声音颤抖，她说得很慢，"我不怪你有这种想法。我有很多错——也许大都是我的错，但是情况会有所不同的。我会改变——我是说真正的改变。"她伸出一只手，恳求着。"我只求你给我一个机会。"

拉里转过身，看着她，那双黑色的眼睛里流露出冷漠和轻蔑。"我爱上了别人。我只想跟你离婚。"

凯瑟琳在原地站了许久，转身回到客厅，坐在沙发上，盯着一本希腊的时尚杂志，而拉里的行李也整理好了。她听到拉里说："我的律师会和你联系的。"然后砰的一声，门关上了。凯瑟琳坐在那里，慢腾腾地翻动着杂志，翻完最后一页，她把杂志整齐地摆放在桌子中央，走进了浴室。她打开药箱，拿出刀片，割断了自己两只手腕上的血管。

十九　诺艾尔和凯瑟琳

雅典：一九四六

有几个穿着白色衣服的鬼魂在凯瑟琳周围飘荡，然后又飘到了空中，用凯瑟琳听不懂的语言轻声交谈着。凯瑟琳知道这里是地狱，她必须为自己的罪孽付出代价。鬼魂们把她绑在床上，凯瑟琳知道这是在惩罚她。她感到地球在太空中不停地旋转，她有些害怕自己会从地球上掉下去，所以有绳索捆着，她倒也乐意。鬼魂们所做的最残暴的事就是把她的全部神经都抽到身躯的外面，这样她对每一样东西的感受仿佛都是上千个神经同时在发出信号，她实在受不了了。她的身体里充满了恐惧和陌生的声音。她能听到血液在血管里流淌的声音，就像一条咆哮的红河流过她的身体。她听到自己的心在怦怦乱跳，那声音就像巨人敲着巨大的鼓。她的眼睑好像关不住了，白光直接灌进她的大脑，她感觉眼花缭乱。她浑身的肌肉都充满了旺盛的生命力，一刻不停地跳动着，就像皮肤下有一窝蛇随时准备进攻。

凯瑟琳在住进福音医院五天后，睁开了眼睛，发现自己躺在一间狭小的病房里，四周到处是白色。一位护士穿着漂得雪白的制服正在整理她的床铺，尼科德斯医生把听诊器放在她的胸口。

"嘿，这个好凉。"她软弱无力地反抗道。

尼科德斯看了看凯瑟琳，说道："好了，好了，看看谁醒过来了。"

凯瑟琳缓缓地扫视着房间。光线似乎很正常，耳畔血液奔流的声音，心脏怦怦乱跳的声音，身体死亡的声息，通通都没有了。

"我以为我是在地狱里。"凯瑟琳低声说道。

"你到地狱走了一遭。"

凯瑟琳看了看自己的手腕。她不明白为什么手腕都缠着绷带。"我在这里多久了？"

"五天了。"

凯瑟琳突然想起了手腕缠着绷带的原因。"我想我做了一件蠢事。"她说。

"是的。"

凯瑟琳紧紧地闭上眼睛，说了声"对不起"。待她睁开眼睛时，已经是晚上了，比尔·弗雷泽坐在她床边的椅子上，注视着她。她的床头柜上放着鲜花和糖果。

"嘿，亲爱的，"弗雷泽高兴地说，"你看起来好多了。"

"比什么时候好多了？"她声音虚弱地问。

弗雷泽握住了她的手。"你真的吓坏我了，凯瑟琳。"

"对不起，比尔。"凯瑟琳有些哽咽，生怕自己哭出声来。

"我给你带了花和糖果。等你感觉好些了，我再给你带几本书过来。"

凯瑟琳看着弗雷泽，看着那张善良而坚定的面庞，心想："我为什么不能爱上他呢？我为什么会爱上自己恨的人？为什么上帝给人们做出这样的安排？""我是怎么到这里来的？"凯瑟琳问道。

"救护车送来的。"

"我是说，是谁发现了我？"

弗雷泽停顿了一瞬。"是我发现的。我给你打了好几通电话，你都没接。我有点担心，就闯进去了。"

"我想我应该说一声谢谢你救了我。"凯瑟琳说，"但说实话，我还不知道我该不该谢你。"

"你想谈谈吗？"

凯瑟琳摇了摇头，这个动作引起了头部的阵阵疼痛。"不想。"她低声说。

弗雷泽点了点头。"我明早得乘飞机回美国。我会跟你保持联系的。"

她感觉到弗雷泽轻柔地吻了吻她的额头。她闭上了眼睛，想把全世界都拒之门外。当她再次睁开眼睛时，已经是深夜了，病房中只有她一个人。

第二天一大早，拉里来看她。凯瑟琳看着拉里走进房间，坐在她床边的椅子上。她原以为拉里会变得憔悴，不高兴，但事实上他看上去棒极了，虽然瘦了一点，肤色晒黑了一些，但举止很轻松。凯瑟琳真希望她能有机会梳理一下头发，涂点口红。

"感觉怎么样，凯茜？"拉里问道。

"棒极了。自杀总能让我变得兴奋。"

"他们觉得你渡不过这一道难关。"

"对不起，让你失望了。"

"这样说不太好吧。"

"但这是事实，不是吗，拉里？这样你就可以摆脱我了。"

"天哪，我可不想以这种方式摆脱你，凯瑟琳。我只想离婚。"

凯瑟琳认真地看着拉里：她托付终身的这个古铜色皮肤的英俊男子，现在他的脸部显得更加放荡无度了，他的嘴角显得更加生硬，他那快乐男孩的动人魅力几乎荡然无存。那她对他还有什么可留恋的呢？七年的时光只是一场梦吗？凯瑟琳将自己的一切——所有的爱情和美好的希望都寄托于他，她不忍心放手，不忍心承认自己犯下了错误，将生活变成了一片贫瘠的荒地。她想起了比尔·弗雷泽，还有他们在华盛顿的朋友，以及过去的种种趣事。她已经记不清上一次放声大笑或微笑是什么时候了。但这些都不重要。说到底，她不让拉里走的原因是她还爱着他。拉里站在那里等待着答复。"不，"凯瑟琳坚定地说，"我永远不会跟你离婚。"

当天晚上，拉里在山上荒凉的凯萨利阿尼修道院遇到了诺艾尔，并向她讲述了他和凯瑟琳的谈话。

诺艾尔专心地听着，问道："你认为她会改变主意吗？"

拉里摇了摇头。"凯瑟琳倔得要命。"

"你必须再和她谈谈。"

拉里照办了。在接下来的三周里，他绞尽脑汁，想出各种理由恳求凯瑟琳，哄骗她，对她大发雷霆，给她钱，但凯瑟琳却不为所动。她仍然爱着拉里，她相信如果拉里给她一个机会，他会重新爱上她。

"你是我的丈夫。"她固执地说，"你永远是我的丈夫，直至我死的那天。"

拉里把凯瑟琳讲的话一一复述给诺艾尔听。

诺艾尔点了点头。"好吧。"她说。

拉里望着她，有些困惑不解。"好？好什么？"

他们躺在别墅前的沙滩上，松软的白色毛巾在身下铺开，隔开了发烫的沙砾。蔚蓝色的天空中点缀着朵朵白云。

"你必须摆脱她。"诺艾尔站起身来，大步走回别墅，修长的双腿在沙滩上优雅地移动着。拉里躺在那里，有些不知所措，心想自己一定是误解了她的意思。她肯定不会是想让他杀了凯瑟琳。

这时，拉里突然想起了海伦娜。

诺艾尔和拉里正坐在阳台上吃晚饭。"难道你还看不出吗？她不配活着，"诺艾尔说，"她缠着你是为了报复。她想毁了你的生活，毁了我们的生活，亲爱的。"

他们躺在床上抽着烟，烟头的余烬在天花板上的镜子里闪烁着。

"你这是在帮她的忙。她已经试图自杀过了。她想死。"

"我永远都不会干的，诺艾尔。"

"你真的不会吗？"

诺艾尔抚摸着拉里赤裸的腿，手指又轻柔地移向他的腹部，用指甲尖划着小圈。

"我会帮你的。"

他刚开口反对，诺艾尔便使出浑身解数撩拨着他。拉里被迷得七荤八素，早已将凯瑟琳抛到九霄云外去了。

有时拉里半夜里会突然惊醒，冒出一身冷汗。他梦见诺艾尔离开了他。醒来后发现她躺在身旁，他便把她搂在怀里，紧紧地抱住她。拉里后半夜一直清醒着，想着如果失去了诺艾尔，他会怎么样。他没有意识到自己已经做出了决定。清晨，在诺艾尔准备早餐时，拉里突然说："如果我们被抓住了怎么办？"

"如果我们够聪明，就不会被抓住。"就算诺艾尔为拉里的妥协感到高兴，她也不会喜形于色。

"诺艾尔，"拉里态度认真地说，"雅典好管闲事的人都知道凯瑟琳和我合不来。如果她出了什么事，警察会起疑心的。"

"他们当然会起疑心。"诺艾尔认同道，语气很平静，"这就是为什么我们每一个步骤都要精心计划。"

诺艾尔端来了两人的早餐，然后坐下来，开始用餐。拉里推开了盘子，一口也没吃。

"不合胃口吗？"诺艾尔问道，面带关切的样子。

拉里盯着她，想知道她究竟是怎样的人，能一边享受美食，一边计划谋杀另一个女人。

后来，他们开船出去兜风，进一步讨论了细节。他们谈得越深入，就越觉得这事是真的。于是，一开始只是一个偶然的想法，后来被文字具体表达出来，就变成了事实。

"这件事必须做得看起来像一场意外，"诺艾尔说，"这样警察才不会调查。雅典的警察很聪明。"

"万一他们追查起来怎么办？"

"他们不会追查的。事故不会发生在这里。"

"那要发生在哪里呢？"

"约阿尼纳。"诺艾尔向前倾了倾身子，说道。拉里听着她详细地阐述计划，对他提出的每一条反对意见都加以反驳，即兴发挥得妙不可言。最后，诺艾尔讲完了，拉里不得不承认这个计划完美无缺。他们真的可以逃脱惩罚。

保罗·梅塔克萨斯感到有些紧张。这位希腊飞行员通常都是乐呵呵的，但眼下他的脸拉得很长，嘴角的肌肉在紧张地抽搐着。康斯坦丁·德米里斯并没有约见他，一个下属是不能随便闯入这位大人物的房间的，但是梅塔克萨斯告诉管家他有急事。保罗·梅塔克萨斯现在正站在德米里斯别墅里宽敞的前厅中，看着德米里斯，结结巴巴地说："我……我非常抱歉打扰您，德米里斯先生。"梅塔克萨斯偷偷地在飞行制服的裤腿上擦了擦手心的汗。

"有飞机出问题了吗？"

"噢，不是的，先生。我是……是有件私事。"

德米里斯冷漠地打量着他。他曾立下过规矩，绝不亲自插手下属的私事。他有秘书帮他处理这类事情。他等着梅塔克萨斯继续说下去。

保罗·梅塔克萨斯变得愈发紧张。他在决定来这里之前，熬过了好几个不眠之夜。他现在所做的事与他的性格迥然相异，因而他对此心生厌恶。但他是一个非常忠诚的人，首先，他效忠于康斯坦丁·德米里斯。

"是关于佩奇小姐。"梅塔克萨斯终于说出了口。

他们陷入了片刻的沉默。

"进来吧。"德米里斯说。他把飞行员领进镶着嵌板的书房，关上了门。德米里斯从铂金盒里取出一支扁平的埃及香烟，将它点上。他看着满头大汗的梅塔克萨斯。"佩奇小姐怎么了？"他问道，几乎是心不在焉的样子。

梅塔克萨斯深吸了一口气，怀疑自己是不是弄错了。如果他的猜测是正确的，那么他将受到赏识，但如果他错了……

梅塔克萨斯咒骂自己不该这么鲁莽地来这里找德米里斯，但现在他别无选择，只能继续说下去。

"是……是关于她和拉里·道格拉斯的事。"梅塔克萨斯观察着德米里斯的脸色，试图解读他的表情。可是，德米里斯似乎对此事完全不感兴趣。天哪！梅塔克萨斯强迫自己继续结结巴巴地说下去。"他们……他们一起住在拉斐纳的海滨别墅里。"

德米里斯把烟灰弹进一个金色的圆形烟灰缸。梅塔克萨斯觉得自己快要被解雇了，他犯了一个严重的错误，他会因此失去工作。他得让德米里斯相信他说的是实话。他继续说道："我……我姐姐在那里的一栋别墅里当管家。她经常看到他们俩一起待在海滩上。她通过报纸上的照片认出了佩奇小姐。起初，她不以为意，没有把这当回事，直到几天前她来机场和我一起吃晚饭，我给她介绍了拉里·道格拉斯，她告诉我拉里就是和佩奇小姐住在一起的那个人。"

德米里斯橄榄黑色的眼睛盯着他，脸上毫无表情。

"我……我只是觉得您想知道这件事。"梅塔克萨斯别扭地把话说完了。

德米里斯说话时，语调没有一丝波澜。"佩奇小姐的私生活是她自己的事。我相信她不会喜欢别人监视她的。"

梅塔克萨斯的额头上满是汗珠。天哪，他把整个情况都搞错了。他只是想表现出忠诚。"相信我，德米里斯先生，我只是想……"

"我相信，你认为你是在维护我的利益。但你错了。还有别的事吗？"

"没……没有了，先生。"梅塔克萨斯转过身，失魂落魄地逃走了。

康斯坦丁·德米里斯颓然向后靠在椅子上，那双深邃的眼睛盯着空无一物的天花板。

第二天早上九点钟，保罗·梅塔克萨斯接到了德米里斯在刚果的采矿公司的电话，要他花十天的时间把设备从布拉柴维尔运送到矿区。周三清晨，他的飞机在第三次航行时，坠入了茂密的丛林。梅塔克萨斯的尸体和飞机残骸都没有被找到。

凯瑟琳出院两周后，拉里来看她。那是一个周六的晚上，凯瑟琳正在厨房里做煎蛋卷。做饭的声音大，她没有听到前门打开了，也没有意识到拉里走进了屋子，直到她转身看见拉里站在门口，不由得跳了起来。拉里说："吓到你了，抱歉。我只是顺便来看看你过得怎么样。"

凯瑟琳觉得自己的心跳得更快了，她鄙视自己竟然还对拉里有感觉。

"我很好。"凯瑟琳说。她转过身，把煎蛋卷从锅里盛了出来。

"闻起来真香。"拉里说，"我还没来得及吃晚饭，如果不麻烦的话，能帮我做一个吗？"

凯瑟琳盯着他看了半晌，然后耸了耸肩。

凯瑟琳给拉里做了晚饭，但拉里的出现使她心神不宁，她一口也吃不下。拉里和她聊天，给她讲述了最近一次的飞行，还有德米里斯朋友的趣闻。他还是以前的拉里，热情，迷人，让人无法抗拒，仿佛他们之间并没有发生什么事似的，仿佛他没有毁掉他们的生活。

吃完晚饭后，拉里帮凯瑟琳洗碗。拉里挨着凯瑟琳站在水槽边，他的靠近让凯瑟琳的身体感到一阵疼痛。这种疼痛有多久了？实在不敢去想了。

"我吃得很开心。"拉里说道，带着他那轻松的、孩子气的笑容，"谢谢，凯茜。"

凯瑟琳心想，这声道谢意味着一切要结束了吧。

三天后，电话响了，是拉里从马德里打来的。他正在返程的路上，问凯瑟琳晚上是否愿意和他一起出去吃饭。凯瑟琳紧握着话筒，听着他亲切温和的声音，心里决定拒绝，嘴上却说："我今晚有空。"

他们在比雷埃夫斯港的图尔克里马诺饭店共进晚餐。凯瑟琳勉强吃了一点东西。和拉里在一起，让她想起了他们曾经去过的其他餐馆，想起了很久以前他们一起度过的许多个激动人心的夜晚，想起了那份本会伴随他们一生的爱，这实在是太痛苦了。

"你没有吃啊，凯茜。要给你点一些别的东西吗？"拉里关切地问道。

"我午饭吃得晚了。"凯瑟琳撒谎说。"他可能再也不会约我出去了，"凯瑟琳心想，"就算他再约我，我也会拒绝的。"

几天后，拉里打来电话，他们在宪法广场附近找了一家僻静惬意的餐厅吃午餐。餐厅的名字叫葛洛菲尼卡斯，意思是老棕榈树。餐厅前面种着一棵棕榈树，他们要穿过一条长长的、阴凉的甬道才能进入餐厅。他们在那里美餐了一顿，还喝了些希梅特斯酒，这是一种清淡的希腊干葡萄酒。看得出来，拉里在竭尽所能去讨好凯瑟琳。

到了周日，拉里邀请凯瑟琳和他一起飞往维也纳。他们在萨彻酒店共进晚餐，并于当晚乘飞机返回。这是一个美妙的夜晚，有美酒、音乐和烛光，但凯瑟琳有一种奇怪的感觉，觉得这一切并不属于她，而属于另一个早已离世的凯瑟琳·道格拉斯。当他们回到公寓时，凯瑟琳说："谢谢你，拉里，今天真是美好的一天。"

拉里走向凯瑟琳，将她拥入怀中亲吻着。凯瑟琳挣脱了拉里的怀抱，她的身子十分僵硬。突然，她的心里充满了莫名其妙的恐慌。

"不行。"凯瑟琳说。

"凯茜……"

"不行！"

拉里点了点头。"好吧，我明白了。"

凯瑟琳的身体不停地在打战。"是吗？"她问。

"我知道我过去的行为有多糟糕，"拉里轻声说，"如果你给我一个机会，我愿意补偿你，凯茜。"

天哪，凯瑟琳心想。她抿紧嘴唇，不让自己哭出来，然后摇了摇头，眼睛里闪烁着泪光。"太晚了。"她低声说。

凯瑟琳站在原地，目送着拉里走出门去。

就在同一周，凯瑟琳又收到了拉里送来的鲜花和一张小字条，之后他又送来了各种小鸟艺术品。这些艺术品都是他在飞往不同国家的航途中搜集来的，种类多得惊人。显然，他费了一番心思才搜集到这些东西。它们有的是用陶瓷做的，有的是用玉石、柚木做的。拉里居然还记得，这使凯瑟琳很感动。

有一天，电话铃响了，凯瑟琳听到电话那头传来拉里的声音："嘿，我发现了一家很棒的希腊餐馆，那里供应这边最好的中国菜。"凯瑟琳笑着说："我等不及了。"

就在那时，事态再次发生了转机。尽管这一切很慢，是试探性的，也不明朗，但毕竟是个开始。拉里没有试图再吻凯瑟琳，凯瑟琳也不会让他这样做，因为凯瑟琳知道，如果她放任自己的感情，全心全意地把自己交给这个她爱的男人，他就会再次背叛她，这将彻底毁了她的一切。于是，尽管两人会共享晚餐，欢声笑语，但整个过程中，凯瑟琳内心深处仍然还有一丝保留，她谨慎地让自己不受触动。

他们几乎每天晚上都在一起。有时，凯瑟琳会在家中做饭；有时，拉里会带她出去吃。凯瑟琳有一次提到了拉里说自己爱上的那个女人，拉里简短地回答说："结束了。"凯瑟琳再也没有提起过这件事。她仔细观察拉里是否有和其他女人约会的迹象，但她没有发现。拉里对她十分殷勤，从不逼迫她做什么，也不苛求她接受什么。他好像是在为过去的自己做苦修。

然而，凯瑟琳也慢慢意识到拉里的用心远不止此。拉里似乎真的对她还感兴趣。晚上，凯瑟琳会赤身裸体地站在镜子前，审视镜子中的自己，试图找出原因。她的五官并不难看，那是一张曾经很漂亮，但经历过痛苦的女孩的脸，一双灰色的眼睛盯着她，里面透出严肃与悲伤。她的皮肤有点浮肿，下巴也比原先要肥厚。但她身体的其他部位仍然健美，这是节食和按摩所办不到的。凯瑟琳的脑海中闪现出上一次照镜子的情形，她为此割伤了手腕。她浑身打了个寒战。让拉里见鬼去吧，凯瑟琳决定不去在乎他怎么想了。"如果他真的想要我，就得接受真实的我。"

他们一起去参加了聚会，拉里在凌晨四点把凯瑟琳带回了家。那是一个美妙的夜晚，凯瑟琳穿着自己的新裙子，看上去十分迷人。她风趣幽默，拉里也为此感到骄傲。当他们回到公寓时，凯瑟琳伸手去摸电灯开关，拉里握住她的手说："等一下，我在黑暗中更容易说出口。"他的身体离凯瑟琳很近，虽没有碰上，但凯瑟琳已经能感觉到他身上的电波在吸引着她。

"我爱你，凯茜。"拉里说，"我从来没有真心爱过别人。再给我个机会吧。"

然后，拉里打开灯，看着凯瑟琳。凯瑟琳站在原地，身体僵直，内心恐惧，近乎惊慌了。"我知道你可能还没有准备好，但我们可以慢慢开始。"拉里咧嘴一笑。那是可爱的、孩子般的笑容。"我们可以从牵手开始。"

拉里握住了凯瑟琳的手，凯瑟琳将他拉近自己。俩人开始亲吻着。拉里温柔地吻着凯瑟琳，而凯瑟琳却显得有些急切，这是漫长而孤独的几个月来储存在她身体里的所有被压抑的渴望。他们缠绵悱恻，仿佛时间静止了一般，他们此刻在度蜜月。但还远不止如此。俩人的激情还在，还是那么新鲜美妙。与此同时，凯瑟琳对他们过去所拥有的美好生活感到庆幸，他们感觉这一次一切都会好起来，他们不会再伤害彼此了。

"你想要再出去度一次蜜月吗？"拉里问道。

"噢，想啊，亲爱的。我们可以去吗？"

"当然可以，我马上就要放假了。我们可以在周六出发。我知道一个很棒的小地方，叫作约阿尼纳。"

二十　诺艾尔和凯瑟琳

雅典：一九四六

驱车九小时，他们来到了约阿尼纳。在凯瑟琳眼里，这儿的景色就如同《圣经》中描绘的那般，与那时的风格如出一辙。环爱琴海行驶途中，一座座房屋从他们身旁闪过，小木屋都被粉刷过了，屋顶立着十字架。放眼望去，皆是一望无际的果树，有柠檬、樱桃、苹果和橙子；到处都是梯田和农场，农民把窗户和屋顶都刷了一层明亮的蓝色油漆，仿佛是在和他们从岩石土壤中谋生的艰苦生活对抗。远处陡峭的山坡上，一片片高大优美的柏树林顽强地生长着。

"瞧，拉里，"凯瑟琳喊道，"这些柏树简直美极了，是吧？"

"希腊人可不觉得很美。"拉里说。

凯瑟琳看着他。"这话是什么意思？"

"希腊人认为柏树是不祥之兆，用它们来装饰墓地。"

他们驱车穿过一片又一片田地，地里插着稻草人，十分原始，每个篱笆上都系着一块布条。

"想必这附近肯定有不少上当的乌鸦。"凯瑟琳笑着说。

接着他们又穿过几个小村庄，村庄的名字一个赛一个地古怪：梅索罗吉恩、阿热卡斯特隆、埃托利康、阿姆菲洛希亚。

傍晚时分，他们抵达了里翁村，顺着里翁河来到渡口，在那儿乘坐前往约阿尼纳的渡船。不到五分钟，他们就乘上了开往伊庇鲁斯岛的船，他们的目的地约阿尼纳便坐落在这座小岛上。

　　凯瑟琳和拉里坐在渡船上层甲板外面的长凳上眺望远方，岛的轮廓在午后的薄雾中若隐若现。岛上的荒凉让凯瑟琳隐隐地感觉有些不祥。这座岛看上去就像是为希腊诸神所打造的安身之所般原始、神圣，凡人勿近的压迫感让人不安。船驶近时，凯瑟琳看到岛屿的底部被陡峭的岩石环绕着，这些嶙峋的怪石都是从山上滚落到海里的。不论怎样看，这座伤痕累累的小山都在预示着某种不祥。山腰处还有一条人力开凿的小路。二十五分钟后，渡船停靠在伊庇鲁斯的小港口。不一会儿，凯瑟琳和拉里便开车上山，向约阿尼纳驶去。

　　拉里一边开着车，一边听凯瑟琳读旅游指南。

　　"坐落于品都斯山脉上，四面环绕着高耸入云的阿尔卑斯山。远观约阿尼纳，其外形宛如一只双头鹰，鹰爪处是无底的约阿尼纳湖。在那里，游客可以乘船穿过深绿色的湖水至湖心岛游玩，再乘船抵达对岸。"

　　"听起来妙极了。"拉里说。

　　天快黑时，他们抵达约阿尼纳，便径直向将要入住的旅馆驶去。那是一座十分古老但保存完好的大平房，坐落于小山上，从旅馆可以俯瞰整个小镇的景色。旅馆四周还散布着一些客用小平房。一个身穿制服的老头出来迎接他们，看着他们满脸写着幸福。

　　"你们是来度蜜月的吧。"老头说。

　　凯瑟琳瞥了拉里一眼，对老头笑着说："你是怎么知道的？"

　　"写在脸上了。"老头说。老头把他们领到登记的大厅，又带他们去了自己的平房。房里有一间客厅、一间卧室、一间浴室、一间厨房，还有一个大水磨石露台。站在露台上，柏树林和整座村庄的美景都一览无余，山下的湖泊清晰可见。夜幕笼罩下，湖水黑得发亮，仿佛在静静地沉思。如此美景，就像风景明信片里的画走出来了一样。

　　"美景虽然不多，"拉里笑着说，"但都是你一个人的。"

　　"这美景我收下了。"凯瑟琳大声喊道。

　　"开心吗？"

凯瑟琳点点头。"我好像从未这样开心过。"她走过去，紧紧地抱住了拉里。"永远不要丢掉我。"她低声说。

拉里用他强壮有力的手臂紧紧地抱着凯瑟琳。"我不会的。"他保证道。

凯瑟琳整理着行李，拉里便回到大厅和接待员闲聊起来。

"人们来这儿都玩些什么？"拉里问。

"玩得可多了。"接待员骄傲地说，"旅馆里有一个健康水疗中心。村子周围可以徒步旅行、钓鱼、游泳、划船。"

"湖有多深？"拉里随口问道。

接待员耸耸肩道："没人知道，先生。这是一个火山湖，深不见底。"

拉里若有所思地点点头。"这附近的山洞好玩吗？"他问。

"噢！你说佩拉玛洞穴吗，离这儿只有几英里。"

"洞穴都被探查过了吗？"

"少数被探查过。不少洞穴都暂未开放。"

"了解了。"拉里说。

接待员继续说道："如果你喜欢登山，楚迈尔卡山倒是个好去处，如果道格拉斯太太不恐高的话。"

"她不恐高，"拉里笑着说，"她可是个登山高手。"

"那她肯定会喜欢的。你们运气不错，最近天气很好。我们一直在等美尔丹风到来，但它还没来，应该不会来了。"

"美尔丹风是什么？"拉里问。

"是从北方吹来的地中海季风，就是你们常说的飓风。它一来，所有人都只能待在室内。在雅典，甚至远洋客轮也被禁止离开港口。"

"幸好我们没赶上。"拉里说。

拉里回到房间后，向凯瑟琳建议到村子里去吃晚饭。他们走了一条陡峭的岩石小路，小路顺着山坡延伸至村庄的尽头。约阿尼纳村只有一条主干道——乔治国王大道，大道两边各有两三条小街。除了这些街道之外，便是连通农户和旅馆的四通八达的狭窄土路。村庄里的房屋是用山上搬下来的石头砌成的，经过多年风吹日晒之后，已经显得十分老旧。

乔治国王大道通过设置在路中间的绳子来划分车道和人行道，汽车沿左边行驶，而行人则可以在右边自由行走。

"宾夕法尼亚大道也应该采取这样的方式。"凯瑟琳说。

镇中心的广场实则是一个精致迷人的小公园，公园里有一座高塔，塔上装着一只发光的大钟。一条街道两旁种着巨大的法国梧桐，一直延伸到湖边。凯瑟琳发现村里所有的街道都通向这个湖泊。她隐隐觉得，这湖似乎暗藏着什么可怕的力量，透露出一种十分怪异的、凶恶的特质。岸边长着一簇簇高大的芦苇，宛如从湖里伸出的贪婪手指，仿佛在等着什么人过去，好将他吸进那无底的深渊里。

凯瑟琳和拉里走进了购物中心，这里售卖着五颜六色的商品；街道两旁挤满了商铺，有珠宝店、面包店、露天肉铺、酒馆、鞋店等等。一群小孩站在一家理发店外，静静地呆看着店里刮胡子的顾客。凯瑟琳想，他们是她见过的最好看的小孩。

之前，凯瑟琳曾经和拉里谈过要孩子的事，但拉里一直不同意，说自己还没有准备好就此安定下来。或许现在，他改变主意了，凯瑟琳想着。走在拉里旁边时，凯瑟琳瞥见他比其他男人都要高大，看上去如同希腊神一般。凯瑟琳决定在离开这儿以前，再和拉里提一提要孩子的事情。毕竟，他们正在甜蜜地度蜜月呢。

接着他们路过了一家名叫智慧女神的电影院，有两部非常古老的美国电影正在上映。于是他们便驻足，看起了门口展示的电影海报。

"我们运气不错，"凯瑟琳打趣道，"正在上映的电影是《巴拿马之南》，由罗杰·普赖尔和弗吉尼娅·韦尔主演，还有《卡特案中的检察官》。"

"从来没听说过。"拉里不屑地哼着鼻子说，"这个电影院想必已经老成古董了。"过了一会儿，他们在广场上吃了碎肉茄子蛋，在皎洁的月光下稍坐了坐，便回到旅馆，度过了欢愉的一晚。这样的日子真是美好极了。

第二天上午，凯瑟琳和拉里开着车在风景如画的乡村兜风，他们一会儿蜗行牛步地徘徊在湖边蜿蜒的小路上，一会儿又肆意地在岩石海岸上奔驰，就这样跑了好几英里，才像喝醉了酒似的七歪八扭地开着车迂回上山。好几座石头房子挺立在陡峭的岩石山坡上。透过海岸上方的茂密树林，一座巨大的白色建筑若隐若现，看起来像一座古老的城堡。

"那是什么？"凯瑟琳问道。

"不知道。"拉里说。

"那我们去看看吧。"

"好啊。"

拉里把车开到通往那座白色建筑的土路上，穿过一片草地，山羊正低头吃草。看着他们开车经过，牧羊人盯着他们看了一会儿。车停在了白色建筑的废弃大门前，似乎一个人影也没有，近看这建筑就像一座古老的废墟堡垒。

"这里想必是一座还未被发现的食人魔城堡，"凯瑟琳说，"说不好是从格林童话里跑出来的。"

"你真想进去一探究竟吗？"拉里问。

"当然，也许我们正好赶上解救一位遇险的少女。"

拉里飞快地瞥了凯瑟琳一眼，眼神怪怪的。

他们下了车，走到那扇巨大的木门前，门中央系着一个巨大的铁门环。拉里叩了几下门，便站在门口等着。然而，除了草地上夏虫的嗡嗡声和草丛中微风的低语声，再没有声音传来。

"我猜里面没人。"拉里说。

"食人魔也许正忙着处理尸体呢。"凯瑟琳低声说。

突然，大门开始嘎吱嘎吱地缓缓打开，一个身穿黑衣的修女出现在他们面前。

这让凯瑟琳措手不及。"对……对不起，"她说，"我们不知道这是什么地方，外面也没有标示牌什么的，打扰了。"

修女打量了他们两个一会儿，便示意他们进去。穿过门廊，就到了一个大院落里。四周寂静得可怕，凯瑟琳才突然意识到古怪之处是缺少了人的声音。

"这是什么地方？"凯瑟琳问修女。

修女默不作声地摇了摇头，示意他们在原地等候，便转身走向了院子尽头的一座古老的石头建筑中。

"她肯定是去找食人魔了。"凯瑟琳嘀咕道。

那座石头建筑上方是一块海岬，成片的墓地赫然立于海岬之上，四周围着一排排高大的柏树。

"这地方让我毛骨悚然。"拉里说。

"这感觉就好像我们稀里糊涂地跌入了另一个世纪。"凯瑟琳接着说。出于害怕，他们不知不觉就聊了起来，但声音小得几乎听不见，仿佛怕打扰这肃穆的寂静氛围。透过主楼的窗户，他们发现有不少好奇的面孔正盯着他们，都是女人，也都穿着黑衣服。

"这里是修女的精神病院。"拉里十分确信地说道。

不一会儿，一个又高又瘦的女人出现在主楼前，朝他们快步走来。她穿着修女的衣服，面容和蔼可亲。

"我是特雷莎修女。"她说，"你们有什么事吗？"

"我们只是路过，"凯瑟琳说，"出于好奇，进来看看。"她一边看着窗户里窥视的面孔，一边说道："我们无意打扰您。"

"到这儿来的访客并不多。"特雷莎修女说，"我们是天主教加尔默罗会的修女，几乎与世隔绝，宣誓要保持缄默不语。"

"多久不能说话？"拉里问。

"这辈子都不能说话。我是这里唯一被允许说话的人，但也只在必要的时候说话。"

凯瑟琳环顾着这个宽敞、寂静的院子，不禁汗毛都竖起来了。"从来没有人离开过这里吗？"

特雷莎修女微笑着说："从来没有，也不需要离开这里。我们就在墙里生活。"

"抱歉打扰。"凯瑟琳说。

修女点了点头。"没关系。上帝保佑你们。"

凯瑟琳和拉里走出去时，大门在他们身后缓缓地关上了。凯瑟琳回头看了看。这里就像一座监狱，甚至比监狱更可怕，也许因为她们是自愿在这里忏悔，自愿在这里白白浪费一生。凯瑟琳想起了那些从窗户里窥视他们的年轻女子，她们就这样被关在这里，与世隔绝，生活在墓穴般永久的寂静中。她相信自己永远也不会忘记这个地方。

二十一　诺艾尔和凯瑟琳

雅典：一九四六

第二天一大早，拉里就到村子里去了。他让凯瑟琳和他一起去，但她拒绝了，说她想多睡会儿。拉里一走，凯瑟琳就立即起床，匆匆穿好衣服，去旅馆的健身房了，前一天她就已经偷偷过来探查过了。一位像希腊亚马孙女战士般的教练让她脱光了衣服，开始挑剔她身体各种不满意的地方。

"你过去也太懒了，太懒了。"她责备凯瑟琳道，"身体条件是好的。只要你肯下功夫，上帝保佑，你会恢复原来的优美体形。"

"我愿意。"凯瑟琳说，"那就看看上帝是怎样帮助我塑形的吧。"

在亚马孙女战士的指导下，凯瑟琳每天都累得筋疲力尽，不仅要忍受痛苦的塑形按摩、严苛的斯巴达式饮食控制，还要进行艰苦的身体锻炼。她并未对拉里说这些，但是到了第四天结束时，她的变化已经足够明显，拉里也察觉到了这种改变。

"看起来这地方挺适合你，十分养人。"他说，"你看起来像脱胎换骨了一样，容光焕发。"

"我已经脱胎换骨了吗？"凯瑟琳答道，突然害羞起来。

周日上午，凯瑟琳去了教堂。她从未见过希腊东正教的弥撒。去之前她想，像约阿尼纳这样的小村庄，教堂也一定小得可怜，但事实却让她大吃一

311

惊。这里的教堂装饰得十分华丽，教堂的墙壁、天花板和大理石地板上都有着精美的雕刻。圣坛前有十二个巨大的银烛台，房间四周的墙壁上皆绘着讲述《圣经》故事的壁画。牧师又瘦又黑，留着黑胡子，身穿一件精致的金丝红袍，戴着一顶高高的黑帽子，庄严肃穆地站在一个像轿子一样的高台上。

沿着墙边摆放着木制长凳，长凳旁是一排排木制椅子。男人坐在前面，女人坐在后面。凯瑟琳想，或许这意味着男人会先进入天堂吧。

参加弥撒的教徒开始吟唱赞美诗，是用希腊语唱的。牧师从高台上下来，走到圣坛前。红色的帷幕逐渐拉开，一位身穿华丽长袍、满脸白须的大主教出现在众人面前。他面前的桌子上放着一顶具有象征意义的宝石帽子和一个金十字架。这位年迈的大主教将三根连在一起的蜡烛点燃，便将蜡烛交给了牧师。凯瑟琳想，这三根蜡烛应该代表着圣父、圣子、圣灵三位一体。

弥撒持续了一个小时。凯瑟琳坐着，细细品味着周围的各种景象和声音，觉得自己十分幸运。她低下头，做了个感恩的祷告。

第二天早上，凯瑟琳和拉里在他们房间的露台上吃早餐，站在露台上便可以俯瞰湖面。一切都是那么恰到好处。温暖的阳光正透过云层普照着大地，一阵慵懒的微风从湖面上吹来。一位和蔼可亲的年轻服务员给他们送来了早饭。凯瑟琳穿着睡袍，服务员进来时，拉里正搂住凯瑟琳，亲吻她的脖子。"昨夜真是棒极了。"拉里喃喃地说。

服务员捂住嘴偷笑，蹑手蹑脚地退出了房间。凯瑟琳不免感觉有一丝尴尬。在陌生人面前亲热可不像拉里的作风。他真的变了，凯瑟琳想。每一次服务员走进房间，拉里总会搂着凯瑟琳，表达他的爱意，他似乎想让全世界都知道他有多爱她。凯瑟琳觉得这一点着实打动了她的心。

"我已经计划好我们上午的行程了。"拉里说。他指向东方，一座高耸入云的巨峰映入眼帘。"我们去爬楚迈尔卡山吧。"

"我有一个原则，"凯瑟琳说，"我从不爬那些名称我都拼不出来的山。"

"去吧，听他们说，山上的风景别有一番风味。"

凯瑟琳看着拉里不像开玩笑的样子。她又抬头看了看那座山，山峰陡峭得近乎笔直了。"爬山不是我的强项，亲爱的。"她说。

"徒步爬这座山很轻松的，一路上都有修好的道路。"拉里顿了一会儿，说道，"如果你不想和我一起去，那我就只能一个人去了。"他的语气中透露着强烈的失望感。说一句不去很简单，安安静静地坐在露台上欣赏美景也很简单，比起爬山，这一诱惑几乎是压倒性的。但拉里希望她在身边，凯瑟琳无法拒绝这样的请求。只要他想让她陪伴，就足够让她动心了。

"好，那我们去吧。我去找找看有没有登山帽。"她说。

拉里脸上露出如释重负的表情，凯瑟琳暗自庆幸自己同意了。说不定会很有趣呢。

凯瑟琳之前从未爬过山。

他们把车开到村子边上的一片草地上停了下来，上山的路就是从这儿开始的。路边有一个小食品摊，拉里买了一些三明治、水果、糖果和一大壶咖啡。

"如果山上天气不错的话，"他对小摊老板说，"新娘和我就在上面过夜了。"说着，他抱住了凯瑟琳。小摊老板咧嘴笑了。

凯瑟琳和拉里走到山路的起点，发现上山有两条路，方向相反。凯瑟琳不得不承认，爬上去也没有那么困难。小路看起来很宽，也不太陡。但是，她抬头看看山顶，这座山又显得阴森恐怖，令人生畏。但他们也不会爬到那么高的地方。稍微往上爬一下，拉里就会找个地方和她野餐的。

"走这边。"拉里说。他领着凯瑟琳朝左边的小路走去。那个小摊老板是希腊人，他们开始往上爬时，他就一直关切地望着他们，心里琢磨着要不要追上去跟他们说走错路了。他们走的那条小路很危险，只有专业登山员才能从那条路上山。就在他纠结的时候，小摊来生意了。因为忙着招呼顾客，小摊老板很快便将那两个美国人抛到脑后了。

太阳虽然很热，但他们爬得越高，山风也变得越凉爽，凯瑟琳觉得两者的结合相得益彰。今天天气很好，她又跟自己心爱的人待在一块儿。凯瑟琳不时地向下瞥去，才惊奇地发现他们已经爬得那么高了。空气似乎越来越稀薄，呼吸也越来越困难。她一直走在拉里的后面，因为小路逐渐变窄，已经不能容纳两个人并肩走了。她不知道拉里什么时候才能停下来，找个地方坐下来吃东西。

拉里发觉凯瑟琳落在后面，有点跟不上了，就停下来等她。

"对不起，"凯瑟琳喘着气说，"这么高的海拔已经开始让我有点不适了。"她往下看了看。"从这儿下山恐怕都要花不少时间。"

"不，不需要。"拉里说道。他转过身，又沿着那条狭窄的小路向上走了。凯瑟琳看着他的背影，无奈地叹了口气，咬牙坚持着向上爬。

"我应该嫁给一个爱静的棋手的。"凯瑟琳在后面喊着，但拉里没有理她。

小路上突然出现一个急转弯，前面是一座小木桥，扶手就是一根绳子。桥下是一个极深的峡谷。桥在风中摇摇晃晃，脆弱得几乎连一个人的重量也承受不了。拉里将一只脚放在桥上的一块烂木板上，木板便随着他的重量不断下陷，终于还是承受住了。拉里向下望去，估摸着峡谷有一千英尺深。舒了口气，他便开始过桥，仔细地测试着每块木板的承重，接着便听到凯瑟琳的声音传来："拉里！"

他转过身，发现凯瑟琳已经走到了桥前。

"这桥我们还是不要过了吧，好吗？"凯瑟琳说，"这桥连只猫的重量都承受不起！我们过不去的，除非你会飞，而且看起来很不安全。"

"每天都有人过这桥。"拉里转过身去，开始往前走，留下凯瑟琳站在桥头。

别无选择，凯瑟琳只好也踏上了桥，桥开始晃动起来。她低头看了看脚下的峡谷，心里早已被恐惧淹没。这可不是闹着玩的，搞不好会没命的。凯瑟琳向前看了看，发现拉里已经快走到对岸了。她只好咬紧牙关，抓住绳子，开始向前挪步。每走一步，桥都摇晃得厉害。桥的另一边，拉里正转过身来看着她。凯瑟琳走得很慢，一只手死死地抓着绳子，尽量不让自己看向下面的深渊。拉里看得出来，她整张脸上都写满了恐惧。等到凯瑟琳终于走到拉里身旁，她浑身上下已抖个不停，或许是因为恐惧，抑或是从白雪覆盖的山顶上吹下来的寒风让她瑟瑟发抖。

凯瑟琳说："我真不是爬山的料。我们现在回去吧，好吗，亲爱的？"

拉里吃惊地看着她。"我们还没看到最美的景色呢，亲爱的。"

"我已经看到我这辈子见过的最美的景色了。"

拉里抓着凯瑟琳的手臂，笑着说："我跟你说，前面有一块极僻静的好地

314

方，我们就在那儿野餐，再也不往上爬了，好吗？"

凯瑟琳不情愿地点点头。"好吧。"

"这才是我的乖宝贝。"

拉里冲凯瑟琳笑了一下，就转身向那条崎岖的小路走去了，凯瑟琳只能跟在他后面咬牙坚持。但她不得不承认，从山上眺望，远处的村庄和山谷的美景都令人叹为观止，和柯里尔–艾夫斯公司明信片上印的宁静田园风光图一模一样。凯瑟琳在心里暗暗庆幸，还好她同意随拉里来了，她已经很久没有看到他如此兴奋了。他浑身上下都流露着一种强烈的兴奋感，爬得越高，这种感觉就越发强烈。他满面红光，喋喋不休地谈论着琐事，似乎不停地说话才能缓解一些莫名的紧张感。周围的一切都让拉里兴奋：爬山、看风景，甚至是沿途的花朵。每件事都变得那么有趣，那么非同寻常。他的感官好像受到了超乎寻常的刺激。爬山对他来说一点也不费力，他甚至一下都没有喘，而越来越稀薄的空气却让凯瑟琳上气不接下气了。

慢慢地，凯瑟琳感觉自己的腿像铅一样沉重，嘴巴不停地喘着粗气。她不知道他们已经爬了多久，但当她向下看时，约阿尼纳村庄都小得快看不见了。凯瑟琳觉得脚下的小路似乎变得越来越陡，越来越窄。此处的小路已经完全是沿着悬崖的边缘蜿蜒而上的。为了不掉下去，凯瑟琳只能紧紧地贴着山体爬行。拉里还说这是一趟轻松的徒步旅行呢，凯瑟琳心想，可能只有山羊才会觉得轻松吧。上山的小路到这里几乎已经快到尽头了，也看不出这里有人走过的迹象。野花也变得少了，唯一能看到的植物是苔藓和一种外观古怪的褐色杂草，好像是从石头缝里长出来的。凯瑟琳感觉自己已经快撑不住了。他们转过一大块突出的岩壁后，小路突然消失，赫然出现在凯瑟琳脚下的是令人头晕目眩的深渊。

"拉里！"凯瑟琳拼命地尖声喊叫。

拉里立刻赶到凯瑟琳旁边，抓住她的胳膊，将她拉了回来。拉里带着她翻过岩石，然后就开始有小路出现了。凯瑟琳的心脏狂跳不停。她想："我一定是疯了才会来这儿爬山，我这个年纪，早已不适合干这些冒险的事情了。"高海拔和劳累使她头晕目眩，让她感觉天旋地转。她本想转过身和拉里讲她有多么难受，但转了个弯后，山顶出现在她眼前。他们终于到达目的地了。

凯瑟琳瘫软地躺在平地上恢复体力，山顶的凉风吹拂着她的头发。恐惧已经渐渐消退了。现在没什么好怕的了。拉里说过，下山的路很轻松。这时，拉里也在她旁边坐了下来。

"感觉好点了吗？"他问。

凯瑟琳点点头。"好点了。"她的心脏不再狂跳了，呼吸也恢复了正常。她深吸了一口气，微笑着看着他。

"旅途最艰苦的路段已经结束了，不是吗？"凯瑟琳问。

拉里盯着她看了好一会儿，说道："是的，结束了，凯茜。"

凯瑟琳用手肘撑着身子，抬起身来四处观望。山顶的这块小平地上，搭了一个木制的观测平台。平台的四周围着破旧的栏杆，站在平台上便可以欣赏四面的美景。离她十几英尺外，凯瑟琳看到了一条可以通向山的另一侧的小路。

"天哪，拉里，这儿太美了。"凯瑟琳说，"我感觉自己像麦哲伦。"她朝拉里笑了笑，却发现拉里正望着别处。凯瑟琳意识到拉里并没有在听她说话。他似乎心事重重——神情紧张，好像在担心什么事。凯瑟琳抬起头来说："看！"一朵蓬松的白云在山风的吹拂下向他们飘来。"云朝这边来了。我还从没有在云里站过呢，感觉一定像是在天堂一样。"

拉里看着凯瑟琳爬起来，走向悬崖边摇摇晃晃的木栏杆。拉里用胳膊肘支着身子，看着那朵云朝凯瑟琳飘过来，突然动了一个念头。云几乎要碰到她了，马上就要将她包裹起来。

"我就要站在云里了！"凯瑟琳兴奋地喊道，"让云从我的身体里穿过去吧！"

一眨眼的工夫，凯瑟琳就被卷入那团不停地在翻滚旋转的灰白色云雾中。

拉里轻手轻脚地站了起来。他一动不动地在原地站了一会儿，随即便悄无声息地朝凯瑟琳走去。几秒钟的工夫，他也被笼罩在云雾之中。他停了下来，不确定她到底在哪儿。"噢，拉里，这感觉太棒了！快来和我一起享受吧！"他开始循着声音慢慢地走过去。"这云感觉就像一场细雨，"凯瑟琳带着激动的哭腔说道，"你能感觉到吗？"她的声音更近了，在他前面不过几英尺。他又向前走了一步，伸出双手去摸她。

"拉里！你在哪儿？"

这时，他已辨认出她的身影了，就像雾中飘浮的鬼魂，正好在他面前的悬崖边上若隐若现。拉里将他的两只手向她伸去。就在这时，云雾从他们身边飘散开去。凯瑟琳转过身来，两人四目相对了，相距不超过三英尺。

凯瑟琳吓了一跳，不禁往后退了一步，右脚已抵到悬崖边了。"噢！你吓死我了。"她叫道。

拉里又向前跨了一步，给了她一个宽心的微笑，同时向她伸出了双手。就在这时，突然一个响亮的声音传来："我可不骗你，我们丹佛的山的确比这儿要高大得多！"

拉里惊恐地转过身来，脸色立刻变得煞白。只见山另一面远处的小路上冒出了一群游客，领队是一名希腊向导。向导看到凯瑟琳和拉里后，立马停了下来。

"早上好。"向导惊讶地说，"你们一定是从东面的那条小路上来的吧。"

"是的。"拉里紧张地说。

向导摇了摇头。"他们疯了，居然没人告诉你们这条小路很危险吗？从另一条路上山要容易得多。"

"下次不会再走错了。"拉里说着，声音有些沙哑。

凯瑟琳注意到拉里身上的兴奋感已经全然消失了，仿佛一个开关突然被关掉了。

"我们赶快离开这个鬼地方吧。"拉里说。

"但是，我们才刚刚爬上来。出什么问题了吗？"

"没事，"他没好气地说，"我只是讨厌待在人多的地方。"

他们选择了那条容易走的路返回。下山途中，拉里一言不发，好像被山顶的冷气冻住了嘴巴一样。凯瑟琳也不知道他为什么这样。她确信自己没有说过或做过任何冒犯他的事情。应该是在那群人出现的时候，他的态度才突然改变的。一个灵光闪过，凯瑟琳想到拉里心情不好的原因了，不由得笑了出来。他一定是想在飘逸的云雾中抱住她，尽情吻她！这就是为什么他向她走过来，还张开了双臂，但他的计划却被一群游客破坏了。想到这些，凯瑟琳几乎高兴得大笑起来。看着拉里愤愤地大步走在她前面的小路上，她的身心竟被一种温暖的幸福感紧紧地包裹住了。等回到旅馆后再补偿他吧，她在心里想着。

但是，等他们回到旅馆，凯瑟琳抱住拉里，想要吻他的时候，拉里却说自己累了。

凌晨三点，凯瑟琳躺在床上，神经紧绷，难以入睡。多么漫长可怕的一天啊。她不停地回想起那条狭窄的山路，那座摇摇晃晃的木桥，还有贴着岩石攀爬的情景。想着想着，她终于睡着了。

第二天早上，拉里去和前台服务员闲聊。

"前几天你说起的那些洞穴……"拉里先开口说道。

"啊，没错，"服务员答道，"佩拉玛洞穴。洞穴里五颜六色，十分有趣，一定要去看看。"

"我想我是得去看看。"拉里轻飘飘地说道，"我不太喜欢逛洞穴，但我太太听说过这个洞穴，一直求我带她去玩。她就喜欢这些怪怪的东西。"

"我敢肯定你们会玩得很开心的，道格拉斯先生。不过，记得请个向导。"

"有这个必要吗？"拉里问。

服务员点了点头。"请个向导是再明智不过的了。洞里发生过几次意外，有人在里面迷路了。"他压低声音说道，"有一对年轻夫妇至今还未找到。"

"如果洞里真有这么危险，"拉里说，"为什么还对外开放呢？"

"只有新开发的区域是危险的，"服务员解释说，"那些区域还没有被探查过，也没有装上灯光。但只要请了向导，就什么也不必担心了。"

"洞穴什么时候关闭？"

"晚上六点。"

拉里看见凯瑟琳正坐在房间外，斜倚在一棵巨大而美丽的希腊橡树下读书。

"书好看吗？"拉里问道。

"可看可不看的那种。"

他来到她身边，弯下腰来对她说："旅馆的服务员告诉我这附近有一些洞穴。"

凯瑟琳抬起头，脸上掠过些许疑虑。"洞穴？"

"他说这个洞是必逛景点，所有来这儿度蜜月的夫妇都会去那儿。只要在洞里许愿，愿望就会实现。"他急切的声音充满了孩子气，"怎么样？"

凯瑟琳犹豫了一下，心想拉里真是一个长不大的小男孩。"如果你喜欢的话，就去吧。"她说。

拉里笑了。"很好。我们吃过午饭后去吧。你继续看书吧，我得开车进城买点东西。"

"要我跟你一起去吗？"

"不用了，"拉里轻松地说，"我马上回来。你放心好了。"

"好的。"凯瑟琳点了点头。

拉里转身走出了房间。

他在镇上找到一家小杂货店，买了一只袖珍手电筒、一些新电池和一团细绳。

"你是住在山上的那家旅馆吧？"店主一边找着零钱，一边问道。

"不是，"拉里说，"我只是去雅典的路上经过这里。"

"如果我是你，我会格外小心的。"那人建议道。

拉里抬起头狠狠地盯着他。"小心什么？"

"暴风雨就要来了。你听，羊开始叫唤了。"

下午三点，拉里才回到旅馆。四点，拉里和凯瑟琳动身前往山洞。这时，一阵狂风刮起，北边天空的大雷雨云开始慢慢形成，一点一点将太阳吞噬。

佩拉玛洞穴位于约阿尼纳以东三十公里。成百上千年来，洞里形成了无数巨大的石笋和钟乳石，且形状各异，有的像动物，有的像宫殿，还有的像珠宝。佩拉玛洞穴已经成为当地的一个重要的旅游胜地。

凯瑟琳和拉里到达洞穴的时候，已是下午五点了，离闭洞时间只剩一个小时。拉里在售票亭买了两张票和一本导游小册子。一个穿着邋遢的向导走上前来招揽生意。

"只要五十德拉克马，"他拿捏着导游腔调吆喝着，"就可以享受最好的导游服务。"

"我们不需要向导。"拉里不耐烦了，粗暴地打断了他。

凯瑟琳吃惊地看着拉里，心想他说话的语气怎么这么冲啊。

拉里拽着凯瑟琳的胳膊，催促道："我们走吧。"

"你确定我们不需要向导吗？"

"要向导干吗？那显然是骗钱的。我们不过是进去看看洞穴，有这本小册子就足够了。"

"好吧。"凯瑟琳表示同意。

洞穴的入口比凯瑟琳想象的要大，里面有明亮的泛光灯，到处都是来来往往的游客。墙壁上和洞顶上到处挂满了各种形状的钟乳石，像是大自然用石头雕刻出来的巨像，有鸟儿、巨人、花朵、王冠等等。

"太神奇了。"凯瑟琳惊叹道。她仔细地研读着手中的小册子。"看来没人知道这洞穴究竟有多古老。"

她的声音听起来有回音，在洞穴里回荡着。钟乳石就悬挂在他们头顶。经过一条从岩石里凿出来的隧道后，他们来到了另一个较小的洞穴，洞顶上吊着一些简陋的灯泡，连灯罩都没有。这里的钟乳石形状更加奇特，尽情地展示着大自然的鬼斧神工。洞穴的尽头挂着一块牌子，上面写着："危险：禁止入内。"

牌子的后面是一个洞穴的入口。拉里漫不经心地走过去，向四周张望了一下。凯瑟琳正聚精会神地研究入口处洞壁上雕刻的人物形象。拉里迅速摘下牌子，扔到一边，走回凯瑟琳身边。

"这儿好潮湿，"凯瑟琳说，"要不我们出去吧？"

"不行。"拉里的语气很坚定。

凯瑟琳吃惊地看着他。

"要看的东西还多着呢。"拉里解释说，"旅馆的服务员告诉我，最好玩的是新开发的洞穴。他让我们一定得去看看。"

"新开发的洞穴在哪儿？"凯瑟琳问。

"就在那边。"拉里抓着她的胳膊，朝洞穴的后面走去。突然前面出现一个大裂缝，黑咕隆咚的，他们便收住了脚。

"我们不能进去，"凯瑟琳说，"这里面太暗了。"

拉里拍了拍她的胳膊，安慰道："别担心，旅馆那个服务员跟我说过要带个手电筒。"说完，拉里便从他的口袋里掏出一个手电筒。"看到没？我早有准备。"他把手电筒打开，手电筒狭窄的光束照亮了一条长长的隧道，四周全是古老的岩石，前面黑洞洞的。

凯瑟琳站在原地，盯着洞里的隧道。"这洞看起来好大，"她犹疑地说，"你确定这洞安全吗？"

"当然安全，"拉里回答道，"本地人都带小学生过来游玩呢。"

凯瑟琳仍然犹豫不决，她希望他们能走其他游客选择的路线。不知为何，这洞对她来说暗藏着凶险。

"好吧。"凯瑟琳还是妥协了。

他们进洞了，刚向前走了几步路，身后洞穴里的光圈就被黑暗吞没了。洞里的通道一会儿向左，一会儿又突然向右。不一会儿，他们就走入了一个潮湿阴冷、毫无时间概念的原始世界。手电筒照射出微弱的光圈，凯瑟琳从反光中瞥见了拉里脸上兴奋的神情，和他爬山时的神情一模一样。凯瑟琳不由得抓紧了他的胳膊。

不远处，隧道出现了岔路口。岩石裂开的地方，凯瑟琳看到低垂的洞顶上布满了粗糙的凸石。她想起了忒修斯和弥诺陶洛斯那些半人半牛的怪物，便开始担心这洞里会不会也有这种怪物出没。她正准备开口建议拉里掉头回去，就听到拉里说："我们往左边走。"

她看着拉里，装作漫不经心的语气说道："亲爱的，你不觉得我们应该开始往回走了吗？时间不早了，洞穴要关闭了。"

"九点才关呢。"拉里回答说，"有一个特别的洞穴，我一定要找到。它刚被开发不久，里面肯定棒极了。"说着，他开始向前走。

凯瑟琳犹豫着不想往前走，想找个借口掉头回去。但转念一想，就陪拉里去探险勘测一番又有何妨呢？拉里看起来的确很感兴趣，如果陪他做这些事就能让他高兴，那她愿意成为世界上最伟大的洞穴探险家。

拉里停下来等着她，不耐烦地问："来吗？"

她努力让自己的声音听起来热情洋溢。"来，只要别丢下我。"她说。

拉里没有回答她。在岔路口，他们向左边的洞里走去，一路小心谨慎，稍不留神，脚下就会踩着小石块滑倒。拉里把手伸进口袋。过了一会儿，凯瑟琳听到什么东西掉到地上的声音，但拉里头也不回地向前走着。

"你掉了什么东西吗？"凯瑟琳问，"我好像听到什么东西掉了。"

"我踢到了一块石头。"拉里说，"我们走快点。"他们继续向前走着，凯瑟琳没有意识到他们身后有一团细绳正在松开。

洞顶越来越低，墙壁也越来越潮湿。凯瑟琳开始觉得这里有不祥之感，然后又嘲笑自己这么想。她感到这个隧道似乎像凶神恶煞一样，正在以咄咄逼人之势向他们逼近。"我觉得这个地方不欢迎我们来。"凯瑟琳说。

"说什么傻话呢，这不过是个山洞而已。"

他们不停地往前走着，凯瑟琳渐渐地失去了时空感。

洞内的通道越来越窄，洞壁上凸起的尖石防不胜防，划破了他们的衣服。

"还有多远才到？"凯瑟琳问，"我们肯定都快要到中国了。"

"不远了。"

他们的说话声像被什么捂住了一样，低沉而空洞，就像一长串回声，前面的回声还没消失，就被后面的回声堵上了。

洞里越来越冷了，不仅阴冷，还格外潮湿。凯瑟琳打了个寒战。手电筒的灯光照亮了隧道里的另一个岔口。他们走到岔口，停了下来。右边的洞口看起来似乎比左边的要小。

"他们应该在这儿装上霓虹灯路标的，"凯瑟琳说，"我们可能走得太远了。"

"还没走多远。"拉里说，"我要找的洞肯定是右边那个。"

"我真的好冷，亲爱的，"凯瑟琳说，"我们现在就回去吧。"

拉里转过身来看着她。"我们就快到了，凯茜。"他捏了捏她的胳膊，"等我们回到旅馆，我会让你暖和起来的。"他看出她脸上的不情愿。"这样吧，如果两分钟内我们还没找到那个洞，我们就掉头回去。好吗？"

凯瑟琳顿时感到如释重负。"好的。"她感激地说。

"那走吧。"

他们顺着隧道右边的洞口走了进去，手电筒的光束在他们前方的灰色岩壁上晃动着，做出各种造型，忽明忽暗的，让人毛骨悚然。凯瑟琳回头看了一眼，身后一片漆黑。只剩一只小小的手电筒在幽暗阴森的黑暗中雕刻出光圈，照着他们一次向前挪动几步。突然，拉里停了下来。

"该死！"他说。

"怎么了？"

"我感觉我们走错路了。"

凯瑟琳点点头。"没事，那我们回去吧。"

"我去确认一下，你就先留在这里。"

凯瑟琳十分惊讶地看着拉里。"你要去哪儿？"

"往回走几步，就到我们刚刚进来的那个岔口。"他的声音听起来紧张而不自然。

"我和你一起去。"

"我一个人行动起来更快，凯瑟琳。我只是想检查一下我们刚刚转弯的岔路口。"他的声音听起来很不耐烦，"十秒钟后，我就回来。"

"好吧。"她爽快地应了一声，心里却十分不安。

凯瑟琳站在那里，眼巴巴地望着拉里。他转身离开，朝着他们来时的黑暗走去。他被手电筒的光晕包裹着，就像个天使顶着光环在大地深处忽上忽下地飘动着。过了一会儿，灯光消失了，凯瑟琳好像一下子被抛入了黑暗之中，那种最漆黑的黑暗，从未体验过的黑暗。她站在原地，身体在颤抖着，心里在数着秒，数着分钟。

拉里没有回来。

凯瑟琳就这样等待着，感到黑暗像无形的波浪在她周围凶猛地拍打着，想要将她淹没。"拉里？"她喊了一声，声音嘶哑而不清晰。于是她清了清嗓子，又大声地喊："拉里？"她听到声音在离她几步远的地方逐渐消失，被黑暗吞噬了。看来这地方好像没什么活物了，凯瑟琳开始感到一丝恐惧。拉里当然会马上回来，她安慰自己说，她要做的就是待在原地，保持冷静。

黑暗中，时间一分一秒地在煎熬着她。她开始意识到肯定出大问题了。拉里可能出了意外，也许他踩在松动的石头上滑了一跤，头撞到了洞壁的尖石上；也许此时此刻，他躺在离她只有几英尺远的地方，失血过多而死；也许他迷路了；也许他的手电筒没电了；也许他就像她一样，也被困在这个洞穴的某个地方。

一种强烈的窒息感慢慢侵袭着凯瑟琳，她开始感到呼吸困难，感到一种莫名的恐慌。她转过身，开始朝她来的方向慢慢走去。隧道很窄，如果拉里躺在地上，受伤晕厥，她应该可以找到他。走了一会儿，她估计自己已经走到了刚刚的岔口。她小心翼翼地向前挪动着，松动的石头在她脚下滚动。她好像听到远处有声音，于是停下来仔细听。是拉里吗？声音消失了。她接着向前走，又听到了那个声音。是一种呼呼声，就像录音机工作时所发出的那种声音。这里有人！

凯瑟琳大声叫喊了一声，看看是否有人回应，但她发出的声音换来的是一片死寂。不一会儿，那声音又来了！呼呼作响。朝她这边来了。那声音越来越大，像怒号的狂风向她冲来。越来越近了。黑暗中，这声音突然跳到她身上，冰冷湿润的皮拂过她的脸颊，亲吻她的嘴唇，她感到有什么东西在她的头上爬，尖利的爪子扯拽着她的头发。黑暗中，她的脸不知被什么东西用它那恐怖的翅膀疯狂拍打着，她的嘴几乎被堵得快要窒息了。

终于，她晕过去了。

她晕倒在一块尖尖的石头上。石头刺痛了她，她就苏醒过来了，感到脸颊又热又黏。过了好一会儿，凯瑟琳才意识到那是她的脸上在流血。一想起在黑暗中袭击她的那些翅膀和爪子，她就开始浑身发抖。

这时她突然意识到：洞穴里有蝙蝠。

她绞尽脑汁去回忆自己所了解的关于蝙蝠的一些知识。她记得自己在哪里读到过：它们是会飞的老鼠，它们成千上万地聚集在一起。除此之外，她唯一能回想起来的就是有的蝙蝠还会吸血，但她很快就否定了这个可能性。凯瑟琳用手撑着，挣扎着坐了起来，感到被尖石头刮伤的手掌上阵阵灼痛。

"你不能就坐在这儿等死，"她提醒自己，"你得站起来做点什么。"她痛苦地挣扎着站了起来。这时她发现她的一只鞋子不知怎么丢了，裙子也破了，但拉里明天会给她买一件新的。她开始想象着他们两个走进村子里的一家小商店，一路上开心地说笑着，拉里给她买了一件夏季穿的白色裙子。但是想着想着，这件衣服不知怎的就变成了一块裹尸布。于是，她的脑海里又开始被无尽的恐慌所占据。从现在开始，她的脑子必须只想着美好的明天，不想她当下所陷入的噩梦。她必须继续向前走。但是走哪条路呢？她转过身来往后看。如果她走错了路，她就会走到洞穴的更深处，但她知道她不能待在原地不动。

凯瑟琳试着估计从他们进入洞穴到现在已经过去了多长时间。肯定有一个小时了，或许两个小时。她也不确定自己昏迷的时长。外面肯定有人在寻找她和拉里了。但是，要是没人知道他们在这里呢？并没有人对游客出入洞穴做记录啊。她可能就要永远被困在这里了。

她把另一只鞋也脱掉，开始光着脚走路。她慢慢出脚，格外小心，同时打开她发烫的双手，避免撞到洞壁上的尖石。凯瑟琳鼓励自己："千里之行，始于足下。这是中国人的名言，你看他们多聪明。他们发明了鞭炮和炒杂碎。他们这么聪明，肯定不会被困在没人能找到的某个地下黑洞里。如果我继续走下去，说不定我就能撞见拉里或者一些游客。我们会回到旅馆喝一杯，笑谈今天在洞中的遭遇。总而言之，我所要做的就是继续向前走。"

突然，她停了下来。远处，她又听到了那种呼呼声，就像一列幽灵般的特快列车向她呼啸驶来。她的身体开始不受控制地颤抖起来，她开始尖叫。过了一会儿，它们扑到了她身上，成百上千只，蜂拥而至，扑向她，用它们冰冷的、黏糊糊的翅膀轮番抽打着她，用它们特有的毛茸茸的身体叠压着她，仿佛要把她闷死在这场难以言状的恐怖噩梦中。

她失去意识前，记得的最后一件事就是喊拉里的名字。

醒来时，她感觉到身下是洞穴里冰冷潮湿的地面。她的眼睛依然闭着，但她的意识突然觉醒了。她突然意识到了：拉里想杀害她。好像她的潜意识把这个念头完好无损地放在那里等着她的意识来发现。于是往事像只万花筒一样在她的脑海里闪来闪去：拉里爱上别人了……他想离婚……拉里穿过山顶上的云雾向她走来，他的手向她伸过来……她记得她当时看着下面的陡峭山峰说，下山要花很长时间，拉里说，不，不需要……拉里说，他们不需要向导……他想他们走错路了……在这儿等着，十秒钟后他就回来……之后便是可怕的黑暗。

原来拉里从未对她回心转意。和解，蜜月……不过都是伪装，是对她实施谋杀计划的一部分。在她沾沾自喜地感谢上帝给了她第二次与拉里相爱的机会时，拉里正密谋着要杀害她。他确实成功了，因为她知道自己永远也出不去了。她将被活埋在一座黑暗恐怖的坟墓里。蝙蝠已经走了，但凯瑟琳能感觉到也能闻到它们在她脸上和身上留下的肮脏黏液。她知道蝙蝠还会再来。如果再来一次袭击，她不知道自己能不被击昏。一想到它们，她又开始发抖，她强迫自己慢慢地做些深呼吸。

　　不一会儿，凯瑟琳又听到了那种声音，她知道自己无论如何都再也忍受不了了。一开始是低沉的嗡嗡声，之后声波就变得愈发强烈，向她扑来。突然，她发出一声痛苦的尖叫，尖叫在黑暗中一遍又一遍地回响，而另一个声音也变得越来越大。同时，黑暗的隧道里出现了一道光，凯瑟琳听到有人叫喊着，伸出双手抓她，她感觉有人将她举了起来。她很想提醒他们注意蝙蝠出没，但她说不出话，只能不停地尖叫。

二十二　诺艾尔和凯瑟琳

雅典：一九四六

凯瑟琳让自己尽量僵直地躺着，这样蝙蝠就找不到她。她只能死死地紧闭着眼睛，仔细听着是否有蝙蝠挥动翅膀的声音传来。

接着，她听到一个男人的声音说道："我们能找到她可真是个奇迹。"

"她会好起来的吧？"

这是拉里的声音。

突然，恐惧又如潮水般向凯瑟琳涌来。她感觉身体的每一处肌肤仿佛都布满了发出尖叫声的神经，警告她赶紧逃跑。试图谋杀她的人又找上她了。凯瑟琳呻吟着说："不要……"她睁开眼睛，发现自己躺在旅馆房间的床上，拉里就站在床尾，旁边站着的是一个她从未见过的男人。拉里向她走了过来。"凯瑟琳……"

看见他走过来，她恐惧地蜷缩起身子。"别碰我！"她的声音虚弱、沙哑。

"凯瑟琳！"拉里一脸痛苦。

"让他离我远点。"凯瑟琳对另一个男人恳求道。

"她还处于惊恐之中，"陌生人说，"或许你去另一个房间待着会更好。"

拉里观察了凯瑟琳一会儿，面无表情地说："没问题，只要对她好，我做什么都可以。"说完，他转身走了出去。

陌生人走近床边。他长得矮矮胖胖，和蔼可亲的脸上挂着令人舒心的笑容，说起英语来带着浓重的口音。"我是卡佐米德斯医生。道格拉斯太太，我知道你刚刚出了意外，遭遇了痛苦，但我向你保证，你很快就会好起来。轻微脑震荡加上严重休克，好好休息几天，你就会恢复如初。"他叹了口气，"他们就应该关闭那些该死的洞穴。这已经是今年的第三起事故了。"

凯瑟琳摇了摇头，但头疼得厉害，她立马停了下来。"这不是意外事故，"她十分吃力地说，"他想杀害我。"

医生低头看着她。"你说谁想杀害你？"

这时，她感觉口里发干，舌头肿胀发厚，要挤出几个单词都非常吃力。"我……我丈夫。"

"不会的。"医生说。

显然医生不相信她说的话。凯瑟琳咽了一口唾沫，再次艰难地张开嘴，说道："他……他把我留在洞里让我等死。"

医生摇了摇头。"这完全是个意外。我会给你打一针镇静剂，等你醒来，会感觉好很多。"

一阵恐惧又涌上心头。"不要！"凯瑟琳哀求道，"你还不明白吗？我再也醒不过来了。带我离开这里。求你了！"

医生笑了笑，安慰她说："我说过你会没事的，道格拉斯太太。你只需要好好睡一觉，等你醒来，一切都会好的。"他把手伸进一个黑色的医疗包，寻找注射器。

凯瑟琳挣扎着想要坐起来，但一阵灼痛穿过她的头部，让她疼得浑身冒汗。她颓然倒在床上，头疼欲裂。

"你还不能动，"卡佐米德斯医生警告说，"你刚经历了一场可怕的磨难。"他拿出皮下注射器，把一小瓶琥珀色的液体注入针头，然后转向她。"请你翻个身。睡一觉，等你醒来，一切都好了。"

"我不会醒来的，"凯瑟琳悄声说，"他会趁我睡着的时候杀了我。"

医生的脸上露出关切的神色。他走到她身旁，说："请把身子翻一下，道格拉斯太太。"

凯瑟琳死死地盯着他，眼神中写满了抗议。

见凯瑟琳不动，医生便轻轻地把她翻过身来，拉起她的睡衣。她感到臀部一阵刺痛。"好了，没事了。"

凯瑟琳翻过身后，悄声说道："你这不等于杀了我嘛。"无助的泪水在她眼眶里打转。

"道格拉斯太太，"医生平静地说，"你知道我们是怎么找到你的吗？"

她摇了摇头，随即她又想起那种绝望的痛苦。医生说话的声音很温柔。"你丈夫带着我们才找到你的。"

凯瑟琳盯着他，听不懂他在说什么。

"他在洞里拐错了弯，之后就迷路了。"医生解释道，"他找不到你了，急得发疯。他叫来了警察，我们立即组织了一个搜救队。"

凯瑟琳看着他，还是没有完全明白过来。"难道是拉里……找人来救我的？"

"他当时极度悲伤。知道你遭罪了，他不停地谴责自己。"

她静静地躺着，努力去理解、去适应医生刚刚提供的这条信息。如果拉里真想杀她，他就不会组织搜救队去找她，也不会担心她的安全。她感觉脑子里一团乱麻。看着凯瑟琳痛苦纠结的表情，医生满是同情。

"现在你先好好睡一觉，"他对凯瑟琳说，"明早我再来看你。"

她居然以为她深爱的男人是杀人凶手。她得向拉里坦白，请求他的原谅。但现在她的头越来越沉，眼皮也重得快要合上。"等我醒来，我会和拉里说的，向他道歉，"她心想，"他会理解我，原谅我的。一切都会好起来，我们又会和好如初……"

一阵尖锐、急促的拍打声惊醒了凯瑟琳，她猛地睁开眼睛，脉搏跳得飞快。狂风暴雨正猛烈地敲打着房间的玻璃窗，窗外电闪雷鸣，忽而一道淡蓝色的闪电照亮了整个夜空，房间里看起来就像一张曝光过度的照片。狂风像生出了爪牙，撕裂着房顶，恨不得撕开个口子，发疯般地涌入。落在房顶和玻璃窗上的雨滴就像成千上万的鼓点声一齐而发。轰隆隆的雷鸣一声接着一声，闪电一道接着一道，似乎都在预示着什么不祥之事的到来。

是轰隆隆的雷声把凯瑟琳惊醒了。她撑着身子勉强坐起来，去看床边桌上的小钟表。由于注射了镇静剂，她还是感觉脑袋昏昏沉沉，只能眯着眼睛才能看清钟盘上的数字。现在是凌晨三点。房间里就她一个人。拉里想必在另一个房间为她守夜祈祷，为她担心。她必须去找他，向他当面道歉。凯瑟琳小心翼翼地把脚从床沿上挪开，试图慢慢站起来，但一阵眩晕让她失去平衡。就要摔倒时，她抓住了床头柱。等到眩晕感消失，她才站起身摇摇晃晃地走到门口。凯瑟琳感觉全身的肌肉都有些僵硬，不习惯了，脑袋像被什么东西在不停地击打一样抽痛着。她紧紧抓住门把手在门口站了一会儿，才打开门，走向客厅。

拉里并不在客厅。厨房里却有盏灯亮着，她跌跌撞撞地走了过去。拉里果然在厨房里，正背着她站着。"拉里！"凯瑟琳喊了一声，但她的喊声恰巧被雷声淹没了。还没来得及再叫拉里的名字，一个女人的身影就出现在她的视线之中。拉里说："这样很危险的，如果你……"怒号的狂风让凯瑟琳无法听清他们谈话的全部内容。

"……必须来。我得确保你……"

"……看到我们在一起。没有人会……"

"……我跟你说过，我会处理好……"

"……出错了。他们没办法……"

"……干脆现在，趁她睡着……"

凯瑟琳站在那里，惊恐得浑身都僵了，无法挪动身体。断断续续的谈话声就像随着频闪蹦出的词组，而剩下的谈话都被狂风的呼啸声和电闪雷鸣声淹没了。

"……我们必须赶紧行动，不然她就……"

听到这句话，那种熟悉的恐惧感又向她袭来，她浑身哆嗦，仿佛被一个无以言状的、撕心裂肺的惊恐大浪淹没了。她的噩梦原来是真的：拉里一直在计划谋杀她。她必须得在他们发现她之前赶紧离开这里，一旦被他们找到，她就再也无法逃生了。她拖着抖动的身体慢慢地寻找退路。一不小心，她碰到了一盏台灯，好在她抓住了灯，并未发出声响。她的心脏不停地狂跳，她甚至担心她的心跳声会大过窗外的雷雨声，被他们听到。她小心翼翼地走到前门处，打开了门，呼啸的狂风几乎要把门从她手中吹走。

　　凯瑟琳迅速关上了门，迈入黑夜之中。还没来得及反应，她浑身上下就被冰冷的滂沱大雨淋透了。她这才意识到自己只穿了一件单薄的睡衣，但这并不重要，最要紧的是她得赶紧逃命。在倾盆大雨中，远处旅馆大厅的灯光隐约可见，或许她可以去那里寻求帮助。但他们会相信她吗？凯瑟琳想起当她对医生说拉里要谋杀她时，医生那不信任的眼神。不，他们不会相信的，他们只会认为她精神病发作，然后将她交给拉里。必须要离开这个地方，她想着，于是便朝着通往村庄的那条陡峭的岩石小路走去了。

　　暴风雨将这条小路变成了泥潭，泥泞溜滑。淤泥裹满了脚底，每走一步，都费尽艰辛。凯瑟琳感觉自己像是在噩梦中奔跑。这么慢的速度只能让一切努力都成徒劳，想要谋害她的人正在她身后追赶着。她不断滑倒，跌落在泥中，又不断爬起，脚上已经被泥潭中尖锐的石头割得鲜血淋漓，但她丝毫没有察觉。因为极度惊恐，她已变得有些麻木呆滞了，如同没有思想的机器人，机械地向前挪动着，不断在狂风中摔倒又爬起，跌跌撞撞地沿着通往村庄的小路往前跑去。她不知道自己正跑向哪里，也感觉不到暴雨打在她的身上。

　　这条小路通向村子边上一条黑暗、荒凉的街道，但凯瑟琳仍然不管不顾、踉踉跄跄地向前跑去。她就像一只被追捕的动物，机械地迈开双腿往前跑。轰轰雷鸣撕破夜空，阵阵闪电把夜空变成了地狱，凯瑟琳已经被吓得几近癫狂。

　　她走到湖边，呆呆地望着湖面。狂风将她身上那层单薄的睡衣吹得紧贴着她的身体。平静的湖水骤然被暴烈的狂风变成汹涌翻腾、张牙舞爪的海洋，狂风不断掀起波涛巨浪，巨浪凶猛地相互撞击着。

　　凯瑟琳站在湖边，努力想要回想起她到这儿来是干什么的。突然，她想到了，她现在是要去见比尔·弗雷泽。比尔正在他精美的豪宅里等她，他们马上就要结婚了。透过瓢泼大雨，凯瑟琳瞥见翻腾的湖面上有一道黄光。比尔正在那儿等着她。但她要怎么才能过去见比尔呢？她低下头，看见脚下有一条小船系在停泊处，在汹涌的水面上打着转，竭力想挣脱缆绳。

　　凯瑟琳当即就想到了去找比尔的办法。她攀爬到这条小船上，跳了进去。她一边竭力地保持着平衡，一边解开了系在码头上的缆绳。小船立刻跳跃着驶出了码头，被翻腾的巨浪剧烈地摇晃着。凯瑟琳被颠簸得摔倒了，她挣扎着爬到座位上，拿起一对船桨，试图回忆起拉里是如何划桨的。但她的脑海中浮现的并不是拉里的身影，而是比尔。是的，她想起当时和比尔一起划船。他们要去见他的父母。她努力想要划动双桨，但巨浪不停地左右摇晃着小船，小船不停地打转转。突然，桨从她手里挣脱，被卷入水中。凯瑟琳坐在船里，无可奈何地看着船桨消失在湖水里。小船失控后，猛地向湖心冲去。凯瑟琳冷得牙齿咯咯打战，身体不由自主地抽搐起来。她发觉什么东西正拍打着她的脚，低头一看，船舱里已经灌满了水。凯瑟琳呜呜哭起来，因为她的婚纱被弄湿了。这可是比尔·弗雷泽买给她的，他肯定要生气了。

凯瑟琳穿着婚纱，因为她现在正和比尔在教堂里，一个长得像比尔父亲的牧师说着："如果有人反对这桩婚事，现在请发言。如果没有……"就在这时，一个女人的声音说道："干脆现在，趁她睡着。"突然，湖中的黄色灯光熄灭了，凯瑟琳回到了佩拉玛洞穴里，拉里将她死死地按在地上，那个女人正往她身上泼水，想将她溺死。凯瑟琳四处寻找比尔家里黄色的灯光，但怎么也找不到。他不想再娶她。现在，她不过是孤家寡人。

现在湖岸已经很远了，被倾泻如注的雨帘遮住了。在这个暴风雨夜，凯瑟琳独自一人漂荡着，耳边是美尔丹风女妖一般的嘶吼与怒号。巨浪不断地拍打着小船，小船左右摇晃，十分危险，但凯瑟琳不再感到害怕了。她感到一股快乐的暖流慢慢填满她的身体，雨水拍打在她身上，也如天鹅绒般柔软。她像个小孩子一样双手合十，开始背诵孩提时就学会的祷告词。

"现在我要躺下长眠了……愿上帝保佑我的灵魂……如果我还没醒来就已经死去……我请求上帝带走我的灵魂。"这时，她感到浑身充满了美妙的幸福感，因为她认为一切最终都可以释怀了。她已踏上了回家的旅途。

就在这时，一个巨浪冲过来拍打着船尾，慢慢把小船打翻。船最终沉入了黑暗可怖、深不见底的湖底。

第三部

二十三　审判

雅典：一九四七

　　雅典市阿尔萨基奥法院将对诺艾尔·佩奇和拉里·道格拉斯涉嫌故意杀人案进行公开开庭审理。庭审前五小时，第三十三号审判室已经挤满了旁听者。阿尔萨基奥法院是一座巨大的灰色建筑，占据了大学街和斯特拉达路之间的整个街区。法院内共有三十个审判室，但只有第二十一号、三十号和三十三号审判室用于刑事审判。第三十三号审判室面积最大，此次庭审选在这里举行。审判室外的走廊上水泄不通，身着灰色制服、灰色衬衫的警察站在两边的入口处维持秩序。三明治摊的三明治五分钟就全部卖光，电话亭前排起了长长的队伍。

　　警长乔治斯·斯库里亲自前来监督安保工作。到处都是摄影记者。斯库里拿捏着分寸，既让记者们拍他的照，又不让自己过于频繁地被拍。旁听券一券难求。几周以来，希腊司法部官员都被亲戚朋友缠着讨要旁听券。有些内部人士则用手中的券去交换其他好处，或者把券卖给票贩子，然后那些票贩子再以高达五百德拉克马一张的价格倒卖。

　　举行谋杀案庭审的地方其实很普通。第三十三号审判室位于法院二楼，十分老旧，散发着一股霉味。多年来，这里是数千场诉讼大战上演的舞台。房间宽约四十英尺，长约三百英尺。旁听席一共有三排，一排九张长木凳，每排之间相隔六英尺。

审判室前部，一块接近六英尺高的抛光红木隔板前有一个高台，三名主审法官的高背皮椅置于其上。中间的椅子是法院院长的座位，椅子上方悬挂着一面四四方方的镜子。镜子上蒙了些灰尘，可以映射出法庭的一角。

高台前是证人席，这是一个略高出地面的平台，上面安装了一个固定讲台。讲台上装有一个用于放置文件的木制台架，讲台的正面是以金箔装饰的耶稣受难像，耶稣身旁是他的两个门徒。主审法官所在高台右侧靠墙的区域是陪审席，十名陪审员现在均已入座。靠左侧墙壁的是被告席，辩护律师的席位设在被告席前。

房间四面的墙都刷着灰泥，地板上铺着油毡，与一楼审判室破旧的木地板形成鲜明对比。天花板上挂着十几个带玻璃罩的电灯泡。房间远处的角落，一台老式取暖器的通风管一直爬到天花板上。审判室为新闻媒体专门留出了一个区域，路透社、合众社、国际新闻社、法国新闻社和塔斯社等通讯社的特派记者都已就位了。

这起谋杀案的案情本身就足够轰动了，没想到庭审现场还有如此多的知名人士露面，旁听者们兴奋得都不知先看哪个好了。这里好像正在举行一场三环马戏团大型演出。第一排坐着电影明星菲利普·索雷尔，传闻他曾是诺艾尔·佩奇的情人。索雷尔走进审判室的时候，砸碎了一台对他拍照的摄像机，并强硬地拒绝了媒体采访。现在他坐在座位上，不与周围任何人打招呼，一言不发，仿佛在自己周围竖起了一堵无形的围墙。他身后的那一排坐着阿尔芒·戈蒂埃，这位身材修长、表情阴郁的导演不停地扫视着审判室，好像在为自己的下一部影片收集素材。戈蒂埃附近坐着法国著名外科医师及抵抗运动英雄伊斯雷尔·卡茨。

与伊斯雷尔·卡茨隔了两个座位的是美国总统的特别助理威廉·弗雷泽。弗雷泽旁边的座位空着，是为康斯坦丁·德米里斯预留的。康斯坦丁·德米里斯会露面的传言如野火般席卷了整个审判室。

旁听者无论朝哪个方向看，都能看到某个公众人物：政治家、歌手、知名雕塑家、世界著名作家……马戏团一样热闹的审判室里，观众席上坐满了名人，但舞台的中心才是人们关注的真正焦点。

诺艾尔·佩奇坐在被告席的一端。她美丽优雅，蜂蜜色的肌肤略微有些苍白，穿着打扮就像刚从香奈儿时装店里走出来一样高雅时尚。诺艾尔身上有一种皇室的气度与风范。她那高贵的仪态为将要到来的审判增添了戏剧性，观众愈发兴奋，愈发渴望血染玫瑰那一刻的到来。

对此，一家美国新闻周刊是这样报道的：前来见证诺艾尔·佩奇接受审判的人群对她的情感格外强烈，这种情感几乎成为审判室里大家可以看得见、摸得着的实体。这种情感既不是同情，也不是敌意，只是一种渴盼。国家以谋杀罪公开审判的女人是一个女超人，一个站在金色王座上俯视芸芸众生的女神。他们此次前来的目的，就是要目睹自己的偶像被拉下王座，跌入凡间，最后香消玉殒。一百多年前，法国国王路易十六的妻子玛丽·安托瓦内特被公开审判，最终被关在囚车里驶向断头台。今天法庭里这些观众的感受一定和当时观看这幕血染玫瑰的法国农民的感受是一样的。

诺艾尔·佩奇并不是这出诉讼大戏的唯一主角。被告席的另一端，满腔怒火的拉里·道格拉斯坐在那里。他英俊的脸庞略显苍白，人也消瘦了许多，但他的脸部轮廓反而因此显得更加分明，像雕刻出来的一样。审判室内有许多女人都幻想着能拥他入怀，极力去安慰他。拉里被捕以来，收到了来自世界各地的女性的上百封信件、几十份礼物，有些人甚至还向他求婚。

出演这场审判大戏的第三位明星是拿破仑·乔塔斯，他在希腊几乎与诺艾尔齐名。拿破仑·乔塔斯是世界上公认的最杰出的刑事律师，他曾为之辩护过的当事人形形色色：因贪污国库而被抓的政府要员，被警察当场抓捕的杀人犯，等等。他所经手的大案要案，只赢不输。乔塔斯身材偏瘦，面容憔悴，此时他端坐在法庭律师席上，瘦削的脸上一双猎犬般的大眼睛，机敏中透着忧伤，仔细地观察着旁听席上的动静。对陪审团成员讲话的时候，乔塔斯慢慢悠悠、吞吞吐吐，一副不善言辞的样子。他有时会窘迫到搜肠刮肚也找不到一个合适的词来表达自己的意思，总有好心的陪审员脱口而出这个词帮他解围。这个时候，乔塔斯便如释重负，脸上满是难以言喻的感激之情，博得陪审团成员的一致好感。法庭之外，乔塔斯讲话时干净利落，言辞犀利，遣词造句达到了炉火纯青的境界。他能流利地说七种语言，还会从繁忙的日程中抽出时间，为世界各地的法学家做讲座。

离乔塔斯不远处，拉里·道格拉斯的辩护律师弗雷德里克·斯塔夫罗斯也坐在律师席上。专家们一致认为，斯塔夫罗斯也许有足够的能力处理常规案件，但毫无疑问，在这起谋杀案的辩护中，他绝对会力不从心。

在审判开始之前，诺艾尔·佩奇和拉里·道格拉斯已经被报纸新闻和普通大众审判了，一致被判有罪。他们二人有罪，没有人对此有过片刻的质疑。一些职业赌徒以三十比一的赌注押这两位被告会被判有罪。欧洲最伟大的刑事律师参与了这次审判，进一步刺激了旁听者和赌徒的兴趣，因为他们将亲眼见证他如何在诸多不利条件下施展魔法力挽狂澜。

乔塔斯将要为诺艾尔·佩奇辩护的新闻一经宣布，便掀起了一阵轰动。那个女人背叛了康斯坦丁·德米里斯，让他沦为公众的笑柄。尽管乔塔斯地位十分显赫，但康斯坦丁·德米里斯权势滔天，远远不是乔塔斯所能望其项背的。没有人能理解乔塔斯，他究竟是中了什么邪，竟这么不自量力，非要和德米里斯对着干。然而，乔塔斯为诺艾尔·佩奇辩护的真正原因远比这些流言蜚语有趣得多。

实际上，乔塔斯是在德米里斯的亲自要求下担任诺艾尔·佩奇的辩护律师的。

举行公开审判的三个月前，圣尼科德莫斯街监狱的监狱长亲自来到诺艾尔的牢房，告诉她德米里斯已经获得许可，前来探视她。诺艾尔之前还一直在揣测，她什么时候才能听到德米里斯的音讯。自从她被捕，她没有收到任何关于他的消息，这漫长的沉默让她产生了不祥的预感。

诺艾尔和德米里斯在一起生活了这么长时间，她很清楚他的自尊心有多强，他会花上多大力气去报复一个对他稍有不恭的人。诺艾尔意识到她对他的羞辱简直前所未有，也预测到他完全有能力对她实施凶残的复仇，可目前她唯一拿不准的问题是：他会采取怎样的手段？诺艾尔可以肯定的是，他不屑于做贿赂陪审员或法官这种简单的小事，因为只有用政治家阴险复杂的手段实施报复，才能满足他的报复心。晚上，躺在牢房的小床上，诺艾尔辗转难眠，将自己置于德米里斯的角度去思考这个问题。她推翻了一个又一个方案，德米里斯必然也会这么做，目的是要寻找一个天衣无缝的方案。这就像在与德米里斯进行智力博弈，只不过她和拉里只能做棋子，而赌注是他们俩的生死。

第一种可能：德米里斯想让她和拉里都死，但诺艾尔太了解德米里斯有多残忍、多狡猾了。第二种可能：他用些手段让他们二人当中的一人去死，留下另一人苟活于世，忍受折磨。如果德米里斯的安排是让他们俩都被处决，那他确实完成了复仇，但仇恨未免结束得太快，因而也没什么可供他快意地细细回味的。诺艾尔谨慎地考虑了每一种可能性，衡量了这场博弈中的每一个变数，最终认为德米里斯可能会让拉里去死，留下她的命，要么把她关押在监狱里，要么让她受制于他的掌控，因为这个方案无疑是能够将这场复仇无限延长的最佳办法。首先，诺艾尔要忍受失去心爱的男人的痛苦；其次，诺艾尔还要忍受德米里斯为她精心设计的种种折磨。他的复仇快感还有另一个来源：他会事先告诉诺艾尔他的安排和打算，这样就能够让她尝尽绝望的滋味。

经过这番思考后，当监狱长出现在诺艾尔的牢房，说德米里斯想要见她时，她一点都不惊讶。

诺艾尔先到了一步。监狱长把她带进自己的办公室，见她的女仆已经把化妆箱送了过来，便识趣地转身离开，留她一个人为见德米里斯梳妆打扮。

诺艾尔没有理会摆在桌上的化妆品、木梳、化妆刷，径直走向窗边，向外望去。这是三个月以来她第一次看到外面的世界，除了提审那天，在从圣尼科德莫斯街监狱被押往阿尔萨基奥法院的路上，她匆匆瞥了几眼外面。当时她坐着一辆带栅栏的囚车被运送到法院，接着被押往地下室，然后她和狱警乘狭小的笼式电梯去到了二楼走廊，提审就在二楼进行。结束后，她被还押候审，返回了监狱。

此刻，诺艾尔凝视着窗外，看着楼下大学街上车水马龙，男人、女人和孩子们都行色匆匆，要赶回家和家人团聚。平生第一次，诺艾尔感到了恐惧。她非常清楚自己不可能被无罪释放。读了那些新闻报道后，她知道这已经不仅仅是一场审判，而是一场血战：希腊民众已然群情激昂，她和拉里会被当作牺牲品来补偿他们的道德心所受到的伤害。希腊人恨她，因为她亵渎了婚姻的圣洁；嫉妒她，因为她年轻、美丽、富有；鄙视她，因为她漠视他们对婚姻和传统的情感。

过去，诺艾尔一点也不懂得珍惜生命，总是任性地挥霍着时间，仿佛她有无尽的时间可以浪费。但现在，她的想法变了。迫在眉睫的死亡让诺艾尔第一次意识到自己是多么渴望活下去。她内心的恐惧就像癌细胞一样裂变扩散。如有活下去的可能，她愿意为自己的生命去做交易，尽管她明白德米里斯会千方百计让她生不如死。果真如此的话，她也会毅然接受这个交易，因为她相信，总有一天她能想到办法战胜他。

但眼下，她需要依仗德米里斯才能活下去。她找到了一个有利因素：她一直把死亡看得很轻，所以德米里斯并不知道此刻她把生命看得有多重。假如他知道了，他一定会置她于死地。诺艾尔再度揣摩这几个月里德米里斯究竟为她布下了怎样的天罗地网。正当她苦思冥想的时候，她突然听见办公室的门开了。诺艾尔一转身，便看到康斯坦丁·德米里斯站在门口。看了他一眼，她大吃了一惊，同时也意识到自己再也不用担惊受怕了。

从上次见面到现在，仅仅过了几个月，康斯坦丁·德米里斯像是苍老了十岁。他看起来又消瘦又憔悴，衣服在他身上显得松松垮垮。但真正引起她注意的是他的眼睛。那双眼睛里住着一个被痛苦折磨的灵魂。德米里斯特有的那种能量的精髓，特有的那种充满活力的强烈的生命力，在这双眼睛里看不到了。他的生命力就像是一盏灯，开关被人给关掉了，剩下的只是苍白的余晖，曾经的光耀最终沦为了褪色的记忆。他站在那里脉脉地注视着她，眼里流露出痛苦的神色。

有那么一瞬间，诺艾尔怀疑这是他的某种诡计，是他骗局中的一环，但是世界上不会有谁的演技如此精湛。为了打破他们之间长久的沉默，诺艾尔先开口说话了。"康斯坦，对不起。"她诚恳地说道。

德米里斯缓慢地点了点头，仿佛做这个动作十分费力。

"我本想杀了你，"他说，声音疲惫，听起来像个老人，"我把所有的细节都安排好了。"

"那你为什么没有动手？"

他平静地回答道："因为你先杀死了我。从前，我的生命里不需要任何人，我想那是因为我也从未真正体会过痛苦。"

"康斯坦——"

"不，让我说完。我不是一个仁慈的人。如果我可以没有你，相信我，我绝对会杀了你。但是我做不到。我再也忍受不了了，诺艾尔，我希望你回到我身边。"

她竭力不让自己表露出内心的感受。"这已经不是我能说了算的了，不是吗？"

"如果我能把你救出来，你愿意回到我身边，再也不离开吗？"

再也不离开。刹那间，上千个画面闪过诺艾尔的脑海。这意味着她再也没有机会见到拉里，再也无法触碰他，再也无法拥抱他。她别无选择了。即使有别的选择，也还是活着更诱人。只要她还活着，总会让她找到机会的。于是，她抬起头看着德米里斯。

"我愿意，康斯坦。"

德米里斯望着她，脸上充满了深情。开口说话时，他的声音竟显得有些沙哑。"谢谢你。"他说，"我们忘掉痛苦的过去吧。过去的已经过去了，我们做什么都无法改变。"突然，他的声音开始爽朗起来。"我感兴趣的是我们的未来。我要出钱为你请个律师。"

"谁？"

"拿破仑·乔塔斯。"

就在那一刻，诺艾尔才十分有把握地肯定，她和德米里斯对弈的这盘国际象棋，她已经赢了。将军。将死。

拿破仑·乔塔斯现在坐在律师席的长木桌旁，思考着即将发生的这场大战。乔塔斯更希望审判在约阿尼纳举行，而不是雅典。但那是不可能的，因为根据希腊法律，审判不能在案件发生的地区举行。乔塔斯对诺艾尔的罪行毫不怀疑，但这对他来说并不重要，因为像所有的刑事律师一样，他认为当事人有罪还是无罪根本无关紧要。每个人都有权得到公正的审判。

审判马上就要开始了。然而，这次却和以往有点不同。这是拿破仑·乔塔斯在他律师的职业生涯中第一次与当事人有了情感上的纠葛：他爱上了诺艾尔·佩奇。应康斯坦丁·德米里斯的要求，他曾去狱中见过她。乔塔斯已经对诺艾尔的公众形象非常熟悉，但能在现实中见到她，他却完全没有准备。他和诺艾尔见面时，她就把他当作一个普通社交场合的访客，没有表现出一点紧张或恐惧。起初乔塔斯还觉得，这是由于她对自己绝望的处境缺乏清醒的认知，然而事实证明恰恰相反。诺艾尔是他见过的女性中最聪慧、最迷人的，毫无疑问，也是最漂亮的。乔塔斯外表看上去一身正气，但实际上他阅女无数，能够识别出诺艾尔身上特殊的品质。仅仅是坐下来与她聊个天，乔塔斯都觉得其乐无穷。他们从法律和犯罪谈到艺术和历史，她的知识和见解让他惊喜连连。这样卓绝的女人，和康斯坦丁·德米里斯这样的男人搭上关系，他完全能理解，但她竟和拉里·道格拉斯这样的男人纠缠不清，他感到匪夷所思。他认为诺艾尔远在道格拉斯之上。不过，乔塔斯猜想，也许有某种无法解释的化学反应让最不般配的两个人彼此相爱：才华横溢的科学家却娶了无知的金发女郎，妙笔生花的作家偏娶了愚蠢的女演员，绝顶聪明的政治家竟娶了堕落的荡妇。

乔塔斯记得那次与德米里斯会面的情形。多年来他们二人在社交活动中已有多次接触，但乔塔斯的律师事务所从未给德米里斯办过任何事。当时，德米里斯把乔塔斯叫到他在瓦尔基扎的别墅中，没有任何铺垫，开门见山地对他说："你应该也知道，这次审判对我意义重大，佩奇小姐是我这辈子唯一真心爱过的女人。"两人足足谈了六个小时，商讨了案件的每个细节，以及可能采取的各种应对策略。最终他们决定为诺艾尔提出无罪抗辩。当乔塔斯站起身离开时，一笔交易已经达成了。担任诺艾尔的辩护律师，拿破仑·乔塔斯的报酬会是平时的两倍，他的律师事务所也将成为康斯坦丁·德米里斯那辽阔的商业帝国的主要法律顾问，这将会给他带来数不清的利益。

"我不在意过程，"德米里斯最后语气凶狠地说，"我只要你保证结果不出差错。"

乔塔斯接受了这笔交易。但讽刺的是，他竟然对诺艾尔·佩奇动心了。乔塔斯有数不清的情人，却一直单身。当他遇到了那个自己想娶的女人时，她却是可望而不可得的。现在，他出神地望着坐在被告席上的诺艾尔，她眉目如画，泰然自若。她穿着一套简单大方的黑色羊毛套装，搭配一件素雅的白色高领上衣，看起来就像童话故事中的公主。

诺艾尔转过头，发现乔塔斯正盯着她看，便朝他嫣然一笑。他也回以微笑，但注意力已经集中到面前艰巨的任务上了。这时，书记员要求全体肃静。

两名身着西装的法官走进来就座，观众都站了起来。第三位法官，也就是法院院长紧随其后，坐在了中间的座位上。他抑扬顿挫地说："我宣布，庭审开始。"

审判正式拉开了序幕。

国家指定的特别检察官彼得·德蒙尼迪斯首先站起来，紧张地向陪审团发表开场演说。德蒙尼迪斯是一位才能出众且经验丰富的检察官，他同拿破仑·乔塔斯很久之前就是死对头，两人打过许多场官司，然而结果总是相同的——乔塔斯那个老浑蛋简直战无不胜。几乎所有的出庭律师都会恐吓敌方的证人，但乔塔斯却是一味地迁就包容敌方的证人。他循循善诱，对他们施以关心和爱护，还没等他讯问完毕，那些证人说的话就显得前后矛盾，这样敌方的证人反而给他帮了大忙。他有一种诀窍，能够把确凿的事实证据变成主观猜测，把猜测变成虚无缥缈的幻想。乔塔斯拥有最顶尖的法律头脑和最丰富的法学知识，德蒙尼迪斯还没遇见过比他更出色的律师。但这些还不是乔塔斯真正的长处。乔塔斯的长处是他对人的了解。一位记者曾经问乔塔斯，他何以对人性有着如此深入的认识。

"人性这抽象玩意我可一点都不懂，"乔塔斯答道，"我只懂活生生的人。"这句话后来被广为引用。

抛开别的不谈，这起案件本身充满了社会轰动效应、艳情和谋杀，对乔塔斯来说，这场审判简直是为他量身定做的，是他在陪审团面前大展身手的好机会。有一点德蒙尼迪斯可以肯定：拿破仑·乔塔斯会排除万难打赢这场官司。但德蒙尼迪斯何尝不是如此。他手中握有针对两个被告的强有力的证据，虽然乔塔斯也许有那个本事说服陪审团对证据产生怀疑，但他无法动摇法官席上的三名法官。因此，这位国家特别检察官带着一种既坚定又担忧的感觉开始发言了。

德蒙尼迪斯非常老练地概述了国家司法机关对两名被告的指控。根据法律，十人陪审团的团长由职业律师担任，所以德蒙尼迪斯在陈述时，将涉及法律的要点主要讲给陪审团团长听，将其他非专业性的要点讲给其他陪审员听。

"这场审判结束之前，"德蒙尼迪斯说道，"国家司法机关必定会证明这两个人一起密谋，残忍杀害了凯瑟琳·道格拉斯，只因为她阻碍了他们的计划。这位无辜的女性，她唯一的罪就是深爱着自己的丈夫，然而她竟为此惨遭杀害。两位被告当时就在案发现场，只有他们有动机和机会实施这场谋杀。我们将清清楚楚地证明……"

德蒙尼迪斯的发言简明扼要。接下来，轮到辩护律师讲话了。

旁听者的视线一下子都集中到拿破仑·乔塔斯身上，只见他笨手笨脚地把面前的文件整理好，准备开始发言。他慢吞吞地挪到陪审席前，说话含混不清，笨嘴笨舌，像是被如此重大严肃的场合给吓倒了似的。

威廉·弗雷泽注视着他，不禁对如此精湛的演技惊讶不已。要不是之前曾与乔塔斯共同出席过英国大使馆举办的一次晚宴，他也会被这个人的举止给迷惑。他能够看到那些陪审员十分配合，努力向前探着身子，想要听清乔塔斯双唇间轻轻吐出来的词句。

"这位正在接受审判的女士，"乔塔斯对陪审团说，"并非因谋杀而受审。根本就没有什么所谓的谋杀。假如谋杀真的发生过，我相信，我那些司法机关的优秀同行一定会非常乐意把受害人的尸体给我们看。然而他们没有，所以我们只能认为并无尸体存在。没有尸体，哪来的谋杀。"说到这里，他停下来挠了挠头顶，低头看着地板，好像在试图回忆自己刚刚说到哪儿了。然后他自顾自地点点头，抬起头看向陪审团。"不，先生们，这不是这次审判的目的。我的当事人在这里接受审判，只因为她违反了另一条法律，一条不成文的法律——不能与另一个女人的丈夫私通。然而媒体已经认定她有罪，公众也认定她有罪，现在他们要求惩罚她。"

乔塔斯又停了下来，掏出一块白色的大手帕，盯着它看了一会儿，好像搞不明白手里为何突然多了一块手帕似的。然后他擤了擤鼻子，把手帕塞回了口袋。"很好。如果她犯了法，让我们来惩罚她。但不是因为谋杀惩罚她，先生们。不是因为一起从未发生过的谋杀案。诺艾尔·佩奇的罪在于做了……"他小心翼翼地停顿了一下，"某位重要人物的情妇。他的名字是个秘密，但如果你一定要知道，随便哪张报纸的头版肯定都能找到他的名字。"

旁听席上传来一阵会意的笑声。

奥古斯特·拉肖在座位上转过身来，怒视着周围的人群，那双猪一般的小眼睛里燃烧着怒火。他们竟敢嘲笑他的诺艾尔！德米里斯对她来说一文不值，什么都不是。一个女人只会永远珍视自己对其献出童贞的那个男人。这个矮胖的时装店老板从马赛赶到这里，还没能跟诺艾尔取得联系，但他可是花了整整四百德拉克马才得以进到这个审判室的，这样他就能天天看着他心爱的诺艾尔了。等到她被无罪释放，拉肖就会站出来，把她带回自己身边照料。美美地幻想了一阵后，他重新将注意力转向了辩护律师。

"检方称，佩奇小姐和劳伦斯·道格拉斯先生两位被告为了能够结婚，谋杀了道格拉斯先生的妻子，但看看他们。"

乔塔斯转过身，注视着诺艾尔·佩奇和拉里·道格拉斯，审判室里的每双眼睛都跟着看了过去。

"他们彼此相爱吗？有可能。但是否能够因此指控他们犯了密谋罪和杀人罪？不能。如果说这场审判中有谁是受害者的话，各位现在看着的两人就是。我非常仔细地检查过本案的所有证据，我本人确信，也将使你们确信，这两人是无辜的。请允许我向陪审团阐明一点，我并不代表劳伦斯·道格拉斯，他有自己的辩护律师，是一位难得的人才。但是司法机关称坐在那里的两人是犯罪同伙，他们一起密谋实施了谋杀。所以假如其中一人有罪，则两人同罪。但我现在告诉你们，两人都是无辜的。除非有犯罪事实的物证，也就是尸体，否则我不会改变我的观点。事实上，也根本没有什么尸体。"

乔塔斯越说，语气越愤怒。"这起谋杀都是虚构出来的。我的当事人和你们一样不知道凯瑟琳·道格拉斯是死是活。她怎么可能会知道？她甚至从未见过她，更不用说伤害她了。请诸位想象一下，换作是你，无缘无故被指控杀害一个从未见过的人，这是多么可怕！关于道格拉斯太太可能发生了什么事，有许多猜测。她遭到了谋杀是其中之一，但也只是其中之一而已。最有可能的是，不知何故她发现自己的丈夫和佩奇小姐相爱了，出于一种受到打击的心理——不是恐惧，先生们，是由于心理上遭到了打击——她逃跑了。就这么简单。然而你不能为此就处决一个无辜的女人和一个无辜的男人。"

拉里·道格拉斯的辩护律师弗雷德里克·斯塔夫罗斯暗暗地舒了一口气。他此前一直最担心的噩梦就是：诺艾尔·佩奇被无罪释放，而他的当事人则被定罪。如果发生这种情况，他将沦为法律界的笑柄。斯塔夫罗斯一直想方设法要攀上拿破仑·乔塔斯这个高枝，现在乔塔斯已经帮他做了。刚刚乔塔斯把两个被告联系在了一起，那么诺艾尔的辩护律师也就变成了他自己的委托人的辩护律师。赢得这场诉讼将改变弗雷德里克·斯塔夫罗斯的整个未来，他会得到自己想要的一切。他不由得对这位法律界的老前辈充满了由衷的感谢。

让斯塔夫罗斯满意的是，他发现陪审团正竖着耳朵仔细听着乔塔斯的每一句话，大有被说动的迹象。

"坐在这里的这位女性，她不慕荣华富贵，"乔塔斯的语气充满了钦佩，"她愿意断然放弃一切，只为和自己深爱的男人在一起。毫无疑问，我的朋友们，这样的品质，一个诡计多端、心狠手辣的杀人犯是不可能会有的。"

乔塔斯继续讲着，而陪审员们的情绪已然发生了转变，他们持续增长的同情和理解像一股看得见的浪潮，流向诺艾尔·佩奇。渐渐地，这位律师十分巧妙地为陪审团勾画出了一个美丽女人的形象：她本是世界上最有钱有势的男人的情妇，拥有享不尽的荣华富贵，最终却毅然选择和一个她刚认识不久、身无分文的年轻飞行员结合。

乔塔斯像一位音乐大师一样，拨动着陪审员们的情绪，让他们时而大笑，时而泪盈；让他们始终屏息聆听。发言结束时，乔塔斯笨拙地拖着脚步回到长桌旁，拘谨地坐了下来，旁听的人们不禁为他鼓起一阵热烈的掌声。

拉里·道格拉斯坐在被告席上，听到乔塔斯为他一起进行了辩护，心中愤愤不平。他不需要任何人为他辩护。他明明什么都没做错，整个审判就是个愚蠢的错误。真要说谁有错，那也是诺艾尔一个人的错，都是她的主意。拉里朝诺艾尔望去，她神色平静地坐在那里，依然那么优雅美丽，但再也激不起他的情欲，曾经的热情只剩下了回忆，一片模糊的情感阴影。他现在觉得自己真不可思议，居然会为这个女人去冒生命危险。拉里将目光转向记者席，注意到一位二十出头的漂亮女记者正盯着他看。他给女记者做了个笑脸，便看到女记者的眼睛立刻亮了起来。

彼得·德蒙尼迪斯正在讯问证人。

"请告诉本庭你的名字。"

"亚历克西斯·米诺斯。"

"你的职业是？"

"我是一名律师。"

"米诺斯先生，请你看一下坐在被告席的两位被告人，然后告诉本庭，你是否见过他们中的一个？"

"是的，先生，我见过他们其中的一个。"

"哪一个？"

"那个男的。"

"劳伦斯·道格拉斯先生吗？"

"没错。"

"请你告诉我们，你是在什么情况下见到道格拉斯先生的？"

"他六个月前来过我的办公室。"

"他是来咨询有关你专业上的问题的？"

"是的。"

"也就是说，他要求你向他提供某种法律上的服务？"

"是的。"

"那么请你告诉我们，他想让你为他做什么？"

"他要求我为他办理离婚手续。"

"他后来有没有真的聘请你办理离婚手续？"

"没有。他向我解释了他的情况。我告诉他，以他说的这种情况，在希腊是不可能离婚的。"

"他所说的是什么情况？"

"首先，他说离婚程序不能公开进行。其次，他说自己的妻子不同意离婚。"

"也就是说，他向他妻子要求离婚，但对方拒绝了？"

"他就是这么和我说的。"

"于是你向他解释，你帮不了他？除非他的妻子愿意同他离婚，否则他很难或者根本不可能离婚，而且不公开进行也是不太可能的，是吗？"

"没错。"

"所以，如果不采取极端措施，被告人就没有办法——"

"反对！"

"反对有效。"

"请辩护律师讯问证人。"

拿破仑·乔塔斯叹了口气，艰难地从椅子上站起来，慢悠悠地朝证人走去。彼得·德蒙尼迪斯并不担心，米诺斯是位经验丰富的律师，不会被乔塔斯在法庭上耍的那些把戏给蒙骗。

"米诺斯先生，你是一位律师。"

"是的。"

"而且是一位才能出众的律师，这一点我可以肯定。我很惊讶，在我们二人的职业生涯中，我们竟没有早一点遇到彼此。我所在的事务所承接的法律业务范围很广，也许之前你在某次公司诉讼中遇到过我的合伙人？"

"没有。我不从事公司诉讼。"

"请原谅。那或许在某个税务案件中呢？"

"我不是税务律师。"

"这样啊，"乔塔斯开始显得困惑和不安，好像自己丢丑了一样，"那证券方面呢？"

"也没有。"看到乔塔斯那窘迫的样子，米诺斯不禁沾沾自喜起来，脸上露出了得意的神情，一旁的德蒙尼迪斯却心生疑虑。这种得意的表情，他从前在多少证人的脸上见过？这不过是拿破仑·乔塔斯在为自己最后的致命一击做准备罢了！

乔塔斯疑惑地挠了挠头。"我投降。"他坦白道，"你是专门承接哪方面的法律业务的？"

"离婚案件。"回答像带着倒钩的箭，完美地射了出来。

闻言，乔塔斯的脸上露出了懊悔的神色，他摇摇头，说道："我早该知道我的好朋友德蒙尼迪斯先生请来了一位专家。"

"先生过奖了。"此时，米诺斯再也掩饰不住自己的得意。可不是每个证人都有机会让乔塔斯吃瘪的，他已经开始在心中润色晚上要去俱乐部讲的故事了。

"我从来都没有受理过离婚案件，"乔塔斯尴尬地坦白道，"所以我得向你这种专业人士请教了。"

这只老狐狸完全投降了。走到这一步，已经超出了米诺斯的预料，看来他今晚准备拿来吹嘘的故事又要更精彩了。

"我打赌你一定非常忙。"乔塔斯说。

"案件多，只要忙得过来，我都接。"

"案件多，只要忙得过来，你都接！"乔塔斯毫不掩饰自己语气中的钦佩。

"有时候案件更多，忙不过来，就加班加点。"

彼得·德蒙尼迪斯垂头看着地板，不敢再继续看事态的发展了。

乔塔斯又用敬畏的口吻说："我无意打探你的私人业务，米诺斯先生，仅仅是出于专业上的好奇，想冒昧问一下你一年总共要接待多少客户？"

"嗯……这太难说了。"

"没关系，米诺斯先生，不必谦虚，估算一下就行。"

"噢，那我估计得有两百个吧。这只是个大概的数目，你明白的。"

"一年两百起离婚案件！光是文书的工作量，肯定就很惊人。"

"嗯……实际上没有两百起那么多。"

乔塔斯不解地摸了摸下巴。"什么？"

"那些也不全是离婚案。"

乔塔斯脸上浮现出疑惑的表情。"可你不是说，你只处理离婚案件吗？"

"是这样没错，但是……"米诺斯的声音颤抖了。

"但是什么？"乔塔斯问道，似乎已经被搞糊涂了。

"嗯……我的意思是，那些客户也有最终不离婚的。"

"可是，他们不就是为了离婚才来找你的吗？"

"是这样没错，但有些人，嗯……由于各种各样的原因，后来又改变了想法。"

乔塔斯点点头，一副恍然大悟的样子。"啊！你的意思是说，也会有和解之类的？"

"没错。"米诺斯说。

"所以你是说……大约多少来着？是有百分之十的人最后又不愿意离婚了吗？"

米诺斯在椅子上不安地动了动。"这个百分比要更高一点。"

"有多高？百分之十五？二十？"

"将近百分之四十。"

乔塔斯惊异地看着他。"米诺斯先生，你的意思是，来找你的客户中有将近一半的人最后又决定不离婚了？"

"是的。"

米诺斯的前额上冒出了细密的汗珠。他向彼得·德蒙尼迪斯投去求助的目光，但对方正认真地钻研着地板上的一条裂缝。

"好吧，但我敢肯定这并非由于他们不信任你的专业能力。"乔塔斯说。

"当然不是了，"米诺斯立刻为自己辩护道，"他们经常因为一时的愚蠢冲动来找我。夫妻之间吵了架之后，觉得彼此合不来，于是就要离婚。等到真正着手去办离婚手续的时候，大多数情况下，他们又会改变主意……"

他突然闭上了嘴，因为他意识到自己刚刚的话起了怎样的作用。

"谢谢你，"乔塔斯和蔼地说，"你帮了大忙。"

彼得·德蒙尼迪斯开始讯问证人。

"请告诉本庭你的名字。"

"卡斯塔。艾琳·卡斯塔。"

"婚否？"

"已婚。现在是个寡妇。"

"卡斯塔太太，你是做什么职业的？"

"我是管家。"

"你在哪里工作？"

"在拉斐纳，一个有钱人家里。"

"拉斐纳是海边的一个村庄，是吗？在雅典以北一百公里？"

"是的。"

"可否请你看看坐在那边的两位被告人？你以前曾见过他们没有？"

"当然见过，见过多次哩。"

"可否告诉我们你是在什么情况下见到他们的？"

"他们就住在我干活的那户人家旁边的别墅里。我在海滩上见过他们好多回，俩人都光着身子。"

旁听者们倒吸了一口凉气，然后迅速响起一阵嗡嗡的交谈声。彼得·德蒙尼迪斯瞥了乔塔斯一眼，看他是否要提出反对，但那只老狐狸坐在桌旁，脸上带着如梦般的微笑。那微笑让德蒙尼迪斯比任何时候都更紧张不安。他把目光重新转向证人。

"你确定你看到的就是这两人吗？你知道，你是宣过誓的。"

"是他们俩，准没错。"

"你在海滩上见到他们的时候，他们看起来很亲密吗？"

"噢，反正我瞅着他俩那亲密样可不像是兄妹。"

人群中传来一阵笑声。

"谢谢你，卡斯塔太太。"德蒙尼迪斯看向乔塔斯，"请辩护律师讯问证人。"

拿破仑·乔塔斯和蔼地点点头，站起身来，缓步走向证人席上那个面容冷峻的女人。

"卡斯塔太太，你在那户人家的别墅工作多长时间了？"

"七年了。"

"七年！你一定干得很出色。"

"我肯定干得好。"

"也许你可以给我推荐一个好管家。我之前就考虑在拉斐纳的海滩上买栋房子。但问题是，我需要清静，这样我才能工作，可我记得那些别墅都挤在一起。"

"噢，先生，不是你说的那样，每栋别墅之间都被高墙给隔开了。"

"啊，那不错。所以房子不是一栋挨一栋挤在一起喽？"

"哪会呢，先生，不是的。那儿的别墅每栋之间差不多得隔了有一百码。我知道有一家要卖房子的，是个清静的地儿，你肯定会满意。我可以推荐我妹妹去给你做管家。她活干得利索，人也干净，还会做饭。"

"啊，谢谢你，卡斯塔太太，太好了。我今天下午是不是就能见一下她？"

"她白天有活要干，下午六点才能回家。"

"现在几点？"

"我没戴表。"

"啊，那边的墙上有个大钟，你看看是几点？"

"唉，从我这儿看不太清啊。要是站在正对过儿，肯定能看清。"

"你看那钟有多远？"

"差不多……嗯……五十英尺吧。"

"二十三英尺，卡斯塔太太。没有问题了。"

审判已经到了第五天。伊斯雷尔·卡茨医生的断腿处又开始隐隐作痛了。他做手术的时候，装有假肢的腿可以站上好几个小时，不会有任何问题。但是现在坐在这里，没有能够让他精神高度紧张的工作来转移注意力，他的神经末梢不断地给那段残肢发送着记忆信息。他在座位上焦躁不安地移动着，试图减轻臀部的压力。自从到了雅典，卡茨每天都想去见诺艾尔，但都没有见成。他和拿破仑·乔塔斯谈过，乔塔斯解释说诺艾尔太难过了，实在没办法见老朋友，最好等到审判结束再说。伊斯雷尔·卡茨让乔塔斯告诉诺艾尔，他已经赶了过来，会竭尽全力帮助她，但他不确定她是否收到了口信。他日复一日地坐在法庭上，希望诺艾尔能往他的方向看过来，但她从未朝旁听席瞧一眼。

伊斯雷尔·卡茨欠她一条命，他觉得很沮丧，自己竟无法偿还她的恩情。他不知道审判的走向会如何，也不知道诺艾尔是会被宣判无罪还是有罪。乔塔斯果然无人能敌。如果说世界上有哪个人能救诺艾尔，那一定就是他。然而不知何故，伊斯雷尔·卡茨内心却十分不安。审判还远远没有结束，之后会有什么变数也未可知。

一位由原告方申请到庭的证人正在接受宣誓讯问。

"名字？"

"克里斯蒂安·巴贝。"

"巴贝先生，你是法国公民？"

"是的。"

"你的居住地在哪里？"

"在巴黎。"

"请告诉本庭，你的职业是什么？"

"我开了一家侦探事务所。"

"这家侦探事务所在哪里？"

"总办事处在巴黎。"

"你的业务范围是？"

"挺多的……调查商业盗窃，寻找失踪人口，为妒忌猜疑的丈夫或妻子监视他们的伴侣……"

"巴贝先生，可否请你仔细看看这个审判室的人，然后告诉我们这个房间里有没有人曾是你的客户？"

巴贝缓慢地环视着审判室，过了很久才开口说："有的，先生。"

"请你告诉本庭，这个人是谁？"

"坐在那里的女士，诺艾尔·佩奇小姐。"

听众顿时来了兴头，开始交头接耳起来。

"你是说，佩奇小姐雇用过你，为她做侦探工作吗？"

"是的，先生。"

"可否请你告诉我们，这项工作具体包含什么内容？"

"好的，先生。她对一个叫拉里·道格拉斯的人很感兴趣，想让我调查收集有关他的一切情况。"

"这个人是否就是在本庭接受审判的拉里·道格拉斯？"

"是的，先生。"

"那么佩奇小姐为这项调查工作支付你酬劳吗？"

"是的，先生。"

"请看一下我手中的这些证物，这些是不是佩奇小姐付款给你的凭证？"

"没错。"

"巴贝先生，请告诉我们，你是怎样获取拉里·道格拉斯的有关信息的？"

"先生，过程相当困难。你也知道，我住在法国，但道格拉斯先生在英国，后来又去了美国，当时法国又被德国人给占领——"

"不好意思，请再说一遍？"

"我说，那时候法国被占领——"

"请稍等。巴贝先生，我想要确保我理解了你的意思。佩奇小姐的辩护律师告诉我们，她和拉里·道格拉斯几个月前才相遇，就疯狂地坠入了爱河。现在你告诉本庭，他们的恋情早就开始了——是在多久以前？"

"至少六年前。"

审判室内一片哗然。

德蒙尼迪斯以胜利者的姿态向乔塔斯瞥了一眼。"请辩护律师讯问证人。"

拿破仑·乔塔斯揉了揉眼睛，从长桌旁站了起来，走到证人席前。

"巴贝先生，我不想耽搁你太久，我知道你肯定着急回法国和家人团聚。"

"没关系，先生，你慢慢来。"巴贝说话时，神气十足。

"谢谢。巴贝先生，请允许我说一件私事，你穿的这套西装做工真的很考究。"

"谢谢你，先生。"

"是在巴黎定做的吧？"

"是的，先生。"

"看起来非常合身。我的运气就没你这么好，能买到这么合身的衣服。你试过英国裁缝的手艺吗？也很不错的。"

"没有，先生。"

"我敢肯定，你去过英国很多次吧？"

"嗯……没有。"

"从来没去过？"

"没去过，先生。"

"那你是不是去过美国？"

"没有。"

"从来没去过？"

"没有，先生。"

"那南太平洋呢？"

"没去过，先生。"

"那你可真是个了不起的侦探啊，巴贝先生，我得向你致敬。你那些调查报告涉及拉里·道格拉斯在英国、美国和南太平洋的一切动向，然而你却告诉我们你自己从未去过上述这些地方，所以我只能认为你是个通灵的人。"

"先生，请允许我纠正你一下。我没有必要亲自到那些地方去，英国和美国都有我雇用的代理机构。"

"啊，请原谅我的愚蠢。这是当然！所以实际上是由那些人调查道格拉斯先生的动向喽？"

"没错。"

"所以说，你本人并没有亲自掌握拉里·道格拉斯的动向。"

"嗯……是这样的，先生。"

"那么实际上，你的情报全部都是二手的。"

"我觉得……从某种意义上来说，是这样的。"

乔塔斯转身对三位法官说："法官大人，我提议将这位证人的证词全部作废，理由是他的证词都是道听途说的。"

彼得·德蒙尼迪斯跳了起来。"法官大人，我反对！诺艾尔·佩奇雇用巴贝先生收集拉里·道格拉斯的情报，这一点不是道听途说——"

"我这位博学多闻的同行已经将调查报告作为证据递交给了法院，"乔塔斯温和地说，"如果他准备把实际监视道格拉斯先生的人带到这里来的话，我完全愿意将这些调查报告作为证据接受。否则，我必须请求法院认定这种监视并不存在，且不接受这名证人的证词。"

法院院长对德蒙尼迪斯说："你是否准备将证人带来？"

"那怎么可能，"彼得·德蒙尼迪斯气急败坏地说，"乔塔斯先生肯定知道，找到他们需要花上好几周！"

院长转向乔塔斯说："批准动议。"

彼得·德蒙尼迪斯继续讯问证人。

"请说出你的名字。"

"乔治·穆松。"

"你的职业是？"

"我是约阿尼纳皇宫酒店的前台。"

"请看一下坐在那张桌子旁的两位被告人，你以前见过他们吗？"

"那个男的我见过。他八月份到我们酒店住宿过。"

"是劳伦斯·道格拉斯先生吗？"

"是的，先生。"

"他到酒店办理入住的时候是一个人吗？"

"不是一个人，先生。"

"请告诉我们他是和谁一起去的？"

"他的太太。"

"凯瑟琳·道格拉斯吗？"

"是的，先生。"

"他们是以道格拉斯先生和道格拉斯太太的身份登记入住的吗？"

"是的，先生。"

"你和道格拉斯先生谈论过佩拉玛洞穴吗？"

"是的，先生，我们是谈论过。"

"你和道格拉斯先生谁先提起的洞穴的事？"

"我记得是他先提的。他问我佩拉玛洞穴的情况，并说他太太急着要他带她去，还说他太太喜欢游览岩洞。我觉得挺不正常的。"

"哦？为什么？"

"嗯，女人对探险之类的东西不是都不太感兴趣嘛。"

"你从来都没有同道格拉斯太太讨论过有关洞穴的事情，是吗？"

"是的，先生，我只跟道格拉斯先生说过。"

"你跟他说了什么？"

"嗯，我记得我告诉过他，那洞穴有些危险。"

"你跟他说过向导的事吗？"

这位前台服务员点了点头。"说过。我很确信，当时我建议他雇个向导。凡是住我们酒店的客人，如果要去那个洞穴，我都会给他们推荐一个向导。"

"讯问完毕。请乔塔斯先生讯问证人。"

"穆松先生，你在酒店服务业工作多久了？"

"二十多年了。"

"在此之前，你是精神病学家吗？"

"我吗？我不是啊，先生。"

"那也许是个心理学家？"

"不是的，先生。"

"噢，那这么说，你也不是研究妇女行为的专家了？"

"先生，是这样的，虽然我不是精神病学家，但是在酒店服务这行干的时间长了，对女人的了解自然比旁人多上几分。"

"你知道奥萨·约翰逊是谁吗？"

"奥萨？不知道。"

"她是世界闻名的女探险家。你听说过美国女飞行员阿梅莉亚·埃尔哈特吗？"

"没有，先生。"

"美国人类学家玛格丽特·米德呢？"

"没听过，先生。"

"穆松先生，你结婚了吗？"

"现在没有。但我之前结过三次婚，所以从某种程度上说，我也可以说是妇女专家了。"

"正好相反，穆松先生，我认为，如果你真的是个妇女专家，你就不会连一段婚姻都处理不好了。讯问完毕。"

"请说出你的名字。"

"克里斯托弗·科塞亚尼斯。"

"请告诉我们，你的职业是什么？"

"我是佩拉玛洞穴的一名向导。"

"你在那里当了多长时间的向导？"

"有十年了。"

"生意好吗？"

"非常好。每年都有上千名游客来参观。"

"请你看一下坐在被告席上的那位男士。你以前见过道格拉斯先生吗？"

"我见过，先生。他八月份的时候来过佩拉玛洞穴。"

"你能确定吗？"

"我确定。"

"那好，科塞亚尼斯先生，我相信在座的各位都有一个疑问，在上千个去洞里游玩的人中，你竟然能记住其中的某一个？"

"我不太可能把他给忘了。"

"科塞亚尼斯先生，这是为什么？"

"首先，他不肯雇向导。"

"到洞里参观的游客都会雇向导吗？"

"德国人和法国人太吝啬了，但美国人都会雇向导。"

审判室内一阵哄堂大笑。

"我明白了。还有其他原因让你对道格拉斯先生印象深刻吗？"

"当然有了。要是只为了向导的事，我不会注意到他的。当时他说不要向导的时候，和他在一起的那个女的看起来挺尴尬的。大概一个小时之后，我看到他一个人急急忙忙地从出口跑出来，看起来心烦意乱的。我就想，会不会是那个女的出什么事了。我就走过去问他，那位女士是否还好，结果他用一种奇怪的眼光盯着我说：'什么女士？'我说：'就是那位和你一起进洞的女士。'他忽然脸色惨白，看那架势，我都觉得他要揍我了。然后他就开始大吼大叫：'我把她给丢了，谁来帮帮我！'一直在那儿喊，像个疯子一样。"

"是等到你去问他那个女人怎么不见了，他才开始呼救，对吗？"

"没错。"

"后来呢？"

"后来，我把其他向导组织到一起，开始在洞里搜寻那个女的。不知道是哪个该死的蠢货把新区的危险警示牌给拿走了，那一块区域还没对公众开放。大约三个小时之后，我们就在那儿找到了她。当时她伤得可惨了。"

"最后一个问题，请务必谨慎回答。道格拉斯先生第一次从洞里出来时，在你看来，他是在环顾四周寻求帮助，还是一副要径自离开的样子？"

"他是要离开的样子。"

"请辩方律师讯问证人。"

拿破仑·乔塔斯的声音非常轻柔。

"科塞亚尼斯先生，你是精神病学家吗？"

"不是，先生。我是向导。"

"那么，你也不是通灵的人吧？"

"不是的，先生。"

"我问这个问题，是因为在过去的一周内，我们有精通人类心理学的酒店前台，还有近视的目击证人，现在你告诉我们，你注意到了一个人，就因为他看起来很焦躁不安，而你可以读懂他的心思。你上前和他说话的时候，你怎么知道他不是在寻求帮助？"

"他看上去不像啊。"

"你居然能够把他的神态动作记得那么清楚？"

"是的，没错。"

"你显然是有过目不忘的本事。我希望你环顾一下这个审判室，有没有哪位你今天之前就见过？"

"那个被告。"

"好。除了他呢？再好好看看。"

"没有了。"

"如果见过的话，你肯定记得，对吧？"

"当然。"

"你今天之前见过我没有？"

"没有，先生。"

"请你看看这张纸，可以告诉我这是什么吗？"

"这是一张票。"

"什么票？"

"佩拉玛洞穴的观光票。"

"上面的日期是什么时候？"

"周一。三周之前的。"

"是的，科塞亚尼斯先生，是我买了这张票，去洞里游览的。和我同行的还有五个人，当时就是我们的向导。讯问完毕。"

"你的职业是什么？"

"我是约阿尼纳皇宫酒店的服务员。"

"请看一下坐在被告席上的那位女士，你以前见过她吗？"

"是的，先生，在电影里见过。"

"你今天之前有没有当面见过她？"

"有的，先生。她来过我们酒店，跟我打听道格拉斯先生住在哪个房间。我告诉她，这个得去问前台，但她说不想打扰他们，所以我就把道格拉斯先生住的小平房的号码告诉了她。"

"这是什么时候的事？"

"八月的第一天，就是刮美尔丹风的那天。"

"你能确定当时的女人就是这位被告吗？"

"我怎么可能忘了她？她给了我整整二百德拉克马的小费。"

审判已经进行到了第四周。拿破仑·乔塔斯的辩护极为出色，大家都有目共睹。但尽管如此，法网还是越收越紧了。

几周以来，通过讯问证人以及与辩方律师进行辩论，彼得·德蒙尼迪斯已然勾画出了一对恋人的形象，他们急切地想要在一起，想要结婚，但凯瑟琳·道格拉斯是他们唯一的绊脚石。随着一天天过去，德蒙尼迪斯逐渐让这个谋杀计划昭然若揭。

拉里·道格拉斯的辩护律师弗雷德里克·斯塔夫罗斯欣然放弃了自己的辩护职责，把一切都交给了拿破仑·乔塔斯。但现在，即使是斯塔夫罗斯都觉得，除非奇迹出现，否则宣判无罪是不可能了。斯塔夫罗斯盯着人满为患的审判室内那个空着的座位，在心中琢磨康斯坦丁·德米里斯是否真的要露面。如果诺艾尔·佩奇被判有罪，这位希腊巨富可能不会到场，因为这意味着他落败了；而如果这位巨富知道她会被无罪释放，那他可能会出现。那个座位就是审判走向的象征。

可座位一直是空的。

直到周五下午，案情终于出现了爆炸性的转变。

"请说出你的名字。"

"我是卡佐米德斯医生。全名约翰·卡佐米德斯。"

"医生，你见过道格拉斯先生或道格拉斯太太吗？"

"是的，先生，他们两人我都见过。"

"是在什么场合下见到的？"

"我接到电话，要我赶到佩拉玛洞穴去。有位女士在洞穴里迷了路，搜救队找到她的时候，她已经处于休克状态。"

"她身上受伤了吗？"

"受伤了。身上有多处挫伤。她的手、胳膊和脸颊在岩石上严重擦伤。她摔倒之后撞到了头，据我诊断，可能是脑震荡。我立即给她打了一针吗啡止痛，叫他们把她送到当地的医院去。"

"那她被送到当地的医院去了？"

"没有，先生。"

"请你告诉陪审团，这是为什么？"

"在她丈夫的坚持下，她被带回了他们在皇宫酒店住的平房。"

"医生，你当时有没有觉得奇怪？"

"她丈夫说要亲自照顾她。"

"所以道格拉斯太太就被带回了酒店。那你也一起跟去了吗？"

"是的。我坚持要陪她到她的住处去，她醒过来的时候，我得守在床边。"

"那么她醒来的时候，你在她床边吗？"

"是的，先生。"

"道格拉斯太太当时跟你说话了吗？"

"她说了。"

"请告诉本庭她说了什么。"

"她跟我说，她的丈夫想要谋杀她。"

整整五分钟，审判室像炸开了锅一样，直到法院院长威胁要清场，喧闹才最终平息。拿破仑·乔塔斯走到被告席前，和诺艾尔·佩奇进行了紧急协商。这是她第一次显得有些焦躁不安。德蒙尼迪斯正在继续讯问。

"医生，你刚才在证词中说道格拉斯太太被找到时已经昏迷不醒。从你的专业角度看，当她告诉你她丈夫试图谋杀她时，她是否处于清醒状态？"

"是的，先生。在洞穴里，我当场就给她注射过一针镇静剂，所以她醒过来时，相对来说神志是很清醒的。但是当我告诉她我要再给她注射一针镇静剂时，她突然特别激动，央求我别给她注射。"

法院院长向前探着身子，问道："她有没有解释为什么？"

"有的，法官大人。她说她丈夫会趁她睡着的时候杀了她。"

院长若有所思地在椅子上重新坐直了身子，对彼得·德蒙尼迪斯说："请继续讯问。"

"卡佐米德斯医生，你真的给道格拉斯太太注射了第二针镇静剂吗？"

"是的。"

"就在那个小平房里，她躺在床上的时候注射的？"

"是的。"

"你是怎样注射的？"

"皮下注射。在臀部。"

"你离开的时候，她睡着了吗？"

"是的。"

"道格拉斯太太有没有可能在你走后的几个小时内醒过来，在没有任何帮助的情况下自己下床，穿好衣服，走出房门？"

"以她当时的状况？不，这不太可能。我给她用的剂量很大。"

"讯问结束了，谢谢你，医生。"

陪审员们的目光射向诺艾尔·佩奇和拉里·道格拉斯，他们的表情已经变得冷冰冰的。即使是一个路人不小心走进了审判室，也马上能够知道庭审进行得如何。

比尔·弗雷泽的眼睛亮了起来，他对眼下的状况十分满意。对卡佐米德斯医生的讯问结束后，拉里·道格拉斯和诺艾尔·佩奇合谋杀害凯瑟琳一事已经不容置疑。即使是拿破仑·乔塔斯也无法力挽狂澜，他无法从陪审员的脑海中抹去一个恐惧、无助的女人的形象：镇静剂的药效还没过，她毫无防范之力，不断哀求着杀人犯放过她。

弗雷德里克·斯塔夫罗斯惊慌失措。他欣然把舞台全权交给了拿破仑·乔塔斯，期待他会上演一出好戏，并且盲目地跟随着他的领导，因为斯塔夫罗斯相信乔塔斯肯定能让他的委托人连带着自己的委托人都被无罪释放。现在他觉得自己被背叛了。一切都完了。医生的证词不论是在证据效力上还是在情感影响上，对他们来说都是致命的打击。斯塔夫罗斯环顾了一下房间，除了那个为某人预留的座位，其他座位都坐满了。全世界的媒体都聚集在这里，等着报道接下来发生的事情。

有那么一瞬间，斯塔夫罗斯的脑海中闪过一个画面：他站了起来，十分神勇地将医生驳倒，将他的证词撕成了碎片，他的委托人因此被宣判无罪，而他，斯塔夫罗斯，成了救世主。他知道，这是自己最后的机会。这个案子的结果决定了他会声名鹊起，还是继续默默无闻。成败就在此一举。斯塔夫罗斯可以感觉到他的大腿肌肉在聚集，敦促着他站起来。但他动不了。失败的幽魂死死地缠绕着他，吓得他瘫在座位上无法动弹。他转过身来看着乔塔斯，对方那猎犬一般的脸上，一双深沉忧郁的眼睛正打量着证人席上的医生，似乎在思考着下一步的决策。

只见拿破仑·乔塔斯缓缓站了起来，但他没有朝证人的方向走去，而是来到了高台前，对法官们轻声说道："尊敬的院长，诸位阁下，我并无讯问证人的意愿。若法庭准许，我想请求暂时休庭，以便与法官及检察官私下进行商榷。"

法院院长转身询问特别检察官道："德蒙尼迪斯先生？"

"没有异议。"德蒙尼迪斯小心谨慎地回答。

于是就宣布暂时休庭了，但没有一个人离开座位。

三十分钟后，拿破仑·乔塔斯独自回到了审判室。他走进门的那一刻，留在审判室里的每个人都感觉到，应该是发生了什么重要的事情。这位律师的脸上有一种暗自得意的神情，他的脚步比之前更加轻快了，就好像某种猜谜游戏已经结束，再也不用装模作样地卖关子了。乔塔斯走到被告席前，低头看着诺艾尔。而诺艾尔仰起头，一双紫罗兰色的眼睛探询地望向他的脸，流露出焦急的神色。突然，乔塔斯的唇边勾起了一丝微笑。看到他眼中的光芒，诺艾尔明白，无论怎样，他做到了。尽管有诸多证据对她不利，但他仍然跨越了千难万险，上演了一场绝地翻盘，为她带来了奇迹。正义终究赢得了胜利，只不过是康斯坦丁·德米里斯的正义。拉里·道格拉斯也注视着乔塔斯，内心充满了恐惧和希望。乔塔斯无论做什么都是为了诺艾尔，那他呢？他会怎么样？

乔塔斯小心翼翼地用不带感情的声音对诺艾尔说："法院院长已经准许我在他的房间里和你商讨。"他转向弗雷德里克·斯塔夫罗斯，后者不安地坐在那里，内心十分煎熬，还不清楚事情究竟怎样了。"如果你愿意，你和你的委托人可以一起加入我们。"

斯塔夫罗斯点点头。"当然了。"他猛地站起来，急得差点把自己的椅子碰倒。

两个法警护送他们进了法院院长的办公室。等法警离开，房间里只剩下他们几人时，乔塔斯转向斯塔夫罗斯。"我接下来要说的话，"他轻声说道，"都是站在我的委托人的利益角度上说的。不过，因为他们是同案被告，我才能够为你的委托人争取同我的委托人一样的特权。"

"快说怎么回事！"诺艾尔催促道。

乔塔斯看向她，缓慢地、字斟句酌地说："我刚刚和几位法官开了个会，他们仍然很在意控方对你不利的供词，但是……"他微妙地停顿了一下，继续说："我得以……嗯……说服了他们，让他们明白惩罚你们并不是公正的。"

"那接下来会怎么样？"斯塔夫罗斯极其不耐烦地催问道。

乔塔斯的声音带着一种深深的满足感。"如果两位被告愿意将抗辩改为认罪，法官同意只判处你们五年的刑期。"他得意地笑了笑，补充道："缓期四年执行。实际上你们服刑都不会超过六个月。"他转向拉里说："道格拉斯先生，因为你是美国人，你会被驱逐出境，终身不得再踏入希腊。"

拉里点点头，感觉身上的压力如潮水般退去。

乔塔斯又看向诺艾尔。"现在这个结果，是好不容易才争取来的。我必须坦诚地告诉你们，法庭肯宽大处理，主要还是看在你……嗯……资助人的关系上。对庭审的各种公开报道没完没了，他们觉得他已经受到了不必要的牵连，都希望这个案子赶紧结束。"

"我明白。"诺艾尔说。

拿破仑·乔塔斯犹豫了一下，似乎很为难。"还有一个条件。"

她望着他。"你说。"

"你会被收缴护照，留在希腊，处于你朋友的监护之下，终身不得离开。"

原来，一切早就定好了。

康斯坦丁·德米里斯果然履行了他的承诺。诺艾尔打死都不会相信，法官们同意宽大处理，是因为他们担心那些负面报道影响到德米里斯。不，他要为她的自由付出代价的，诺艾尔心里清楚，那一定是一笔巨款。但作为回报，德米里斯夺回了她，安排好了她未来的一切。她不可能再离开他的身边，也不可能再见上拉里一面。她把目光转向拉里，看到了他脸上如释重负的表情。除了即将获得的自由，他什么都不在乎了。在发生了这么多事情之后，拉里将要永远失去她了，然而他却没有丝毫遗憾惋惜之情。但诺艾尔都能理解，因为她理解拉里，他就是她的另一个自我，是她的分身，他们对生活有着同样的狂热，他们的欲望也都永远得不到满足。他们的灵魂如此契合，不会被死亡或是从未遵循过的条条框框给束缚。但就诺艾尔而言，她会非常思念拉里，他离开时，她的一部分也会随他而去。但她现在明白生命对自己来说是多么宝贵，她有多么害怕失去它。总而言之，这是一笔非常划算的交易，她满怀感激地接受了。她重新看向乔塔斯，说道："挺好的，我没意见。"

乔塔斯凝视着她，眼神中既有悲伤，也有满足。这诺艾尔也能理解。他爱上了她，却必须使出浑身解数把她解救出来，送到另一个男人手里。在之前的接触中，诺艾尔故意纵容乔塔斯爱上自己，因为她需要他，需要他想尽一切办法救她的命。最终，一切都如愿以偿。

"我觉得这个安排简直太绝妙了，"弗雷德里克·斯塔夫罗斯在一旁喋喋不休，"简直太绝妙了。"

实际上，斯塔夫罗斯认为简直是发生了奇迹，这个结果同无罪释放都没什么区别了。虽然拿破仑·乔塔斯确实会从中获得大部分好处，但这块蛋糕乔塔斯享用之后，剩下的部分也是相当可观的。从这一刻起，斯塔夫罗斯就有了挑选客户的资格，不必对什么人都笑脸相迎了，以后讲起这次审判的经过，他会把自己在其中扮演的角色越讲越长。

"这个交易听起来不错，"拉里说道，"但唯一的问题是，我们没有罪。我们根本就没杀凯瑟琳。"

斯塔夫罗斯对他怒喝道："谁他妈管你到底有没有罪，我们能把你的小命救下来就不错了！"他匆匆瞥了一眼乔塔斯，想看看他对"我们"二字做何反应，但对方听他讲话的时候，态度十分冷漠，看不出任何感情。

"我希望你明白，"乔塔斯对斯塔夫罗斯说，"以上只是我对我委托人提出的建议。你的委托人有权自行决定。"

"要是没有这个交易，会怎么样？"拉里问。

"陪审团就会——"斯塔夫罗斯开口道。

"我要听他说。"拉里毫不客气地打断了他，看向乔塔斯。

"道格拉斯先生，在一场审判中，"乔塔斯答道，"最重要的不是你有罪还是无罪，而是你给法官留下的印象是有罪还是无罪。这里没有绝对的真理，只有大家对真理的解释。因此，你在这起谋杀案中是否有罪并不重要，陪审团已经对你产生了有罪的印象。这就是你会被定罪的原因，最终你只有死路一条。"

拉里凝视了乔塔斯很久，最终点点头。"好吧，"他说，"让事情赶紧结束吧。"

十五分钟后，两名被告站在法官席前。法院院长坐在中间，两侧是两位大法官。拿破仑·乔塔斯站在诺艾尔·佩奇旁边，弗雷德里克·斯塔夫罗斯站在拉里·道格拉斯旁边。紧张的气氛在法庭上蔓延，因为已经有消息传出，说审判即将出现戏剧性的变化。但当这一刻真正到来的时候，情况却出乎所有人的意料。"尊敬的法院院长，各位法官大人，"拿破仑·乔塔斯开口说道，语气正式又刻板，装得好像刚才并没有和法官席上的三位大法官暗中交易过一样，"我的委托人愿意将无罪抗辩改为认罪。"

法院院长闻言惊讶不已，身体后倾，同时用一种难以置信的眼光看着乔塔斯，好像第一次听到这个消息似的。

院长演得也太卖力了，诺艾尔心想，看来他是真想保住他的饭碗，或者德米里斯给他许诺了什么好处。

法院院长俯身向前，与其他法官窃窃私语。他们点点头，院长低头看着诺艾尔说："你愿意将无罪抗辩改为认罪吗？"

诺艾尔点点头，坚定地说："我愿意。"

弗雷德里克·斯塔夫罗斯像是害怕把他给漏了，赶紧跟着大声说道："各位法官大人，我的委托人愿意将无罪抗辩改为认罪。"

法院院长看向拉里。"你愿意将无罪抗辩改为认罪吗？"

拉里瞟了乔塔斯一眼，点点头。"是的。"

院长面色庄重地打量着两个犯人。"律师有没有告知你们，根据希腊法律，预谋杀人罪的刑罚是死刑？"

"有的，法官大人。"诺艾尔的声音响亮又清楚。

院长又看向拉里。

"有，先生。"他说。

法官们又低声商量了一阵。随后，法院院长对德蒙尼迪斯说："国家公诉人对被告更改抗辩有任何异议吗？"

德蒙尼迪斯凝视乔塔斯良久，最终说："没有。"

诺艾尔琢磨着德蒙尼迪斯是不是也得了什么好处，还是仅仅被当作一个棋子。

"很好。"院长说，"本庭别无选择，只能接受被告更改抗辩的要求。"他转向陪审团。"先生们，鉴于审判的最新进展，特此解除你们陪审员的职务。事实上，审判已经结束，本庭将做出判决。感谢你们的效力与配合。现在，我宣布休庭两小时。"

话音刚落，记者们纷纷推开人群，跌跌撞撞地跑出审判室，冲到他们的电话和电传打字机前，开始报道诺艾尔·佩奇和拉里·道格拉斯谋杀案这一最新的轰动性进展。

两小时后，重新开庭了，审判室内水泄不通。诺艾尔环顾四周，看着旁听席上的一张张脸。他们的脸上写满了迫不及待，一个个期待地看着她。诺艾尔竭力控制住了自己，才没有为他们的天真放声大笑。这些人都是普通人，普通得不能再普通的老百姓，他们真的以为赏罚公平，还相信在民主制度下，人人生而平等，穷人和富人享有同样的权利和特权。

"请两位被告起立，走到法官席前。"

诺艾尔优雅从容地站了起来，走向法官席，乔塔斯跟在她身旁。她用余光看到拉里和斯塔夫罗斯也走上前去。

法院院长开始讲话了。"这是一场漫长而艰难的审判。"他做了个简短的开场白，"在可能判处死刑的案件中，只要被告的犯罪事实存在疑点，法院一般会倾向于澄清疑点。我必须承认，在本案中，我们觉得存在这样的疑点。国家司法机关始终无法出示尸体这一重要物证，这是对被告非常有利的因素。"他转过身看着拿破仑·乔塔斯。"我相信这位优秀的辩方律师很清楚，在没有明确的证据证明被告犯有谋杀罪的情况下，希腊法院从未有判处死刑的先例。"

诺艾尔的心头飘过一丝不安，但这没什么可大惊小怪的，只是一点轻微的暗示。

院长继续说着："因此，当两位被告在审判中途决定将无罪抗辩改为认罪时，坦白说，我和我的同事都十分震惊。"

诺艾尔突然感觉心里有明显的恐慌情绪，这种情绪逐渐膨胀、爬升，最后压着她的喉咙。她发现自己的呼吸一下子困难起来。拉里懵懵懂懂地看着法官，还没搞懂当下的情况。

"我们能够理解被告决定在本庭和全世界面前认罪，一定经历了一个十分痛苦的、自我反省的过程。然而，他们的悔悟并不能为他们的可怕罪行赎罪，他们承认，他们残忍地谋杀了一个绝望无助、手无寸铁的女人。"

这句话如五雷轰顶。此刻，诺艾尔突然意识到她绝对被骗了。德米里斯摆了一个迷魂阵哄骗她，让她产生一种安全感，对他放松警惕，然后得以步步为营，引诱她自掘坟墓。这就是他的游戏套路，安全感便是他诱她上钩的诱饵。他已经知道了她有多怕死，所以先给了她生的希望，她竟然就这样上了钩，相信了他，终究还是他更胜一筹。德米里斯要现在就报复她，他根本等不到以后了。她明明可以保住命的。乔塔斯当然知道，除非发现尸体，否则她不会被判处死刑。他压根就没有和法官达成什么交易。是他操纵了整个辩护过程，一步步将她引向死亡。诺艾尔转过身看着乔塔斯，他抬起眼，视线与她交汇。这一次，他的眼神中充满了真正的哀伤。他爱她，但也害死了她。假如一切能够重来，他依然会做出相同的选择，因为归根结底，他是为德米里斯卖命的，而她是德米里斯的女人，在他面前，他们二人都得低头认命。

院长还在说着："……因此，根据国家赋予我的权力，并依据国家法律，我宣布，对诺艾尔·佩奇和劳伦斯·道格拉斯两名被告的判决为死刑，由行刑队执行枪决……从即日起九十天内执行。"

法庭陷入了一片混乱，但诺艾尔听不见，也看不见了。她鬼使神差地转过身，看到那个空座位上终于有了人。康斯坦丁·德米里斯坐在那里。他理了发，胡须刮得干干净净，穿着一套裁剪十分合身的蓝色丝绸西装，里面是浅蓝色的衬衫，打了一条印花软绸领带。他那双橄榄黑的眼睛炯炯有神，活力四射。之前来监狱里探视她的那个失魂落魄、濒临崩溃的男人，在他身上竟找不到一点踪影，因为那样一个康斯坦丁·德米里斯就从未真正存在过。

康斯坦丁·德米里斯特地赶来见证诺艾尔落败的那一刻，细细品味着她内心的恐惧。他的眼睛死死地盯着她的眼睛。一瞬间，从他的眼神中，她看到了一种深深的、恶毒的满足。还有其他的什么，也许是后悔，但还没等她看清，就消逝了。就算是后悔，现在一切也都来不及了。

原来这盘棋，到现在才算是真正结束了。

拉里听到院长说的最后几句话，目瞪口呆，简直不敢相信自己的耳朵。一个法警走上前来抓住他的手臂，想要把他带走。他挣脱了，转身朝着法官席咆哮道："等等！我没杀她！是他们陷害了我！"

另一个法警连忙冲上前来，两人一起抓住了拉里。其中一个法警拿出了一副手铐。

"不！"拉里歇斯底里地叫喊着，"听我说！我真的没有杀她！"

他试图从法警手里挣脱出来，但冰冷的手铐咔嚓一声套住了他的手腕。他被拖拽着强行带离了审判室。

诺艾尔感觉手臂被人抓住了。监狱的女看守等在一边，准备押送她回去。

"佩奇小姐，他们在等你。"

这可真有点像从前剧院演出前的催场。"佩奇小姐，他们在等你。"不同的是，这次演出结束后，帷幕将会永远地落下，再也不会升起。诺艾尔猛然意识到，这是她一生中最后一次出现在公众面前，最后一次在牢笼之外接受人群的注目。这就是她的告别演出，希腊这个脏乱破旧的审判室就是她最后的舞台。好吧，她轻蔑地想，至少她这次演出座无虚席。她最后一次环顾这间审判室。人群中，她看见了阿尔芒·戈蒂埃：他看着她，紧闭着双唇，往日那种玩世不恭的神态第一次从他的脸上吓跑了。

她还看到了菲利普·索雷尔，那张粗犷的脸试图挤出一个微笑来安慰她，却实在挤不出来。

审判室那头还有伊斯雷尔·卡茨，他双眼紧闭，嘴唇翕动着，似是在无声地祈祷。诺艾尔还记得那个夜晚，她在那个有白化病的盖世太保军官眼皮子底下，利用将军的汽车偷偷将他运出了巴黎。直到现在她还能回想起当时的惧怕。但她那时的惧怕和她此时内心的惊骇相比，根本不值一提。

诺艾尔又朝旁边看了看，视线停在服装店老板奥古斯特·拉肖的脸上。她已经想不起他的名字，但记得他那张猪一样的脸和矮胖臃肿的身体，以及维埃纳那个破旧的旅馆房间。他注意到她在看他，向她眨了眨眼睛，随即沮丧地垂下了头。

这时，她看到一个美国人长相的男子，高大英俊，头发略微灰白。他站起来朝她看，仿佛有什么话要同她说。但诺艾尔不认识他。

女看守用力拽着她的手臂，说道："佩奇小姐，快走……"

弗雷德里克·斯塔夫罗斯惊魂未定。他不仅目击了一次残忍无情的陷害，而且还参与其中。他可以去找法院院长，将刚才的事情全盘托出，告诉他乔塔斯给了被告人怎样的承诺。但他们会相信他吗？他们会相信他而去反对拿破仑·乔塔斯吗？这样做根本没有用的，斯塔夫罗斯痛苦地想。如果他这样做了，他的律师生涯也就完蛋了。不会有人再雇用他。这时，有人叫他的名字，他转过身，乔塔斯站在他面前说道："弗雷德里克，如果你明天有时间的话，是否方便和我吃顿午饭？我想让你见见我的合伙人。我觉得你前途无量。"

斯塔夫罗斯看到法院院长就在乔塔斯身后，正往门外走，准备回自己的办公室去。这是个与他攀谈的好机会，一个把事情原原本本地解释给他听的机会。不过，斯塔夫罗斯还是收回了目光，重新看向拿破仑·乔塔斯。尽管眼前这个男人所做的一切让他心有余悸，但他还是听见自己说："先生，您太客气了。看您什么时间方便……"

根据希腊法律，枪决在一个叫阿吉亚纳的小岛上进行，离比雷埃夫斯港大概有一个小时的航程。政府特派的船将死刑犯运送到岛上，沿着一片低矮的灰色悬崖驶入港口。岛上有一座小山，上面耸立着一座灯塔，建在裸露的岩石上。监狱在小岛的北侧，从港口那儿看不见。港口的游船定期送兴致勃勃的游客到岛上购物和观光，一两个小时后再接他们到下一个岛去。监狱不允许外人参观，除了有公务在身的人，没有人会接近那里。

现在是周六的凌晨四点钟。处决诺艾尔安排在六点。

有人给诺艾尔送来了她最喜欢的衣服，那件迪奥的酒红色拉绒连衣裙，还有与之相配的红色麂皮鞋。她穿着全新的内衣，是用丝绸手工缝制的，颈间缠绕着一条白色的威尼斯花边饰带。康斯坦丁·德米里斯还派来了诺艾尔常用的

369

美发师给她做头发，好像她要为了去参加一场聚会而梳妆打扮。

在理智上，诺艾尔知道，在这最后的关头，不可能会有缓刑了，她的身体很快就会被子弹残忍地射穿，她的血会溅到地上。然而，在感情上，她却忍不住祈盼着奇迹出现——康斯坦丁·德米里斯能够大发慈悲，饶她一命。她甚至都不需要奇迹，只需要他高抬贵手——打一个电话、送一个口信，就能救她的命。如果他现在饶了她，她会补偿他的。她什么都愿意做。如果还能见到他，她会告诉他，她绝不再看别的男人一眼，她会为了让他余生过得幸福快乐而献出自己的一切。同时她也知道，摇尾乞怜这一招在他那里是不管用的。如果德米里斯主动来找她，可能还有挽回的余地；如果她主动去找德米里斯，那是没用的。

还有两个小时。

拉里·道格拉斯被关押在监狱的另一边。自从被判了死刑，他收到的邮件多了十倍。世界各地的女性写的信源源不断地被送到这里，即使是自诩情场老手的监狱长，也会被其中若干信件的内容所震惊。

如果拉里·道格拉斯知道这些信中写了什么的话，可能还会自鸣得意一番。但他如今处在半梦半醒的麻醉状态，对什么事都不关心了。来岛上的头几天，他一直十分狂躁，日夜叫喊自己是无辜的，要求重新审判。狱医最后下令让他持续服用镇静剂。

离凌晨五点还有十分钟，监狱长和四名警卫来到了拉里·道格拉斯的牢房。拉里坐在床铺上，一声不响，耷拉着脑袋。监狱长叫了两遍他的名字，他才意识到，有人来找他了。他有气无力地站了起来，好像还没睡醒似的摇摇晃晃地往外走。

监狱长将他带出牢房，缓缓走向走廊，尽头那扇门由警卫把守着。他们走到门口，警卫打开了门，外面是个被围墙围住的院子。黎明前的空气很冷，拉里出门就打了个哆嗦。一轮满月悬在天空，群星朝他闪烁。这让他想起了那些在南太平洋岛屿上度过的清晨，飞行员们离开温暖的床铺，聚集在寒冷的星光下，在起飞前听取最后的指示。他能听到远处大海波浪拍打的声音，便努力回想着自己在哪个岛上，他的飞行任务是什么。这时，几个人带他走到一堵墙前，墙前有一根柱子，他们将他的双臂绑在背后，然后把他绑在柱子上。

他现在没有愤怒了，只是迷迷糊糊地觉得这次的任务指示有些怪怪的。他睡意沉沉，但他知道自己不能睡着，因为他要在这次飞行任务中做领飞。他抬起头，看见穿制服的人列好队，用枪瞄准了他。他身体里尘封已久的战斗本能一下子被激醒了。敌人害怕他，打算从不同的方向围攻他，试图让他的战斗机脱离整个中队。他注意到下方三点钟方向有动静，知道他们是冲他来的。敌机以为他会加速冲到射程之外，但正好相反，他把操纵杆一直向前推，向外翻腾了一周，差点折断了机翼。接着，他操纵飞机从俯冲姿势变成水平姿势，向左猛地滚了一圈。敌机消失了。他成功甩掉了他们。于是他开始爬升，发现下方有一架日本零式战斗机。他开怀大笑，调整了飞机的高度和方向，直到那架零式战斗机位于瞄准器的正中央。然后，他像复仇天使一样俯冲下来，以令人眩晕的速度拉近了距离。他的手指刚要按动扳机，突然，一阵剧痛传遍他全身，接着又是一阵，又是一阵。他能够感觉到身上的肉被撕裂，内脏都溅了出来。拉里心想："噢，天哪，他是从哪儿来的？……这里居然有个水平在我之上的飞行员……他到底是谁……"

忽然，他感到天旋地转，周围的一切都变暗了，慢慢听不到任何声音了。

诺艾尔坐在牢房里，美发师给她做着发型。突然外面传来一连串的枪声，轰隆隆犹如雷鸣一般。

"要下雨了吗？"她问道。

美发师用奇怪的眼光望了她一眼，发现她是真的不知道那是什么声音。"不，"美发师说，"今天会是个好天气。"

诺艾尔突然就明白了。

下一个就轮到她了。

现在是清晨五点半，离行刑还有三十分钟。诺艾尔听到一阵脚步声由远及近，心脏不由自主地漏跳了一拍。她早就料到康斯坦丁·德米里斯还想见她。她知道自己从未像今天这样漂亮，也许他看到她的时候……也许……监狱长出现在了牢房门口，身后跟着一个警卫，还有一个提着黑色医疗箱的护士。诺艾尔探头看向他们身后，寻找着德米里斯的身影。但走廊里空无一人。警卫打开了牢房门，监狱长和护士走了进来。诺艾尔发觉自己心跳如雷，恐惧的浪潮又开始向她袭来，淹没了刚刚激起的微弱希望。

"还没到时间吧？"诺艾尔问。

监狱长的神情看起来很不自然。"还没到，佩奇小姐。护士来给你灌肠了。"

她不解地看着他。"我不需要灌肠。"闻言，监狱长的神情更加不自然了。

"灌肠之后可以让你不会……太难看。"

于是诺艾尔明白了。此刻，她的恐惧变成了排山倒海般的痛苦，呼啸着，撕扯着她的心。她点了点头，监狱长就转身走出了牢房。警卫把门锁上，巧妙地站到了走廊里看不到的位置。

"这么漂亮的衣服，糟蹋了多可惜，"护士柔声说道，"先把它脱下来，然后躺在那边可以吗？一会儿就结束了。"

护士开始给诺艾尔灌肠了，但她什么都感觉不到。

她在回想她的父亲，他说："看她啊，街上的路人都能看出她有皇室血统。人们争先恐后地想要把她抱在怀中。"这时，一位牧师来到牢房内，说道："我的孩子，你愿意向上帝忏悔吗？"但她不耐烦地摇了摇头，因为父亲又跟她说话了，她想要听清楚他说的是什么："你生来就是一位公主，这就是你的王国。等你长大了，你会嫁给一个英俊的王子，住在金碧辉煌的宫殿里。"

她恍恍惚惚地随着几个人走在长长的走廊里。有人打开了一扇门，于是她走到了寒冷的院子中。她父亲把她抱到窗前，这样她就看到了许多高高的桅杆在水面上摇晃。

那些人带她走到一面墙跟前的柱子旁，将她的双手绑在了背后，又将她的腰绑到了柱子上。这时她父亲说："你看到那些船了吗，我的公主？那是你的舰队，将来会载你去看遍这个世界所有神奇的地方。"然后他将她紧紧地抱住，让她有了安全感。她想不起是什么缘故，父亲朝她发火了，不过现在一切都过去了，他又重新爱她了。诺艾尔看向父亲，但他的脸模糊一片，她想不起他长什么样了。她记不起父亲的脸。

铺天盖地的悲伤淹没了她，仿佛她失去了什么珍宝。她知道自己得赶紧想起父亲的样子来，不然她就要死了。于是她开始全神贯注地回忆。但是还没等她回忆起来，一阵枪声便响起，好像有上千把刀子剜进了她的肉。她在心中尖叫着："不！等等！让我看到父亲的脸！"

然而，父亲的面容永远消失在了黎明前的黑暗之中。

墓地里，有一男一女在穿行。小径两旁，参天的柏树庄严肃穆，在他们脸上投下斑驳的阴影。时值正午，他们在暖暖的太阳光下不紧不慢地走着。

特雷莎修女说："我想再一次对您的慷慨解囊表达一下我们的感激之情。没有您的慷慨，我不知道我们该如何维持生计。"

康斯坦丁·德米里斯不以为然地摆摆手。"您太客气了，"他说，"特雷莎姆姆，不足挂齿。"

但特雷莎修女心里清楚，要是没有这位救星的不断施舍，她们的女修道院早在多年前就关门倒闭了。这次，一定是上天的旨意，总算让她如愿以偿地报答了他一点。这是上帝的胜利。她再次感谢圣狄奥尼修斯①，在那个可怕的暴风雨夜，修女们得以有幸从湖中救出德米里斯的美国朋友。确实，那个女人的精神出了点问题，行为举止像个小孩一样，但她们会好好照顾她的。德米里斯先生曾叫特雷莎修女将这个女人留在修道院的高墙内保护起来，使她余生免受外界的干扰。他真是个好心肠的大善人。

他们走到了墓地的尽头。一条小径蜿蜒曲折，通向一块突出的岩石。那女人就站在岩石上面，向下眺望远处的湖水，翡翠般的湖面风平浪静。

"她就在那儿。"特雷莎修女说，"那我先走了，一会儿见。"

德米里斯目送着特雷莎修女走回修道院去，才动身沿着小径走向那个女人。

"早上好。"他轻声说道。

女人缓缓地转过身来看着他，一双眼睛呆滞茫然。她脸上没有丝毫认出他

---

① 雅典第一任主教。——编者注

的迹象。

"我给你带了一样东西。"德米里斯说。

他像变戏法似的从口袋里掏出一个小小的珠宝盒，递到她面前。她像个孩子一样痴痴地盯着它。

"来吧，拿着。"

女人怯怯地伸出了手，拿起了那个盒子。她打开盖子，看到盒子里面是一只金子做成的小鸟。鸟儿栖居于一团棉花之上，小巧玲珑，精美可爱，眼睛镶嵌着红宝石，双翅微张，一副展翅欲飞的模样。德米里斯看着这个孩子般的女人小心翼翼地把鸟儿从盒子里拿出来，举到眼前赏玩。在阳光的照耀下，小金鸟发出道道金色的光芒，红宝石眼睛闪烁着绚丽的色彩，在空中投下一道道细细的彩虹。女人好奇地把小金鸟翻过来转过去，眼睛追逐着周围那些绚丽跳动的光芒。

"我不会再来看你了，"德米里斯说，"但是你不用担心，没有人可以再伤害你。那些坏人都死了。"

他正说着，她的脸庞恰巧转向了他。刹那间，时间仿佛凝结了，他觉得自己好像看到她的眼睛里闪过一丝认出他来的灵光和快乐，但瞬间就消逝了，那双眼睛仍然盯着他，还是一样呆滞茫然。他想，或许那是幻觉吧，是那只金鸟反射的光芒刚好映进了她的眼里。

德米里斯一直琢磨着女人的眼神，若有所思地走上山丘，迈出了修道院的大门。巨大厚重的石门轰然关上了。门外一辆豪华轿车在等着他，准备将他送回雅典。